U0877212

读客

读客外国小说文库

激发个人成长

边缘人的战争

［英］肯·福莱特 著　彭月明 译

KEN FOLLETT

The Hammer of Eden

江苏凤凰文艺出版社
JIANGSU PHOENIX LITERATURE AND ART PUBLISHING, LTD

目　录

Part 1
四个星期

每当他躺下睡去，脑海里总会浮现出这样的景象：

一片松林密密层层地掩映在山上，就像生长在熊背部的厚厚的软毛。山间空气清爽，天空蓝得醉眼。距离山路几英里的地方，横亘着一座僻静的山谷。山谷两壁陡峭，谷底流淌着冰冷的河。在河边不为人知的冷僻角落里，一个阳光充足、面朝南方的山坡已被开垦，齐齐整整地种上了几排葡萄藤。

每每想起那个地方有多美，他感觉自己的心都快碎了。

一行人在葡萄园里缓步行进，精心打理着葡萄藤。其中有青年男女，也有小孩。他们是他的朋友、爱人、家人。一名女子笑了起来。她身材高大，生着一头长长的黑发。他对她存有特殊的温情。她回过头来，笑靥如花，笑声清脆高昂，如鸟啼般响彻山谷。几个小伙子一边干活，一边默默地唱念着颂歌，祈求山谷和葡萄藤的神灵，保佑他们风调雨顺好收成。几根巨型木桩竖立在他们的脚边，让人联想起二十五年前伐木开荒的艰辛。土壤为石质土，但这并不坏，因为石头可以保存阳光的热量，温暖葡萄藤根，使它们不至于被严寒的冰霜冻坏。

一群木建筑密密匝匝地坐落在远处，虽则其貌不扬，但是足够坚实，经得起风雨。一户人家的厨房里升起了炊烟。一个女人在空地上教小男孩箍桶。

这是一片神圣的土地。

这里地处偏僻，得天独厚，又有虔心祈祷的庇佑，因而保持着古朴纯洁的风貌，居民们远离尘嚣，无拘无束。山谷外面的世界则早已堕落到了腐败、虚伪、贪婪、污秽的泥潭里。

但是如今，这里的风景变了。

山谷里蜿蜒奔腾的冰冷溪流不见了，原本潺潺的水声已然静默，原本湍急的水流戛然而止，原本灵动的一泓清水俨然一汪死寂的黑潭，生机全无。黑潭的边缘看似浑然不动，但只要看一会儿别处，再看看潭水，就会发现潭水变宽了。很快，由于水位上涨造成的逼仄，他不得不退到山坡上较高的地方。

他不明白为什么别人没有注意到上涨的潮水。眼看着潭水已经漫上第一排葡萄藤了，他们就跟什么也没发生似的，蹚着水继续干活。房子被水团团围住，渐渐吞没。厨房里的炊火已被浇灭，箍好的空桶被不断上涨的潮水推挤着，漂到了对岸。他们为什么不跑？他心里问自己，呛水的恐慌如鲠在喉。

此时此刻，天光暗淡，铁色的云团布满天际。冽风鞭打着人的衣襟，但葡萄园里的人依然沿着藤蔓，躬身劳作，起身伸腰，彼此微笑，像往常一样亲切交谈着。他是唯一能察觉到危险的人，他意识到自己必须抱起一两个，甚至三个小孩，不让他们溺水。他试图跑过去救女儿，但是却动也动不了，脚陷在泥里了。他的心里充满了恐惧。

在葡萄园里，潭水渐次漫上了人们的膝盖、腰部，乃至脖子。他试图冲着至亲至爱的人大喊，叫他们赶紧逃命，否则须臾之间性命就不保了。但是他张开嘴，扯破了喉咙，就是发不出声音。恐惧彻底把他攫住了。

潭水灌进他张开的嘴里，呛得他无法呼吸。

就在这时，他醒了。

第一章

一位人称“神甫”的男子摘下宽边牛仔帽，放在胸前，放眼凝视着一马平川、尘土弥漫的南得克萨斯州沙漠。一簇簇低矮且长满刺的牧豆树和灌木蒿从各个方向延伸到一望无际的远方，虽则给沙漠增添了一丝绿意，但反而彰显了这里的肃杀。在神甫的面前，一条车辙累累、宽十英尺的垄状小径从灌木丛中穿过。当地的西班牙裔推土机司机称这种小径为“森德罗斯”[①]，森德罗斯原本凹凸不平，正是他们用推土机在上面铲削出了平整的直线。小径的一边，亮粉色的塑料标志旗飘扬在低矮的电线杆上，每两面旗之间的距离正好为五十码。一台卡车滞重地行驶在小径上。

神甫必须偷走这台卡车。

他第一次偷车是在十一岁，偷的是一台1961年产的林肯大陆，车子还是崭新的，雪白锃亮。车主把它停在洛杉矶南百老汇的洛克希剧院门外，钥匙还插在仪表板上。当时的神甫还没有现在这个雅号，而是叫里奇。他坐在驾驶座上，几乎看不到车窗外。虽然整个过程惊心动魄，他几乎全身湿透，但他还是把车

① senderos，意为小路。

子开了十个街区，满脸自豪地把钥匙交给了人称“猪脸”的吉米·莱利。莱利给了他五美元的奖励，开车载着女友兜了兜风，然后在太平洋海岸高速公路上撞废了这台车子。正是这件事情，使里奇顺利加入了“猪脸帮”。

但是眼前的卡车并非普通的车辆。

就在他观望的时候，驾驶室后面的大功率机器缓缓地把一块六平方英尺的巨大钢板放到了地面上。机器的运转暂停了片刻，接着，他听到了一阵低沉的隆隆声。钢板开始有节奏地敲击地面，在卡车周围扬起一片沙尘。他感觉到自己脚底的地面正在震动。

这是一台地震振动器，这种机器会向地壳发送冲击波。神甫没有受过什么教育，只学过偷车，但是他是自己见过的最聪明的人，他知道地震振动器是怎么工作的。它的原理跟雷达和声呐差不多。冲击波会被地球内部的物质——比如岩石和液体——反射，然后反弹回地表，被地震检波器之类的监听设备接收。

神甫就职于操作地震检波器的团队。他们已经在方圆一平方英里的范围内安装了一千多个地震检波器。每台机器之间的间隔都经过了精确的设定。每次振动器工作的时候，反射的冲击波都会被检波器接收，由拖车上的一名监测员记录下来。人们把监测员乘坐的拖车称为“狗窝”。接下来，监测员们记录的所有数据都会被汇总到休斯敦的一台超级计算机里，用来制作地表以下的三维地图。制作好的地图会被卖给一家石油公司。

振动器的声音越来越尖，给人的感觉就像远洋班轮的大功率发动机在加速时发出的噪声；接着，声音突然消失了。神甫沿着小路跑到卡车边，眯着眼睛，以免滚滚沙尘飘进眼里。他打开车门，爬进了驾驶室。驾驶座上坐着一个矮胖的黑发男子，此人三十来岁。

"嘿，马里奥。"神甫一边说，一边钻进副驾驶座。

"嘿，里奇。"

理查德·格兰杰是神甫的商业驾照（B级）上的名字。驾照是伪造的，但是姓名是真的。

他带着一盒万宝路香烟，那是马里奥平常抽的牌子。他把烟盒在仪表板上磕了磕。"看我给你带了什么好东西。"

"嘿，伙计，你不需要给我买烟的。"

"我老是蹭你的烟。"他把打开的烟盒从仪表板上拿起来，摇了根烟出来，放进自己的嘴里。

马里奥笑了："你干吗不自己买烟抽？"

"我才不自己买呢，抽不起烟。"

"你真是个疯子，伙计。"马里奥大笑起来。

神甫点燃了香烟。他总是很擅长和别人相处，让别人喜欢他。在他从小长大的街头，如果有人看你不顺眼，你就会挨揍，而他刚好又是个身材矮小的孩子。因此，他培养了敏锐的直觉，能够洞察别人想从他那里得到什么——不管这种东西是尊重、爱慕、幽默，还是其他——然后迅速地投其所好，这已经形成了习惯。在油田里，人际关系的黏合剂是幽默：一般是嘲讽，偶尔带着巧劲，时不时就要开黄腔。

尽管神甫只来了两个星期，但他已赢得同事们的信任。只不过，他还没有想出办法来偷地震振动器。而且，他必须在接下来的几个小时内得手，要不然到了明天，这辆卡车就会被开到七百英里以外的新地点，也就是新墨西哥州克洛维斯附近。

他心里已经有了个不成型的计划，就是搭马里奥的顺风车。

路上要花两三天的时间——这辆卡车重四万磅，在高速公路上行驶的速度为每小时四十英里左右。在中途，他会想办法把马里奥灌醉，或者使点别的伎俩，然后把卡车偷走。他本来希望自己能够想出更好的计划，但是到目前为止，一点灵感也没有。

“我的车要坏了，”他说，“你明天能顺便把我载到圣安东尼奥吗？”

马里奥流露出惊讶的表情：“你不直接去克洛维斯吗？”

“不了。”他挥了挥手，指着眼前荒凉的沙漠景观，“我就想到处看看，”他说，“得克萨斯州太美了，伙计，我一辈子也不想走。”

马里奥耸了耸肩。干这一行的人就喜欢到处走，瞎折腾，这也没什么好稀奇的。“没问题，我明天开车送你。”载客是违反公司规定的，但是马里奥总是这么做，“你到时候在垃圾场等我。”

神甫点了点头。垃圾场是一座荒凉的小山谷，那里堆满了生锈的皮卡车、破烂的电视机和被虫蛀坏的床垫。地点就在最近的城镇夏罗的郊区。没有人会看到马里奥来接他，顶多只会有几个小孩子在那里用点22口径的来复枪打蛇。“几点钟？”

“就六点吧。”

“我会带咖啡过来。”

神甫需要这辆卡车。他觉得，他生活的全部希望都寄托在这辆卡车上。他恨不得马上抓住马里奥，把他扔出去，自己把卡车开走。但是，这样做一点好处也没有。首先，马里奥比神甫年轻将近二十岁，可能不那么容易扔出去。其次，这次偷窃行动必须在几天之内保持神不知鬼不觉的状态，因为神甫需要把卡车开到加利福尼亚州，在全国警方被惊动，并派出警力寻找失窃的地震振动器之前把它藏好。

无线电里传来哔的一声响，这说明“狗窝”里的监测员已经查看了上次振动的数据，没有发现异常。马里奥将钢板升起，发动卡车，向前行驶了五十码，正好在下一面粉色标志旗的旁边停了下来。接着，他再次放下钢板，发送准备好的信号。神甫仔细观察着，就跟之前几次一样。他这样做，是为了确保自己能够记住马里奥操纵控制杆、扳下开关的顺序。要是以后有什么地方不记得了，那就没有人可以问了。

他们等待着“狗窝”发来信号，以便开始下一轮振动过程。其实卡车司机完全可以自己做决定，但是监测员一般都喜欢自己保留发号施令的权力，远程控制振动过程的开始。神甫抽完烟，把烟屁股扔出窗外。马里奥朝着神甫的车子点了点头，神甫的车子停在四分之一英里以外的双车道柏油马路上。“那是你女人？”

神甫顺着他点头的方向看。斯塔尔（Star）已经钻出了那辆肮脏不堪的淡蓝色本田思域，正斜倚在发动机罩上，拿着草帽往自己的脸上扇风。“是啊。”神甫说。

“我来给你看一张照片。”马里奥从牛仔裤的口袋里掏出一个旧皮夹，从里面取出一张照片，交给了神甫。“这是伊莎贝拉。”他自豪地说。

神甫看到，照片上有一位漂亮的墨西哥姑娘，年龄二十来岁的样子，穿着黄色的裙子，头上戴着黄色的发箍。她抱着一个小宝宝，旁边还站着一个深色头发的、害羞的小男孩。“他们是你家小孩？”

他点了点头："罗斯（Ross）和贝蒂（Betty）。"

他给小孩起的是英国名字。神甫抑制住了自己想笑的冲动。"长得真好看。"他想到了自己的孩子，差点就要跟马里奥说了，但是他适时制止了自己，"他们住在哪儿呢？"

"艾尔帕索。"

在神甫的脑海里，有一个念头正在开始萌芽："你经常回去看他们吗？"

马里奥摇了摇头："我一直不停地工作，伙计。我在攒钱给他们买房子。我想买个好房子，要带大厨房的那种，院子里还要有个泳池。这是他们应得的。"

神甫脑海里的念头已经开始成型了。他按捺住内心的兴奋，保持着轻松的语气继续闲聊："是啊，一栋好房子，配一个幸福的家庭，对不对？"

"我就是这么想的。"

无线电里又传来哔的一声，卡车开始振动。发出的噪声就像滚滚雷声，只不过比雷声更规律一点。一开始发出的是深沉的贝斯低音，然后音调渐渐升高。刚好过了十四秒之后，声音就停止了。

随着一切安静下来，神甫打了个响指。

"话说，我有个主意……不，还是算了。"

"什么主意？"

"我也不知道行不行得通。"

"什么？伙计，你说的是什么主意？"

"你懂的，我就是觉得，你老婆这么漂亮，孩子这么可爱，你却不能经常见他们，这是不对的。"

“这就是你的主意？”

“不是。我的主意是，我可以帮你把这辆卡车开到新墨西哥，这样你就可以回去跟他们团聚了，就这样。”神甫告诉自己，不能显得太过热心，“不过我估计这个办法行不通吧。”他带着“谁管他呢”的口气补充道。

“是啊，伙计，这不可能。”

“或许也不是不可能呢。想想看，如果我们明天早点出发，一起开车到圣安东尼奥，我就可以把你送到那里的机场，说不定你中午就可以到艾尔帕索了。到时候你就可以跟孩子玩，跟老婆吃饭、过夜，第二天坐飞机。我可以在拉伯克机场接你……拉伯克离克洛维斯多远来着？”

“九十，可能一百英里吧。”

“我们可能当晚就能到克洛维斯，或者最迟第二天早上。没有人会知道你不是全程开车过去的。”

“但是你不是说想去圣安东尼奥吗？”

糟糕。神甫还没有考虑过这个问题，去圣安东尼奥只是他临时胡诌出来的。“嘿，我还从来没去过拉伯克呢。”他轻描淡写地说，“巴迪·霍利[①]就是在那里出生的呢。”

“巴迪·霍利到底是什么人啊？”

神甫唱道：“‘我爱你，佩吉·苏……’巴迪·霍利在你出生前就死了，马里奥。我喜欢他，猫王在我心中的位置都没有他重要。别问我猫王是谁。”

“你开这么远的车，就是为了我？”

① Buddy Holly（1936–1959），美国歌手和词曲作家。

神甫焦急地琢磨着马里奥说这句话究竟是因为起了疑心，还是纯粹只是心存感激。“当然没问题啦。”神甫告诉他，“只要你让我抽你的万宝路就可以了。”

马里奥难以置信地摇着头：“你真是个大好人，里奇。但是我也不知道该不该这样。”

看来他没有起疑心。但是他犹豫不决，估计不能逼得太紧。神甫压制住自己的火气，装出一副若无其事的样子。“怎么说呢，你考虑一下吧。”他说。

“如果出了问题怎么办，我可不想丢掉饭碗。”

“你说得对。”神甫克制住自己的不耐烦。

“这样吧，我们晚点再说。你今晚会去酒吧的吧？”

“当然会。”

“那你到时候再给我个答复，怎么样？”

“好啊，一言为定。”

无线电里传来一切正常的信号，马里奥操纵控制杆，将钢板从地面升了起来。

“我得回检波器工作组了。”神甫说，“我们在天黑之前还有几英里的电缆要收。”他把家庭照还给了马里奥，打开了车门，“老实跟你说吧，伙计，我要是有这么漂亮的女人，我会连家门都舍不得出的。”他咧嘴一笑，然后跳到地上，使劲关上了车门。

卡车开始向下一面标志旗进发，神甫走开了，他用牛仔靴踢着地上的沙尘。

当他沿着小路来到自己停车的地方时，他看见斯塔尔正在车边踱来踱去，一副焦躁而不耐烦的样子。

她曾经走红过，在曾经，一段很短的时间。那个时候是嬉皮时代的鼎盛期，她住在旧金山的海特–阿什伯里社区。神甫那个时候还不认识她——在20世纪60年代末，他正忙着赚自己的第一桶金——但是他听说过传言。她有着惊人的美貌，个头高挑，一头黑发，胸脯丰满，身材呈现出完美的沙漏形。她曾经跟一支乐队录制过一张唱片，乐队的名字叫作“鲜嫩欲滴的雏菊”。在唱片里，她伴随着背景中的迷幻音乐朗诵诗歌。这张专辑在当时小有名气，她做了几天的明星。

但是，真正使她成为传奇的，是她那永不餍足的放荡性欲。她跟所有一眼看中她的人上床：其中既有二十多岁的饥渴青年，又有六十多岁的、受宠若惊的老人；既有以为自己是同性恋的男孩，也有以为自己是同性恋的女孩；既有相知多年的老朋友，又有在大街上认识的陌生人。

那都是很久很久以前的事了。现在，她再过几个星期就要过五十岁生日了。她的黑发当中也出现了些许银丝。身材依然丰满，只不过不再像沙漏了，体重已经达到了180磅。但她仍然保持着非凡的性魅力，当她走进酒吧的时候，男人们会盯着她看。

即使是现在，在她燥热不安的时候，她在破车旁边走路和转身的姿态依然不失性感和妩媚，薄薄的棉布裙下扭动的肉体十分撩人，神甫恨不得马上就把她按倒。

“发生了什么事情？”他一走近，她就开口问道。

神甫总是很乐观。“看情况还不错。”他说。

“听起来不太好啊。”她带着怀疑的口气说道。她了解神甫，知道不应该按照字面意思来解读他所说的话。

神甫跟她说了他给马里奥的提议。“这个主意妙就妙在，马里奥会做替罪羊。”他还说。

“怎么说？”

“你想想，他到了拉伯克，找不到我，也找不到自己的卡车。他就会知道自己被人耍了。这个时候他会怎么做呢？跑到克洛维斯去，跟公司说他丢了卡车？我看不见得。这样做的最好结果是，他会被炒鱿鱼。最坏结果是，他会被指控，说他偷了卡车，然后等待他的就是坐牢。我敢打包票，他甚至连克洛维斯都不会去。他会立刻坐飞机，飞回艾尔帕索，开车载着老婆和孩子逃跑。里奇·格兰杰甚至都不会成为嫌疑人。”

她皱了皱眉：“这主意不错，但是他会上当吗？”

“我觉得他会的。”

她更焦虑了，用手拍着脏兮兮的车顶：“他妈的，我们还得开走那辆该死的卡车！”

他跟她一样焦急，但是他装出一副自信满满的样子，掩饰了内心的焦急。“他会上当的。”他说，“就算不吃这一套，还有别的陷阱等着他呢。”

她把草帽戴到头上，背靠在车上，闭上了眼睛：“真希望我能有点踏实的感觉。”

他抚摸着她的脸颊：“需要我来骑你吗，小姐？”

“需要，来吧。把我带到有空调的酒店客房里。”

“那得花钱的。”

她把眼睛睁得大大的，装出一副天真无邪的样子：“先生，你一定又要让我做坏事吗？”

他把手滑进她的乳沟里：“是啊。”

“噢，真讨厌。”她说着，把裙子掀到了腰上。

她没有穿内裤。

神甫咧嘴一笑，解开了自己的李维斯牛仔裤。

她说："要是被马里奥看到了，他会怎么想？"

"他会嫉妒的。"神甫说着，插入了她的体内。他们几乎一样高，彼此非常默契，由于经过了长期的磨合，他们做起来非常放松。

她吻了他的嘴唇。

过了一会儿，他听见有车子开过来了。他们都抬起头来，但是没有停止下面的活儿。来的是一辆皮卡车，前排座位上坐着三个从炼油厂过来的半熟练工。三个大汉从他们身边经过时，从打开的窗口冲着他们兴奋地大呼小叫。

斯塔尔对他们挥了挥手，大喊道："嗨，伙计们！"

神甫笑得太厉害了，他高潮了。

恰好就在三个星期前，危机进入了最后的紧要关头。

他们正坐在炊事房里的长桌边吃午饭。午饭的伙食是香辣的炖小扁豆和蔬菜，配以新鲜出炉的面包。这个时候，保罗·比尔走了进来，手里拿着一个信封。

保罗负责给神甫公社生产的葡萄酒装瓶——但他做的远不止这些。他是他们与外界的联系，使他们能够与外界打交道，却与外界保持距离。他秃了顶，蓄着胡须，穿着一件皮夹克。

早在20世纪60年代初，保罗和神甫都是洛杉矶贫民区里喝得烂醉的十四岁小流氓，从那时起，他们就是朋友。

神甫猜测，保罗肯定是早上收到的信件，一收到信就马上开车从纳帕谷[①]赶过来了。他还猜测了信中的内容，只不过他等着保罗来跟大家解释。

“信是从土地管理局寄过来的，”保罗说，“是寄给斯特拉·希金斯的。”他把信递给了斯塔尔，自己走到桌边，在神甫对面的座位上坐了下来。斯特拉·希金斯是斯塔尔的真名，1969年秋，她从内政部那里第一次租下这片土地时，用的就是这个名字。

围坐在桌边的所有人都沉默了。就连孩子们也闭上了嘴，他们感觉到了周围的惊恐气氛。

斯塔尔撕开信封，取出了里面唯一一张信纸。她瞟了一眼，念道：“6月17日。”

神甫瞬间自发地说：“距离现在还有五个星期零两天。”这种心算他每次都能自动做出来。

在场的好几个人都发出了绝望的叹息。一个名叫颂的女人开始默默哭泣起来。神甫的一个孩子、十岁的林戈说道：“为什么，斯塔尔，为什么？”

神甫看了看梅兰妮，她是新来的。梅兰妮个头高挑，身材瘦削，年龄二十八岁，长相美艳得惊人：她有着苍白的皮肤，红辣椒色的长发，模特的傲人身材。她五岁的儿子达斯蒂就坐在她旁边。“什么？”梅兰妮带着惊慌失措的语气问道，“这是怎么回事？”

其他人都知道这一天就要到来，只不过这个话题太沉重了，他们开不了口，也没有告诉过梅兰妮。

---

① Napa，美国的世界级葡萄酒产地之一。

神甫说："我们必须离开这座山谷。我很抱歉，梅兰妮。"

斯塔尔宣读了信上的内容。"'上述提到的地皮在6月17日以后，将不适宜人类居住，因此，根据租赁合同第九条款B部分第二段的规定，您的租约将在那一天到期。'"

梅兰妮站了起来，她的白皮肤唰的一下变红了，俊俏的面庞因为突如其来的暴怒而扭曲起来。"不！"她大吼道，"不！他们不能这样对我——我才刚刚找到你们！我不相信，这是个骗局。"她把火气撒到了保罗身上。"骗子！"她尖叫道，"你他妈的骗子！"

她的孩子哭了起来。

"嘿，别吵了！"保罗愤愤不平地说，"我只是来送信的！"

每个人都同时开始大声叫嚷起来。

神甫几个大踏步走到梅兰妮旁边，搂住她，开始在她耳边柔声细语。"你吓到达斯蒂了。"他说，"快坐下来。你生气是很正常的，我们都气炸了。"

"告诉我这不是真的。"她说。

神甫温柔地把她按到椅子上："这是真的，梅兰妮，这是真的。"

等到大家都平静下来之后，神甫说："好了，同志们，我们收拾碗筷，回去干活吧。"

"为什么？"阿谷说。他是酿酒师，不是公社的创始人之一。他是20世纪80年代过来的，加入公社的原因是对商业界失去了幻想。在这伙人当中，他是除神甫和斯塔尔以外最重要的人。"等到收获的时候，我们就不在这里了。"他接着说道，"我们五个星期之内就要搬走了。为什么还要干活？”

神甫给了他一个凌厉的眼神，这种眼神具有催眠作用，只有意志最坚强的人才不会被震慑到。他等待着一屋子的人都安静下来，这样大家都能听到他说话。最终，他说：“因为奇迹会发生的。”

当地的法令禁止在得克萨斯州夏罗镇销售酒精饮料，但是，就在夏罗镇的另一边，有一家酒吧，叫作“蚁蛉虫”。那里售卖廉价的生啤酒，有一支西部乡村乐队在驻唱，店里的女服务员穿着蓝色紧身牛仔裤和牛仔靴。

神甫一个人去了酒吧。他不想让斯塔尔露脸，以免她日后被人认出来。但是他需要有人帮他把地震振动器带回去。他们得没日没夜地开几天车，两个人轮流驾驶，靠着毒品来保持清醒。他们得在失窃案暴露之前赶回公社。

他对下午的鲁莽行为感到非常后悔。马里奥已经在四分之一英里以外的地方看到了斯塔尔，而三个炼油厂工人只是在路过的时候瞅了她一眼，但是她的长相很有特点，他们说不定可以粗略地描述出来：一个高挑的白皮肤女人，体形魁梧，有着深色的长头发……

神甫在来到夏罗之前，就已经改变了自己的形象。他蓄起了灌木一般茂盛的络腮胡和髭须，将长头发紧紧地编成了一根辫子，塞进了帽子里。

不过，如果一切都按照计划进行，那么警方就不会找人描述他和斯塔尔的长相。

当他到达“蚁蛉虫”酒吧的时候，马里奥已经在那里了，他那一桌人当中，还有五六个检波器工作组的成员，以及他们的顶头上司莱尼·彼得森，彼得森掌管着整个地震勘探队。

为了不让自己表现得太殷切，神甫要了一支由长颈瓶盛装的孤星[1]啤酒，在吧台边站了一会儿，一边呷着瓶子里的啤酒，一边跟女服务员聊天，然后才去了马里奥的桌位。

莱尼是个红鼻头的秃子，他两个星期前给了神甫这份工作。神甫当时在酒吧里待了一晚，适度地喝了点酒，对工作组表现得非常友好，在他们面前秀了几句地震勘探领域的俚语，莱尼一开玩笑，他就使劲地大笑。第二天早上，他在油田的办公室里找到莱尼，向他求职。“我会试用你的。”莱尼说。

神甫就等着这句话了。

他工作很卖力，学东西很快，而且很容易相处。短短几天之内，他就已经被接纳为工作组的正式成员。

现在，等他坐下来之后，莱尼用一口慢悠悠的得州口音说道：“里奇，我听说你不跟我们一起去克洛维斯了，这是真的吗？”

“对啊。”神甫说，“我太喜欢这里的天气了，舍不得走。”

“好吧，我只想真心诚意地对你说，能够认识你，真的很荣幸，也很高兴，虽然我们认识的时间这么短。”

其他人都咧嘴笑了，这种玩笑大家经常开。他们都看着神甫，等着他给出一个敏锐的回击。

① Lone Star，美国得克萨斯州的一个酿酒品牌。

神甫做出一副严肃的表情，正儿八经地说道："莱尼，你对我真的很关照，我必须再次问你一个问题，你愿意嫁给我吗？"

他们都大笑了起来，马里奥拍着神甫的背。

莱尼看起来很为难，他说："你知道我不能嫁给你的，里奇，我已经告诉过你原因了。"说着，他沉默了一会儿，以营造戏剧效果。大家都向前探着身子，等着他抖包袱。"我是个女同性恋。"

一桌人哄堂大笑，神甫凄然一笑，甘拜下风，给全桌人点了一大杯啤酒。

同事们的话题转向了棒球。大多数人都喜欢休斯敦太空人队，但是莱尼来自阿林顿，所以支持得州游骑兵队。神甫对体育没有兴趣，所以他不耐烦地等待着，时不时不痛不痒地评论几句。今天的工作按时完成了，大家都得到了一笔不错的酬劳，而且现在又是星期五晚上，所以大家的兴致都很高昂。神甫慢条斯理地呷着啤酒。他从来不会喝多：因为他讨厌失去控制。他看着马里奥沉醉在啤酒里。当女服务员塔米又端来一大杯啤酒时，马里奥眼巴巴地盯着她的花格衬衫里露出来的乳沟。接着垂涎吧，马里奥——你明天晚上就能跟老婆上床了。

一个小时后，马里奥去了厕所。

神甫跟在后面。还等什么，现在是做决定的时候了。

他站在马里奥旁边说："我打赌，塔米今晚穿的是黑色内衣。"

"你怎么知道的？"

"我趁她弯腰放酒的时候偷偷看了一眼，我喜欢看蕾丝胸罩。"

马里奥叹了口气。

神甫接着说道："你喜欢穿黑色内衣的女人吗？"

"我喜欢红色。"马里奥毫不含糊地说。

"不错嘛，红色也很漂亮。他们说女人穿红色内衣的时候，说明她真的很想要你。"

"这是真的吗？"马里奥带着酒气的呼吸变得更急促了一点。

"是啊，我记得有人跟我说过。"神甫扣上扣子，"我得走了。我的女人还在汽车旅馆里等我。"

马里奥咧嘴一笑，擦了擦额头上的汗："我今天下午看到你和她了，伙计。"

神甫摇了摇头，假装后悔："这是我的弱点。我就是招架不住长得漂亮的女人。"

"你们就在大街上做啊！"

"是啊。怎么说呢，要是你有一段时间没见你的女人了，她就会变得很狂野，你明白我的意思吧？"快点，马里奥，快上钩吧！

"是啊。我懂的。听着，关于明天的事情……"

神甫屏住了呼吸。

"呃，你还没有改变主意吧……"

没有！没有！

"我们就按你说的办吧。"

神甫抑制住自己想冲上去拥抱他的冲动。

马里奥担心地问："你还是愿意帮我的吧，对不对？"

"当然啦。"神甫搂住马里奥的肩，两人一起走出厕所，"嘿，知道兄弟是用来干什么的吗？"

“谢谢你，伙计。”马里奥眼里含着泪水，“你真是个好人，里奇。”

他们把陶碗和木勺放在一个大浴盆里，用温水清洗，然后找一块由旧工作服做成的毛巾擦干。梅兰妮对神甫说：“我们可以再另外找个地方重新开始！我们可以租一块土地，在上面建木房子，种葡萄藤，酿葡萄酒。这样不是很好吗？你们几十年前不就是这么干的吗？”

“是啊。”神甫说着，把他的碗放到了架子上，把勺子扔进了箱子里。有那么一刻，他又回到了年轻的时候，年轻的他就像矮种马一样强壮，有着用不完的精力，坚信自己可以解决生活中出现的任何难题。他还记得那段时光散发着独特气味：新锯的木材；斯塔尔年轻的身体，汗流浃背地挖土；自种的大麻飘出的袅袅青烟，大麻就种在丛林里的一块空地上；葡萄被压碎时散发出来醉人的甘香。接着，他回到了现实，走到桌子边坐了下来。

“几十年前，”他接着她的话说道，“我们从政府那里租下了这块地皮，当时几乎没花什么钱。后来，他们就忘了我们。”

斯塔尔插话道：“地租从来没有涨过，在这二十九年里。”

神甫接着说道：“我们砍树开荒，召集了三四十个青壮年劳动力，大家都是为了一个共同的理想而奋斗，每天心甘情愿地工作十二到十四个小时，一点酬劳也没有。”

保罗·比尔咧嘴一笑：“现在回想起那个时候，我都觉得腰酸背痛呢。”

“纳帕谷有一个好心的栽培者送了我们一些葡萄藤，他想鼓励年轻人做点有建设性的事情，而不是整天无所事事地坐在那里吸毒。”

“老雷蒙德·德拉瓦勒。”保罗说，“他已经去世了。上帝保佑他。”

“而且最重要的是，我们有意愿，也有能力生活在贫困线上，整天处于半饥饿的状态，晚上睡地板，鞋子上有破洞。我们就这样熬过了漫长的五年，终于等来了自产的葡萄酒第一次大卖的时候。”

斯塔尔从地上抱起一个正在到处乱爬的小宝宝，擦了擦他的鼻头，说道：“而且，我们那个时候都没有孩子需要照看。”

“对。”神甫说，“如果我们现在能够完全重现当时的情况，我们就可以重新开始。”

梅兰妮并不满意：“肯定会有办法的！”

“怎么说呢，办法还是有的，”神甫说，“保罗已经想出来了。”

保罗点点头：“你可以开一家公司，从银行借个二十五万美元，雇一帮人，然后跟其他的贪婪资本家一样，成天盯着利润率。”

“如果这样做的话，”神甫说，“那就跟妥协没什么区别了。”

星期六早晨，在夏罗镇，神甫和斯塔尔起床的时候，天还没有亮。神甫从汽车旅馆隔壁的小饭馆里买了咖啡。等他回来的时候，斯塔尔正借着台灯的光线研究一张行车路线图。“你得在今天早上九点半到十点的样子，把马里奥送到圣安东尼奥国际机场，”她说，“然后你就可以沿着10号洲际公路离开了。”

神甫没有看行车路线图。地图总是让他百思不得其解。他到时候可以去找I–10的路牌。“我们在哪里碰头？”

斯塔尔计算着。“我应该会比你早到一个小时。”她用手指着地图上的某个点。

“10号洲际公路上，有个地方叫作莱昂斯普林斯，距离机场十五英里远。我会去那儿等你，把车停在你肯定看得到的地方。”

“听起来还不错。”

他们既紧张又兴奋。偷马里奥的卡车虽然只是计划的第一步，但却是关键的一步：只有走好了这一步，其他的步骤才能够展开。

斯塔尔对计划的可行性表示了担忧：“我们该怎么处置那辆本田车？”

三个星期前，神甫花了三千美元的现金，买下了这辆车。“估计这车不好卖。如果我们能够找到收二手车的地方，说不定可以用它换个五百美元。要不然我们就得在洲际公路旁边找个树林，把它丢在那儿了。”

“这么贵的车，我们丢得起吗？”

“金钱会让你变贫穷。”神甫引用的是巴格拉姆的五大悖论，他们将巴格拉姆尊为精神导师。

神甫对公社里有多少财产知根知底，但是他把所有人都蒙在鼓里。大多数公社成员甚至不知道公社还有一个银行账户。而且这个世界上没有人知道神甫自己存了一部分备用现金，一共有一万美元，这部分现金是由一沓沓二十美元的钞票组成的，成捆的钞票就藏在一把破旧不堪的原声吉他[①]里，吉他存放在他住的小棚屋里，挂在墙上的一根钉子上。

斯塔尔耸了耸肩。“我二十五年都没有担心过钱的问题了，估计现在也不会开始操这个心。”她摘下了自己的阅读用放大镜。

神甫对她笑了笑：“你戴眼镜还蛮可爱的。”

她斜着眼看了看他，问了个出乎意料的问题：“你是不是想快点回去见梅兰妮？”

神甫和梅兰妮是情人关系。

他拉住了斯塔尔的手。“那当然。”他说。

“我喜欢你和她在一起的样子。她能让你开心。”

神甫的脑海里突然闪过梅兰妮的身影。还记得有一天早晨，她俯卧在他的床上，还没有睡醒。清晨的阳光洒进小棚屋里。他坐在旁边，一边呷着咖啡，一边看着她，欣赏着她的肉体：雪白的肌肤透出柔嫩的质感，臀部的线条显得丰盈而完美，红色的长发盘根错节地披散在被单上。等她闻到了咖啡的香味，翻过身来，睁开眼睛，他就会回到床上，和她做爱。但是现在，他只需要怀着美好的期待，悠闲地晒晒太阳，想象着到时候应该怎样碰触她的身体，将她撩动起来。他享受着这个美好的时刻，就像在品味一杯美酒一样。

随着飘飘然的幻想渐渐淡去，他意识到自己此时身在得州的一家小旅馆里，眼前是斯塔尔四十九岁的脸。“你没有吃梅兰妮

---

① 原声吉他是指不插电的、区别于电声吉他的吉他，包括古典吉他与民谣吉他。

的醋吧？”他问。

“婚姻是最大的不忠。”她引用了五大悖论中的另外一条。

神甫点了点头。他们从来没有要求过对方保持忠诚。在早些年里，斯塔尔对贞洁观不以为意。后来，等她过了三十岁，开始收敛了之后，神甫则不断地挑战她的底线，故意在她面前拈花惹草。只不过，到了最近这几年，虽然他们依然相信自由恋爱的原则，但是已经没有人能够利用这个原则占上风了。

因此，梅兰妮的出现，对于斯塔尔来说，可以算是一种意外的打击，但是这也在可以接受的范围内。毕竟，他们俩的关系太固定了。神甫不希望自己的行动落入别人的预料当中。他爱斯塔尔，但是她眼里难以掩饰的焦虑又给了他一种玩弄女人的快感。

斯塔尔把玩着她的泡沫塑料咖啡容器：“我只是在担心花儿，我怕她有想法。”花儿是他们十三岁的女儿，也是公社里最大的孩子。

“她不是在核心家庭①里长大的。”他说，“我们没有把她变成资产阶级传统的奴隶。这就是成立公社的目的所在。”

“是啊。”斯塔尔附和道，但是这还不足以完全说服她，“我就是不想让她失去你。仅此而已。”

他抚摸着她的手：“不会的。”

她攥紧他的手指：“谢谢。”

“我们得出发了。”他说着，站了起来。

他们的行李不多，全都装进了三个盛食物用的牛皮纸袋里。神甫拿着牛皮纸袋，走了出去，把它们装进了本田车里。斯塔尔

① 核心家庭指两代人组成的家庭，核心家庭的成员是夫妻两人及其未婚孩子。

跟在后面。

他们前一天晚上就把账结了。汽车旅馆的办公室还没有开门，也没有人看见他们走出旅馆。斯塔尔坐上驾驶座，两个人在灰蒙蒙的晨光中开车离去了。

夏罗镇只有两条街，两条街的交叉路口有一个交通信号灯。在星期六的早上，这个点路上还没什么车。斯塔尔径直闯了红灯，离开了小镇。他们在六点还差几分钟的时候到达了垃圾场。

公路旁边没有指示牌，也没有围栏或者大门，只有皮卡车从山艾树丛中压出的一条小径。斯塔尔沿着这条小径上了个小斜坡。垃圾场就在斜坡的下面，从公路那边看不到。她在一堆点燃的垃圾旁边停了车。四下里找不到马里奥或者地震振动器的影子。

神甫看得出，斯塔尔心里依然放不下刚才说的事情。他满怀忧虑地想，他必须安抚斯塔尔。她今天一整天都不可以为任何事情分神。要是出了问题，她也需要保持警觉，集中注意力。

“花儿不会失去我的。”他说。

“那就好。”她警惕地回应道。

“我们三个人会一直在一起的。你知道为什么吗？”

“为什么？”

“因为我们彼此相爱。”

他看见她脸上的愁云被宽慰感驱散了。她强忍住眼泪。“谢谢你。”她说。

神甫放下心来。他已经把斯塔尔想要的东西给了她。她现在没有心结了。

他亲吻了她：“马里奥马上就会来的。你得走了，先把我们甩开几英里的距离再说。”

“你不需要我等到他来了之后再走吗？”

“不能让他在这么近的地方看到你。我们说不准以后会发生什么。我不希望他到时候把你指认出来。”

“那好吧。”

神甫下了车。

“嘿！”她说，“别忘了马里奥的咖啡。”她把装咖啡的纸袋递给了他。

“谢谢。”他接过纸袋，使劲关上了车门。

她调转车头，转了个大圈，很快就把车子开走了。本田车的轮胎在地面上扬起了一片得州沙漠的沙尘。

神甫环顾着四周。他很惊讶地发现，这么小的一个城镇，竟然可以制造出这么多的垃圾。他从垃圾堆里看到了被扭弯的自行车、外观较新的婴儿车、沾有污渍的沙发、老式旧冰箱，还有至少十辆超市购物车。这里集中了各种各样的包装纸：有的是用来装立体音响系统的硬纸板箱，有的是形如抽象雕塑的聚苯乙烯轻质填料，有些是纸袋、塑料袋、锡箔包装纸，还有许多塑料容器，里面装着神甫从来没有用过的东西，比如漂洗助剂、润肤膏、护发素、衣物柔顺剂、传真机碳粉。他看到一个由粉色塑料制成的童话城堡，可能是哪家小孩的玩具。城堡的构造非常精巧，可惜被人白白糟蹋到这种地步，如此奢侈浪费的行为令他感到震惊。

银河谷从来没有多少垃圾。生活在那里的公社成员根本不用婴儿车，也不用电冰箱，他们几乎不买任何带包装的物品。孩子们会发挥自己的想象力，用一棵树、一个桶，或者一堆木材来制作童话城堡。

一轮红日在朦胧的薄雾中缓缓地升上山脊，阳光洒在神甫身上，在一个生锈的床架上留下了长长的影子。这让他想起了他在内华达山脉的雪峰上看到的日出。他心如刀绞，恨不得马上回到山里，呼吸清凉、纯净的空气。

很快就会回去了，很快。

他的脚边有什么东西在闪光。这是一个亮闪闪的金属物件，有一半被埋进了土里。他无所事事地用靴子的尖头刮开干燥的尘土，然后弯下腰，把它捡了起来。这是一个分量很重的可调管扳手，看起来像是新的。说不定马里奥会有用得着它的地方。神甫心想：这种扳手刚好用来拧地震振动器这种大型机器的螺帽。不过，话又说回来，卡车上肯定什么工具都不缺，有各种各样的扳手，可以拧各种型号的螺帽。马里奥不需要这种从垃圾堆里捡来的扳手。这是一个物质富余的社会。

神甫把扳手丢到了地上。

他听见有车子开过来了，但是听声音不太像是大卡车。他抬起头来张望。不一会儿，一辆棕褐色的皮卡车开上了山脊，在粗糙不平的路面上颠簸着。这是一辆道奇公羊，挡风玻璃上有裂痕，是马里奥的车。神甫感到一阵焦躁不安。这唱的是哪一出？马里奥应该带着地震振动器来的。他自己的车子应该有人帮他开到北方了才对，除非他想在这里把车子卖掉，到克洛维斯去再买辆新的。肯定是出了什么岔子。“妈的，”他说，“妈的。”

眼看着马里奥把皮卡车停稳，下了车，神甫强忍住一肚子的火气。“我给你带了咖啡。”他说着，把手里的纸袋递给马里奥，“出什么事情了？”

马里奥没有打开纸袋。他郁闷地摇了摇头："我们约好的事情我做不了，伙计。"

妈的。

马里奥继续说道："我真的很感谢你的好意，但是我答应不了你。"

到底出了什么状况？

神甫咬着牙，尽量装出轻松的语气："哥们儿，是什么事情让你改变主意了？"

"昨天晚上你离开酒吧之后，莱尼跟我谈了好久，伙计，他说公司买卡车花了很多钱，说我不能载客，不能在半路上接人，不能给人搭顺风车。他说他非常非常地信任我，还说了一大堆东西。"

我完全可以想象出莱尼当时的样子，长得跟狗屎一样的脸，一喝醉酒就开始哭哭啼啼——说不定你都被他感动得要哭了，马里奥，你这个婊子养的傻逼。

"你知道我的情况的，里奇。这份工作还过得去——虽然很累，每天要干很长时间，但是报酬还不错。我不想丢掉这份工作。"

"嘿，没事的。"神甫故作镇定地说，"至少，只要你能把我载到圣安东尼奥就行。"我会在路上想想办法的。

马里奥摇了摇头："保险起见，我还是不能这样干。毕竟莱尼已经警告过我了。我不能开着那辆卡车载任何人。所以我把自己的车开过来了，好把你送回镇子里去。"

那你让我现在怎么办？

"呃，那你觉得呢，要不要跟我一起回去？"

然后呢?

神甫已经在心里建造了一座烟雾般的梦幻城堡，现在，他眼睁睁地看着马里奥的负罪感就像轻风一样，将他的城堡刮跑了。他在这个天气炎热、沙尘漫天的沙漠里待了两个星期，干了一份愚蠢而毫无价值的工作，浪费了几百美元的机票钱和汽车旅馆住宿费，还吃了那么久的恶心快餐。

他没有时间再重新来一次了。

截止日期只有两个星期零一天了。

马里奥皱起了眉头："来嘛，伙计，我们走吧。"

"我是不会放弃这个地方的。"收到信件的那一天，斯塔尔就对神甫说。当时正值下午三点左右的休息时间，她跟他并肩坐在葡萄园边缘的一堆铺满地面的松针上。两个人喝着凉水，吃着去年的葡萄做成的葡萄干。"这里不仅仅是个酒庄，不仅仅是座山谷，不仅仅是个公社——它是我生命中的一切。当年我们来到这里，就是因为我们觉得，父辈们创造的社会里充满了扭曲、腐败和流毒。而且我们真的没有想错！"她任凭自己的激动情绪表露了出来，满脸涨得通红。神甫觉得她这样依然很美。"你就看看外面的世界发生了什么吧。"她说着，提高了嗓音，"到处都是暴力、丑恶、污染，还有满口谎话、知法犯法的总统；到处都是动乱、犯罪和贫困。与此同时，我们在这里平静、和谐地生活了一年又一年，没有钱，没有争风吃醋，没有条条框框的规矩。我们说，生活中只需要有爱就可以了，他们说我们傻，但是我们是对的，他们是错的。我们知道我们找到了正确的生活方式——

而且我们已经证明了这一点。”她吐字变得非常清楚，暴露了她的富家小姐出身。她的父亲出身于一个富有的家庭，一辈子都在贫民窟里当医生。斯塔尔继承了他的理想主义精神。

“我会不惜一切代价，来保护我们的家园和我们的生活方式。”她接着说道，“我愿意为它而死，只要我们的孩子能够继续生活在这里。”她的声音变平静了，但是字字都很清楚，而且她说这些话时，带着冷血无情的坚毅。“我也愿意为了它而杀人。”她说，“你明白我的意思吗，神甫？我什么事情都做得出来。”

“你在听我说话吗？”马里奥说，“你想不想搭我的车回镇里？”

“当然。”神甫说。*当然，你这个缩头乌龟，杂种，鼠辈，人类的渣滓败类，我当然想搭车。*

马里奥转过身去。

神甫的目光落在了他几分钟前丢到地上的可调管扳手上。

他的脑海里萌生出了一个新的计划。

趁着马里奥往车边走的间隙，神甫弯下腰，捡起了扳手。

这把扳手长十八英寸，重四到五磅。大多数重量都集中在末端，钳口的大小可以调节，能够钳住巨大的六角螺母。它是由钢制成的。

他把视线越过马里奥，投向通往公路的小径。目之所及的范围内没有人。

没有目击者。

就在马里奥伸手准备开门的那一刹那，神甫向前走了一步。

他的脑海里突然闪过了一丝令人惊慌的念头：一张照片上有个年轻漂亮的墨西哥姑娘，怀里抱着个小宝宝，身边又站着个小男孩。有那么一刻，他的决心动摇了，因为他知道自己会给他们的生活带来多么沉痛的创伤。

但是紧接着，他又预见到了更加糟糕的景象：一潭黑水缓缓地涨了起来，漫过了一片葡萄园，淹死了一群正在打理葡萄藤的男人、女人和小孩。

他冲向马里奥，把扳手高高地举过头顶。

马里奥正在打开车门。他肯定从眼角看到了什么，因为当神甫的扳手马上就要击中他的时候，他突然恐惧地大叫了一声，猛地将车门使劲推开，挡着自己。

神甫撞到了车门上，车门反弹回去，砸到了马里奥身上。车门很宽，很重，把马里奥撞到了一边。两个人都摔倒了。马里奥失去了平衡，跪倒在地，脸朝着皮卡车的侧面，头上的休斯敦太空人队棒球帽掉到了地上。神甫向后一倒，重重地坐到了地表的石质土上，扳手掉到了地上，砸中了一个半加仑的塑料可乐瓶，弹到了一码以外的地方。

马里奥喘着气说："你这个疯子——"他单膝支撑着地面，试图找个把手抓住，以便将自己笨重的身体拉起来。他用左手抓住了门框的上缘。正当他奋力将自己拉起来的时候，神甫还坐在地上，他把腿抽了回去，使尽全身的力气，用鞋跟狠狠地踢了一脚车门。车门重重地关上了，夹住了马里奥的手指，又反弹开来。马里奥痛苦地大叫起来，单膝跪倒在地，身体栽倒在皮卡车的侧板上。

神甫一跃而起。

扳手在晨光的照耀下闪着银光。他一把抓起扳手，看着马里奥，内心充满了愤怒和仇恨，正是眼前这个人毁了他精心设想的计划，使他的生活陷入了危险的境地中。他走近马里奥，举起了扳手。

马里奥微微转过身来，看着他，年轻的脸上流露出无尽的困惑，似乎还不明白究竟发生了什么。他张开嘴，当神甫举起扳手砸向他时，他带着疑问的口气说道："里奇……？"

扳手沉重的末端砸进了马里奥的脑袋里，发出了一声令人反胃的闷响。他的深色头发很浓密，很有光泽，但是这对扳手的冲击没有明显的影响。他的头皮撕裂了，头骨爆开了，扳手陷进了头骨下面柔软的脑组织里。

但是他并没有死。

神甫开始感到害怕了。

马里奥依然睁着眼睛，注视着神甫。脸上流露出来的疑惑与被出卖的表情几乎毫无改变。他似乎是想把刚才说出来的半句话说完。他抬起一只手，仿佛是想引起别人的注意。

神甫害怕地后退了一步。"不！"他说。

马里奥说："伙计……"

神甫感觉自己被内心的惊慌攫住了。他再次举起了扳手。"去死，你这个混账！"他吼道，然后又给了马里奥沉重的一击。

这一次，扳手陷得更深了。当神甫把它拔出来的时候，感觉就像在从烂泥里面抽东西。他看到扳手的钳口上面沾着活生生的灰质，心里一阵恶心。胃里开始剧烈翻腾，他狠狠地咽了口口水，感觉到头晕眼花。

马里奥慢慢地往后倒，最终软趴趴地躺在了后轮胎上，一动也不动。胳膊蔫蔫的，下巴松垮了下来，但是他依然活着，眼睛死死地盯着神甫。头上飙着血，鲜血顺着脸部流了下来，流进了格子衬衫的领口。看见他死死盯着自己，神甫吓坏了。“快点死吧。”神甫央求道，“看在上帝的分上，马里奥，求求你快点死吧。”

什么事情也没有发生。

神甫退缩了。马里奥的眼神似乎是在央求神甫快点帮他解脱，但是神甫再也下不了手了。也不知道是什么原因，但是他就是举不起扳手了。

这时候，马里奥开始动了。他张开嘴，身体变得僵硬起来，喉咙里声嘶力竭地迸出一阵痛苦的尖叫声。

这让神甫失去了理智，神甫也大叫起来。紧接着，他冲向马里奥，一次又一次地用扳手砸他，每次都是砸同一个地方。恐惧的雾霾模糊了他的视线，他根本顾不上看受害者的样子。

尖叫声停止了，昏天黑地的恐惧感过去了。

神甫向后退去，手里的扳手掉到了地上。

马里奥的尸体慢慢倒向一边，直到血肉模糊的头部撞到地面上。他那灰色的脑组织渗进了干燥的土壤里。

神甫跪倒下来，闭上了眼睛。“全能的上帝，请原谅我。”他说。

他跪在那里，颤抖着。他害怕自己睁开眼睛后，看到马里奥的灵魂升上天的样子。

为了让自己冷静下来，他开始背诵梵语颂歌：“雷，陀，婆铎铦……”这段颂歌没有任何意义，也正因为如此，集中精力念诵它才会产生抚慰人心的效果。它的节奏让他想起了小时候唱过的一首童谣：

> 一，二，三–四–五
> 我曾将一条活鱼网住
> 六，七，八–九–十
> 我又把它放回了水池

当他默念颂歌的时候，他经常从颂歌切换到童谣，这样也很有静心的效果。

等到熟悉的音节让他平静下来之后，他开始专注于自己的呼吸，感受着气体进入鼻孔，穿过鼻腔，进入口腔后部，穿过喉咙，下沉到胸腔，最终渗入肺部最遥远的角落，然后又经过相反的路径，从肺部、喉咙、口腔、鼻子、鼻孔返回空气当中。当他全身心地感受呼吸的过程时，他的脑海里没有任何杂念——没有幻想，没有噩梦，也没有回忆。

过了几分钟，他站了起来，内心冰冷，脸上浮现出坚毅的表情：他既不后悔，也不遗憾。谋杀案已经过去了，马里奥现在只是他必须处理掉的一个垃圾。

他捡起自己的牛仔帽，拂去了上面的尘土，将它戴在头上。

他在驾驶座的后面找到了皮卡车的工具箱，将螺丝起子取了出来，用它卸下了前后两个车牌。他穿过垃圾堆，将车牌埋在一大堆垃圾里，然后把螺丝起子放回了工具箱。

他在尸体边弯下腰来，右手抓着马里奥的牛仔裤皮带，左手抓起了马里奥的格子衬衫，将尸体搬离了地面。背部发力的时候，他禁不住埋怨了一声：马里奥太重了。

皮卡车的门敞开着，神甫把马里奥像荡秋千一样荡了几下，然后借力扔进了车厢里。尸体躺在长椅上，靴子的脚跟从敞开的车门口伸了出来，脑袋在乘客放脚的一侧悬空着，上面的血直往下滴。

他把扳手也扔了进去。

他想把皮卡车油箱里的汽油吸出来。为此，他需要一根狭长的软管。

他打开发动机盖，找到挡风玻璃清洗液，把清洗液瓶和喷嘴之间的塑料软管扯了出来，将之前注意到的半加仑可乐瓶捡起来，然后走到皮卡车边，拧开油箱盖，将软管塞进油箱里，用嘴吸软管，吸到汽油后，将软管的末端插进可乐瓶里。可乐瓶里慢慢地装满了汽油。

等到可乐瓶装满后，他取出可乐瓶，任凭软管里的汽油往地上泄漏，自己走到皮卡车边，将可乐瓶里的汽油倒在了马里奥的尸体上。

这时候，他听到了一辆汽车的声音。

神甫看了看皮卡车内浸在汽油里的尸体，如果现在有人突然出现，他没有办法找任何托词、做任何事情来掩盖罪行。

他镇定不下来了，身体开始瑟瑟发抖，手里的塑料瓶滑落下来。他蜷缩在地上，就像个受了惊吓的孩子。他一边发抖，一边盯着通向公路的小径。是不是有哪家人早起了，跑过来扔家里淘汰掉的洗碗机了？还是说他们需要把孩子长大以后不再玩的塑料玩偶之家清理掉，或者把家里已经去世的老人过时的衣物扔掉？车子越来越近了，发动机的声音越来越响，神甫闭上了眼睛。

"雷，陀，婆铎铦……"

发动机的声音渐渐变小，车子没有开进小路，而是沿着公路往前开走了。看来它只是路过这里。

他感觉自己好傻，于是站了起来，又恢复了理智。"雷，陀，婆铎铦……"

但是恐惧让他的动作加快了。

他又往可乐瓶里灌满了汽油，手脚利落地把汽油浇到塑料长椅上，又洒满了整个车厢内部。他把剩下的汽油浇到地上，沿着车边一直浇到车尾，再把最后一点洒在油箱盖旁边，把瓶子扔进车厢里，开始往后退。

他注意到马里奥的休斯敦太空人队棒球帽还在地上，于是捡起来，也扔到了车厢里。

他从牛仔裤的口袋里掏出一盒火柴，擦燃了其中一根，用它点着了剩下的所有火柴，然后把燃烧着的火柴盒投进了皮卡车里，马上往后撤。

火焰噌的一声往上蹿，升腾起一股黑烟，转眼之间，车厢内部就变成了一座火炉。过了一会儿，火焰沿着地上的汽油烧到了仍在漏油的软管上。油箱受热爆炸，整辆皮卡车震了起来。后轮着火了，火舌吞噬了沾满油的车身底盘。

一阵恶心的味道弥漫在空气里，几乎跟烤肉味一模一样。神甫使劲吞了口口水，又往后退了几步。

过了一会儿，火势没那么凶猛了。轮胎、车椅和马里奥的尸体依然慢慢燃烧着。

神甫等了几分钟，看着熊熊燃烧的火焰。接着，他冒险向前走了几步，尽量保持较浅的呼吸，以免把臭气吸进鼻子里。他往皮卡车的车厢里看了看。尸体和车椅已经胶结在一起，变成了一团恶心的、黑乎乎的灰烬和熔化的塑料。等它冷却下来之后，这辆车就会跟一些小孩子玩火时烧掉的其他垃圾没什么区别。

他知道，他还没有完全毁尸灭迹。这辆皮卡车乍看之下可能没什么特别之处，但是如果警察在上面仔细搜寻，他们或许会找到马里奥的皮带扣、牙齿填料，以及烧焦了的骨头。神甫意识到，将来有一天，马里奥的鬼魂或许会回来找他算账。但是他已经把力所能及的能掩盖罪行的事情都做了。

现在，他必须偷走地震振动器。

他从燃烧的尸体前转过身去，开始上路。

在银河谷的公社里，有一个小帮派，称为“食禾者”（Rice Eaters）。食禾者共有七个人，他们都经历过1972年到1973年的残酷严冬。当时他们由于暴风雪的缘故，与外界隔绝了，整整三个星期只能吃融雪煮熟的糙米。信件送来的那一天，食禾者们晚上熬夜坐在炊事房里，喝着红酒，吸着大麻。

颂在1972年才十五岁，是个离家出走的小孩。这天晚上，她正在弹一把原声吉他，可以听出她弹的是一段即兴蓝调。有些食禾者到了冬天会制作吉他，他们会把自己最喜欢的吉他留下来，剩下的交给保罗·比尔，由他卖到旧金山的一家店里，在那里，他们的吉他会以高价卖出。斯塔尔正和着颂的吉他声，用沙哑而亲切的女低音歌唱，歌词是她即兴创作的：“不打算乘坐那班一无是处的火车……”她有着世界上最性感的嗓音，向来都是这样。

梅兰妮跟他们坐在一起。虽然她不是食禾者的一员，但是神甫并不打算赶她走，而其他人也不挑战神甫的权威。她正默默地哭泣着，大颗大颗的泪珠顺着脸颊流了下来。她不停地说：“我才刚刚找到你们。”

“我们还没放弃呢。”神甫告诉她，“肯定有办法让加州州长改变他的馊主意的。”

在场的人当中，有一个木匠，他叫阿橡，是个肌肉发达的黑人，和神甫一样大。他带着若有所思的语气说道：“其实造一个核弹也不是那么难的。”他曾经在海军效力过，但是在一次演习中杀了军官，于是逃跑了，从此以后一直生活在公社里。“我用一天的时间就可以造出来，只要可以弄到钚。我们可以勒索州长——要是他们不按我们说的去做，我们就威胁他们，说我们会把整个萨克拉门托炸成灰烬。”

“不行！”蒔萝说。她正在给一个孩子喂奶。这个小男孩已经三岁了，神甫觉得是时候给他断奶了，但是蒔萝认为，他想喝奶就应该给他喝。“你不能靠炸弹来拯救世界。”

正在唱歌的斯塔尔停住了：“我们不是在试图拯救世界。我1969年就已经放弃它了，那个时候，全世界的媒体把嬉皮运动变成了一场笑话。我现在只想拯救我们现在的生活，让我们的孩子能够在爱与和平中长大。”

神甫在深思熟虑中否决了制造核弹的念头，他说：“真正难的是怎么弄到钚。”

蒔萝把孩子放下来，拍了拍他的背。“得了吧。”她说，“我才不要跟那种事情扯上关系。会死人的！”

斯塔尔又开始唱歌：“火车，火车，一无是处的火车……”

阿橡不肯放弃：“我可以去核电站找个工作，想办法攻破它的安全系统。”

神甫说：“他们会要你提交简历的。你到时候怎么解释你这二十五年里做了什么？难道你要说你在伯克利做核研究吗？”

“我会说我跟一帮怪胎一起住了二十五年，现在他们要把萨克拉门托炸掉，所以我来这里弄点放射性物质。”

其他人都笑了。阿橡坐回了自己的座位，开始跟斯塔尔合唱：“不，不，不打算乘坐那班一无是处的火车……”

神甫对这种没大没小的气氛皱了皱眉，他笑不出来。他的内心充满了愤怒。但是他知道，灵感有时候来源于随性的讨论，所以他听之任之。

莳萝亲了亲孩子的额头，对大伙儿说：“我们可以去绑票。”

神甫说：“绑架谁？州长可能有六个保镖呢。”

“那去绑架他的左膀右臂怎么样？就那个叫阿尔伯特·霍尼穆恩的？”大家都小声嘀咕起来，对这个提议表示支持，他们都讨厌霍尼穆恩。“或者可以绑架沿海电力公司的总裁？”

神甫点了点头。这个办法说不定行得通。

他知道怎么干这档子事情。他已经很久没有在道上混了，但是他还记得游戏规则：要精心策划，做出很酷的样子，把目标吓到半死，让他来不及思考，然后迅速行动，及早脱身。但是有一件事情困扰着他。“总感觉有点太……低调了。”他说，“就算是某个大人物被绑架了，那又怎么样？如果你要吓唬别人，你就不能偷偷摸摸地行事，你必须把他们吓破胆才行。”

他克制住自己接着往下说的冲动。只有当你把别人吓到尿裤子，让他跪下来，哭着向你求饶的时候，你才有资本跟他谈条件；他会因为你给他指了一条明路，帮助他从痛苦中解脱出来而感激涕零的。但是这种话不能对莳萝这样的人说。

这个时候，梅兰妮又开口了。

她之前一直坐在地板上，背靠着神甫的椅子。莳萝给了她一大块肉，那是大家一起分着吃的。梅兰妮擦干眼泪，从熟肉上面狠狠地扯下一块，然后把肉递给了神甫。她呼出一团烟气，娓娓说道："在加州，有十到十五个地方的地壳断层承受着巨大的压力，只要稍稍施加一点推力或者其他刺激，就可以让地壳板块发生滑移，然后——砰！这就好比一个巨人踩在一块鹅卵石上滑倒了。鹅卵石很小，但是巨人体形太大，他一滑倒，地表就会震动起来。"

正在唱歌的阿橡特意停下来问她："梅兰妮，亲爱的，你到底在说些什么啊？"

"我说的是地震。"她说。

阿橡大笑起来："乘坐，乘坐那班一无是处的火车……"

神甫没有笑。他的直觉告诉他，这很重要。他带着平静而严肃的口吻说道："你这是什么意思，梅兰妮？"

"别想着绑架、造核弹了。"她说，"我们为什么不拿地震来威胁州长？"

"没有人能制造地震。"神甫说，"只有积聚了巨大的能量，才能让地表移动。"

"这你就想错了。只要在刚好合适的位置施力，或许只需要很少的能量就可以让地表移动了。"

阿橡说："这些事情你是怎么知道的？"

"我研究的就是这个领域。我有地震学硕士学位，本来现在应该在大学任教的。但是自从嫁给了教授以后，我的事业就完蛋了。学校不给我发博士学位。”

她的声音里透着苦楚。神甫跟她谈过这个问题，他知道她心里怨气很大。她丈夫就是学位评定委员会的一员。当委员会讨论她的选题时，她丈夫因为避嫌，没有在场。这在神甫看来是再自然不过的安排，但是梅兰妮觉得，有她丈夫在，她理应胜券在握才对。神甫猜测，她可能能力有限，不足以拿到博士学位——但是她打死也不会相信这一点。于是他对她说，一定是因为她又美貌又聪明，让委员会的人害怕了，所以他们合谋打压了她。他这么说很讨她的欢心。

梅兰妮接着说道："我老公——应该说是很快就要变成我前夫的那个人——提出了地震的应力触发理论。在地壳断层的某些点，切应力经过长年累月的积累，会达到很高的水平。接下来，只要让地壳发生相对较弱的振动，就能使板块移位，释放出所有积聚的能量，造成地震。"

神甫被这番话吸引住了。他看了看斯塔尔的眼睛。她神色忧郁地点了点头。她相信非正统的理论。她的信条是，异乎寻常的理论会变成真理，打破常规的生活方式会是最幸福的，当理性的提议行不通的时候，冲动冒险的计划将会取得成功。

神甫看了看梅兰妮的脸。她身上有一种独特的气质，感觉就像来自另一个世界。她有着苍白的皮肤、令人惊叹的绿眼睛和红色的头发，看起来就像个美貌的外星人。他第一次见她时，说的第一句话就是："你是从火星来的吗？"

她知道自己在说些什么吗？她正处于嗑药之后的飘飘然状态，但是有的时候，最有创意的点子往往是在这种过程中想出来的。他说："如果制造地震很容易，那为什么没有人干过？"

“噢，我没有说它很容易，你得变成一个地震学家才知道哪些地壳断层正处于重大的压力之下。”

神甫的大脑正在高速运转。一旦你真的遇到了麻烦，有的时候脱身的办法就是做一些离奇的事情，制造出其不意的效果，把敌人杀个措手不及。他对梅兰妮说：“怎样才能使地壳发生震动呢？”

“这就是难的地方了。”她说。

乘车，乘车，乘车……

我打算乘坐那班一无是处的火车……

在走回夏罗镇的路上，神甫的脑海里一直不由自主地回放着杀人的画面：他还记得扳手如何陷进了马里奥柔软的脑组织里、马里奥脸上的表情，以及滴到车座放脚处的鲜血。

这可不是什么好的迹象，他必须保持冷静和警觉。现在地震振动器还没有到手，根本没有办法拯救公社。他告诉自己，杀死马里奥只是简单的一步，接下来要做的，是蒙蔽莱尼的双眼，但是具体该怎么做呢？

一阵车声将他猛地拉回了现实。

车声是从身后传来的，从声音看，车子是在往进镇的方向开。

没有人会在这种荒郊野地里走路。一般人看到他在这种地方行走，都会觉得他的车子应该坏了。有些人会停下车来，让他搭个顺风车。

神甫试图编造一个理由，来说明自己为什么会在星期六早晨六点半的时候往镇里走。

一点灵感也没有。

他试图求助于启发他谋害马里奥的神灵，但是神灵没有回应。

在周围五十英里的范围内，除了一个垃圾场以外，什么也没有，而他恰恰不能说自己是从垃圾场过来的，因为那里有马里奥被烧焦的尸体和皮卡车。

身后的汽车放慢了速度，离他越来越近了。

神甫克制住自己想压低帽檐遮住眼睛的欲望。

我在这里做什么呢？

——我是来沙漠里观光的。

是啊，来看山艾树和响尾蛇。

——我的车坏了。

在哪里？我怎么没看到？

——我是出来撒尿的。

走这么远？

虽然早晨的空气很凉爽，但是他已经开始出汗了。

汽车慢慢地从他身边经过，这是最新款的车型——道奇霓虹，车身漆成了金属绿，车牌是得州牌照。车里只有一个人，是个男的。他可以看出，司机正通过后视镜打量着他，想看看他的底细。说不定这是个休班警察呢——他感到一阵恐慌，不得不克制住转身逃跑的冲动。

汽车停了下来，又开始往后倒。司机放下了近侧的车窗，这是个年轻的亚洲人，身上穿着西装。他说：“嘿，哥们儿，需要搭车吗？”

我该说什么呢？“不了，谢谢，我就想走一走。”

“我身上的沙尘有点多。”神甫说着，低头看了看脚上穿的牛仔裤。我先头杀人的时候一屁股坐到了地上。

“谁不是呢，在这种鸟不拉屎的地方。”

神甫上了车。他的手在颤抖。他系上了安全带，只是为了找件事情做，以免内心的焦虑暴露出来。

车子启动后，司机说：“你咋一个人在这里走呢？”

我刚用一个可调管扳手杀了我的朋友马里奥。

在最后一刻，神甫随口编了个故事。“我跟老婆吵架了。”他说，“我把车子停下来，下车走了。没想到我老婆把我一个人丢下来，自己接着开车走了。”也不知道是哪个神灵又给了他灵感，他感恩至极。手已经不抖了。

“我想起来了，先头我在离这里十五到二十英里的地方，看到了一个开蓝色本田的女人，长得挺漂亮的，头发是深色的。那是不是你老婆？”

我的天哪，你是谁啊，记忆超人？

司机微笑道：“你穿行在这种沙漠里的时候，每看到一辆车都会觉得很稀奇的。”

“不是，那不是她，”神甫说，“我老婆开的是一辆破皮卡。”

“我没有看到皮卡车诶。”

“那就好。可能她还没有走远呢。”

“说不定她把车停到了某条农家小路上，正哭得稀里哗啦，希望你能回去呢。”

神甫咧嘴一笑，他松了口气。司机听信了他的谎言。

车子开到了小镇边缘。“那你呢？”神甫说，“你怎么星期六一大早就跑出来了？”

"我没跟老婆吵架，我是准备回家跟她团聚的。我住在拉雷多，平常经常出差，去各个地方推销奇特的陶瓷装饰盘、小雕像、婴儿房门牌之类的东西，都是些非常吸引眼球的玩意儿。"

"真的吗？"真是个浪费生命的好办法。

"我们一般把东西推销到杂货店。"

"夏罗的杂货店现在还没有开门呢。"

"反正我今天也不打算工作。我可能会中途下去吃点早餐。有没有什么值得推荐的地方？"

神甫很想建议推销员径直穿过小镇，不要停下来，这样他就不会有机会跟当地人嚼舌头，说他在垃圾场附近载了个满脸络腮胡的人了。但是他穿过主街的时候，肯定会看到懒惰苏珊餐厅，所以也瞒不住他。"有个小饭馆。"

"菜怎么样？"

"粗燕麦粉还不错。那家店就在交通信号灯后面。你把我送到那儿就行了。"

过了一分钟，汽车停在了懒惰苏珊餐厅门外的一个小车位。神甫对推销员表达了谢意，然后下了车。"好好享用你的早餐。"走的时候，他对着汽车喊道。还有，不要跟当地人搭话，拜托。

距离小餐馆一个街区的地方，就是里金地震仪公司的当地办事处，里金地震仪是他目前效力的一家小型地震勘探公司。办事处就是停在空地上的一辆大型拖车。马里奥的地震振动器就停在空地里，旁边是莱尼的私家车——蔓越莓红的庞蒂亚克格兰丹姆赛车。

神甫停下脚步，盯着卡车看了一会儿。这是一辆十轮车，上面的越野轮胎规模超大，看起来就像装甲恐龙。卡车是亮蓝色的，上面积了一层得州的沙尘。他恨不得马上就跳进去，把车子开走。他看着车厢后部的大块头机器、大功率发动机、巨大的钢板，以及油箱、软管、阀门和计量器。我只需要一分钟，就可以把这玩意儿发动起来，根本就不用车钥匙。但是如果他现在就把它偷走，不出几分钟，全得州的高速公路巡逻警官都会出来搜捕他。他必须保持耐心。我会让地壳震颤起来，没有人能阻止我。

他走进拖车内。

办事处里一派繁忙的景象。地震检波器团队的两名主管正站在一台电脑前，本地区的彩色地图正缓缓地从一台打印机里输出。今天，他们会将设备从勘测地点收集起来，准备搬到克洛维斯。一名测量员正在电话上用西班牙语跟人争辩，莱尼的秘书戴安娜正在查看一张清单。

神甫穿过一扇打开的门，进入里面的办公室。莱尼正在喝咖啡，一只耳朵对着电话听筒。由于昨晚喝了酒，他的眼里布满了血丝，脸上到处都是红斑。看到神甫走了进来，他只是象征性地点了点头。

神甫站在门边，等着莱尼接听完电话。他的心已经提到了嗓子眼。对于该说什么，他心里已经有了个大概。但是莱尼会上钩吗？成败就在此一举。

过了一分钟，莱尼挂掉了电话，对他说：“嘿，里奇——你今天早上看到马里奥了吗？”他的语气很恼火，“他半个小时前就该把车开走了。”

“嗯，我看到他了。”神甫说，“大清早的，我必须告诉你一个遗憾的消息，他让你失望了。”

“你在说些什么？”

神甫把准备好的一套谎言跟他说了。那是他在举起扳手，冲向马里奥之前的一刹那，脑子里突然灵光一现想到的主意。“他太想念家里的老婆孩子了，他开着他那辆老皮卡车，离开夏罗了。”

“噢，行啊，这小子挺有能耐的嘛。你是怎么知道的？”

“我今天早上在街上看见他了，他正打算去艾尔帕索。”

“他怎么不给我打个电话？”

“他让你失望了，没有脸跟你说。”

“哼哼，我就希望他能一路把车开到国界线，开到海里再给我停下来。”莱尼用指节揉了揉眼睛。

神甫开始即兴发挥：“听着，莱尼，他有个年轻的家庭，别对他太苛刻了。”

“苛刻？你说这话是认真的吗？他已经被解雇了。”

“他真的很需要这份工作。”

“我需要有人把他那辆破卡车开到新墨西哥去。”

“他正在存钱买一套带泳池的房子。”

莱尼的语气变得尖刻起来：“别闹了，里奇，你都快把我说哭了。”

“要不这样吧。”神甫咽了口口水，故作轻松地说道，“要是你能保证不炒马里奥的鱿鱼，我愿意把他那辆卡车开到克洛维斯去。”他屏住了呼吸。

莱尼盯着神甫，什么也没说。

“马里奥并不是坏人，你知道的。”神甫接着说道。别慌，你听起来怪紧张的，放轻松一点，别让人看出来！

莱尼说："你有商业驾驶执照对不对，是B级的？"

"这驾照我二十一岁就有了。"神甫掏出皮夹，取出驾照，将它扔在了桌上。驾照是伪造的，斯塔尔也有一份一模一样的。她的也是伪造的。保罗·比尔知道哪里可以搞来这种东西。

莱尼查看了一下驾照，然后抬起头来，带着怀疑的口气说："那你这样做是为了什么呢？我记得你不想去新墨西哥的。"

别跟我耍花样，莱尼，你就告诉我行还是不行！

"可以一下子多拿五百美元嘛。"

"我不知道……"

你这个婊子养的，我为了这个可是杀了一个人的，快点把答复给我！

"这次给你两百美元行不行？"

行！谢谢你！太谢谢你了！他装出一副犹豫不决的样子。

"两百美元干三天太少了。"

"就两天，可能顶多两天半吧。那我给你两百五十美元。"

给什么都行！只有把车钥匙给我就行！"听着，不管你给多少，我都会干的，因为马里奥是个好人，我想帮助他。所以，你觉得值多少价就给多少钱吧。"

"好吧，你这个老狐狸，就三百吧。"

"那就这么说定了。"我拿到了一台地震振动器。

莱尼说："嘿，谢谢你帮我解围。真的很感谢。"

神甫尽量不让自己露出胜利的笑容："说得没错。"

莱尼拉开抽屉，拿出一张纸，扔到了桌上："你把这张保险单填了。"

神甫僵住了。

他不识字，也不会写字。

他恐惧地盯着那张表。

莱尼不耐烦地说：“拜托，快点把它拿走，又不是让你抓响尾蛇。”

我看不懂这张表，不好意思，纸上这些乱七八糟的线条看起来就像在跳舞一样，我没有办法让它们停下来！

莱尼看着办公室的墙，对着某个看不见的观众说：“我发誓这家伙刚才还醒着呢。”

雷，陀，婆铎铦……

神甫慢慢地伸出手，拿走了桌上的表。

莱尼说：“让你填张表怎么就这么难？”

神甫说：“呃，我只是在想马里奥的事情。你觉得他不会有事吧？”

“别管他了。把这张表填了，赶紧出发。我到时候要在克洛维斯看到那辆卡车。”

“好，”神甫站了起来，“我去外面填。”

“好吧，我先去管其余那五十七件麻烦的事情。”

神甫走出莱尼的办公室，走进外面的总办事处。

这种事情你以前都遇到过一百多次了，冷静下来就好了，你知道怎么应对的。

他走到莱尼的办公室门外停住了，没有人注意到他，大家都很忙。

他看着表格，上面的大写字母很显眼，就像灌木丛中的树木一样。如果别住表格的别针在底下，这说明你把表格拿反了。

他之前把表格拿反了，于是把纸张调转了个方向。有的时候，表格上会有个硕大的“×”记号，要么是用非常显眼的粗体字打印出来的，要么是用铅笔或者红笔勾画出来的，它的用途是告诉你该在哪儿签名。但是这张表格上没有那种显眼的记号。神甫会写自己的名字，稍微会一点儿。他得写很久，而且他知道写出来的字就跟狗爬的一样，但是终究还是能写出来的。

但是除此之外，他一个字也不会写。

小时候，他太聪明了，根本不需要读书写字。他的心算速度比所有人都快，即使纸上的数字他一个也不认识。他的记忆力是无懈可击的。他总是能在一个字也不用写的情况下，让别人替他代劳。在学校里，他会想方设法不让自己碰到需要大声朗读的情况。如果有写作作业，他会让别的孩子帮他写，如果这样也不行，他会编千千万万个理由来敷衍了事，老师最终也会无可奈何地耸耸肩，他们认为，如果孩子不想写作业，他们也不能逼着孩子写。大家都说他懒，当他预见到危机迫近时，他就会逃学。

后来，他开始经营酒水批发业务，而且把生意打理得蒸蒸日上。他从来不写信，但是所有事情都用电话解决，或者亲力亲为。他把几十个号码记在脑子里，直到后来有钱了以后，他才开始聘请秘书来替他打电话。钱箱里有多少现金，银行里有多少存款，他一清二楚。如果有销售员给他购货单，他就会说：“我告诉你我需要什么，你来填表。”他雇用了一名会计和一名律师来跟政府打交道。二十一岁的时候，他就已经赚了一百万美元。等到结识斯塔尔，并且加入公社的时候，他已经穷得分文不剩——之所以破产，并不是因为他是文盲，而是因为他欺骗顾客、逃税漏税，而且向流氓团伙借钱。

填张保险单应该不费事。

他在莱尼的秘书戴安娜的办公桌前坐了下来，对戴安娜微微一笑。“你今天早上看起来没什么精神嘛，亲爱的。”他说。

戴安娜叹了口气。她是个丰满的金发女郎，现在三十多岁了，嫁给了石油钻台上的工人，生了三个孩子，孩子现在都已经十几岁了。要是有男人进入拖车后，跟她打情骂俏，立刻就会遭到她的横眉冷对。但是神甫知道，她对彬彬有礼的客套话没什么抵抗力。“里奇，我今天早上有一大堆事情要忙，我真希望自己能够多长一个脑子。”

他做出一副垂头丧气的表情：“那真是太糟糕了——我本来还想让你帮我个忙呢。”

她沉吟了片刻，然后凄然一笑：“什么事啊？”

“我字写得很难看，本来想让你帮我填这张表。但是你这么忙，我也不好意思给你添乱。”

“呃，这样吧，你也帮我个忙。”她指了指墙边整整齐齐码放的那堆厚纸盒，盒子上仔细地贴着标签，“我来帮你填这张表，你帮我把那堆文件搬到外面那辆绿色的雪佛兰星旅货车上去。”

“没问题。”神甫感激地说着，把表格递给了她。

她看了看表格：“你要开地震振动器？”

“是啊，马里奥想家了，回到埃尔帕索去了。”

她皱了皱眉：“这可不像他。”

“可不是吗，我希望他没出什么事。”

她耸了耸肩，拿起笔：“好了，我们先来填姓名、出生日期和出生地。”

神甫把信息给了她，她开始在表格的空白处写字。看来事情挺顺利的，为什么刚才要恐慌呢？这只不过是因为他没有想到要填表罢了。莱尼把他杀了个措手不及，有那么一刻，他向自己心中的恐惧妥协了。

在掩饰自己是文盲的问题上，他已经很有经验了。他甚至会利用图书馆的资源。他就是通过这种方式了解地震振动器的。有一天，他去了萨克拉门托的中央图书馆，那家图书馆位于闹市区的第一大道，是个规模庞大、人员流动频繁的地方，大概不会有人记住他这张脸。在接待处，他得知科学类书籍在二楼。上了二楼，映入眼帘的是一排又一排的长书架和面对着电脑屏幕的人群，这让他感到焦虑。这时候，他和一个年龄相仿、慈眉善目的图书馆员打了个照面。“我想找一些地震勘探方面的书籍，”他露出亲切的微笑说道，“您能帮我查一查吗？”

她把他带到了相应的书架前，从中抽出一本书，在他三言两语的撺掇之下找到了相关的章节。“我很想了解他们是怎么制造冲击波的，”他解释道，“不知道这本书上有没有介绍。”

她跟他一起翻着书页。“好像有三种方式。”她说，“地下爆破、落重法，或者地震振动器。”

“地震振动器？”他说着，眼里闪过一丝光芒，“那是什么？”

她指了指一张照片。神甫盯着照片，被吸引住了。图书馆员说：“这看起来很像一台卡车。”

对于神甫来说，这看起来就像个奇迹。

“我能把这几页复印下来吗？”他问。

“当然可以。”

你只要够聪明，就总能想到办法，让别人来帮你看书写字。

戴安娜填完了表格，在一条虚线旁边画了个大大的“×”号，把表格递给了他，然后说道：“你在这儿签个字。”

他拿过她手里的笔，开始费劲地签名。“理查德”的首字母“R”就像个歌舞女郎，有着丰满的乳房，一条长腿向外张开。“格兰杰”的首字母“G”就像一把长柄勾刀，有着硕大的圆形刀刃和短短的手柄。“RG”后面的字母被他写得歪歪扭扭的，就像一条蛇一样。字写得不好看，但是人们可以接受。很多人的签名就像狗爬一样，他发现签名不需要写得很清楚，真是谢天谢地。

正因为如此，他必须在假驾照上用自己的真名，这是他唯一会写的东西。

他抬起头。戴安娜正好奇地看着他，惊异于他写字竟然这么慢。当她发现他也在看她的时候，脸红了，视线赶紧转移到别处。

他把表格还给了她：“谢谢你的帮助，戴安娜。真的帮了我大忙。”

“不用客气。等莱尼讲完电话以后，我就去给你拿卡车钥匙。”所有钥匙都放在老板的办公室里保管着。

神甫想起他已经答应戴安娜，要帮她搬纸盒。他抱起一只纸盒，走到外面。那辆绿色的货车就在院子里，后门打开着。他把纸盒放进去，回来搬下一趟。

每回来一趟，他都会看一眼她的办公桌。表格还没拿走，桌子上还没有钥匙的踪影。

搬完所有的盒子以后，他回到她的办公桌前，坐了下来。她正在打电话，商量着在克洛维斯预订汽车旅馆的事情。

神甫咬着牙齿。眼看着就要大功告成了，钥匙就快拿到手了，可是在这最后关头却还不得不听人讲一堆关于汽车旅馆客房的废话！他逼迫着自己坐着不动。

她终于挂了电话。“我去找莱尼拿钥匙。”她说着，拿起表格，走进里面的办公室。

一位名叫邱的推土车司机走了进来。他胖墩墩的，穿着工作靴，刚走进车里，整个拖车就被他踩在地上的力量震得摇摇晃晃的。“嘿，里奇。”他说，“我还不知道原来你结婚了。”他大笑道。办公室里的其他人都抬起头来，眼里充满了好奇。

妈蛋，这是在唱哪一出？

神甫说：“你从哪儿听来的？”

“先头在苏珊餐厅门口看到你从一辆车上下来。然后我碰到那个让你搭顺风车的销售员了，我们一起吃了早饭。”

操，他跟你说了什么？

戴安娜从莱尼的办公室里出来了，手里拿着钥匙环。神甫恨不得从她手里把钥匙环夺走，但是他假装更在乎和邱扯皮。

邱接着说道：“你懂的，苏珊餐厅的西部煎蛋卷真是一绝呀。”他抬起腿，放了个屁，然后抬起头，看见老板的秘书站在门口，“抱歉了哈，戴安娜。话说，那个小伙子说他在垃圾场附近让你上了车。”

靠！

“当时才六点半，你一个人在沙漠里走。因为你跟老婆吵架了，把车停了下来，自己走了。”邱环视着其他人，确保大家都在注意听他说话。“然后她坐到驾驶座上，把你一个人丢在那儿，自己开车走了！”说着，他的嘴巴都咧到耳朵边了，其他人开始哄堂大笑。

神甫站了起来。他不想让别人记住他在马里奥失踪的当天出现在了垃圾场附近。他需要把这个话题中断，于是做出一副受伤的样子："好吧，邱，我跟你说吧，要是我以后刚好听说了你的私事，尤其是有点尴尬的那种，我保证不会在办公室里到处乱传，你看怎么样？"

邱说："你别介意呀。"

其他人看起来都很惭愧。大家都不愿意再提这件事了。

现场陷入一阵尴尬的沉默。神甫不想在不愉快的气氛中离开，于是他说："看你说的，邱，我也没往心里去呀。"

邱耸了耸肩："我不是有意冒犯你的，里奇。"

紧张的气氛缓和了下来。

戴安娜把地震振动器的钥匙给了神甫。

他把钥匙握在手心里。"谢谢你。"他说着，极力不让自己的语气中表露出激动的情绪。他恨不得马上就冲出去把车开走。"再见啦，同志们，新墨西哥见。"

"你开车小心点，知道不？"他走到门口时，戴安娜说。

"噢，我会的，"神甫回答道，"你放心吧。"

他走了出去。太阳升起来了，外面变暖和了一些。他克制住自己围着卡车跳舞庆祝的欲望，爬进车里，发动了引擎。他查看了一下仪表盘。马里奥昨天晚上肯定把油加满了，卡车随时可以上路。

他把车开出院子时，笑得嘴巴都合不拢了。他把车开出了城，挂了高挡，向北驶去，沿着斯塔尔的本田车经过的方向前进。

当他开进垃圾场的岔路口时，心里涌上一阵怪异的感觉。他想象着马里奥站在路边，灰色的脑髓从脑袋的破口中涌出。这是个既愚蠢又迷信的想法，但是他克制不住自己。胃里开始翻腾。有那么一刻，他感到一阵虚脱，根本无力开车。但是紧接着，他振作了起来。

马里奥不是他杀死的第一个人。

杰克·卡斯纳是个警察，他抢劫了神甫的母亲。

神甫的母亲是个妓女，她生下神甫的时候，只有十三岁。等到里奇十五岁的时候，她跟另外三个女人一起在一套公寓里接客。公寓位于洛杉矶闹市区的贫民窟，在第七街，楼下是一家肮脏的书店。杰克·卡斯纳是个扫黄警察，他每个月来收一次保护费，一般每次过来，都会顺便享受一次免费的口交服务。有一天，他看见神甫的母亲从里屋的钱箱里取钱。那天晚上，扫黄警队查抄了公寓，卡斯纳偷了一千五百美元，那在20世纪60年代可是很大一笔钱。神甫的母亲不介意蹲几天监狱，但是她失去了所有的积蓄，心都快碎了。卡斯纳威胁那几个妓女：如果胆敢投诉，他就会以毒品走私罪控告她们，让她们坐几年的牢。

卡斯纳以为，单凭几个妓女和一个小孩，对他构不成威胁。但是第二天晚上，当他站在百老汇蓝光酒吧的厕所里排泄啤酒酒精的时候，小里奇·格兰杰将一把如剃刀般锋利的六英寸尖刀插进了他的背部。尖刀轻而易举地刺穿了卡斯纳的黑色马海毛西装和白色尼龙衬衫，插进了他的肾脏。卡斯纳陷入一阵剧痛，他甚至没法用手拿枪。里奇又刺了他好几刀，下手很快。警察倒在男厕所潮湿的混凝土地板上，吐着血，然后里奇打开水龙头，冲洗了刀上的血，走了出去。

回首过去，神甫惊异于他小小年纪的冷酷和气定神闲。当时杀人的过程只有十五或二十秒，但是随时都有可能会有人中途闯进来。尽管如此，他却毫不恐惧，毫不内疚，也毫无负罪感。

但是从此以后，他开始害怕黑暗。

那段时间里，他并没有生活在黑暗当中。他母亲的公寓里整夜开着灯。但是有时候，在某个漫长的夜晚，比如星期一的夜晚，他会在天亮之前醒来一阵，发现大家都睡着，灯已经关了；然后他就会被伸手不见五指的黑暗和毫无来由的恐惧所攫住，在屋子里跌跌撞撞地摸索，碰到某个毛茸茸的生物，摸到某个奇怪的、湿乎乎的表面，直到找到电灯开关，然后坐在床的边缘，大口穿着粗气，慢慢地恢复理智，这时候他就会发现，原来那个湿乎乎的表面是镜子，而毛茸茸的生物是他的羊毛内衬夹克。

这种害怕黑暗的状态一直持续到了结识斯塔尔的时候。

他记得他在认识她的那一年里听过一首歌，于是唱了起来：“水上的烟雾……”他还记得，乐队的名称叫作深紫色，那年夏天，人人都在播放他们的专辑。

这是一首不错的末日歌曲，很适合在开地震振动器的时候唱。

水上的烟雾
空中的火焰

他经过垃圾场的入口，继续前进，向北方进发。

“我们今晚就开始行动。”神甫说，“我们要告诉州长，四个星期以后会有一场地震。”

斯塔尔满腹疑虑："我们甚至都不知道这种事情有没有可能做到。或许我们应该先把别的事情都做好，等到所有工作都准备就绪以后，再下最后通牒。"

"靠，才不呢！"神甫说。这个建议惹恼了他。他知道这个团体需要领导。他需要让他们坚定地站在同一阵线上。他们必须勇敢地豁出去，承担风险，义无反顾。要不然到了明天，他们会找到恐惧的理由，进而退缩。

他们正处于群情激奋的时候。信件今天送到了，他们都充满了愤怒和绝望。斯塔尔的内心变得冰冷而坚毅；梅兰妮积聚了一腔的怒火；阿橡已经准备宣战了；保罗·比尔恢复了街头小混混的战斗力。颂几乎没有说话，但是她在这个团体当中是一个无依无靠的孩子，其他人怎么做，她就会跟着怎么做。只有莳萝持反对态度，而她的反对没什么分量，因为她是个懦弱的人。她虽然反对得快，但是退缩得更快。

神甫自己心里明白一个冷峻的现实：如果这个地方不复存在，那么他的生活就完蛋了。

这时候，莳萝说："但是地震可能会死人的。"

神甫说："我来跟你讲讲我是怎么打算的吧。我觉得，我们必须先制造一场小规模的、无害的地震，地点就选在某个沙漠里，就是为了证明一下我们能说到做到。然后，等我们威胁要制造第二场地震的时候，州长就会出面谈判了。"

莳萝的注意力回到了她的孩子身上。

阿橡发话了："我听神甫的，今晚就行动。"

斯塔尔妥协了："我们怎么向政府发出威胁呢？"

"打匿名电话或者发邮件吧，我想。"神甫说，"但是这样一来，我们就有可能被追踪到了。”

梅兰妮说：“我们可以发在网络公告板上。如果用我的笔记本和手机来发，就没人能追踪到我们了。”

在梅兰妮出现之前，神甫还从来没有见过电脑。他带着询问的眼神看了看保罗·比尔，因为保罗对这种事情比较在行。保罗点了点头，说道：“好主意。”

“好吧。”神甫说，“把你的东西拿过来。”

梅兰妮出去了。

“我们以什么名义来发消息呢？”斯塔尔说，“我们得想个名字。”

颂说：“这个名字要能反映出我们是个爱和平的团体，只是形势所迫，不得不采取极端措施。”

“我知道。”神甫说，“我们就自称为‘伊甸之锤’吧。”

当时正值5月1日凌晨之前。

汽车行驶到圣安东尼奥的郊区时，神甫变得紧张起来。按照原来的计划，马里奥会一直把卡车开到机场。但是现在，神甫一个人把车开进了城市周围如迷宫一般的高速公路，他开始出冷汗了。

他没有办法看地图。

以前每次开车去陌生的地方，他总是会带上斯塔尔来帮他指路。她和其他食禾者知道他是文盲。上一次他在陌生的道路上开车，是在1972年的晚秋，那时候他从洛杉矶逃了出来，在机缘巧合之下来到了银河谷的公社。从那以后，他就不在乎自己去哪里了。事实上，就算是就此死去，他也心满意足了。但是现在，他想生存下去。

即使道路标志对他来说很难辨认，但是只要他停下来，仔细观察一阵，他就能看出“东”“西”“南”“北”之间的区别。尽管他的心算能力出类拔萃，但是他没有办法辨认数字，除非他仔细地盯着数字看，长时间地思考它是什么。他费了好大的力气，终于认出了十号干线的标志：那是一道竖杠，旁边有个圆圈。但是道路两旁还有许多其他的标志让他不明就里，使前进的路线变得扑朔迷离。

他试图镇静下来，但是这很难做到。他喜欢一切尽在掌握的感觉。迷路的茫然和困惑让他抓狂。他可以看太阳，辨别出哪个方向是北方。当他感觉自己可能走错了路的时候，他会在就近的加油站或者商场前停下来问路。他讨厌这样做，因为人们会注意到地震振动器——这是个大家伙，车厢后面的机器看起来非常惹眼——况且路人很可能会记住他的长相。但是他必须冒这个险。

但是，问了路也不一定会有帮助。加油站的工作人员可能会这么说：“噢，很容易找到的，你就沿着柯柏斯·克里斯蒂[①]高速公路一直往前开，直到看到‘布鲁克斯空军基地’的标志牌就可以了。”

神甫只好逼迫着自己保持冷静，不停地问问题，隐藏自己的愤怒和焦躁。他假装自己是个友善却木讷的卡车司机，这种人第二天就会被人遗忘。经过一番波折，他终于沿着正确的道路离开了圣安东尼奥，心里不断地感谢上苍。

---

① Corpus Christi Highway，柯柏斯·克里斯蒂是得克萨斯州南部的一座城市。

几分钟后，他穿过了一个小镇，看到那辆熟悉的蓝色本田车停在一家麦当劳餐厅的门外，心头的担子终于卸了下来。

他充满感激地拥抱了斯塔尔。“到底出什么事了？”她担心地说，“我还以为你几个小时前就该到了！”

他决定不把杀害马里奥的事情告诉她。“我在圣安东尼奥迷路了。”他说。

“我就怕出这种事情。我一路开过来的时候，也没有想到这里的高速公路网竟然那么复杂。”

“我觉得它的复杂程度应该连旧金山的一半都不到吧，但是我认得旧金山的路。”

“好了，你现在终于到了。我们去喝杯咖啡，给你压压惊吧。”

神甫点了个素汉堡，店家送了个免费的塑料小丑。神甫将它小心翼翼地塞进口袋里，想到时候送给六岁的儿子笑笑。

上路后，斯塔尔坐到了驾驶座上。他们打算一路不停地开到加利福尼亚。那需要至少两天两夜的时间，可能还要更久。他们打算轮流驾驶，一个人开车的时候，另一个人睡觉。为了抵御疲劳，他们还嗑了点安非他命。

他们把本田车留在了麦当劳的停车场。车子发动后，斯塔尔给了神甫一个纸袋，说：“我给你准备了件礼物。”

纸袋里有一把剪刀和一个电动剃须刀。

“现在你可以把那难看得要死的络腮胡刮掉了。”她说。

他咧嘴一笑，把后视镜对准自己，开始刮胡子。他的胡子长得又快又厚，浓密的络腮胡和八字胡显得他的脸很圆。现在他的本来面貌终于逐渐显露出来了。他先用剪刀把胡子剪成短茬，然后用电动剃须刀把胡茬剃掉。最后，他把牛仔帽摘下来，解开了辫子。

他把帽子扔出窗外，看了看镜中的自己。他的头发从高高的额头上向后拢，呈波浪形垂到双颊边。他的脸庞憔悴瘦削，鼻子如刀刃一般，双颊向内凹陷，但是嘴巴很性感——很多女人都是这么跟他说的。但是，她们谈论得最多的还是他的眼睛，那双眼睛呈深褐色，几近于黑色。人们说，他的眼神很有力，眼睛里放射着光芒，能把人迷住。神甫知道真正迷倒一个女人的，不是他的眼睛本身，而是他注视着这个女人时的专注神情：他能让她感觉到，他的眼里只有她，没有别人。他也可以把这个本领用在男人身上。他现在就对着镜子练起了这个表情。

“真是个生着天使面庞的恶魔。”斯塔尔说——她在揶揄他，但是口气当中却充满了打情骂俏。

“而且够聪明。”神甫说。

“我估计你是很聪明吧。毕竟你把这台机器弄到手了。”

神甫点了点头：“真正的好戏还在后头呢。”

第二章

周一清晨，在旧金山金门大道450号的联邦大厦，FBI特工朱迪·马多克斯坐在第十五楼的一间审判室里等待着。

审判室里铺着金色的木地板。新装修的审判室里总是这样。它们一般都没有窗户，所以建筑师试图采用较浅的颜色，让室内看起来更明亮一点。这是她的猜测。长期以来，她总是在审判室里等待。大多数执法人员都是这样。

此时此刻，她很担心。在法庭里，她总是很担心。为了一个案子，她往往要准备好几个月，甚至好几年，但是案子一旦上了法庭，就说不准了。被告可能很狡猾，也可能很无能；法官可能是个眼光犀利的开明人士，也可能是个年迈体弱的老顽固；陪审团可能是一群明智而有责任感的公民，也可能是一伙粗鄙的底层蛀虫，他们自己本身就该坐牢。

今天有四个男的受审，他们分别是：约翰·帕顿、“收税员”欧尼斯特·迪亚斯、冯李、冯胡。冯氏兄弟是大恶霸，另外两人是他们的上级。他们与香港的一个三合会合作，建立了一个洗钱网络，将北加州制毒业的黑钱洗白。朱迪花了一年的时间查明他们的勾当，又花了一年的时间来找证据。

她调查亚洲犯罪分子的时候，有一大优势：长得像东方人。

她父亲是个绿眼睛的爱尔兰人，但是她长得更像过世的母亲，她母亲是越南人。朱迪身材修长，头发呈深色，眼角微微上翘。她调查的这两个华人犯罪分子从来没有想过，这个漂亮的亚洲混血姑娘竟然是个能力出众的FBI特工。

与她合作的是一个检察官助理，她对此人的了解非同一般。此人名叫唐·莱利，直到一年前，他们两人还是同居关系。他跟她一样大，也是三十六岁，是个经验丰富、充满活力、聪明绝顶的人。

她本以为这个案子已经滴水不漏。但是被告聘请了旧金山最顶尖的刑事律师团队，炮制了一场聪明而又出色的辩护。他们的律师巧妙地削弱了证人证词的可信度，因为证人本身也不可避免地来自犯罪阵营，而且他们还歪曲了朱迪收集的证明文件来迷惑陪审团。

朱迪和唐都不知道最终的审判结果会是什么样子。

朱迪对这起案子放不下心，还有个特别的原因。她的直接上级——亚洲团伙犯罪专案组的督察快要退休了，她向上级提出了申请，要接替这个职位。旧金山分局的头领——特工主管将支持她的申请，她对此心知肚明。但她还有个竞争对手——马文·哈耶斯，这也是个野心勃勃的特工，跟她同属一个年龄层。而且马文还有个强有力的靠山，他最好的朋友是助理特工主管，主管团伙犯罪和白领犯罪[①]专案组的所有调查活动。

人员升迁由人事处负责，但是特工主管和助理特工主管所说的话也很有分量。目前，朱迪和马文·哈耶斯的竞争很激烈。

她很想要那份工作。她想在FBI迅速升迁。她是个好特工，也

① 白领犯罪是指以取得钱财——尤其是巨额钱财为动机的非暴力犯罪。

会成为一名杰出的组长。假以时日，她会成长为FBI有史以来最出色的特工主管。她为FBI自豪，但是她知道，她可以把它建设得更好，她会更快地引进新的技术，精简管理体系，而且最重要的是，要裁汰像马文·哈耶斯这样的特工。

哈耶斯是个传统类型的执法官：他懒惰，粗暴，不择手段。他抓进监狱里的坏人没有朱迪那么多，但是他逮捕的大人物更多。要是有什么调查进展得很顺利，他就会巧妙地掺和进去，一旦有什么案子风头不对，他很快就会脱身而出。

特工主管已经暗示朱迪，只要她能打赢今天这场官司，坐上督察位置的人就会是她，而不是马文。

在审判室里，和朱迪一起旁听的，还有案件工作组的大多数成员，包括督察、与她合作的几位特工、一名语言学家、组长的秘书、旧金山警察局的两名警探。让她意外的是，特工主管和助理特工主管都不在场。这是个大案子，审判结果对他们两个人来说都很重要。她感到一丝不安，不知道分局里是不是出了什么事情。她决定到外面去打电话。但是她还没走到门口，法庭的书记员就走了进来，他宣布陪审团即将回场。于是她又坐了下来。

不一会儿，唐回来了，身上散发着烟味，他们分手后，他又开始吸烟了。他捏了捏她的肩膀，算作鼓励。她对他报以微笑。他看起来挺帅气的，短发剪得干净利落，身上穿着深蓝色西装和白色纽扣衬衫，打着深红色的阿玛尼领带。但是她对他已经没有感觉了，激情全无，她不想再弄乱他的头发，解开他的领带，将手伸进他的白衬衫里。

被告律师回来了，被告入席，陪审团入场，最后，法官从办公室里走出，坐到了座位上。

朱迪把手放到了桌子底下，十指交握。

书记员站了起来："陪审团的团员们，你们做出判决了吗？"

现场陷入了绝对的安静。朱迪意识到她在用脚打拍子，赶紧停了下来。

陪审团团长是个华人店长。他站了起来。朱迪花了很长时间揣摩他对被告的态度，因为有两名被告是华人，她不知道他是会同情他们，还是会因为他们给族人蒙羞而讨厌他们。他声音冷峻地说道："我们做出判决了。"

"你们如何裁决被告——有罪还是无罪？"

"指控罪名成立。"

在消息渐渐散开的过程中，审判室里陷入了片刻的沉默。朱迪听到她身后的被告席上有人发出了叹息。她克制住自己欢呼雀跃的冲动。她看了看唐，唐正对着她喜笑颜开。酬劳不菲的被告律师们整理着文件，回避着彼此的眼光。两名记者站起来，匆匆夺门而去，准备打电话。

法官是一名长着苦瓜脸的、瘦削的老人，现年五十岁左右，他对陪审团表示了感谢，然后宣布休庭，一周后宣判。

我成功了，朱迪想。我打赢了官司，把坏人送进了监狱，升职也不是问题了。督察特工朱迪·马多克斯，年仅三十六岁，一名冉冉升起的新星。

"全体起立。"书记员说。

法官离开了审判室。

唐给了朱迪一个拥抱。

"你干得很出色。"她对他说，"谢谢。"

"你给了我一个很好的案子。"他说。

她看出他想亲她，于是往后退了一步。“这个嘛，我们都做得不错。”她说。

她转身去找同事。她走到他们当中，逐一和他们握手、拥抱，感谢他们付出的努力。接着，被告律师们过来了。在他们两个人当中，资深的那位名叫戴维·菲尔丁，是布鲁克斯-菲尔丁律所的合伙人，他看起来很高贵，六十来岁。“恭喜你，马多克斯小姐，赢得很漂亮。”他说。

“谢谢你。”她说，“这个案子比我想象中的要惊险。我本来以为没悬念了，结果你插手进来了。”

面对她的恭维，他歪了歪头，精心打理的发型方寸不乱。“你的准备工作是无懈可击的。你是不是接受过律师培训？”

“我上过斯坦福法学院。”

“我就知道你肯定拿过法学学位。对了，如果你哪天厌倦了FBI，还请过来找我。在我们律所，你不到一年就可以拿到比现在高两倍的薪水。”

她一方面受宠若惊，另一方面又觉得自己的职业受到了侮辱，因此她的回复很尖刻：“这确实是很好的工作，但是我想把坏人抓进监狱，而不是帮他们逍遥法外。”

“有理想，佩服。”他平稳地说道，然后转身开始跟唐打招呼。

朱迪意识到她太敏感了。这是她的错，她明白这一点。但是管他呢，反正她不想去布鲁克斯-菲尔丁工作。

她拿起公文箱。她迫不及待地想跟特工主管分享胜利的喜悦。FBI旧金山分局跟法庭在同一栋楼里，下两层楼就到了。她正准备离开，唐抓住了她的胳膊。“一起去吃晚饭怎么样？”他说，“我们应该庆祝一下。”

她目前没有约会对象。“行啊。”

“我去订座，到时候打你电话。”

离开房间时，她想起先头感觉到的一件事情——他想亲她；这时候，她感到一阵后悔，刚才要是找借口拒绝他就好了。

当她走进FBI旧金山分局的大厅时，她又一次感到疑惑，不知道为什么特工主管和助理特工主管没有去旁听庭审结果。现场没有任何异状。铺着地毯的走廊很安静。送信机器人——一台机械化的小推车——正按照既定的路线忙碌地游走于各个办公室之间。对于执法特工来说，他们有着优越的环境。FBI和警察局的区别就相当于公司总部和工厂厂房的区别。

她向特工主管的办公室走去。米尔顿·莱斯特兰奇总是对她有特别的好感。他很早就开始支持女性特工，现在女性特工的比例已经达到了百分之十。有些特工主管会像军队里的将军一样，声色俱厉地下达命令，但是米尔特[①]总是一副冷静而又彬彬有礼的样子。

她一走进外间办公室，就感觉到不对劲。他的秘书显然一直在哭。朱迪说：“琳达，你没事吧？”秘书是个中年女人，她行事向来冷静、高效，现在却泪流满面。朱迪试图安慰她，但琳达挥了挥手，不让她接近，然后指了指里间办公室的门。

朱迪走了进去。

这是一个大房间，室内装修得雍容华贵，摆放着一张大办公桌和一台磨光的会议桌。坐在莱斯特兰奇的办公桌后面的，是助

① Milt，米尔顿的昵称。

理特工主管布莱恩·金凯德，他的外套已经脱掉了，领带也已经拉松。此人块头很大，长着桶状胸。他抬起头说："进来，朱迪。"

"到底出什么事了？"她说，"米尔特呢？"

"告诉你个不好的消息。"他说，只不过他看起来并不太悲伤，"米尔特住院了。他被查出得了胰腺癌。"

"噢，我的天哪。"朱迪坐了下来。

莱斯特兰奇昨天去了医院——他说是为了做常规检查，但是他肯定感觉到了异常。

金凯德接着说道："他得动手术，做个肠改道术之类的。就算恢复得好，他也一时半会儿不会回来了。"

"可怜的米尔特！"朱迪震惊了。他看起来正处在人生的巅峰期：体形健硕，充满活力，而且是个好老板。现在他却得了致命的疾病。她想做点什么来鼓励他，但是她感到无力。"杰西卡现在应该陪在他身边的吧。"她说。杰西卡是米尔特的第二任妻子。

"是啊，他弟弟正打算今天坐飞机从洛杉矶赶过来。至于局里——"

"那他的前妻呢？"

金凯德看起来有些恼火："我不知道。我只跟杰西卡说过话。"

"得有人告诉她一声才行。我待会儿看看我有没有她的电话号码。"

"随你吧。"金凯德很不耐烦地想要了结私事，早点谈公事，"局里现在不可避免地有些人事变动。在米尔特不在的这段时间里，我就是代理特工主管。”

朱迪的心一沉。“恭喜。”她说，试图表现出心平气和的口气。

“我打算把你调到国内恐怖主义专案组。”

一开始，朱迪只是觉得疑惑：“为什么？”

“我觉得你在那儿能够很好地发挥自己的才能。”他拿起电话，对琳达下达指示，“让马特·彼得斯马上到我办公室来见我。”彼得斯是国内恐怖主义专案组的督察。

“但是我才刚刚打赢了官司。”朱迪愤愤不平地说，“我今天把冯氏兄弟送进了监狱！”

“干得好，但是我不会因此而改变主意。”

“等一等。你明知道我申请了亚洲团伙犯罪专案组的督察职位。如果我现在被调走了，这会显得我的工作能力有问题。”

“我觉得你需要多锻炼锻炼，增长见识。”

“我觉得你想让马文来当亚洲组的督察。”

“你说得对。我认为马文是最适合这个职位的人选。”

真是个卑鄙小人，朱迪满腔怒火地想。他一坐上老板的位置，第一件事就是利用他新获得的权力提拔自己的兄弟。“你不能这样。”她说，“我们有‘同等就业机会’条款。”

“你只管投诉就是了。”金凯德说，“马文比你资格更老。”

“我送进监狱里的人比他要多得多。”

金凯德得意扬扬地对她微微一笑，然后打出了自己的王牌：“但是他在华盛顿总部待了两年。”

他说得没错，朱迪绝望地想。她从来没有在FBI总部工作过。

尽管在总部工作并不是硬性要求，但是它一直是升任督察的有利条件。所以说投诉金凯德违反了“同等就业机会”条款是没有用的。人人都知道她是个更优秀的特工，但是马文的简历更漂亮。

朱迪忍住眼泪。她没命地工作了两年，在打击团伙犯罪的问题上取得了重大成果，但是现在却换来了这种下场。

马特·彼得斯走了进来。他身材矮胖，年龄在四十五岁左右，秃着头，穿着短袖衬衫，打着领带。和马文·哈耶斯一样，他跟金凯德走得很近。朱迪感到孤立无援。

“恭喜你打赢了官司。”彼得斯对朱迪说，“你能来我们组，我很高兴。”

“谢谢。”除了说这句话以外，朱迪不知道该说什么。

金凯德说：“马特有一个新任务给你。”

彼得斯来的时候，胳膊底下夹着一个文件夹，现在他把文件夹给了朱迪：“州长收到了一个叫作‘伊甸之锤’的组织发来的威胁信。”

朱迪打开文件夹，但是她一个字也看不进去。她正极力克制着内心的怒火和排山倒海的无力感。为了掩盖情绪，她试图谈论这个案子：“他们提出的要求是什么？”

“停止在加利福尼亚建立新的核电厂。”

“核电厂？”

“所有类型的核电厂。他们给了我们四个星期的期限。他们说，他们是‘绿色加州运动’的激进派分支。”

朱迪试图集中精神。“绿色加州”是个合法的环保压力集团[1]，总部设在旧金山。很难相信他们会做出这种事情。但是不管什么样的组织都能吸引一些疯狂的人士加入。“他们是用什么来威胁州长的？”

“一场地震。”

她从文件夹上抬起头：“你开玩笑啊。”

马特摇了摇他的秃头。由于她又生气，又心烦，自然懒得把话说得好听点。“这太愚蠢了。”她直截了当地说，“没有人能制造地震。他们还不如威胁我们要制造三英尺厚的雪。”

他耸了耸肩：“你查查看嘛。”

朱迪知道，高层政客每天都会收到各种各样的威胁信息。FBI一般不会调查疯子发送的信息，除非它们有什么特别的。“威胁信是怎么发出来的？”

“5月1日，一个网络公告板上发布了这封威胁信。我给你的文件里头都写了。”

她直视着他的眼睛。她现在没心情听这些垃圾玩意儿。“你们肯定有什么事情瞒着我。这封威胁信根本就没什么大不了的，”她看了看表，“今天都已经5月25日了。过了三个半星期，我们都没管它。现在离最后期限只剩下四天了，我们怎么突然担心起来了？”

“约翰·特鲁斯看了公告板——我估计他是上网看到的吧。他可能正愁没有新的热门话题可以讲。总之，他星期五晚上在自己的节目中谈到了这封威胁信，然后很多观众给他拨打了热线电话。”

[1] 压力集团是指那些致力于对政府施加压力、影响政策方向的社会组织或非组织的利益群体。

“我明白了。”约翰·特鲁斯是一个电台脱口秀节目的主持人，他的节目专门谈论有争议性的话题。这是旧金山的本地节目，但是会实时转播到加州所有的电台。朱迪更恼火了：“约翰·特鲁斯给州长施压，让他对恐怖分子的威胁信采取措施。作为回应，州长就让FBI介入调查。于是我们就不得不调查一通没人相信的鬼话？”

“差不多就是这样。”

朱迪深吸了一口气。她转向金凯德，而不是彼得斯，因为她知道这种事情是他指使的。“这二十年来，旧金山分局一直想尽办法，想要把冯氏兄弟送进监狱。今天我把他们送进去了。”她提高了自己的嗓音，“现在你就给我这种鬼差事？”

金凯德看起来似乎对自己很满意：“如果你想待在局里，就必须学会宠辱不惊。”

“我学过了，布莱恩！”

“别喊。”

“我学过了。”她重申了一遍，声音稍低了一点，“十年前，我还是个新人，没什么经验，督察不知道他可以信赖我到什么程度，于是就给了我这种任务——我很高兴地接下了任务，认真负责地交了差，证明了我他妈可以胜任真正重要的工作！”

“十年不算什么。”金凯德说，“我在这里干了二十五年。”

她试图跟他讲理：“听着，你才刚刚接管分局，第一件事情就是把一个本该给新手来做的案子交给了你手下最好的特工。你做了什么，大家都看着呢。到时候谁都会觉得你嫉妒贤才。”

“你说得没错。我才刚得到这个职位，你已经在对我指手画脚了。回去干你的本职工作吧，马多克斯。”

她瞪着他。反正他肯定不会解雇她。

他说：“这次会议结束了。”

朱迪不甘心。她内心的愤怒就像一锅沸水。

“结束的不仅仅是这次会议。”她说着，站了起来，“操你妈的，金凯德。”

他脸上浮现出惊愕的表情。

朱迪说：“我不干了。”

然后，她扬长而去。

“你真的这么说了？”朱迪的父亲说。

“是啊。我知道你会反对的。”

“至少这一点你说对了。”

他们正坐在厨房里喝绿茶。朱迪的父亲是旧金山警察局的警探。他做过很多密探工作，是个体格强健的人，在他那个年纪的人当中，他的身体算是非常健康了。他生着浅绿色的眼睛，头发花白，扎着马尾。

他就快退休了，正为此而发愁。执法就是他生活的全部。他希望自己能一直当警察，直到七十岁。当得知女儿明明没有必要辞职却愤然辞职的情况时，他惊骇不已。

朱迪的父母是在西贡结识的。那时候，她父亲是个军人，美国军方在越南的身份还是“顾问”。她母亲出身于越南一个中产家庭：朱迪的外公在越南财务部担任会计。朱迪的父亲将新娘带回了家，朱迪在旧金山出生了。小时候，她把父母称为Bo和Me，那是越南语中的“爸爸”和“妈妈”。那些警察同事听了，就把她的父亲称为“Bo马多克斯”，也就是“马多克斯老爹”。

朱迪很爱他。她十三岁的时候，母亲在车祸中去世了。从此以后，朱迪一直跟老爹比较亲近。一年前，她跟唐·莱利分手后，就搬进来跟父亲一起住了。

她叹了口气：“我一般都不会失算，你得承认。”

“除非真的是碰到了很重要的情况，要不然你不应该辞职。”

“但是现在我已经告诉金凯德我不干了，我估计就真不干了吧。”

“你都跟他撕破脸了，我估计你确实得辞职了。”

朱迪站起身来，往两个人的杯子里都添了茶。她内心的愤怒依然在沸腾：“他真是个脑壳里有屎的笨蛋。”

“那是，因为他失去了一个优秀的特工。”老爹呷着茶，“但是你更笨——你丢掉了一份很好的工作。”

“今天有人给了我一份更好的。”

“啥公司？”

“布鲁克斯-菲尔丁，就是那个律所。我去那儿能拿到的薪水比我在FBI的工资高两倍。”

“那都是助纣为虐的人才去的地方！”老爹愤然说道。

“每个人都有权得到有力的辩护。”

“你怎么不跟唐·莱利结婚生孩子？有了孙子，我退休以后就不愁没事做了。”

朱迪面露苦相。她从来没有告诉老爹她跟唐分手的真正原因。真相很简单，他有了外遇。他觉得内疚，就向朱迪坦白了。他只是跟一个同事短暂地劈过腿。朱迪试图原谅他，但是从此以后，她对唐的感觉就不再像以前一样了。她不再迫切地想跟他做爱。她对别的男人也没有感觉了。她内心的某个角落里安上了开关，她对异性的欲望被关闭了。

老爹对这些都不知情。他把唐·莱利看作是完美丈夫的典范：帅气、聪明、成功，而且又是执法人员。

朱迪说："唐今天还叫我出去吃饭，庆祝一下，我估计要爽约了。"

"我估计我比你更了解你该跟谁结婚。"老爹说着，苦笑了一下，站了起来，"我得走了，今晚得去搞突击。"

她不喜欢他晚上工作。"你吃过了吗？"她担心地问，"你走之前，我给你煮几个鸡蛋好不好？"

"不了，谢谢，宝贝。我待会儿会去买个汉堡。"他套上一件皮夹克，亲了亲她的脸颊，"我爱你。"

"拜。"

门刚砰的一声关上，电话铃声就响了。是唐打来的。"我在玛莎餐厅订了个位。"他说。

朱迪叹了口气。玛莎餐厅非常高档。"唐，我不想让你失望，但是我真的不想去了。"

"真的吗？可是我今天就差没把妹妹献给餐厅领班了，才订到这个位子。"

"我实在没心情庆祝。今天在局里碰到了坏事。"她把莱斯特兰奇得癌症的消息，还有金凯德交给她一个白痴任务的事情告诉了他，"所以我要辞职了。"

唐震惊了："真不敢相信！你那么喜欢FBI。"

"以前是很喜欢。"

“太糟糕了！”

“没那么糟糕。不管怎么说，我也是时候赚点钱了。你知道我在法学院好歹也是个风云人物。现在这些赚大钱的人当中，有些人当初还没有我成绩好呢。”

“那当然，帮助杀人犯逍遥法外，然后在此基础上写一本书，赚一百万美元……这是你吗？我是在跟朱迪·马多克斯说话吗？喂？”

“我不知道，唐。但是我现在心里很乱，所以不想出来。”

电话那边沉吟了片刻。朱迪知道唐正在向冰冷的现实妥协。过了一会儿，他说：“好吧，但是你得补偿我一下。明天一起出来怎么样？”

朱迪已经没有力气拒他于千里之外了。“可以啊。”她说。

“谢谢。”

她挂了电话。

她打开电视，看了看冰箱里面，想着该做什么晚饭。但是她一点也不饿。她拿出一罐啤酒，打开了它。她盯着电视看了三四分钟，才意识到原来她看的是西班牙语节目。她又觉得不想喝啤酒了，于是关掉电视，把啤酒倒进了水槽里。

她想着去埃弗顿酒吧，那是FBI特工常去的地方。她喜欢去那里过夜生活，喝啤酒，吃汉堡，分享战争年代的故事。但是现在，她也不确定自己会不会变得不受欢迎，特别是如果金凯德也在那里。她已经开始感觉到自己是个圈外人了。

她决定写简历。她打算去办公室，用自己的电脑写。出去做点事情总比窝在家里闷出病来要好。

她拿起枪，然后犹豫了，特工是一天二十四小时当值的，身上必须随时带上武器，除非是在法庭、监狱，或办公室里。但是如果我以后不做特工了，我就不需要带武器。紧接着，她改变了主意：管他呢，万一路上看到有人抢劫，我要是因为把武器放在家里了，不得不坐视不管，那岂不是很愚蠢吗？

这是FBI的标配武器——西格-绍尔P228手枪。这把手枪里一般能装十三发九毫米子弹，但是朱迪总是拉动枪栓，将第一发弹放入枪膛，然后取下弹夹，将弹夹重新装填，这样就可以装十四发子弹。她还有一把雷明登870型五发散弹枪。和所有特工一样，她每个月接受一次枪械训练，训练场地一般在圣里达的靶场。她每年接受四次枪法测试。这种检定课程从来难不倒她，她眼光很准，手很稳，反应也很快。

和大多数特工一样，她只有在训练的时候才开过枪。

FBI特工是调查员。他们接受过高等教育，薪水优厚，不是用来打硬仗的。有些人在局里待了二十五年，却从来没有参加过枪战，甚至没有跟人格斗过，这也是很正常的事情。但是他们必须时刻准备着。

朱迪把她的武器放在一只背包里。她穿着奥黛，一种传统的越南服装，类似于长裙，衣领是立起来的，裙子的两侧高开叉，下半身一般要配上一条喇叭筒的长裤。这是她最喜欢的休闲装束，原因不仅仅在于穿着舒服，而且更重要的是，她知道她穿这种衣服很好看：白色的布料能够衬托她的披肩黑发和蜜色皮肤，修身的剪裁能够彰显出她的姣好身形。她一般不会把这身衣服穿到办公室，但是现在已经是晚上了，况且她也辞职了。

朱迪出了门。她的雪佛兰蒙特卡罗就停在路边。这是FBI用车，没了它也不会觉得可惜。等她做了辩护律师，她可以配一辆更豪华的汽车——说不定可以配个欧洲品牌的小跑车，比如保时捷或者名爵。

她父亲住的地方在里士满区。这并不是非常高端的社区，但是正直的警察一向富不起来。朱迪沿着基尔高速公路往闹市区开。高峰期已过，路上车辆不多，所以她短短几分钟就开到了联邦大厦。她把车停到地下停车场，乘电梯到了十二楼。

在这快要离开调查局的关头，眼前的办公室突然变得温馨起来，这让她感到不舍。灰色的地毯、编号分明的房间、办公桌、文件夹、电脑，所有的一切都说明，这是一个有势力、有资源的组织机构，职员自信满满、勤于奉献。有些人在加晚班。她走进亚洲团伙犯罪专案组的办公室。房间里空无一人。她打开灯，坐到自己的办公桌前，启动了电脑。

当她琢磨着怎样写简历时，大脑里一片空白。

在就职于FBI之前，她的人生经历没什么好写的，只有教育经历，毕业后在美国互惠保险公司的法律部浑浑噩噩地待了两年。她需要清清楚楚地把她在调查局十年的工作经历写出来，以展示她有多么成功，取得了多大进步。但是她的脑海里并没有浮现出条理清晰的叙事脉络，而是一些杂乱无章的记忆片段：那个连环强奸犯在被告席上感谢她，因为她把他送进了监狱，这样他就不会再危害社会了；有一家叫作圣经投资的公司卷走了几十个老年寡妇的积蓄；有一次她一个人在房间里跟一名持枪歹徒对峙，歹徒绑架了两个小孩，她说服他放下了武器……

她不能把这些事迹拿出来给布鲁克斯-菲尔丁的人看。他们想要的是佩里·梅森[①]，而不是怀亚特·厄普[②]。

她决定先写正式的辞职信。

她把日期插入到页面最后，然后输入："代理特工主管敬启。"

她在正文中写道："亲爱的布莱恩：我写这封信是为了确认我的辞职。"

写出这样的话，让她很难受。

她已经为FBI付出了十年的青春。在她这个年纪，其他女人要么已经结婚生子，要么开创了自己的事业，要么出版了自己的小说，要么已经环游了世界。她一直致力于让自己成为出色的特工。现在她要把这一切都抛开了。想到这里，她眼里涌出了泪水。我到底是有多傻啊，竟然一个人坐在办公室里，对着一台破电脑哭。

这时候，西蒙·斯派洛走了进来。

他是个肌肉男，留着利落的短发和络腮胡，比朱迪大一两岁。和她一样，他也没穿正装，而是穿着棕褐色的斜纹棉布裤和短袖运动衫。他拿过语言学博士学位，在位于弗吉尼亚州匡蒂科的联邦调查局学院行为科学组里待了五年。他的专长是威胁分析。

他喜欢朱迪，朱迪也喜欢他。他跟男同事在一起的时候，会谈论男人的话题，比如足球、枪械、汽车，但是跟朱迪单独在一起的时候，他会留意并谈论她的着装和首饰，就像闺蜜一样。

他手里拿着个文件夹。"你那起地震威胁案简直是太绝了。"他说着，眼里放射出殷切的光芒。

---

① Perry Mason，《梅森探案集》中的主人公，以替杀人冤犯洗清罪嫌出名。

② Wyatt Earp，美国西部警长，执法悍将。

她擤了擤鼻子。他肯定已经注意到她情绪低落了，但是他巧妙地装作没有发现。

他接着说道："我本来打算把这个放到你办公桌上的，但是正好碰到你了，真是太好了。"

他显然是加班加点到了很晚，才把报告完成的。朱迪不想告诉他自己已经辞职，以免给他泼冷水。"随便坐。"她说着，稳定了一下情绪。

"恭喜你，今天打赢了官司！"

"谢谢。"

"你肯定开心死了。"

"本来是很开心的。但是紧接着就跟布莱恩·金凯德吵了一架。"

"噢，他啊。"西蒙拍了拍手，对他们的老板表示不屑，"你要是好好道歉的话，他想不原谅你也不行。他没了你不行，你太优秀了。"

他这么说也在她意料之中。西蒙一般比较同情人。感觉他好像已经知道她跟金凯德发飙的事情了，但是既然已经听说了，就应该知道她辞职了才对，为什么还要把报告给她呢?

她觉得好奇，于是说："跟我讲讲你是怎么分析的吧。"

"我有一段时间也摸不着头脑。"他把网络公告板上的威胁信复印件递给了她。"匡蒂科那边也很疑惑。"他补充道。一般遇到这种情况，他肯定会首先咨询行为科学组，朱迪了解他的行事方式。

她看过这封威胁信：马特·彼得斯之前给她的文件夹里有。她又看了一遍。

5月1日

州长敬启

嗨！

你说你在乎污染，在乎环境，但是半点行动也没有；所以我们要逼你行动。

消费主义社会正在荼毒地球，因为你们太贪婪了，你们必须马上住手！

我们是“伊甸之锤”，绿色加州运动的激进派分支。

我们要求你马上停止建设核电厂。叫停所有新的核电厂项目！要不然！

你问我要不然怎么着？

要不然我们就会在距今刚好四个星期以后制造一场地震。

注意了！我们是认真的！

——伊甸之锤

她从这封信上看不出什么机巧，但是她知道，西蒙会挖掘每一个单词、每一个标点符号，从中寻找意义。

“你是怎么看的？”他问。

她想了一分钟：“我觉得写这封信的就是个神经质的年轻学生，头发油油的，穿着洗白了的枪炮玫瑰乐队T恤，坐在电脑前，幻想自己可以让全世界的人臣服，完全不知道自己在世人眼里算是哪根葱。”

“怎么说呢，你这观点错得太离谱了。”西蒙微笑着说，

“写信的就是个四十几岁的男人，没受过什么教育，薪水很低。”

朱迪摇了摇头，一脸稀奇的表情。西蒙总是能从她看不见的地方找出证据，得出让她震惊的结论。“你怎么知道？”

“从他的措辞和句子结构当中就可以看出来。你看看这句问候语。有教养的人都不会在信件的开头写‘嗨’，而是会写‘亲爱的先生’。大学毕业生写信一般会尽量避免使用口语色彩过重的语句。”

朱迪点了点头：“也就是说，你要找的是一个四十五岁的蓝领。这听起来挺简单的嘛，你怎么会摸不着头脑呢？”

“它反映的东西有矛盾。除了我刚才说的那两点，这封信里的其他要素显示，写信的是个年轻的中产女子。单词的拼写是完美的。第一句话当中有个分号，这说明写信的人多少受过教育。而且感叹号很多，说明写信的是个女的——抱歉哈，朱迪，不过这是事实。”

“你怎么知道她是年轻人？”

“年纪大的人在写‘州长’这类专有名词的时候，喜欢将首字母大写，在写‘分支’这类复合词的时候，喜欢在中间加分隔号。还有，她会用电脑，会上网，就说明年纪不大，而且受过教育。”

她仔细观察着西蒙。他是不是在故意吊她的胃口，好让她不要辞职？如果是这样，那是徒劳的。一旦她做了决定，就不喜欢改变主意。但是她被西蒙提出的疑点深深吸引住了。“你是想说写信的人有人格分裂？”

“不是，比这简单。这是两个人写的：男人口授，女人打字。”

“聪明！”朱迪脑海中已经开始浮现出两个幕后黑手的形象。就像一条循着嗅迹追猎的狗一样，她变得神经紧绷，高度警觉，对追猎的期待已开始在血管里涌动。我能嗅到这些人的踪迹，我想知道他们在哪儿，我肯定可以抓到他们。

但是我已经辞职了。

“我问自己，为什么他要口述。”西蒙说，“如果他是公司高管，这样做是自然而然的事情，因为他们习惯于使唤秘书。但是这个人只是平头百姓。”

西蒙若无其事地说，仿佛这只是个毫无根据的臆测，但是朱迪知道，他的直觉往往很准。“有什么猜测吗？”

“我在想他是不是文盲。”

“他可能只是想偷懒。”

“是啊。”西蒙耸了耸肩，“这只是我的直觉。”

“好吧，”朱迪说，“也就是说，有个心地善良的大学女孩不知什么原因，被一个街头小混混奴役了。这就好比小红帽和大灰狼。她可能有危险，但是还有别人吗？这起地震威胁看起来就是天方夜谭。”

西蒙摇了摇头：“我觉得，我们必须认真对待这起威胁。”

朱迪无法抑制住自己的好奇心：“为什么？”

“你知道的，我们是根据动机、意图和目标选择来分析一起威胁的。”

朱迪点了点头，这是基本常识。

“动机分为情感型和务实型。换句话说，歹徒发出威胁，到底只是想让自己感觉良好，还是因为他想达到什么目的？”

朱迪觉得答案很明显："从表面上看，这些人的动机很清楚。他们想要州长叫停电厂建设。"

"对。这就意味着，他们并不是真的想害人。他们希望单凭威胁就能达到目的。"

"但是情感型的歹徒想要杀人。"

"完全正确。接下来，意图分为政治意图、犯罪意图和疯狂意图。"

"这个案子的话，应该是政治意图，至少从表面上看是这样。"

"对的，政治意图可能只是疯狂意图的表象，但是我不觉得他们是疯子，你觉得呢？"

朱迪知道他想说什么："你是想告诉我，这些人是理智的吗？但是威胁要制造地震，这哪是正常人干的事情嘛！"

"这个问题我一会儿再跟你讨论，好吧？最后，目标选择要么是随机的，要么是具体的。要杀总统就是具体的；带着机关枪在迪士尼乐园疯狂扫射，那就是随机的。我们暂且先认为地震是可以制造出来的，这样一来就会无差别地杀掉很多人，所以说他们的目标选择是随机的。"

朱迪往前探了探身子："好吧，也就是说，写信的人有务实型动机、政治意图和随机的目标选择，这又能说明什么？"

"教科书上说，发出威胁的人要么想讨价还价，要么想要提高公众知名度。我觉得他们想要讨价还价。如果他们想要提高公众知名度，那就不会把威胁信放在不引人注意的网络公告板上了——他们会上电视，或者上报纸。但是他们没有。所以我觉得，他们只是想跟州长对话。"

“他们要是以为州长真的会看信，那就太天真了。”

“是啊，这些人表现出很奇怪的矛盾特点，一方面很聪明，另一方面又很无知。”

“但是他们是认真的。”

“对，而且我这么想，还有一个原因。他们提出的要求是叫停所有新电厂。这不是单纯找借口会用的理由。它太务实了。如果只是想提高知名度，那就会提出一个更加哗众取宠的条件，比如要求比弗利山庄[①]全境禁止安装空调。”

“那他们是些什么人？”

“我们也不知道，一般的恐怖分子会采取变本加厉的行动模式。他们一开始会打电话，或者发匿名信；接着就把信息发给报社和电视台；然后开始在政府大楼周围游逛，做白日梦。等到他们把廉价小手枪藏在塑料购物袋里，提着袋子来白宫参观的时候，我们的FBI电脑里就会有很多关于他们的情报了。但是这起案子不一样。我们把这封威胁信的语言学特征跟匡蒂科数据库里的所有威胁记录进行了比对，但是没有找到匹配的。这些人是前所未见的。”

“也就是说，我们对他们一无所知？”

“我们知道得不少。他们住在加州，这是很显然的。”

“你怎么知道？”

“这封信是发给‘州长’的，如果他们住在别的州，就会把收信人写成‘加州州长’。”

“还有呢？”

① Beverly Hills，加州西南部城市。

“他们是美国人，没有任何迹象表明这其中有少数民族，他们的遣词造句看不出黑人、亚洲人或者拉美人的特色。”

“你还漏掉了一点。”朱迪告诉他。

“什么？”

“他们是疯子。”

他摇了摇头。

朱迪说：“西蒙，拜托！他们觉得他们可以制造地震，怎么可能是精神正常的人嘛！”

他不肯退缩：“我对地震学一窍不通，但是我懂心理学。而且我不是很愿意相信这些人脑子有问题。他们精神正常，不是在开玩笑，而且也有明确的目标，这就意味着他们很危险。”

“我不信。”

他站了起来：“我累了，想出去喝杯啤酒不？”

“今晚就算了，西蒙——不过谢谢。还有，谢谢你专门写了报告。你是最厉害的。”

“那是当然，干了这么久嘛。”

朱迪把脚搭在桌子上，看了看她的鞋。她现在可以肯定，西蒙这样做是不想让她辞职。金凯德可能觉得这是个垃圾案子，但是西蒙的分析指出，伊甸之锤可能真的是个威胁，这个组织真的需要追踪锁定，一举捣毁。

这样一来，她在FBI的事业就不一定会就此终结。这种案子原本是他们故意拿来羞辱她的，但是她可以借此机会来打一场胜仗，一方面彰显自己的英明，另一方面也能达到羞辱金凯德的目的。这样的结局无疑很有诱惑力。

她把脚放下来，看了看电脑屏幕。由于长时间没动键盘，屏幕上已经开始出现屏保，那是她七岁时的照片，照片里的她牙齿还有缝隙，额前的头发用塑料发卡固定到了脑后，她坐在父亲的膝盖上。父亲那时候还是个巡逻警官，穿着旧金山警察的制服。她把他的帽子摘了下来，正试着往自己的头上戴。这张照片是她母亲拍摄的。

她想象着自己在布鲁克斯–菲尔丁工作的情形，开着保时捷，走进法庭，为冯氏兄弟这样的人辩护。

她按了按空格键，屏保消失了。屏幕上出现了她先头写下的话：“亲爱的布莱恩：我写这封信是为了确认我的辞职。”她的手在键盘上悬着。过了好一阵子，她开口说话了。“噢，真是的。”她说。接着，她删除了这句话，改写道：“我想为我的粗鲁道歉……”

第三章

星期二早晨的太阳升上了80号州际公路。神甫开着1971年产普利茅斯CUDA向旧金山驶去，车子的轰鸣声震耳欲聋，以至于五十五英里的时速听起来就像达到了九十英里。

他当初买这台车的时候，买的是一手车。那时候正是他的事业如日中天的黄金期。后来，他的批发酒水生意垮台了，国内税务局（IRS）打算逮捕他。他逃跑了，什么也没带，只有身上穿的衣服——刚好是一件宽边翻领的海军蓝西装和一条喇叭裤——外加他的车。现在这两样东西还在。

在嬉皮年代，真正酷炫的私家车只有大众甲壳虫。斯塔尔曾经跟他说，开着一辆浅黄色的CUDA，会让神甫看起来像个拉皮条的。于是他们很搞怪地往车上喷了漆：车顶上画了几个星球，车尾行李盖上画了几朵花，发动机盖上画了个印度女神，长着八只手，正伸向挡泥板。所有喷画一律采用紫色、粉色和绿宝石色的喷漆。在二十五年的岁月里，车上的喷漆已经剥落成斑驳的褐色，但是近看之下，你依然能看出原本的喷绘。现在，这辆车已经成了收藏品。

他凌晨三点钟就出发了。梅兰妮全程都在睡觉。她把头枕在了他的大腿上，一双修长的美腿蜷缩在黑色的皮椅上。他一边开车，一边抚弄着她的头发。她留着20世纪60年代的发型，又长又直，中间梳着发髻，只不过她出生的年代差不多在披头士解散的时候。

梅兰妮的孩子也睡着，全身舒展地躺在后座上，嘴巴张开着。神甫的德国牧羊犬灵灵躺在他旁边。这条狗很安静，每次神甫回过头来看它，它都会睁开一只眼。

神甫感到焦虑。

他告诉自己，他应该感觉很好才对。这就跟年轻的时候一样。年轻的时候，他总是到处惹事，骗钱，赚钱，投钱，开派对，发起暴动。后来他得到了安宁。但是有时候，他觉得生活过于平静了。偷窃地震振动器让他找回了曾经的自己。跟这么多年的平淡日子相比，他现在觉得更有活力了，身边伴着美人，等待他的是一场斗智斗勇。

一切一如既往，他感到担心。

他已经豁出去了。他夸口说自己可以让加州州长拜倒在脚下，而且他承诺，要制造一场地震。一旦失败，他就完了。他会失去自己珍视的一切。一旦被抓，他就会在监狱里度过余生。

但是他不是普通人。他一直明白，自己跟其他人不一样。寻常社会的规则在他身上不适用。他会做一般人不敢想象的事情。

他的目标已经达成了一半。地震振动器已经到手。为此他杀了一个人，但是他成功逃脱了：这件事情对他的生活没什么影响，只不过他有时候会做噩梦。在梦里，马里奥从燃烧的皮卡车里爬了出来，衣服上还在着火，鲜血正从被砸碎的脑袋里喷涌而出，他跌跌撞撞地走向神甫。

卡车现在已经藏到内华达山脉丘陵地带的一座荒无人烟的山

谷里。今天，神甫出行的目的是要找出地震振动器该安放在哪里，才能制造地震。

梅兰妮的丈夫会给他答案。

据梅兰妮说，迈克尔·奎尔克斯比世界上任何人都要了解圣安德烈亚斯断层。他收集的所有数据都存在了电脑里。神甫想要偷走他的数据备份盘。

而且他必须确保迈克尔永远不会察觉到这一点。

为此，他需要梅兰妮。这就是为什么他觉得担心。他跟她才认识了几个星期。在这么短的时间里，他就已经成为她生活中的掌控者，他明白这一点，但是他还从来没有让她经历过这样的考验。而且她跟迈克尔结婚六年了。说不定她会突然后悔离开了丈夫；她会想念有洗碗机和电视的生活；她会为自己和神甫的玩火行为感到害怕；梅兰妮现在正处于痛苦而困惑的精神状态当中，谁也说不准她会不会出岔子。

在后座上，她五岁的儿子醒来了。

小狗灵灵先动了动身子，神甫听到它的爪子在塑料椅垫上发出窸窸窣窣的响声。接着，孩子打了个哈欠。

达斯汀的小名叫达斯蒂，他是个不幸的小男孩，患有好几种过敏症。神甫还没见过他发病，但是梅兰妮描述过症状：喷嚏不止，双眼肿胀，皮肤上出现红疹、发痒。她给他用过强效药，但是只能缓解部分症状。

这时候，达斯蒂开始不安分起来。

“妈咪，我渴。”他说。

梅兰妮醒了过来。她坐直起来，伸了个懒腰。神甫看着她暴露的T恤衬托出来的胸线。她转过身去说：“喝点水，达斯蒂，你自己那儿有瓶水。”

“我不想喝水。”他撒娇道，“我想喝橙汁。”

“我们没有什么鬼橙汁。”她烦躁地说。

达斯蒂哭了起来。

梅兰妮是个神经紧张的母亲，她很害怕做错事情，对儿子的健康极为在意，所以对他有些过度保护。但是与此同时，她正因为过于紧张，所以在儿子面前总是情绪暴躁。她很确信丈夫有一天会把孩子从她身边带走，因此很害怕做出什么事情让丈夫觉得她不是个好母亲。

于是神甫掌控了局面。他说：“哇，你看看后面那台车是什么？”他装出很害怕的口气。

梅兰妮往后面看了看：“只是辆卡车啊。”

“那只是你这么想而已。它伪装成了卡车，其实是一架配备了光子鱼雷的肯陶洛斯拦截战机。达斯蒂，我需要你在后窗上敲三下，把我们的隐形磁性防御罩升起来。快！”

达斯蒂敲了敲窗户。

“现在，我们只需要看它挡板上的黄灯有没有在闪，就知道它有没有在向我们发射鱼雷了。”

卡车很快就赶了上来，一分钟以后，它的左指示灯闪了，接着，它开始加速，准备超到他们前面去。

达斯蒂说：“它在开火，它在开火！”

“好吧，我来操作磁性防护罩，你来向它回击！那个水瓶其实是一挺激光枪！”

达斯蒂把瓶子对准卡车，开始发出“砰”“砰”的声音。灵灵也加入进来，冲着疾驰而过的卡车狂吠。梅兰妮大笑起来。

卡车驶进他们前面的慢车道后，神甫说：“呼，我们能全身而退，真是太幸运了。我觉得他们暂时已经放弃进攻了。”

“还会有其他的肯陶洛斯战机吗？”达斯蒂殷切地问。

“你和灵灵在后面看好了，要是看到了，就跟我说，好不好？”

“好。”

梅兰妮笑了，悄悄地说：“谢谢，你跟他相处得真好。”

我跟所有人都相处得很好：无论是男人、女人、小孩，还是宠物。我有领袖魅力。这不是生来就有——而是后天学来的。所谓领袖魅力，无非是让别人按照你的意志行事。不管是引诱忠贞的女子出轨，还是哄不安分的小孩子停止哭闹，你所需要的，就是魅力。

“到了出口告诉我一声。”神甫说。

“你只需要找伯克利的路标就可以了。”她不知道他不识字。

“说不定有好几个路标呢，你就告诉我在哪儿转弯就可以了。”

几分钟后，他们下了高速公路，进入了绿树成荫的大学城。神甫感觉到梅兰妮的神经紧绷了起来。他知道她对社会充满了仇恨，对六个月以前的生活充满了失望，那时候她的生活基本上是以丈夫为中心的。她引导神甫穿过十字路口，来到欧几里得大道，这条街上的别墅和公寓楼比较简朴，里面的租户应该是毕业生和年轻职员。

“我还是觉得我应该一个人进去。”她说。

这件事情没有商量的余地。梅兰妮的情绪不够稳定。神甫就算是在她身边，也不能完全信任她，更何况让她一个人完成任务。“不行。”他说。

“或许我——”

他让自己显露出一丝愤怒：“不行！”

“好吧，好吧。”她赶紧说，然后咬了咬嘴唇。

达斯蒂兴奋地说：“嘿，这不是爸爸住的地方吗！”

“是啊，宝贝。”梅兰妮说。她指了指一栋低矮的灰泥公寓楼。神甫把车停在了外面。

梅兰妮向达斯蒂转过身去，但是神甫制止了她：“他留在车里。”

“我不确定有多安全——”

“有狗在旁边呢。”

“他可能会害怕的。”

神甫转过身去，对达斯蒂说：“嘿，小中尉，我需要你和灵灵上尉留下来把守我们的宇宙飞船，你的副驾驶妈妈和我要去一趟航天中心。”

“我可以见爸爸吗？”

“当然可以。但是我得先跟他谈几分钟。你觉得你可以完成守卫的任务吗？”

“你放心！”

“在航天飞船上，你得说‘遵命，长官’而不是‘你放心’。”

“遵命，长官！”

“非常好，继续努力。”神甫下了车。

梅兰妮也下了车，但是她看起来还是很担心。“我的天哪，千万不要让迈克尔知道我们把他的孩子一个人留在了车里。”她说。

神甫什么也没说。你可能很害怕惹迈克尔生气，宝贝，但是我一点也不在乎。

梅兰妮从座位上拿起手提包，挎到肩上。他们沿着小路，走向公寓楼的大门。梅兰妮按了楼门对讲机的通话按钮，然后等待着。

她丈夫是个夜猫子，这一点她已经跟神甫说过。他喜欢晚上工作，熬到很晚才睡。正因为如此，她跟神甫决定早上七点之前到这里来。神甫希望这样一来，迈克尔就会处于睡眼惺忪的状态，无暇顾及他们找上门来是别有目的。一旦他起了疑心，光盘可能就没办法偷到手了。

梅兰妮还说过，他是个工作狂。神甫一边回想着这些情报，一边等着迈克尔前来应门。迈克尔白天会开车在加州到处跑，检查各个仪器设备，这些仪器设备测量的是圣安德烈亚斯等断层的小规模地质活动。到了晚上，他就会把数据输入自己的电脑里。

但是最终促使她离开的，是关于达斯蒂的一件意外。她和孩子已经做了两年的素食主义者，他们只吃有机食物和健康的土特产。梅兰妮相信，这种严格的饮食方式能够减少达斯蒂的过敏次数，只不过迈克尔对此抱有怀疑的态度。后来有一天，她发现迈克尔给达斯蒂买了个汉堡。对她来说，这就像是在毒害孩子。她跟神甫讲起这件事情的时候，依然满腔怒火。那天晚上，她就走了，把达斯蒂也带走了。

神甫觉得，她关于过敏症的猜测可能是对的。公社的人从20世纪70年代初开始，就一直遵循素食主义饮食，那个时候，素食主义还不被世人所接受。神甫也怀疑这种饮食方式的价值，但是他一向支持在公社制定一套纪律，从而把公社和外部世界区分开来。他们栽葡萄之所以不用化肥，只是因为买不起，于是他们往脸上贴金，酿出葡萄酒后，美其名曰纯天然健康酒，结果这成了一个强有力的卖点。不过，无法忽视的是，这二十五年来，公社社员的健康状况有了很大的提升。他们极少遇到自己无法处理的疾病。因此，他现在也很相信素食主义。但是，和梅兰妮不同的是，他对饮食方式并不纠结。他依然爱吃鱼，而且有时候会不经意地喝下肉汤，或者吃下三明治，每到这时，他也只是耸耸肩，就过去了。但是如果梅兰妮发现她的蘑菇煎蛋卷是用猪油烧的，她就会呕吐。

一个不悦的声音从对讲机传来。“谁啊？”

“梅兰妮。”

只听哔的一声，公寓楼的大门打开了。神甫跟着梅兰妮进了门，走上楼梯。二楼的一间公寓开着门，迈克尔·奎尔克斯站在门口。

神甫看到他的长相，吃了一惊。他本来把奎尔克斯想象成了那种孱弱的教授类型，可能秃着头，穿着棕色的衣服，结果发现，奎尔克斯大概三十五岁，身材高大，像个运动健将，黑色的卷发短短的，脸上蓄着浓密的胡子。他只在腰上围了条毛巾，所以神甫可以看到，他的肩膀很宽，肌肉很发达，肚子也是平的。他们两个肯定是郎才女貌的一对。

梅兰妮一上楼，迈克尔就说：“我一直好担心——你到底跑哪儿去了？”

梅兰妮说：“你就不能穿点衣服吗？”

“我不知道你还带了客人。”他冷漠地说，依然在门口僵持着，“你打不打算回答我的问题？”

神甫看得出，他基本毫不掩饰自己内心集聚的怒火。

“我就是来解释的。”梅兰妮说。看到迈克尔发火，她很满意。这是多么悲催的一段婚姻啊。“这是我的朋友神甫。我们可以进去吗？”

迈克尔愤怒地盯着她：“你最好给我带点好消息，梅兰妮。”他转过身，走进了屋里。

梅兰妮和神甫跟着他走进了一个小走廊。他打开了浴室门，从挂钩上取下一件青布大褂，慢条斯理地穿了上去。他把毛巾扔到一边，系上了皮带，然后带他们进了客厅。

这里显然是他的办公室，除了摆放着一张沙发和一台电视机以外，桌上还有一台外接键盘的电脑，架子上摆着一排电子机器，机器上的指示灯闪着。对于神甫来说，就是那一堆不起眼的灰白色盒子里，其中某个地方有他要找的信息。他感到煎熬。在没有人协助的情况下，他是不可能把信息弄到手的。他必须依靠梅兰妮。

一张硕大的地图占满了整面墙。“那是什么啊？”神甫说。

迈克尔什么也没说，只是盯着他看，仿佛在说，你他妈谁啊。梅兰妮回话了。“这是圣安德烈亚斯断层。”她指着地图说道，“从这儿往北一百英里的门多西诺县波因特阿里纳[1]灯塔开始，一直往东南方向延伸，穿过洛杉矶，一直到内陆的圣伯纳的诺[2]，这是地壳上的一个断层，长七百英里。”

梅兰妮已经跟神甫解释过迈克尔的工作。他的专长是在地震

① Point Arena，加州沿海的一座小城。

② San Bernardino，位于加州东南部的一座城市。

断层沿线的不同地带测算压力。要做好这项工作，一方面要精确测量地壳的小规模运动，另一方面要估计上一次地震后逐渐累积的能量。他的研究工作已经为他赢得了学术奖项。但是一年前，他从大学辞职，开创了自己的事业，成立了一家咨询公司，帮助建筑企业和保险公司规避地震危害。

梅兰妮是个电脑高手，她帮助迈克尔设计了软件。她给他的机器编程，使它们每天在早上四点到六点趁他睡觉的时候备份数据。她告诉过神甫，他电脑里的所有东西都复制到了一张光盘里。早上开显示屏的时候，他会把光盘从光驱中取出来，放到一个防火的光盘盒里。这样一来，万一电脑崩溃，或者房子着火，他的珍贵数据也不会丢失。

对于神甫来说，圣安德烈亚斯断层的信息竟然能储存到一张小小的光盘里，这是一件稀奇的事情，不过话又说回来，书本对他来说，也同样神秘。他只能全盘接受自己听说的事情。重要的是，只要有了迈克尔的光盘，梅兰妮就能告诉神甫在哪里放置地震振动器。

现在，他们只需要把迈克尔支开足够长的时间，让梅兰妮趁机从光驱里取出光盘就可以了。

“跟我说说吧，迈克尔。”神甫说，“所有这些东西。”他挥手指了指地图和电脑，然后以慑人的眼神看着迈克尔，“你对它们有什么感觉？”

大多数人看到神甫慑人的眼神，同时被问及私人问题时，都会乱了阵脚。有的时候，他们给出的答案会暴露自己，因为他们太惊慌了。但是迈克尔似乎无动于衷。他只是面无表情地看着神甫说：“我对它们没有任何感觉，我只是使用它们而已。”然后他转向梅兰妮：“现在，你该告诉我你为什么离家出走了吧？”

真是个自大狂。

“原因很简单，”她说，“有个朋友允许我跟达斯蒂住在她的山间小屋里。”神甫已经叮嘱过她，不要说出是哪一座。“住她那套房子的人临时取消了租约。”她若无其事地说，仿佛这么简单的事情根本不需要解释，“我们没钱住度假屋，所以我就抓住了这次机会。”

也就是在那时候，神甫遇见了她。她和达斯蒂一直在树林里游走，他们完全迷了路。梅兰妮从小在城里长大，甚至都不会靠阳光认路。神甫那天一个人在外面钓红鲑鱼。那是一个完美的春日午后，风和日丽。他坐在一条小溪边，吸着大麻烟，突然听到有个小孩在哭。

他知道这肯定不是公社里的小孩，要不然这个声音他认得出。循着哭声，他找到了达斯蒂和梅兰妮。她当时都快哭了。看到神甫时，她说：“谢天谢地，我以为我们要死在这儿了！”

他盯着她看了好一会儿。她看起来有点怪，长着长长的红头发和一双绿眼睛，穿着五分牛仔裤和袒肩露背的连衣裙，看起来很有诱惑力。没想到一个人在野外竟然会碰到一个痛苦的迷失少女，简直就像在魔法世界里一样。要不是有小孩在，神甫就会当即把她摁倒，让她躺在这松针遍地的小溪边。

也就是在这时候，他问她是不是来自火星。“不是，”她说，“奥克兰。”

神甫知道度假小屋在哪儿。他捡起钓鱼竿，带着她穿过了森林，这里的小路和山脊他再熟悉不过了。这是一段很长的路，于是他一边走，一边跟她攀谈，同情地问一些问题，时不时给她一个迷人的笑。就这样，他把她所有的情况都问出来了。

她是个深陷麻烦的女人。

她离开了丈夫，跟一个人气摇滚乐队的低音吉他手住到了一起；但是吉他手过了几个星期就把她扫地出门了。她没有人可以依靠：父亲去世了，母亲在纽约跟人同居，同居的那个人在梅兰妮借住的第一天晚上就试图跟她上床。她已经耗尽了朋友的地主之谊，借光了她们能借的钱。她的事业一败涂地，流落到超市做整理货架的工作，把达斯蒂整天丢在邻居家里。她住的贫民窟太脏了，孩子的过敏症不断发作。她需要搬到一个空气干净的地方，但是她没有办法在城外找到工作。她陷入了死胡同，丧失了所有希望。她正准备计算到底要多少剂量的安眠药才能杀死她和孩子，这时候，一个闺蜜邀请她来这里住度假小屋。

神甫喜欢陷入麻烦的人。他知道怎么跟他们套近乎。只要给他们最需要的东西，他们就会乖乖地成为你的奴隶。他不喜欢自信、独立的人，这种人太难掌控。

等他们到达小屋的时候，已经是晚饭时间。梅兰妮做了意大利面和沙拉，然后哄达斯蒂睡了。孩子睡下后，神甫在小地毯上引诱了她。她有着疯狂的性欲。所有积聚下来的情绪都在性爱中宣泄了，她疯狂地做爱，仿佛这次不做，以后就再也做不了了。她抓着他的背，咬着他的肩，把他深深地摁进自己体内，感觉就像要把他吞了一样。这是神甫记忆中最刺激的一次性爱。

现在，她那傲慢而又帅气的教授老公正在发牢骚：“那是五个星期前的事情。你不能就这样把我儿子带走，连个电话也不打！”

“你可以给我打电话的！”

“我都不知道你在哪儿！”

“我有手机。”

“我打了，接不通。”

“停机了，因为你不交话费。话费应该你出的，我们当初说好了。”

“我就晚交了几天而已！他们肯定已经复机了。”

“那你应该是停机的时候打的。”

这种家庭内战不会对神甫偷光盘有任何好处，他深感苦恼。必须把迈克尔支开，得想想办法，什么办法都行。他打断了他们：“我们都喝杯咖啡怎么样？”他想让迈克尔去厨房里准备咖啡。

迈克尔甩了甩大拇指。“要喝你自己去泡。”他粗鲁地说。

去你妈的。

迈克尔回过头来对梅兰妮说：“问题不在于我为什么联系不到你。我就是联系不上你。所以你应该在带达斯蒂度假前给我打电话。”

梅兰妮说：“听着，迈克尔，还有些事情我没告诉你。”

迈克尔看起来鼻子都气歪了，接着，他叹了口气说：“坐下吧，找个地方坐。”

他坐在自己的书桌后面。

梅兰妮陷进沙发的一角，下意识地盘着腿，这让神甫觉得，这是她平常坐的地方。神甫坐到了沙发扶手上，他不想坐在比迈克尔低的地方。*我甚至都看不出那些机器的光驱在哪儿。加把劲啊，梅兰妮，快把你那该死的老公支开！*

迈克尔的语气表明，他跟梅兰妮出现过这种对峙。“好吧，提你的条件吧，”他疲惫地说，“这一次又是什么？”

“我要搬到山里去，再也不回来了。我现在跟神甫还有一群人住在一起。”

“在哪里？”

神甫代替她回答了这个问题。他不想让迈克尔知道他们住哪儿。“在洪堡县。”那个地方在加州北部边境的红杉树林里。事实上，公社在谢拉县，坐落在内华达山脉的丘陵地带，靠近加州的东部边界。这两个地方离伯克利都很远。

迈克尔怒不可遏：“你不能把达斯蒂带到离他父亲几百英里以外的地方去！”

“我这样做是有原因的。”梅兰妮坚持道，“在最近五个星期里，达斯蒂一次过敏症也没有发作。他在山里很健康，迈克尔。”

神甫补充道：“可能是因为空气和水很纯净，没有污染。”

迈克尔满腹狐疑：“一般来说，对过敏的人有好处的地方是沙漠，不是山里。”

“不要跟我谈一般的情况，”梅兰妮火了，“我去不了沙漠——我身上一分钱也没有。这是我在经济条件许可的情况下可以找到的唯一一个能让达斯蒂健康的地方！”

“神甫是不是在帮你交房租？”

放马过来啊，白痴，你只管侮辱我，当着我的面说坏话，把我当作不存在似的，我到时候继续操你那性感的老婆。

梅兰妮说：“那是个公社。”

“天哪，梅兰妮，你现在都沦落到跟什么人在一起了？一开始是个垃圾吉他手——”

“等等，布莱德不是垃圾——”

“——现在又是个鸟不拉屎的嬉皮公社！”

梅兰妮对吵架太投入了，完全忘记了他们来的目的。光盘，梅兰妮，记得光盘啊！神甫又打断了：“你为什么不问问达斯蒂是什么感觉，迈克尔？”

“我会的。”

梅兰妮向神甫投来绝望的眼神。

他无动于衷：“达斯蒂就在外面，在我的车里。”

迈克尔气得满脸通红：“你把我儿子一个人留在车里？”

“他没事的，我的狗在旁边守着他。”

迈克尔怒视着梅兰妮。“你到底哪根神经出了问题？”他大吼道。

神甫说：“你干吗不自己过去找他？”

“我找我儿子不需要你同意。给我车钥匙。”

“门没锁。”神甫平静地说。

迈克尔冲了出去。

“我跟你说过不要告诉他达斯蒂在外面！”梅兰妮哀号道，“为什么你还是要告诉他？”

“要不然我怎么把他从这件破屋子里支开，”神甫说，“你快去拿光盘。”

“但是你把他惹得那么生气。”

“他已经很生气了！”

神甫意识到情况不太妙。她可能会变得过于恐惧，以至于做不了该做的事情。他站了起来，握住她的手，把她拉了起来，然后用慑人的眼神看着她：“你不用怕他，你现在有我。我会照顾你。冷静一点，先念几句颂歌。”

“可是——”

“快念。”

“拉呼，达夙（音）。”

“接着念。”

“拉呼，达夙，拉呼，达夙。”她的情绪稍微安稳了一点。

“好了，去拿光盘吧。”

她点了点头，依然小声念着颂歌，在摆着机器的那台架子前弯下腰，按了个按钮，一块扁平的方形塑料从一个狭槽里弹了出来。

神甫已经注意到，在电脑的世界里，“光盘盒”永远是方形的。

她打开手提包，拿出一张看起来很相似的光盘。

“糟糕！”她说。

“怎么了？”神甫担心地说，“出什么事了？”

“他换了牌子！”

神甫看了看两张光盘。对他来说，它们两个是一样的。

“有什么区别？”

“你看，我的是索尼，但是迈克尔的是飞利浦。”

“他会注意到吗？”

“可能会。”

“妈的。”在不被察觉的情况下偷走数据是很重要的。

“我们一走，他可能就会开始工作。他会把光盘取出来，跟防火盒里的那张对调。他看了两张光盘，就会发现区别。”

“然后他肯定会觉得是我们干的。”神甫感到一阵惊慌。所有的事情都在向坏的方向发展。

梅兰妮说："我可以买一张飞利浦光盘，改天再来。"

神甫摇了摇头："我不想再冒一次险，再来一次可能还会失败。我们快没时间了。最后期限是三天后。他有没有存放多余的备份盘？"

"应该有。有时候光盘会损坏。"她看了看四周。

"不知道是放在哪儿了。"她站在客厅中间，一副无助的样子。

神甫恨不得愤怒地大吼大叫。他就怕出这种事情。梅兰妮已经完全手足无措，他们只剩一两分钟了。他必须尽快让她镇静下来。

"梅兰妮。"他说，尽可能让自己的声音显得低沉而抚慰人心，"你手里有两张光盘，把它们都放到你的包里。"

她条件反射般地听从了命令。

"现在把手提包的拉链拉上。"

她照做了。

神甫听到公寓大门砰的一声关上了。

迈克尔已经在回来的路上了。神甫感觉到后腰在流汗。"你想想：你住在这里的时候，迈克尔有没有文具柜？"

"呃，有，有个抽屉柜。"

"那么，"醒醒吧，姑娘！"它在哪儿？"

她指了指靠墙的一个不值钱的白色柜子。

神甫把最上层的抽屉拉开，他看到一包黄色的垫子、一盒廉价的圆珠笔、几叠白纸、几个信封——还有一盒光盘，是打开着的。

他听到了达斯蒂的说话声。声音似乎是从公寓的门厅里传来的。

他的手指颤抖着，从盒子里摸出一张光盘，给了梅兰妮。

“这个可以不？”

“嗯，这是飞利浦的。”

神甫关上抽屉。

迈克尔搂着达斯蒂走了进来。

梅兰妮愣在那里，手里拿着光盘。

看在老天的分上，梅兰妮，你倒是做点什么啊！

达斯蒂正在对迈克尔说：“你知道吗，爸爸？我在山里面不打喷嚏。”

迈克尔的注意力完全在达斯蒂身上。“感觉怎么样？”他说。

梅兰妮恢复了冷静。趁着迈克尔弯下腰，把达斯蒂抱到沙发上时，她弯下腰，把光盘放进光驱，推进了狭槽。机器发出柔和的声响，把光盘收了进去，就像一条蛇在吞食老鼠。

“你没有打喷嚏？”迈克尔对达斯蒂说，“一次也没有？”

“嗯嗯。”

梅兰妮直起身来。迈克尔没看到她刚才做了什么。

神甫闭上了眼睛。这种宽慰是难以言表的。他们得手了。他们拿到了迈克尔的数据——而且他永远不会察觉到。

迈克尔说：“那条狗没有让你打喷嚏？”

“没有，灵灵是一条干净的狗。神甫在小溪里给它洗澡，洗完后，它从小溪里出来，把身上的水抖干净，就像下暴风雨一样！”

达斯蒂现在想起这件事情，还会开心地大笑。

“是真的吗？”他父亲说。

梅兰妮说：“我跟你说了吧，迈克尔。”

她的声音在颤抖，但是迈克尔似乎没有注意到。“好吧，好吧。”

他用和事佬的口气说：“既然这对达斯蒂的健康有那么大的好处，那我们得商量一下了。”

她看起来松了口气：“谢谢。”

神甫放任自己露出一丝微笑。完事了。他的计划又推进了重要的一步。

现在，他们只需要祈祷迈克尔的电脑不崩溃。一旦电脑崩溃，他就会试图从光盘里恢复信息，到时候就会发现这张光盘是空的。但是梅兰妮说过，这种情况很少发生。至少今天以内是不可能了。到了晚上，电脑就会再备份一次了，空光盘上会写满迈克尔的数据。等到明天的这个时候，迈克尔就不可能发现光盘被掉包了。

迈克尔说：“怎么说呢，至少你肯回来跟我谈这个问题，我很感激。”

事实上，迈克尔并不属于多疑的类型，神甫对这一点很确信。他聪明，但没有心机。他没有能力透过表面，看透其他人的真实内心。而神甫就有掩饰自己的能力。

梅兰妮说：“你想多久见一次达斯蒂都行。我会开车带他过来。”

神甫明白，梅兰妮宁愿在电话上跟丈夫解决这个问题。但是她搬到公社，就给了他们一个完美的幌子来拜访迈克尔，要不然他跟梅兰妮大大咧咧地过去找她丈夫，是不可能不让人起疑的。

通过这种方式，迈克尔就不会纳闷他们为什么要过来了。

神甫看得出她在想什么。她在对迈克尔表现善意，因为他已经把她想要的东西给她了——她侧着头，对他甜甜地笑着——但是她不爱他了，再也不爱了。

迈克尔不一样。他对她离开自己感到愤怒，这是显然的。但是他依然在乎她。他还没有忘掉她，现在还念念不忘。他的内心深处还是想让她回来。他就是自尊心太强，所以说不出口。

神甫感到嫉妒。

我讨厌你，迈克尔。

第四章

星期二，朱迪很早就醒来了，她担心自己不能保住工作。

昨天，她说："我不干了。"但是那时候她正在气头上。今天，她很确信自己不想离开FBI。她不想花一生的时间为犯罪分子辩护，而不是把他们抓进监狱，那样会让她痛苦。后来虽然改变了主意，但是会不会太迟了？昨天晚上，她在布莱恩·金凯德的办公桌上留了张字条。他会不会接受她的道歉，还是说他会坚持让她辞职？

老爹早上六点钟回来了。朱迪热了点越南河粉。然后，她穿上了最好看的职业装，一件深蓝色的阿玛尼西装，配短裙。在工作顺利的时候，这身衣服能让她看起来既聪明，又权威，而且性感。就算被炒鱿鱼，也要打扮得漂漂亮亮的，让他们舍不得。

开车去分局的路上，她很紧张，身体绷得紧紧的。她把车停在联邦大厦的地下停车场，搭电梯上了FBI所在的楼层。她径直来到了特工主管的办公室。

布莱恩·金凯德正坐在他的大办公桌后面，穿着白衬衫和红色背带裤。他抬起头，看了看她。"早上好。"他冷冷地说。

"早——"她嘴巴干涩，咽了口唾沫，重新开口说道，"早上好，布莱恩，你看到我的字条了吗？"

“嗯，我看到了。”

显然，他不会那么轻易地放过她。

她不知道该说什么，于是就站在那里等着。

最终，他说：“你的道歉被接受了。”

她松了口气，感到一阵虚脱：“谢谢。”

“你可以收拾东西，搬到国内恐怖主义专案组的办公室去了。”

“好吧。”现在的情况算是好的了，她想。那个专案组里还有几个她比较喜欢的人。她开始放松下来。

金凯德说：“你马上开始调查‘伊甸之锤’的案子。我们需要向州长交差。”

朱迪吃了一惊：“你们要去见州长？”

“要见他的内阁秘书。”他看了看桌上的备忘录，“一个叫阿尔伯特·霍尼穆恩先生的。”

“我听说过他。”霍尼穆恩是州长的左膀右臂。朱迪意识到，这个案子已经惊动了高层。

“明晚之前给我交一份报告。”

这几乎没给她调查的时间，而且线索又这么少。明天星期三。“但是最后期限是星期五。”

“跟霍尼穆恩的会议是在星期四召开。”

“我到时候会给你一点实质性的内容，好让你给他交差。”

“你可以自己给他。霍尼穆恩先生坚持要见直接负责人。我们得在中午十二点到达萨克拉门托的州长办公室。”

“哇哦，好吧。”

“还有问题吗？”

她摇了摇头："我马上开始调查。"

她走的时候，一方面因为保住了工作而高兴，另一方面又因为必须向州长的副手汇报而苦恼。要在短短两天的时间内，抓住威胁案的幕后黑手，这是不太可能的，所以她的汇报注定要砸锅。

她清空了自己在亚洲团伙犯罪专案组的办公桌，把东西搬到了国内恐怖主义专案组的办公室走廊。她的新上司马特·彼得斯给她分配了一张办公桌。她跟专案组里的所有特工都认识，他们纷纷恭喜她在冯氏兄弟的案子上大获成功，只不过语气稍有克制——人人都知道她昨天跟金凯德大吵了一架。

彼得斯给她派了个年轻的特工一起负责"伊甸之锤"的案子。这个特工名叫拉杰·汗，他是个讲话飞快的印度人，读过MBA，年龄二十六岁。朱迪很满意。他虽然缺少经验，但是很聪明，很敏锐。

她跟他简单地交代了一下案件的情况，然后派他去跟绿色加州运动的人确认一下情况。

"客气点。"她叮嘱道，"告诉他们，我们也不相信他们有牵连，但是必须先排除嫌疑。"

"我要找的是什么人？"

"一男一女：男的是蓝领，大概四十五岁，可能是文盲；女的受过教育，三十岁左右，可能受到了男人的支配。不过我觉得，你在那里应该找不到他们，要不然这个案子就太简单了。"

"那要是找不到呢……？"

"找不到的话，最好的办法就是拿到那个组织的所有成员名单，不管是全职的还是志愿者。然后对比我们电脑里的数据库，看看这些成员当中有没有危险分子，或者有前科的人。"

“明白了。”拉杰说，“那你呢？”

“我去了解一些地震知识。”

朱迪经历过一场大地震。

圣罗萨地震造成了600万美元的损失——损失不算太大——而且地震波及的范围相对较小，只有1.2万平方英里。马多克斯一家当时住在马林县，在旧金山以北。朱迪在上一年级。她现在知道，那场地震其实只是程度较轻的震颤，但在那时候，她才六岁，感觉天就像要塌下来了一样。

一开始，她听到一阵如火车声一般的噪声，但是真的很近。她很快惊醒了过来，环视着卧室，在熹微的晨光当中寻找声音的来源，心里吓得半死。接着，房子开始震动起来。天花板上的粉色流苏吊灯被震得左摇右晃。在床头柜上，《最精彩的童话》就像一本魔法书一样，飞到了空中，翻到了《大拇指汤姆》那一页。那是老爹昨晚给她读的童话。她的发刷和玩具化妆品在梳妆台的福米卡塑料贴面上起舞。木马虽然没有人骑，但是却死命地摇摆着。一排洋娃娃从架子上掉了下来，一头扎进小地毯里。朱迪觉得它们好像活过来了，就像寓言故事里的玩具一样。她终于回过神来，尖叫了一声：“爸爸！”

她听到父亲在隔壁房间里叫骂，紧接着是他下床的闷响。噪声和震动越来越厉害，她听到母亲在尖叫。老爹来到朱迪的房门前，扭动了把手，但是开不开门。她又听到一声闷响，那是他在用肩膀撞门，但是门被卡住了。

窗户震碎了，玻璃碎片往房间里飞舞，落到了椅子上。那里原本整整齐齐地叠放着早上去学校要穿的衣服：灰色短裙，白色短上衣，绿色V领毛衣，海军蓝色的内裤，白色短袜。木马摇晃得太厉害，它从玩偶之家上方的架子上摔下来，砸碎了玩偶之家的屋顶；而且朱迪知道，她房间的屋顶也可能被轻而易举地震碎。一个脸蛋红扑扑的墨西哥男孩的带框照片从墙上的挂钩上掉下来，在半空中飞舞，砸中了她的脑袋。她疼得大叫起来。

接着，她的抽屉柜颤颤巍巍地走动起来。

这是一个老旧的弓形松木柜，是她母亲从旧货店里买来的，外面漆成了白色，里面有三个抽屉。柜脚很短，底部感觉像狮爪。一开始，它看起来像是在原地起舞，四脚并用。接着，它拖着脚从一边走到另一边，像是在门口紧张地徘徊。最终，它开始向她逼近。

她又尖叫起来。

老爹把卧室门撞得震天响。

抽屉柜一点一点地向她逼近。她希望小地毯能拖住它的脚步，但是抽屉柜似乎在用它的狮爪将小地毯往前推。她的床晃得太厉害，把她摔到了地上。

抽屉柜在离她只有咫尺之遥的地方停住了。中间的抽屉弹了出来，就像张开了血盆大口，想要把她吞进去。她用尽了全身的力气尖叫了出来。

门被撞开了，老爹冲了进来。

接着，震颤停止了。

时隔三十年，那种如天塌下来一般的恐惧依然让她记忆犹新。很多年里，她一直害怕关上卧室的房门，而且她依然害怕地震。在加州，地面发生轻微的震颤是常有的事情，但是她从来没有完全习惯。每当她感觉到地面震动，或者看到电视上出现建筑物倒塌的画面时，恐惧就像药物一样在血管里渗透，她并不是害怕被砸死或者烧死，而是条件反射地感觉到了儿时世界突然崩塌的那种盲目的惊慌。

这天晚上，她去赴约的时候，依然焦躁不已。她身穿黑色真丝紧身裙，戴着唐·莱利在分手前的圣诞节送给她的珍珠项链，走进雍容华贵的玛莎餐厅。

唐点了一支勃艮第白葡萄酒，称为科奇科尔登–查理曼园干白葡萄酒。大半都是他在喝，朱迪喜欢它的坚果味，但是，她没法放心喝酒，因为她的黑色漆皮手提包里塞着一把装有九毫米子弹的半自动手枪。

她告诉唐，布莱恩·金凯德接受了她的道歉，允许她撤销了辞呈。

“他不这样不行。”唐说，“拒绝就相当于把你炒掉。他才当上代理特工主管的第一天，就失去了手下最好的特工之一，他会很难看的。”

“也许你说得对吧。”朱迪说，但是她心想，唐现在说这种话，当然很容易。

“肯定是这样的。”

“不要忘了，布莱恩可是个KMA。”KMA是“kiss my ass”的缩写，它指的是一个人已经有资格领取丰厚的退休金福利，随时都可以舒舒服服地退休，想什么时候退休都行。

“是啊，但是他也是有自尊的。试想，他到时候该怎么跟总部解释把你放跑的事情。‘她对我说脏话。’总部听了他的解释，就会说：‘那又怎么样，你又不是神职人员，难道你从来没听特工说过脏话吗？’呵呵。”唐摇了摇头，“金凯德要是不肯接受你道歉，会显得他懦弱。”

“我想是吧。”

“不管怎么说，我真的很高兴你没走，我们说不定很快又可以联手办案了。”他举起了酒杯，“为莱利和马多克斯二人组的光明前景干杯。”

她和他碰了杯，呷了一口酒。

他们一边吃饭，一边谈论着这次的案子，回想着当时犯下了哪些错误，给辩护律师发起了哪些出其不意的攻击，他们还回味了紧张和胜利的时刻。

等到喝咖啡的时候，唐说：“你想我吗？”

朱迪皱起了眉头。说“没有”会显得很残忍，况且这也不算是实话。但是她不想让他抱有错误的期待。“有些地方还是想的吧。”她说，“我比较喜欢你风趣和机智的样子。”她还想念身边有个人暖床的日子，但是她不会跟他说这种话。

他说：“我想念我们一起谈工作的时候。”

“我现在都是跟老爹谈工作了。”

“我也想他。”

“他很喜欢你，他觉得你是个理想的老公——”

“是的，我做得到的！”

“对于执法系统的人来说。”

唐耸了耸肩：“我会朝这个方向努力的。”

朱迪咧嘴一笑：“或许你应该跟老爹结婚。”

“哈哈。”他付了账，“朱迪，有件事情我想跟你说。”

“我听着呢。”

“我觉得我已经准备好当一个父亲了。”

由于某种原因，这句话激怒了她：“那我应该有什么反应——大声叫好，然后张开双腿吗？”

他被吓到了：“我的意思是……怎么说呢，我觉得你需要承诺。”

“承诺？唐，我只要求你不要跟秘书胡搞就够了，但是你连这一点都做不到！”

他石化了：“好吧，别生气。我只是想说，我已经改变了。”

“那我就应该像什么事情也没发生一样回到你的身边吗？”

“我想我可能还不了解你。”

“你可能永远也不会了解。”看到他痛苦的样子，她心软了，“别想了，我开车送你回家吧。”当初两人同居的时候，她总是饭后驾驶员。

他们尴尬地沉默着，离开了餐厅。在车里，他说：“我觉得我们至少应该谈一谈。”唐这个律师，就是喜欢谈判。

“可以啊。”但是我怎么可以告诉你，我的心已经冷了呢？

“我跟保拉做过的事情……那是我一辈子犯下的最大的错误。”

这话她信。他没有喝醉，只是足够放松，可以说出心中的感受罢了。她叹了口气。她想让他开心。她喜欢他，也不想见到他痛苦的样子，因为她也会跟着难受。她希望自己能给他想要的东西，但是不能。

他说：“我们在一起度过了一些美好的时光。”他透过她的真丝裙，抚摸着她的大腿。

她说："你要是想在我开车的时候把我撩起来，我就把你从车子里扔出去。"

他知道她不是说着玩的。"好吧，听你的。"他把手拿开了。

过了片刻，她后悔自己对他太过严厉。有男人摸自己的大腿，也不是件那么糟糕的事情。唐并不是世界上最好的情人——他很狂热，但是有些无趣。不过，有他也终归好过什么也没有，而她认识他之后，就没有跟别的男人好过了。

为什么我没有男人？我不想孤独终老。我是不是出问题了？

靠，才没有呢。

一分钟后，她在他住的楼房外停了车。"谢谢你，唐。"她说，"谢谢你帮我打赢了官司，还请我吃了饭。"

他凑过来，想亲她。她把脸颊对着他，但是他吻上了她的嘴唇。她不想对此太过纠结，于是听之任之。他一直不肯停下来，直到她退开。接着，他说："进来坐一会儿吧。我给你冲卡布奇诺。"

他那期盼的眼神差点摧毁她的意志。这能有多难呢？她扪心自问道。她可以把枪放进他的保险柜里，喝一大杯暖心的白兰地，然后在一个体面的追求者臂弯里过一晚上。"不用了。"她坚定地说道，"晚安。"

他久久地凝视着她，眼里流露出痛苦的神情。她也凝视着他，眼神既尴尬，又抱歉，但是很坚决。

"晚安。"他终于告了别，下了车，关上了车门。

朱迪发动了车子。她看了一眼后视镜，发现他站在人行道上，一手举在半空中，在跟她道别。她打开红色的指示灯，转了个弯。这时候，她终究还是感觉到了孤独。

朱迪回到家的时候，老爹正在看柯南·奥布莱恩[①]的节目，他一边看，一边咯咯地笑着。“这家伙把我肚子都笑疼了。”他说。他们一起看奥布莱恩的脱口秀，直到电视台开始放广告。这时候，老爹关掉了电视。“我今天解决了个谋杀案。”他说，“怎么样？”

朱迪知道他有好几宗悬案需要处理：“哪个案子？”

“电报山[②]强奸杀人案。”

“凶手是谁？”

“一个已经坐牢的人。前段时间，他在公园里骚扰年轻姑娘被抓了。我有个直觉，觉得他有问题，于是搜查了他的公寓。他有一对警用手铐，跟我们在死者身上发现的手铐一样。但是他死不承认。今天，我从鉴证科拿到了他的DNA测试结果。它跟死者体内找到的精液属于同一个人。我跟他说了检测结果，他认罪了。噢耶。”

“干得好！”她亲了亲他的额头。

“你今天怎么样？”

“怎么说呢，我的工作还没丢，但是有没有事业就说不准了。”

“你当然有事业啦，怎么可能会没有。”

“我不知道。我把冯氏兄弟都抓进监狱里了，结果还被降

① Conan O’Brien，美国脱口秀主持人、喜剧演员、作家、制作人。
② Telegraph Hill，旧金山的一个街区。

职。谁知道我要是搞砸了一起案子，他们会对我怎么样。”

“你遇到了挫折，这只是暂时的。你会挺过去的，我保证。”

她微笑着，想起有段时间她觉得世界上没有什么事情是父亲办不到的。“好吧，我在目前的案子上没什么进展。”

“反正你昨天晚上觉得它是个垃圾任务嘛。”

“今天我就没那么确定了。我们的语言学分析师说，这些人很危险，不管他们是什么人。”

“但是他们不可能制造地震吧。”

“我不知道。”

老爹扬起了眉毛：“你觉得这种事情是可能做到的？”

“我今天大部分时间都在调查。我跟三个地震学家谈过，得到了三种不同的答案。”

“科学家就是这样。”

“我其实就是想让他们坚定地告诉我，这是不可能的。但是其中一个人说不太可能；另一个人说，可能性微乎其微；最后一个人说，引爆核弹就可以做到这一点。”

“那些人——他们叫什么来着？”

“‘伊甸之锤’。”

“他们能弄到核设施吗？”

“有可能。他们聪明，有目标，而且不是在开玩笑。可是这样一来，他们干吗要制造地震呢？用核弹来威胁我们不就得了？”

“是啊。”老爹若有所思地说，“威胁引爆核弹能够造成同样的恐吓效果，而且可信得多。”

“不过，谁知道这些人的脑子里在想什么。”

“你下一步打算做什么？”

“我还有个地震学家没有见，他叫迈克尔·奎尔克斯。他们都说他是个异类，但是在研究地震发生原因的领域，他是个领军人物。”

她已经试图联系过奎尔克斯。这天下午，她按响了他家的门铃。他在对讲机里告诉她，要提前预约。

“你可能还没听清楚。”她说，“我是FBI的。”

“FBI就用不着预约了吗？”

她小声咒骂着。她是个执法官员，不是什么骗子推销员。“一般来说，是这样。”她对着对讲机说，“大多数人都觉得我们的工作太重要，等不起。”

“不对，他们不是这么想的。”他答复道，“大多数人都怕你们，所以他们才会放任你们不预约就进去。你到时候打我电话吧。电话簿里有。”

“我来是有公共安全问题要请教你，教授。我听说你是个专家，可以给我重要的信息，帮助我们保护人民。我很抱歉，我没有打电话给你预约，但是现在我人来了。你要是能抽出几分钟的时间跟我谈谈，我真的会很感谢的。”

对方没有答复。她意识到，对讲机那边已经挂断了。

她开车回到了办公室，憋了一肚子火。她没有预约，特工很少预约。她喜欢出其不意地找上门去，让人们毫无防备。几乎她找过的所有人都有事情想要瞒着，他们准备的时间越短，就越有可能犯下暴露自己的错误。但是可气的是，奎尔克斯说得没错，她没有权力对他“突然袭击”。

她放下自尊，给他打电话预约了明天的会面。

她决定先不把这些事情告诉老爹。“我真正需要的是有人能够把地震的科学原理解释给我听，这样我就可以自己判断恐怖分子能不能制造地震。”

“然后你需要找到这些‘伊甸之锤’的恐怖分子，把他们捣毁，好解除威胁。目前有什么进展吗？”

她摇了摇头：“我找人走访了绿色加州运动的所有人。没有人是符合特征的。所有人都没有前科或者从事颠覆活动的记录；事实上，他们一点可疑的地方也没有。”

老爹点了点头：“犯罪分子都不太可能老老实实地告诉你他们是谁。别灰心。你在这个案子上才调查了一天半呢。”

“是啊——但是离他们给出来的最后期限只有两天了。而且我星期四必须去萨克拉门托向州长的副手报告。”

“你明天最好早点开工。”他从沙发上站了起来。

他们都上了楼。朱迪走到卧室门口停住了：“你还记得我六岁时候的那场地震吗？”

他点了点头：“不是什么大地震，从加州的标准来看。不过你那次被吓得半死。”

朱迪微微一笑：“我还以为世界末日到了呢。”

“那次地震肯定把我们的房子弄得稍微移位了一点。因为你卧室的房门被卡得死死的，我把肩膀都快撞断了才把它撞开。”

“我还以为是你让地震停下来的。过了好几年我还一直这么认为。”

“那次地震以后，你就一直害怕那个抽屉柜，你妈妈还很喜欢它的，但是你死也不肯把它留在家里。”

"我以为它想把我吃了。"

"我最后把它劈了，当柴火。"

突然，老爹露出了悲伤的表情："真希望可以回到过去，把那段时光再重新经历一次。"

她知道他想起了她的母亲。"是啊。"她说。

"晚安，孩子。"

"晚安，老爹。"

星期三早晨，朱迪开车穿过海湾大桥，向伯克利进发。在路上，她想象着迈克尔·奎尔克斯长什么样。他那气人的态度说明，他可能是个脾气暴躁的教授，驼着背，穿着邋遢的衣服，戴着眼镜，满脸怒气地看着这个堕落的世界。又或者，他可能是学术界的一个有头有脸的人物，穿着细条纹的西装，对可能给大学捐钱的人彬彬有礼，但是对任何于己无用的人都漠不关心。

她在欧几里何大道的木兰树荫里停了车。按门铃的时候，她很害怕他又找个理由把她打发走。但是，当她报上姓名以后，只听哔的一声，门开了。她上了二楼，来到他的公寓。门是开着的。她走了进去。这个地方很小，房价也很便宜：看来他做生意赚不了多少钱。她穿过门厅，映入眼帘的是一间办公室兼客厅。

他正坐在书桌后面，穿着卡其色的鞣革步行靴和海军蓝色的马球衫。迈克尔·奎尔克斯既不是个脾气暴躁的教授，也不是学术界中有头有脸的人物，她马上就看出了这一点。他是个大块头：又高又大，身形健硕，长得很帅，头发很性感，发色较深，而且是天然卷。她很快将他归类为那种又帅又自信的男人，这种人自以为可以做到他们想做的任何事情。

他也有些意外。他瞪大眼睛说："你就是那个FBI特工？"

她强有力地握了握他的手："你以为还会有什么人？"

他耸了耸肩："你长得不像小埃弗雷姆·津巴利斯特。"

津巴利斯特是个演员，曾在长篇电视剧*FBI*中饰演督察刘易斯·厄尔斯金。

朱迪淡淡地说："我已经干了十年的特工。你能想象有多少人跟我开过这个玩笑吗？"

让她意外的是，他咧嘴大笑起来。"好吧。"他说，"你骗到我了。"

这样还比较好处一点。

她注意到他的书桌上有一张带框照片，上面有一位美貌的红发女子抱着一个小孩。一般人都喜欢谈自家小孩。"这是谁？"她说。

"不是什么要紧的人。你想谈正事吗？"

还是省省吧，别对他那么客气。

于是她顺势直接切入了正题："我想知道，一个恐怖组织能不能制造一场地震。"

"你们收到威胁信了？"

不是该由我来问问题吗？

"你没听说过吗？电台里都放了。你不听约翰·特鲁斯的节目？"

他摇了摇头："他们是来真的吗？"

"这就是我需要了解的。"

"好吧。怎么说呢，简单地说，答案是可以。"

朱迪内心一颤，感到恐惧。奎尔克斯似乎很有把握。她本来希望得到一个否定的回答。她说：“怎么做呢？”

“找一枚核弹，把它运到一座很深的矿井底部，然后引爆。这样就可以了。但是你可能想要一个更现实的方案。”

“是啊，就比如说你想制造一起地震。”

“噢，我可以做到。”

朱迪怀疑他是不是在吹牛：“讲讲怎么做。”

“好吧。”他从桌子后面拿出一块短短的厚木板和一个正多面体墙砖。他把它们放在那里，显然就是为了随时拿出来做演示。接着，他慢慢抬起木板的一边，直到砖块从坡上滑到桌面。“砖块之所以能静止在斜坡上，就是因为有摩擦力。当重力大于摩擦力时，砖块就会滑下来，”他说，“到这里你能听懂吧？”

“当然。”

“当地壳的两个相邻的板块向相反的方向移动时，就会出现圣安德烈亚斯这类断层。你可以想象一下两个冰川彼此摩擦着，向相反的方向移动，它们不会移动得很平顺，而是会挤在一起，然后卡住，压力会积累起来，虽然很慢，但是肯定会越来越大，就这样积聚几十年。”

“那这样怎么会造成地震呢？”

“只要借助某种方法，让所有积聚的能量都释放出来就可以了。”

他又抬起了木板的一端。这一次，他把木板的一端抬升到了砖块刚好要滑落的高度：“圣安德烈亚斯断层有好几个地方就跟这一样——马上就要滑下去了，这种情况在未来十年里随时都有可能出现。拿着这个。”

他给了朱迪一把透明的12英寸塑料尺："你现在快速地敲几下木板，就敲砖块前面的地方。"

她照做了，砖块开始滑落。

奎尔克斯接住砖块，不让它继续往下滑："当木板倾斜时，只需要轻轻敲几下，就能让木板上面的砖块移动。在圣安德烈亚斯断层有巨大压力的地方，只需要稍微施加外力，可能就足以解除地壳板块原本卡住的状态。然后它们就会滑移——由此释放的能量会让地壳震动。"

奎尔克斯可能是个难相处的人，但是一旦他开始讲自己擅长的话题时，听他讲话就是一种乐趣。他是个思维清晰的人，讲起话来通俗易懂，不会摆架子。虽然他描绘的是一副可怕的情景，但是朱迪意识到自己听得津津有味，这并不只是因为他很帅。

"大多数地震都是这样发生的吗？"

"我认为是这样，只不过，有些地震学家可能会持有不同的意见。地壳时不时就会发生自然震动。大多数地震都是由于地壳在合适的时间、合适的地点发生震动引起的。"

我怎么把这一大堆东西解释给霍尼穆恩先生听呢？他想要的应该只是肯定或否定的简单答案。

"那恐怖分子怎么利用这一点来制造地震呢？"

"他们需要一把尺子，而且还需要知道在哪里敲击。"

"尺子在真实情况下对应的是什么？核弹吗？"

"他们不需要威力那么大的东西，只需要向地壳发送冲击波就可以了。如果他们知道断层的哪个地方是薄弱的，那么他们或许只需要准备炸药，然后在最合适的地方引爆。"

"炸药这种东西，只要想弄，谁都可以弄到手。"

“引爆地点必须是在地下。我估计钻井对于恐怖组织来说，可能是个挑战。”

朱迪在想，西蒙·斯派洛想象的那个蓝领男人会不会是个钻机操作员。干这一行肯定需要执照。只要查一查机动车辆管理部门的数据，应该很快就能查到全加州所有钻机操作员的名单。这份名单不会有多长的。

奎尔克斯接着说：“他们显然需要钻井设备、技术，还有申请批准的借口之类的。”

这些问题也不是无法解决。

“真的这么简单吗？”朱迪问。

“听着，我并没有说这一定行得通。我只是想说，有这种可能性。在真正尝试之前，没人能有百分之百的把握。我可以告诉你有哪些方法可能行得通，但是具体的风险评估得由你自己来做。”

朱迪点了点头。昨晚她跟老爹说明自己想要得到什么样的信息时，差不多说了同样的话。奎尔克斯可能有时候表现得很奇葩，但是正如老爹所说，每个人在生活当中都时不时会需要一个奇葩。

“也就是说，最关键的是要选对地点？”

“对。”

“谁会有这样的知识呢？”

“大学、政府地质学家……还有我。我们都会共享这方面的信息。”

“人人都可以得到这样的信息？”

“这不是机密信息，只不过你需要具备一些科学知识，才能解读数据。”

“也就是说，恐怖组织里的某个成员必须是地震学家。”

“对，也可以是学生。”

朱迪想起了西蒙所说的那个录入威胁信的人——一个受过教育的、三十岁的年轻人，说不定她是个研究生。加州有多少个地质学专业的学生？要花多长时间才能把他们都走访个遍？

奎尔克斯接着说道：“而且还有一个因素，那就是固体潮。我们都知道，海洋会受到月球对地球的引力而出现潮起潮落的现象，固态地球也受到同样的作用力。每天都会有两次地震窗，每到这时候，断层线就会由于固体潮而受到额外的压力，因此，这是最可能发生地震的时机，或者说也是最容易触发地震的时机。我的专长就是这个。只有我对加州断层的地震窗做过全面的计算。”

“那你的数据有没有可能被别人拿到呢？”

“怎么说呢，我做的就是卖数据的生意。”他凄然一笑，“不过，你也看得出来，我做的生意不怎么赚钱。我拿到了一份合同，客户是一家大的保险公司，它给我的报酬足够我付房租了，但是可惜除此之外，就没什么剩的了。因为我提出了地震窗理论，大家都觉得我是个异类，而美国企业痛恨异类。”

没想到他也会自嘲，朱迪对他的印象开始变好了：“说不定有人背着你把信息弄走了。你家最近有没有进小偷？”

“从来没有。”

“那有没有可能是你的朋友或者亲戚把信息拷贝过去了？”

“我觉得应该不可能。有人在这个房间里的时候，我都在场。”

她拿起桌上的照片："这是你老婆还是你女朋友？"

他看起来有些生气，一把将照片从她手里夺了过去。

"我跟我老婆分居了。我没有女朋友。"

"真的吗？"朱迪说。她已经把该问的都问完了，于是站了起来，"感谢你在百忙之中抽出时间，教授。"

"请叫我迈克尔。我很喜欢跟你说话。"

她感到意外。

他补充道："你一点就通了，这使我们说起话来更愉快了。"

"这样啊……挺好。"

他送她到公寓门口，然后跟她握了握手。他的手很大，但是力道却出人意料地温柔："你以后要是还有什么问题，可以来找我。"

她冒险揶揄了他一句："前提是我要提前打电话预约，对不对？"

他没有笑："对。"

开回海湾大桥时，她想道，现在的威胁已经很明显了。一个恐怖组织说不定真的可以制造地震。他们需要精确的数据，来寻找断层线上受压较重的地方，而且施力的地方很可能是地震窗，但这也不是完全做不到。他们必须找人来解读数据。而且他们需要借助某种方法，来向地球发射冲击波。这将会是最困难的任务，但也不是不可能完成。

她摊上了一份不讨喜的差事——必须告诉政府的副手一个可怕的现实：制造地震是有可能的。

第五章

星期四，神甫天一亮就醒了。

他一般都醒得很早，全年如此。他从来不需要多少睡眠，除非在派对上玩得太疯了，而这种情况现在也很少。

只剩下一天了。

州长办公室那边没有回应，只有令人煎熬的沉默。他们就像什么也没发生一样，一切照旧。其他人也大体如此。神甫用汽车电台收听的新闻中很少提到“伊甸之锤”。只有约翰·特鲁斯拿他们当回事。他在自己的日间电台节目中不断地嘲讽麦克·罗布森。直到昨天，州长的表态都只是：FBI正在介入调查。但是昨晚，特鲁斯报道，州长承诺在今天发布一个声明。

这份声明将决定一切。如果政府是息事宁人的口气，哪怕是暗示州长会考虑他们的条件，神甫都会感到欢欣鼓舞。但是如果声明的态度是毫不让步，那么神甫就必须制造一场地震。他也不知道自己到底做不做得到。梅兰妮在谈到断层线和怎样让它滑坡的时候，似乎很有把握。但是没有人真的尝试过。就连她自己也承认，她不能保证百分之百的成功率。万一失败了怎么办？万一成功了，但是没有人注意到该怎么办？万一成功了，结果他们死了该怎么办——谁来照顾公社的社员和孩子们？

他翻过身来。梅兰妮正睡在他旁边。他安静地欣赏着她的脸。她的皮肤非常白，睫毛几乎是透明的。一绺长长的姜色长发搭在脸上。他把被子掀开了一点，看着她又大又软的乳房。他想着把她唤醒。在被单下，他伸出手，抚摸着她，顺着她的肚子一直摸进生有红色毛发的三角区。她动弹了一下，吞了口唾沫，然后翻身过去，往前滚了滚。

神甫坐了起来。他住在一个单间小屋里，这间小屋他已经住了二十五年，床也用了二十五年。壁炉前有一张旧沙发，角落里有张桌子，上面有一支很粗的黄色蜡烛，装在容器里。屋子里没有电灯。

在公社成立的早期岁月里，大多数人都是住的这样的小屋，孩子们统一睡在一间简陋的棚屋里。但是，随着时间的推移，有些人结成了长久的夫妇，他们建造了更大的房子，给孩子留了单独的卧室。神甫和斯塔尔保留了自己的小屋，但是大趋势是与他们相悖的。最好是不要与不可避免的事情抗争：神甫已经从斯塔尔那里学到了这一点。现在，公社里有六套独户住宅和五座原本的小屋。社员当中有二十五个成人和十个小孩，加上梅兰妮和达斯蒂。有一间小屋是空的。

他对这个房间就像对自己的手一样熟悉，但是最近，那些熟悉的物品上被赋予了新的气息。多年来，他一直对这些物品熟视无睹：斯塔尔为了庆祝神甫的三十岁生日而为他画的肖像；一根装饰繁复的水烟管，那是一个名叫玛丽-露易丝的法国姑娘留下来的；花儿在木工课上制作的一个摇摇欲坠的架子；他用来装衣服的水果箱。现在，他知道自己可能快要离开了，那些原本朴实无华的东西突然变得神奇而特殊起来，他看到它们，感觉如鲠在喉。他的房间就像一本影集，每一张照片当中，都蕴含着一连串的记忆：林戈降生的时刻；笑笑差点溺水的那一天；跟一对名叫简和伊莉莎的双胞胎做爱。第一次收获葡萄的那个温暖而干燥的秋天，89号陈年葡萄酒的味道。当他环顾四周，想起那些图谋将这一切从他身边夺走的人时，他的怒火就像硫酸一样在肚子里燃烧。

他拿起一条毛巾，穿上凉鞋，光着身子走了出去。他的狗灵灵一见到他，就静静地用鼻子发出呼呼声，仿佛在跟他打招呼。这是一个清朗而凉爽的早晨，一片又一片云朵高高地飘浮在蓝天上。太阳还没有从山间升起来，山谷依然笼罩在阴影中。附近没有人在转悠。

他穿过小村庄，一路走下山坡，后面跟着灵灵。尽管人们依然秉承着很强的公社精神，但是大家都把自家的房子装饰得个性十足。有个女人在房子周围的土地上种上了花朵和灌木：于是神甫给她取了个名字，叫作园园。阿谷和诗诗是一对夫妇，他们放任孩子们在外墙上涂鸦，因此墙壁被涂得五颜六色，就像鬼画符。有个智障的汉子叫作阿迟，他建造了一座蜿蜒曲折的阳台，阳台上放了一把摇摇晃晃的安乐椅。

神甫知道，这个地方在别人的眼里，可能并不美。路面满是泥泞，建筑物摇摇欲坠，布局乱七八糟。整个地区毫无规划：孩子们睡觉的棚屋就在酒库旁边，做木工作业的院子就在小屋中间。厕所的位置每年都在移动，但是于事无补：不管它们设在哪里，每到天气炎热的时候，你总是能闻到臭味。但是这里的一切都让他的心里暖融融的。当他向更远的地方眺望，看着树木掩映的山坡从波光粼粼的河边一直绵延到内华达山脉的蓝色山峰时，他觉得眼前的景象美得让他心痛。

但是现在，每当他看着这片美景，心里想着他可能就要失去这一切时，他就觉得心如刀绞。

河边放着一个木盒，里面装着肥皂、几把廉价剃须刀和一面小镜子。他在脸上涂了肥皂，刮了胡子，然后走进冰凉的溪水里洗了个澡。他用粗糙的毛巾迅速将身体擦干。

这里没有管道运水。到了冬天，当河水已经冷到无法洗澡时，他们每个星期都会抽出两个晚上的时间，作为“公社沐浴之夜”。每到这时，他们就会在伙房里烧很多桶水，互相给对方洗澡：这种场面还挺火辣的。但是到了夏天，只有襁褓中的孩子才有热水洗。

他走回山上，很快穿上了平时常穿的蓝色牛仔裤和工作服，然后来到伙房，进了屋。门没有锁，这里的门都不上锁。他用圆木升起火，坐上一锅水，准备泡咖啡，然后走了出去。

他喜欢在其他人都还没起床的时候四处走走。每经过一家人的住处，他就会小声念叨他们的名字：“月月、巧克力、咯咯……”他想象着他们躺在床上安睡的样子：苹果是个胖姑娘，喜欢张着嘴，躺在床上打呼噜；果汁和阿拉斯加是两个中年女人，睡觉的时候喜欢抱在一起；棚屋里的孩子有神甫自家的花儿、林戈和笑笑、梅兰妮的达斯蒂、双胞胎泡泡和薯条，他们睡觉的时候，都是脸蛋粉粉的，头发乱乱的……

我守护的人。

愿他们永世栖居于此。

他先后走过工作间、混凝土圆形空地和仓库。工作间里放着铁锹、锄头和修枝剪刀；混凝土圆形空地是他们每年10月采葡萄的地方；仓库里存放着去年收获的葡萄酿制的酒。随着岁月的流逝，这些酒在大木桶里慢慢沉淀，变得澄清起来，现在已经可以混合装瓶了。

他在神庙外面停住了。

他觉得很自豪。他们从一开始就谈过建造神庙的事情。很多年来，这似乎是个遥不可及的梦想。总是有很多其他的事情要忙——需要开荒，种葡萄藤，建造仓库，打理菜园，建造免费商店，给孩子上课。不过五年前，公社的生活似乎已经平稳下来。神甫第一次放下心来，觉得他们不用担心没有足够的食物过冬了。他不再觉得，一旦收成不好，他们就会生存不下去了。他手头没有什么要紧的任务，于是宣布，是时候建造神庙了。

于是神庙就在这里拔地而起。

这对于神甫来说意义重大。它表明，他的公社已经发展成熟。他们不再过着勉强糊口的生活。现在，他们不仅可以养活自己，还有时间和资源来建造一个祷告的场所。他们不再是一群追寻乌托邦的嬉皮士。梦想实现了，他们证明了这种生活方式是可行的。神庙就是他们胜利的象征。

他走了进去。这是一座简单的木建筑，有一个天井，没有家具。每个人都盘腿坐在木地板上，围成一圈祈祷。这里还是学校和会议室。唯一的装饰是斯塔尔制作的一面旗帜。神甫不识字，但他知道上面写着什么。

生活在于沉思：其他的一切都是对注意力的分散

金钱会让你贫穷

婚姻是最大的不忠

当没有人拥有私产时，我们所有人都拥有一切

做自己喜欢做的事情，这是唯一的法则

这是巴格拉姆的五大悖论。神甫说，这些悖论是他在洛杉矶的时候，从一位印度古鲁[1]那里学来的。但实际上，这是他瞎编的。一个文盲能做到这一点，还挺了不起的。

他在房间的中心坐了几分钟，闭着眼睛，两手放松地垂在体侧，专心致志地积聚能量。这没什么好骗人的。他的沉思技巧是从斯塔尔那里学来的，这些技巧真的有用。他感觉自己的心灵就像木桶里的酒一样，变得澄澈起来。他祈祷麦克·罗宾逊州长能够服软，并宣布停止在加州建立新的电厂。他想象着帅气的州长穿着深色西装和白衬衫，坐在一张皮椅上，面前摆着一张抛光的桌子。在他的幻想中，州长说："我已经决定给这些人他们想要的——不仅仅是为了避免一场地震，而是因为，本来就不需要再建新电厂了。"

过了几分钟，神甫的精神力量复原了。他感到精力充沛，信心十足，目标明确。

走出神庙后，他决定去看看葡萄藤。

一开始，公社里没有种葡萄。当初斯塔尔来的时候，山谷里什么也没有，只有一座破败的狩猎小屋。三年里，公社经历了一场又一场危机，在一场又一场的争吵中四分五裂，还遭受了一场又一场暴风雨的打击，只能靠进城乞讨来维生。接着，神甫来了。

① guru，印度教中人的心灵教师。

在不到一年的时间里，他就得到了斯塔尔的承认，成为与她平起平坐的共同领导者。一开始，他把集体乞讨的效率发挥到了极致。他们会去萨克拉门托，或者斯托克顿这样的小镇，而且专挑星期六早晨，那时候街上到处都是购物的人。每个公社成员都会被分配到不同的角落。每个人都得有自己的方法：莳萝会说，她需要筹集车费回家跟纽约的亲戚朋友团聚；颂会弹奏她的吉他，边弹边唱《不为钱财》；阿迟会说，他已经三天没吃饭了；阿骨会设法博得行人一笑，他会举一块牌子，上面写着："有什么好撒谎的？这是为了凑钱买啤酒。"

但是乞讨只是权宜之计。在神甫的领导下，嬉皮士们在山上开荒，将溪水引流灌溉，开辟了一处葡萄园。大量的团队合作将他们拧成了一股绳。有了葡萄园，他们就不用再乞讨了。如今，他们的雪当利[①]受到了鉴赏家的追捧。

神甫行走在一排排整齐的葡萄藤间。葡萄藤间种着香草和鲜花，这一方面是因为它们既实用又好看，更主要的原因是它们能够吸引瓢虫和黄蜂，进而杀灭绿色蚜虫和其他害虫。这片葡萄园里不施化肥，而是依靠天然的方法。他们还种苜蓿，因为它能固定空气中的氮，种在土里能当作天然肥料。

葡萄藤正在发芽。现在正值五月末，因此不用担心新芽遭受霜冻的侵袭。在这个生长阶段，最主要的农活就是将新芽绑在棚架上，以控制它们的生长方向，防止被风刮跑。

神甫做酒水批发商的时候，就研究过葡萄酒，斯塔尔也从书上学习了相关知识，但是如果没有老雷蒙德·德拉瓦勒，他们就

① chardonnay，雪当利是世界最知名的畅销白葡萄品种。

不可能成功。神甫猜测，这位好心的葡萄种植者之所以对他们伸出援手，是因为他希望自己年轻的时候能够更有闯劲。

神甫的葡萄园拯救了公社，但是公社拯救了神甫的一生。当初他来到这里的时候，是个逃亡者——受到黑社会、洛杉矶警方和国内税务局的三重追捕。一切都是同时发生的。他是个醉汉、可卡因成瘾者，而且无依无靠，身无分文，有自杀倾向。他开着车，遵照一个搭便车的人模糊不清的指示，沿着一条脏兮兮的小路来到了公社，而后在树林间游走，发现一群嬉皮士光着身子，坐在地上念颂歌。他盯着他们看了好长一段时间，深深着迷于他们的颂歌和深沉的宁静感，这种宁静感就像火焰中升起的一团青烟一样。其中一两个人向他微笑致意，然后继续他们的仪式。最终，他脱光了衣服，就像一个被催眠的人，丢掉了他的西装、粉色衬衫、松糕鞋、红白相间的拳击短裤。他一丝不挂地跟他们坐到了一起。

在这里，他找到了平静、一种新的宗教、工作、朋友和情人。在他已经准备好开着那辆黄色的普利茅斯CUDA 440-6冲出悬崖自杀的时候，公社给他的生活赋予了意义。

现在，对他来说，已经再也没有别的地方可以栖身。这个地方是他所有的一切，他愿意誓死捍卫它。

或许我真的必须为它而死。

今晚，他会收听约翰·特鲁斯的电台节目。如果州长打算打开谈判的大门，或者做出任何其他的妥协，那么节目播完之前肯定会宣布新的消息。

当他走到葡萄园的深处时，他决定去看看地震振动器。

他走上山。这里没有路，只有一条被人踩踏出来的小径延伸在林间。开车没办法穿过村庄。在距离小屋四分之一英里的地方，他来到一片泥泞的空地。树下停着好几辆车，其中有：他的老车CUDA；一辆更旧的、锈迹斑斑的大众迷你巴士；梅兰妮的橘黄色斯巴鲁[1]；还有公社的皮卡车——一辆深绿色的福特六和。从这里开始，一条脏兮兮的小径蜿蜒曲折地穿过树林，在山坡爬上爬下，绵延两英里，时不时消失在泥石流区，跨过溪流，最终并入乡村公路——一条双车道的柏油路。路口距离最近的小镇银城有十英里远。

每年都会有一次，整个公社的人倾巢出动，花上一天的时间将一桶又一桶的葡萄酒滚上山，滚过树林，运送到这片空地。在这里，葡萄酒会装上保罗·比尔的卡车，运输到纳帕谷的装瓶厂。这对于他们来说，是个大日子。他们总是会在当天晚上举办一场盛宴，第二天全体休假，来庆祝今年的丰产。庆祝仪式一般在丰收的八个月后举行，也就是说，过几天就该庆祝了。今年，神甫决定将派对推迟，等到州长宣布对这座山谷“缓刑”的第二天再说。

作为供应葡萄酒的回报，保罗·比尔会给公社的伙房运送食材，往免费商店的货架上放满商品——衣服、糖果、香烟、文具、书籍、月经棉塞、牙膏，不管是谁的必需品，都可以在他那里置办。这个体系是在没有金钱交换的情况下运作起来的。然而，保罗会记账，每年年底，他会把盈余的现金存在一个银行账号里，这个账号只有神甫和斯塔尔知道。

神甫从空地出发，沿着小径走了一英里，绕过水坑，跨过倒下

① Subaru，斯巴鲁是富士重工有限公司旗下专业从事汽车制造的公司。

的树木，然后改变方向，循着一条看不见的小路穿过树林。路上没有车辙，因为他已经小心翼翼地盖上了一层松针，形成了林地覆被物。他在一个小洞前停住了。目之所及处只有一堆植被：折断的树枝、连根拔起的树苗堆了十二英尺高，就像一堆篝火。他必须直接爬上去，扒开一些灌木，才能看到卡车是否依然藏在里面。

并不是说他觉得会有人来这里寻找那辆卡车。里奇·格兰杰是南得州油田的利特金地震测量公司雇用的放线员，调查人员追查不到他与加州谢拉县的这处偏远葡萄园存在任何联系。但是，也不排除时不时会有一对背包客夫妇彻底迷路，不小心闯进公社的地盘——梅兰妮就是这样——到那时候，他们肯定会纳闷，为什么这么大的贵重机械会停在丛林里。因此，神甫和食禾者们花了两个小时的时间隐藏这辆卡车。神甫很确定，即使是在空中也看不出这里藏有卡车。

他扒开一个车轮上覆盖的植被层，踢了踢轮胎，就像一个疑神疑鬼的二手车买家。他为这辆车不惜杀了一个人。当他意识到马里奥再也回不了家时，有那么一会儿，他想起了马里奥的漂亮老婆和孩子们。接着，他把这个思绪从脑海里赶走了。

他想安慰自己，明天早上这辆卡车就可以上路了。单单是看着这辆卡车，就让他焦躁不安。他有一股强烈的冲动，想要马上把它开走，就今天，就现在，目的只是为了缓解紧张的情绪。但是他已经宣布过最后期限，而时机是很重要的。

这种等待令人煎熬。他想坐进去，发动卡车，就看看一切是否正常；不过这样做会很愚蠢。现在最好是把它放在这里不要动，明天再说。

他在上面又覆盖了一层遮蔽物，然后看了看用来捶打地面的钢板。如果梅兰妮的计划能够成功，这样的振动就能触发一场地震。这个计划有其纯粹的正当性。他们将利用地球积聚的能量作为威胁，迫使州长关心环境。地球正在拯救自己。神甫觉得这样做是正义的，而且近乎神圣。

灵灵低吠了一声，仿佛听到了什么动静。可能是野兔，但是神甫紧张地把他扒开的树枝拢了回去，然后往回走。

他穿过树林，来到小径上，转身走向村庄。

他在小径中间停住了，皱了皱眉，感到困惑。来的时候，他跨过了一个大树枝，但是现在，这根树枝已经被拨到了一边。灵灵还从来没有对野兔叫过。看来附近有人。他没有听到脚步声，但是声音在茂密的植被丛中很快就会消失。会是谁呢？有人跟踪他吗？先头查看地震振动器的时候，被他们看到了吗？

当他往住处走时，灵灵变得充满了攻击性。当停车的那片圆形空地进入视线范围后，神甫明白了其中的原因。

在泥泞的空地上，神甫的CUDA旁边停着一辆警车。

神甫的心跳都停住了。

这么快！他们怎么可能这么快就找到他？

他盯着这辆警察巡逻车。

这是一辆白色的福特维多利亚皇冠，车身的侧面有绿色的条纹，车门上有一个银色的六角警长星，天线有四根，车顶上的架子上有蓝色、红色和橘色的车灯。

冷静。没有过不去的坎。

警察找上门来，可能不是为了振动器。说不定是某个警察闲着没事，出于好奇，沿着小径走了下来。这种事情以前从来没有发生过，但却是有可能的。此外还有很多可能的原因。说不定他们是在搜救一位失踪的游客。说不定某个警员正在物色一个隐蔽的场所，准备跟邻居的老婆私会。

他们甚至可能没有意识到这儿有个公社。或许他们永远也不需要知道。要是神甫溜回树林里——太迟了。正当他的脑海里浮现出这个念头的时候，他看到一名警察在一棵树周围转悠。

灵灵狂吠起来。

“别叫。”神甫说，灵灵马上安静了下来。

这名警察正穿着灰绿色的警员制服，短外套的左胸处饰有一颗星星，他戴着牛仔帽，裤腰带上别着一支枪。

他看到神甫，挥了挥手。

神甫犹豫了一番，然后缓缓举起手，也跟他打了招呼。

接着，带着不情愿的心情，他向汽车走去。

他讨厌警察。大多数警察都是小偷、恶霸或者心理变态。他们虽然穿着制服，地位优越，但其实本质比他们逮捕的罪犯还要坏。尽管如此，他还是会强迫自己表现得客套一点，装作是个安分守己、老实巴交的乡里人。

他保持着平稳的呼吸，放松了脸部的肌肉，微笑着说：“你好。”

这个警察是孤身一人。他很年轻，可能二十五到三十岁的样子，留着短短的浅棕色头发。他穿着制服的样子已经显得很肥了，不出十年的时间，他就会有啤酒肚。

“这附近有没有人住？”警察问。

神甫很想撒谎，但是经过片刻的思考，他认为这样做太冒险。这个警察只要沿着正确的方向走个四分之一英里，就能看到小屋。一旦意识到自己被骗，他就会起疑心。于是，神甫说了实话："附近有个银河酒庄。"

"我以前还没有听说过呢。"

这不是偶然。在电话簿上，银河酒庄留的是保罗·比尔在纳帕谷的地址和电话。社区成员当中，没有人是注册选民，而且没有人交税，因为大家都没有任何收入。他们总是偷偷摸摸地行事。自从嬉皮运动因为媒体的过度曝光而毁于一旦后，斯塔尔特别恐惧曝光。但是许多社区成员躲藏起来是有理由的。有些人在躲债，还有些人是通缉犯。阿橡是个逃兵；颂从对她实施性侵的舅舅那里逃了出来；莳萝的老公经常对她拳打脚踢，还威胁说如果她离开他，他找遍天涯海角也要把她揪出来。

公社依然是个避难所，有些新来的人也是通缉犯。谁也不可能找到这里，除非通过保罗·比尔这样的人，这类人在公社里生活过一段时间，后来又回到了外部世界，但是他们非常谨慎，从不轻易分享这个秘密。

以前，这里从来没有警察来过。

"我怎么从来没有听说过这个地方？"警察说，"我在这里干了十年的警员了。"

"这地方很小。"神甫说。

"你是这里的主人？"

"不是，只是个工人。"

"那你在这里是做什么的，酿酒的吗？"

噢，天哪，真是个知识巨人。"是啊，差不多是这样。"

警员没领会到这里的讽刺意义。

神甫继续说道："你怎么一大早就跑到这里来了？自从查理喝醉酒，投票给了吉米·卡特以来，我们就没有再犯过罪了。"他咧嘴一笑。实际上根本就没有查理这个人，他只是在开一个警察可能会喜欢的那种玩笑。

但是这个人依然是一张扑克脸：“我在找一个小女孩的父母，她说她的名字叫花儿。”

一阵可怕的恐惧攫住了神甫，他突然感到像监狱般冰冷：“噢，我的天哪，出什么事了？”

“她被拘留了。”

“她还好吧？”

“反正是没有受伤，如果你是想问这个的话。”

“谢天谢地。我还以为你要说她出事故了。”神甫的大脑开始从冲击中恢复过来，“她怎么会被拘留？我以为她在这儿，在床上睡着呢！”

“显然没有。你跟她是什么关系？”

“我是她父亲。”

“那你需要来一趟银城。”

“银城？她去那儿多久了？”

“就一个晚上。我们也不想把她拘留那么久，但是有一段时间，她不肯告诉我们她的住址。大概一个小时前，她崩溃了。”

一想到他的女儿在被拘留的状态下，一直试图保守社区的秘密，直到自己崩溃了才说出来，神甫就一阵心痛，几乎要落下泪来。

警察接着说道：“虽说有了地址，但是你们真是难找得要死啊。最后我是从一伙持枪的怪家伙那里问到了路，就在五英里外的那个山谷。”

神甫点了点头：“你说的是洛斯阿拉莫斯吧。”

“对，就是那个组织，他们那里竖了块操蛋的大牌子，上面写着‘我们不承认美国政府的管辖权’。一群人渣。”

“我知道他们。”神甫说。他们是一帮右翼自治团体的成员，曾经在一处偏僻的地方占领了一座大农庄，现在在那里持枪守卫，幻想着抵御中国入侵。他们是公社最近的邻居，真是不凑巧。“为什么花儿会被拘留？她做了什么坏事吗？”

“一般被拘留都是因为做了坏事。”警察讽刺地说。

“她做了什么？”

“她在商店里偷东西被抓了。”

“在商店里？”为什么公社里有免费商店她不去，非要做这种事情？“她偷了什么？”

“一张莱昂纳多·迪卡普里奥的大号彩照。”

神甫恨不得往警察的脸上打一拳，但是这样做救不了花儿，因此他只好感谢警察专程来到这里，还承诺说，他和花儿的母亲会在一小时内去银城的治安官办公室接女儿。于是警察心满意足地开车走了。

神甫去了斯塔尔的小屋。小屋曾经扩建了一倍，作为公社的诊所。斯塔尔没有受过医疗训练，但是她从当内科医生的父亲和做护士的母亲那里学了很多知识。小时候，她就已经习惯各种医疗突发状况，甚至帮忙接生过。她的房间里放满了绷带盒，还有一罐又一罐药膏、阿司匹林、咳嗽药和避孕药。

神甫叫醒她，告诉她坏消息后，斯塔尔一下子变得歇斯底里。她几乎和他一样讨厌警察。在20世纪60年代，她曾经在游行示威中挨过警棍，被卧底警察用质量很次的毒品坑过，还有一次在警察局里被警探们轮奸。她一下子从床上跳起来，尖叫着，开始打他。他握着她的手腕，试图让她冷静下来。

“我们得去把她救回来！”斯塔尔大叫道。

“当然。”他说，“你先穿衣服，好不？”

她停止了挣扎：“好吧。”

她穿牛仔裤的时候，他说：“我记得你以前跟我说过，你十三岁的时候曾经被人猥亵。”

“是啊，有个下流的老警官嘴角叼着烟，把他的脏手放到我的胸上，说我以后会长成个大美人。”

“如果你去那儿发火，把自己也搭进牢里，是救不了花儿的。”他指出。

她控制住自己的情绪。“你说得对，神甫。为了花儿，我们必须讨好那些杀千刀的。”她梳好了头，对着一面小镜子看自己，“好了，我已经准备好去吃屎了。”

神甫一直认为，跟警察打交道，最好是穿得正式点。他把阿谷叫醒，去取他那件老旧的深蓝色西装。这件西装现在已经是公社财产了，阿谷最近经常穿着它出席法庭，因为二十年前离开他的老婆终于决定跟他离婚了。神甫把这件西装套在工作服外，系上了二十五年一直没扔的、粉绿色相间的“鲱鱼”领带。鞋子早就穿破了，于是他换回了凉鞋。接着，他和斯塔尔坐进了CUDA。

车子开上县公路后，神甫说：“她昨晚出去了，我们怎么都没注意到？”

“我去跟她说晚安，但是珍珠说她去厕所了。”

“她也是这么跟我说的！珍珠肯定知道情况，帮她做了掩护！”珍珠是阿谷和诗诗的女儿，今年十二岁，是花儿最好的朋友。

“我后来又回去了一趟，但是蜡烛都熄灭了，整个棚屋一片漆黑，我不想把他们吵醒。我做梦也没有想到……”

“谁想得到呢？这孩子以前每晚都待在自己屋里——谁能想到她会跑出去呢。”

他们开车驶入了银城。治安官办公室在法院旁边。他们走进一间昏暗的大厅里，大厅里贴着旧日凶杀案的新闻剪报，剪报已经泛黄。一扇窗口的后面设有接待处，窗口边安装了对讲机和门铃。一名身穿卡其色衬衫、打着绿色领带的警员说：“什么事？”

斯塔尔说：“我叫斯特拉·希金斯，我女儿在这儿。”

警员定睛注视着他们。神甫知道他在观察他们，琢磨着他们是什么样的父母。他说：“请稍等。”然后消失了。

神甫压低声音对斯塔尔说：“我觉得，我们应该装作态度端正、安分守法的公民，对孩子做了错事而不知所措，对执法人员只有深深的敬意。人家那么忙，我们还去给人家添麻烦，实在很抱歉。”

“知道了。”斯塔尔僵硬地说。

一扇门打开了，警员把他们放了进去。“希金斯先生、太太。”他说。神甫没有纠正他。“请跟我来。”他带领他们走进一间会议室，里面铺着灰色地毯，摆放着毫无特色的现代家居。

花儿正等待着。

有朝一日，她会变得像她妈妈一样强大、性感，但是现在她才十三岁，只是个瘦削干瘪的怪小孩。此时此刻，她满脸不高兴，眼里泪汪汪的。但是她似乎没有受到伤害。斯塔尔静静地抱了抱她，神甫也一样。

斯塔尔说："孩子，你昨天晚上都是在监狱里过的吗？"

花儿摇了摇头。"在别人家里。"她说。

警员解释道："加州的法规很严格。少年犯不能跟成年犯关在一起。所以我们在城里找了一些愿意收容少年犯过夜的人。花儿昨晚住在沃特洛小姐的家。沃特洛小姐是本地老师，刚好也是郡治安官的妹妹。"

神甫问花儿："那儿还好吗？"

孩子沉默地点了点头。

神甫紧张的心情稍微放松了些。要知道，有的孩子可能会碰到更可怕的事情。

警员说："希金斯先生、太太，请坐。我是感化主任，处理少年犯是我的职责之一。"

他们坐了下来。

"花儿受到的指控是在银碟音乐商店里偷了一张价值9.99美元的海报。"

斯塔尔转向女儿。"我真搞不懂。"她说，"为什么你要去偷一个破电影明星的海报？"

花儿一下子来劲了。她大喊道："我就是想要，好不好？我就是想要！"说着，她哭了。

神甫对警员说："我们想尽快把女儿带回家，需要做什么？"

"希金斯先生，我得告诉你，花儿做出这种事情，最重的刑罚可能是一直坐牢到二十一岁。"

"天哪！"神甫惊呼。

"但是，我也不希望初犯受到这么重的处罚。你告诉我，花儿以前有没有惹过麻烦？”

“从来没有。”

“你对她做出这种事情觉得意外吗？”

“很意外。”

“我们都吓傻了。”斯塔尔说。

警员开始调查他们的家庭生活，试图了解花儿有没有受到充分的照料。神甫回答了大多数问题，给人的印象是，他们只不过是老实巴交的农场工人。对于他们的公社生活和信仰，他只字未提。警员问他，花儿在哪里上学。神甫解释说，酒庄开设了员工子弟学校。

警员似乎对这些回答很满意。花儿必须签下保证书，要在四个星期以内的某天早上十点出庭。警员要求，父母双方必须有一方签字，斯塔尔照做了。他们不需要交保释金，不到一个小时就出了治安官办公室。

到了外面，神甫说：“花儿，并不是说出了这件事以后，你就不是好孩子了。你做了件蠢事，但是我们还是像以前一样爱你。你记住这一点就行了。详细情况我们回家以后再谈。”

他们开着车，准备回酒庄。有那么一阵，神甫满脑子里只想着女儿到底怎么样了，不过现在，他把她平安无事地接回来以后，脑子里开始思考这次事件过后更深远的影响。公社以前还从未引起过警方的注意。这里没有盗窃案，因为他们不承认私有财产。有时候他们会打架，但是这种事情公社都是内部处理。这里还没有出过人命。他们没有电话可以报警，也不触犯任何法律，除了禁毒法，而且他们在这个问题上都会小心行事。

但是现在，这个地方已经被标注在地图上了。

这是最糟糕的情况。

他什么也做不了，只能倍加小心。他决定不去责备花儿。在她那个年纪，他是个全职专业小偷，被捕记录持续了三年。如果说有任何做父母的人能够对这种事情保持谅解，他也应该谅解花儿。

他打开汽车收音机。现在正在播报新闻节目。最后一则消息是关于地震威胁案的。“州长麦克·罗宾逊今晨将会见FBI特工，商讨如何应对恐怖组织‘伊甸之锤’发出的地震威胁。”新闻主播说，“调查局的一位发言人称，所有威胁都会得到严肃处理，但是拒绝对此次会面发表进一步评论。”

估计州长会在和FBI会面之后再发布声明，神甫如是猜测。他想，要是电台可以透露会面时间就好了。

他们到家的时候，已是上午十点左右。梅兰妮的车已经不在停车空地上了：她把达斯蒂送到旧金山去和他爸爸过周末了。

酒庄里笼罩着一阵压抑的氛围。大多数公社成员都在葡萄园里除杂草，他们不像往常那样，一边唱歌、一边欢笑地干活。在伙房外，冬青——也就是林戈和笑笑的母亲——正面色严肃地煎着洋葱。阿迟正在擦洗菜园里收来的早熟马铃薯，他一向对周围的气氛很敏感，现在脸上一副恐惧的样子。就连公社的木匠阿橡似乎也不爱说话了，他正在工作台前弯着腰，锯一块厚木板。

一看到神甫和斯塔尔把花儿接了回来，他们都开始收拾手里的活儿，朝神庙走去。每次遇到危机，他们就会召开会议来商讨对策。

如果是小事，就可以等到一天结束的时候再谈，但是这件事情太重要了，推迟不得。

在去神庙的路上，神甫一家被阿谷、诗诗以及他们的女儿珍珠截住了。

阿谷是个身材矮小的男人，留着干脆利落的短发，是公社里最传统的人。他也是一个关键人物，因为他是酿酒专家，控制着不同年份葡萄酒的混合比例。但是神甫有时候觉得，在阿谷的眼里，公社跟普通的村庄没什么两样。阿谷和诗诗是第一户建造家庭小屋的人家。诗诗皮肤较黑，说话带有法国口音。她很有野性——神甫知道这一点，因为他跟她上过很多次床——但是跟阿谷在一起的时候，她有点被“驯化”了。一旦公社不得不解散，阿谷会是少数几个可能会回归正常生活的人。大多数人都不会，神甫觉得：等待他们的，要么是监狱，要么是收容所，要么是死亡。

“有样东西你们得看一看。”阿谷说。

神甫注意到，两个小女孩之间很快地交换了一下眼神。花儿带着责备的目光看了看珍珠，珍珠则一副恐惧和内疚的样子。

“怎么了？”斯塔尔问。

阿谷带着他们来到一间空荡荡的小屋。这间屋子目前是书房，专供年龄较大的孩子使用，里面放着一张粗糙的桌子、几把椅子和一个橱柜，橱柜里放着书本和铅笔。天花板上有道暗门，通往斜屋顶下的一小块可供人爬行的空间。如今，这道暗门已被打开，底下架着一副梯子。

神甫有个可怕的预感，他知道等待他的是什么。

阿谷点了支蜡烛，爬上梯子。神甫和斯塔尔跟在后面，在屋顶下方的空间里，借助摇曳的烛光，他们看到了女孩们的秘密收藏品：满满一箱的廉价珠宝、化妆品、时装和《少年》杂志。

神甫静静地说："我们给她们买的东西，在她们的眼里都一文不值。"

阿谷说："她们最近经常搭便车去银城。这四个星期去了三次。每次去，都会带上这些衣服。一到目的地，就会把身上的牛仔裤和工作服换掉。"

斯塔尔说："你们去那儿做什么？"

"逛街，找男生聊天，去商店偷东西。"

神甫把手伸进一只箱子里，扯出一件紧身T恤，这件衣服是蓝色的，上面带有一道橘黄色条纹。它是尼龙布料，感觉很薄，质量很次。这正是他所不齿的那种衣服：既不保暖，又不能保护重要部位，只不过是一块肮脏的布料，遮盖了人体的美。

他手里拿着这件T恤，从梯子上走了下来。斯塔尔和阿谷跟在后面。

两个女孩看起来石化了。

神甫说："这件事情我们去神庙跟大家商量。"

等他们到达神庙的时候，所有人都已在那里集合，包括孩子们。他们盘着腿，坐在地上等待着。

神甫一如既往地坐在中心。从理论上讲，他们的讨论是民主的，公社没有领导人，而实际上，每次开会，都是他和斯塔尔把持局面。神甫会把讨论引向他想要的结果，他的惯用伎俩就是问问题，而不是陈述观点。如果他赞同某个主意，就会引导大家讨论它的益处；如果他想压制某个提议，就会问提议人，他们怎么能保证这样做一定会成功。一旦会议的气氛对他不利，他就会假装被说服，等到有机会再推翻大家的决定。

"谁想先发言？"他说。

莳萝开口了。她是个母性很强的人，今年四十多岁。她认为，理解比责备更重要。她说："我觉得应该先让花儿和珍珠说说她们为什么要去银城。"

"为了见人。"花儿桀骜不驯地说。

莳萝笑了："你指的是见男生吧。"

花儿耸了耸肩。

莳萝说："怎么说呢，我觉得这是可以理解的……但是你们干吗要偷东西呢？"

"我们想打扮得漂亮一点！"

斯塔尔恼怒地叹了口气："你们平常穿的衣服怎么了？"

"妈，别开玩笑了。"花儿讽刺地说。

斯塔尔探过身去，给了她一个耳光。

花儿吓得透不过气来，脸上出现了一道红印子。

"你怎么敢这么跟我说话？"斯塔尔说，"你才因为偷东西被抓住，害得我不得不把你从监狱里弄出来，所以你不要把我说得跟傻子一样。"

珍珠哭了起来。

神甫叹了口气。他早该预料到这一点。免费商店里的衣服没有任何问题。他们有蓝色、黑色和棕褐色款的牛仔裤；丁尼布制的工作服；白色、灰色、红色和黄色款的T恤；凉鞋和靴子；过冬的厚羊毛衣；用于在雨中工作的防水外套。但是每个人都穿同样的衣服，而且几十年都是这样。孩子们当然想尝试一点不同的东西。三十五年前，神甫在圣佩德罗的大街上从一家时装店里偷过一件披头士乐队的文化衫。

诗诗对她的女儿说："珍珠，我的宝贝，你不喜欢你的衣服吗？”

她抽泣着说：“我们想打扮得像梅兰妮那样。”

“啊。”神甫说，他明白了一切。

梅兰妮还穿着来时的衣服：紧身的露脐上衣、迷你裙和短裤、花哨的鞋子和可爱的帽子。她看起来又时尚又性感。无怪乎女孩们会把她当成楷模。

阿谷说：“我们得谈谈梅兰妮的问题。”他看起来惴惴不安。大多数人说起可能会得罪神甫的话时，都会感到紧张。

神甫的防备心一下子提了起来。是他把梅兰妮带到这儿来的，他是她的情人。而且她对整个计划的实施非常关键。只有她才能够解读迈克尔的光盘数据，这些数据已经复制到她的笔记本里了。神甫不能让他们对她下手。“我们从来不逼新来的人换掉原来的衣服。”他说，“他们一开始都是穿自己的衣服，这是规矩。”

阿拉斯加开口了。她做过老师，十年前跟情人果汁一起来到了公社，当时，她们因为是同性恋，而在从小长大的小镇受到了排斥。“不仅仅是衣服的问题，”阿拉斯加说，“她不怎么干活。”

果汁点了点头，表示同意。

神甫争辩道：“我看过她在厨房里洗碗、烤饼干。”

阿拉斯加流露出害怕的神情，但是她执意说道：“那只是一些很轻的家务活。她不在葡萄园里干活。她只是个过客，神甫。”

斯塔尔看到神甫受到了攻击，便站在了他这一边：“我们也有很多人像她那样的。还记得冬青刚来的时候是什么样子吗？”

冬青跟梅兰妮有些相似，她是个美女，一开始迷上了神甫，后来迷上了公社。

冬青带着悔意笑了笑："我承认，当时我很懒。但是后来，我终于意识到，自己不出力是不好的。没有人责备过我。我就是意识到要是能给公社出一份力，我会过得更开心一些。"

这时候，园园表态了。她曾经有毒瘾，虽然才二十五岁，但是看起来像四十岁。"梅兰妮是个坏典型。她尽跟孩子们讲流行唱片、电视节目这类垃圾玩意儿。"

神甫说："显然，我们需要等梅兰妮从旧金山回来以后，跟她谈谈这个问题。我知道她听说花儿和珍珠所做的事情后，一定会很难过。"

阿谷并不满意："我们很多人介意的是……"

神甫皱起了眉头。这听起来就像是他们当中有一群人背着他商量过。天哪，难道我手下爆发全面叛乱了吗？他让不满的情绪流露到自己的语气中："是吗？你们很多人介意什么？"

阿谷吞了一口唾沫："她的手机和电脑。"

山谷里没有铺设电线，所以公社里的电器少之又少，他们已经培养了一种对电视和录像带的洁癖。神甫必须听车载电台，才能了解时事新闻。他们已经开始鄙视任何耗电的东西。梅兰妮每次给自己的设备充电，都会去银城的公共图书馆，占用一个平常用于吸尘器的插孔。她的设备已经引起了一些公社成员的侧目。此时此刻，好几个人点头同意阿谷的抱怨。

梅兰妮必须留着手机和电脑，是有特殊原因的。但是神甫不能把这一点解释给阿谷听。阿谷不是食禾者的一员。尽管他是公社的正式成员，已经在这里待了很多年，但是神甫不确定他会不会支持地震计划。他可能会被吓到。

神甫意识到，他必须将这个问题了结。情况正在失去控制。不满的人必须一个一个对付，不能让他们集中到一起讨论，要不然他们会彼此增势。

但是他还没来得及说什么，诗诗就插嘴了："神甫，是不是有什么事情发生？你是不是有什么事情瞒着我们？我还是想不明白，你跟斯塔尔为什么非得外出两个半星期。"

颂站在了神甫这一边，她说："哇哦，你这样问是有多不信任他！"

公社的人正在分成两派，神甫看得出这一点。眼看着离开山谷的日子一天天迫近，神甫所暗示的奇迹却毫无发生的迹象。他们看到自己的世界就要崩塌。

斯塔尔说："我想我已经告诉过大家了。我有个叔叔死了，留下一大堆事情，我是他唯一的亲戚，所以必须过去帮助律师把问题都解决了。"

够了。

神甫知道怎么压制一场抗议。他毅然决然地说："我感觉我们现在讨论的气氛很糟糕。"他说，"有没有人同意我的看法？"

当然，他们都这么认为。大多数人都点了点头。

"我们该怎么改善气氛呢？"神甫看了看他十岁的儿子——一个长着深色的眼睛、看起来很严肃的小孩，"你说呢，林戈？"

"我们一起沉思。"小男孩说。问谁都会给出这样的答案。

神甫环视四周："大家同不同意林戈的建议？"

他们同意。

"那我们做好准备吧。"

他们都摆出了自己最舒服的姿势。有些人平躺在地上，有些人像婴儿一样蜷缩着身子，有一两个人好像睡着了一样，一动不动。神甫还有好几个人盘着腿，双手放松地搭在膝盖上，闭着眼睛，面朝天空。

“放松你的左脚小脚趾。”神甫用平静而有穿透力的声音说，“然后是无名趾，然后是中趾，然后是食趾，然后是大脚趾。放松你的整只脚……然后是脚踝……然后放松小腿。”当他慢慢指挥大家放松全身的各个部位时，屋子里陷入沉寂。人们的呼吸缓慢而均匀，身体越来越平稳，脸上渐渐浮现出沉思者特有的、祥和的神情。

最后，神甫缓慢地发出沉沉的声音：“嗯。”

所有人也齐声回应道：“嗯……”

我守护的人。

愿他们永世栖居于此。

第六章

与州长的会面将于中午十二点在州长办公室召开。从旧金山开车，只需要几个小时，就可以到达加州首府萨克拉门托。为了避免早高峰，朱迪九点四十五分离开了家。

她要见的州长副手阿尔·霍尼穆恩在加州政坛是个有名的人物。他名义上是内阁秘书，实际上是个“朝廷鹰犬”。不管什么时候，州长罗宾逊如果需要在风景胜地修建新的高速公路，建造一个新的核电站，裁掉一千个政府员工，或者背叛自己的忠实朋友，都会把肮脏的活儿交给霍尼穆恩来做。

这两个男人已经共事了二十年。他们刚认识的时候，麦克·罗宾逊还只是个州众议员，而霍尼穆恩刚从法学院毕业。霍尼穆恩之所以会被选中，出来做“朝廷鹰犬”，是因为他是黑人，而州长已经深谋远虑地预料到，媒体在对黑人口诛笔伐的时候，也会犹豫三分。那些自由主义的日子早已过去，不过霍尼穆恩已经成为一个手段高超、无情冷酷的政客。没有人喜欢他，但是有很多人畏惧他。

为了调查局，朱迪想要给他留下个好印象。政客往往对FBI的案子没有直接的个人兴趣。朱迪知道，她对这次任务的处理方式将永远影响霍尼穆恩对调查局乃至对整个执法系统的态度。个人经历往往比报道和数据更重要。

FBI想要给人无所不能、无懈可击的印象。但是她在这起案子上的进展太少，所以要想装出这种样子还挺难的，况且对方还是霍尼穆恩这样的硬汉子。不管怎么说，这不是她的风格。她的计划是，只要能表现出干练高效、充满自信的样子就可以了。

而且她想留下个好印象，还有一个原因。她想让州长罗宾逊发表声明，开启与“伊甸之锤”的对话之门。只要暗示州长可能会谈判，就能暂缓他们的行动。如果他们的回应是争取与州长沟通，那么朱迪或许就能找到新的线索，来查明他们的身份。目前为止，这是她能想到的唯一一个将他们擒获的方法。所有其他的调查线索都陷入了死胡同。

她觉得，要想说服州长做出这样的暗示，可能会有难度。他不想给人留下错误的印象，让人们以为他会屈从恐怖分子的要求，进而助长其他人来效仿。但是总会有方法能够对声明的措辞进行处理，这样一来就可以传达一些只有“伊甸之锤”的人才看得懂的信息。

她没有穿她那件阿玛尼套装。直觉告诉她，霍尼穆恩应该会对中规中矩的工薪族更客气一些，因此她穿上了一件钢灰色套装，把头发干脆利落地扎在了脑后，将手枪装进了腰间的皮套里。为了不让自己的装束显得太过正式，她戴上了小巧的珍珠耳环，这对耳环能够衬托出她修长的颈部。打扮得好看点，从来不是坏事。

她无所事事地琢磨着迈克尔·奎尔克斯会不会觉得她很迷人。他很帅，可惜脾气那么冲。换作是她母亲，或许会喜欢他。朱迪记得她说过：“我喜欢占主导地位的男人。”奎尔克斯穿得很体面，这是从保守的层面来说。她想知道他被衣服遮住的身体是什么样子。或许他身上有着厚重的体毛，就像猴子一样，她不喜欢体毛旺盛的男人。或许他的身体苍白而柔软，但是她觉得应该不是这样，他看起来很健壮。她意识到自己正在幻想奎尔克斯裸体的样子，因而对自己感到生气。我最不需要的就是个坏脾气的日场电影偶像了。

她决定提前打个电话，确认停车位的情况。她用手机拨打了州长办公室的电话，接电话的人是霍尼穆恩的秘书。“我今天中午跟霍尼穆恩先生有个会议，我不知道能不能在议会大厦停车。以前还没来过萨克拉门托。”

秘书是个年轻男子。“我们没有访客在楼里停车，但是隔壁街区有个停车场。”

“在哪儿？”

“入口在K街和L街之间的第十街。国会大厦在L街和M街之间的第十街。基本上开一分钟就到了。不过，你的会议不是在中午，而是在十一点三十分。”

“什么？”

“你的会议定在十一点三十分。”

“时间变了吗？”

“没有，女士，一直是十一点三十分。”

朱迪怒不可遏。迟到意味着她在开口说话之前就已经给对方留下了坏印象。现在情况已经不妙了。她克制着自己的怒火。“我估计有人弄错了。”她看了看表。如果不要命地开车，兴许还能在九十分钟以内到达目的地。“没问题，我提前出发了。”她撒了谎，“我会到的。”

“很好。”

她猛踩油门，看着雪佛兰蒙特卡罗速度计的读数飙升到了一百。幸运的是，路上车流并不多。早上大多数车辆都是开往相反的方向，也就是旧金山方向。

会议时间是布莱恩·金凯德告诉她的，所以他也会迟到。他们没有一起走，因为他在萨克拉门托还有一个会议，在那里的FBI分局。朱迪拨打了旧金山分局的电话，对特工主管的秘书说：“琳达，我是朱迪，能不能麻烦你给布莱恩打个电话，告诉他州长副手跟我们的会议是在十一点三十分，而不是十二点？”

“我想他应该知道。”琳达说。

“不，他不知道。他告诉我是十二点。你看看你能不能联系到他，提醒他一下。”

“好的。”

“谢谢。”朱迪挂了电话，专心致志地开车。

几分钟后，她听到了警笛声。

她看了看后视镜，看到了加州公路巡警车那令人熟悉的棕褐色喷漆。

“真他妈不敢相信。”她说。

她开到路边，使劲踩了刹车。巡警车在后面停了下来。她打开车门。

巡警车里传来扩音器的声音：“待在车里。”

她掏出FBI徽章，将它举到巡警看得到的地方，然后下了车。

“待在车里！”

她从巡警的话里听出了害怕的口气，然后看到巡警只有一个人。她叹了口气。她都能想象出这个菜鸟警察一紧张，说不定就会朝她开枪。

她把徽章伸出去，让他看到。“FBI！”她喊道，“你看看吧，看在老天爷的分上！”

“回到车里去！”

她看了看表。已经十点半了。她气得发抖，坐回了车里，让车门开着。

等待令人焦急地漫长。

最后，巡警终于走近：“我之所以让你停车，是因为你的车速达到了每小时九十英里——”

“你看看这个就行了。”她说着，伸出徽章。

“这是什么？”

“搞没搞错，这是FBI徽章！我是个特工，现在有急事，你刚才把我的事情耽误了！”

“怎么说呢，你肯定不像——”

她跳出车外，把他吓了一跳，然后在他的下巴底下挥舞着一根手指：“你他妈别跟我说我不像特工。你连FBI徽章都认不出来，你怎么知道特工长什么样子？”她把手放到腰间，将外套往后一捋，让他看见自己的手枪皮套。

“我能看看你的证件吗？”

“妈的，不行，我要走了，而且我要以每小时九十英里的速度开到萨克拉门托去，你听懂了吗？”她回到车里。

“你不可以这样。”他说。

“你写信给议员吧。”她说着，将车门一摔，开着车扬长而去。

她驶入快车道，加速到每小时一百英里，然后看了看表。她已经浪费了大约五分钟的时间，还是有救。

她跟巡警发了火。巡警会向上司报告，而他的上司会向FBI投诉。朱迪会被训一顿。但是如果她跟那家伙好好说话，现在都没有办法脱身。“操。”她恨恨地说。

十一点二十分，她到达了萨克拉门托闹市区的十字路口。十一点二十五分，她进入了第十街的停车场，然后花了几分钟的时间找到停车位。她跑下楼，穿过大街。

议会大厦是由白色的砖石砌成的建筑，看起来就像一个结婚蛋糕，坐落在毫无瑕疵的花园里，周围是巨大的棕榈树。她快步穿过一间大理石厅，来到一个大门口，门牌上写着“州长”的字样。她停下脚步，做了几次深呼吸，将心情平稳下来，然后看了看表。

时间正好是十一点三十分。她按时到达了。这样一来，调查局的形象就不会受损了。

她打开双开门，走了进去。

她发现自己置身于一座宽敞的大厅，一名管事的秘书坐在一张硕大的桌子后面。大厅的一边放着一排椅子，让她惊讶的是，她看见布莱恩·金凯德在那里等待着，看起来泰然自若，穿着笔挺的深灰色西装。他的白头发整齐地梳着，一点也不像是匆匆忙忙赶到这里的样子。她突然意识到自己正在出汗。

金凯德看到她的目光时，她注意到他的脸上闪过一丝惊讶的神情，但是这副表情很快就被压制住了。

她说：“呃……嗨，布莱恩。”

“早。”他看向别处。

他没有感谢她向秘书通风报信，提醒他会议时间没有那么晚。

她问："你什么时候到的？"

"几分钟前。"

这就意味着他知道会议的正确时间，但是他跟她说的时间是在半小时后。他该不会是故意误导她吧？这种行为简直近乎幼稚。

她还没来得及得出结论，一名年轻的黑人男子从一扇侧门处走了出来。他对布莱恩说："你是金凯德特工？"

布莱恩站了起来："是的。"

"那你肯定是马多克斯特工了。霍尼穆恩先生现在可以见你们。"

他们跟着他穿过走廊，走过一个转角。他一边带着他们走，一边说："我们把这叫作'马蹄铁'，因为州长办公室跨越了一个长方形的三条边。"

第二条边走到一半的时候，他们穿过了另一间大厅，这里有两个秘书。一名年轻男子拿着文件坐在一张真皮沙发上等待着。朱迪猜测，这里通往州长本人的办公室。又往前走了几步之后，他们被带进了霍尼穆恩的办公室。

霍尼穆恩是个大块头，头发剪得很短，已经花白。他已经脱掉了灰色的细条纹西装外套，露出黑色的背带裤。白衬衫的袖子已经挽起来，但是真丝领带依然系得紧紧的，领针别得很高。他摘下一副金边半框眼镜，站了起来。他有一张黝黑的、雕塑般的面孔，脸上一副"不要跟我耍花招"的表情。要不是因为他穿得太过体面，肯定会有人以为他是个中尉。

虽然他外表很吓人，但是态度却彬彬有礼。他跟他们握了握手，然后说："很感谢你们从旧金山远道而来。"

"不用客气。"金凯德说。

他们坐了下来。

霍尼穆恩直接切入了正题："你们对情况的估计怎样？"

金凯德说："怎么说呢，先生，你特意要求见负责办案的特工，所以我让朱迪来向你汇报。"

朱迪说："我们还没有抓到犯人，抱歉。"话一出口，她就悔恨自己为什么一开始就要道歉。别这么消极！"我们可以肯定，他们跟绿色加州运动没有关系——这只是他们为了误导调查人员的视线而要的小花招。我们不知道他们是谁，但是我们已经发现了一些关于他们的重要信息。"

霍尼穆恩说："请说。"

"首先，针对威胁信的语言学分析表明，我们面对的不是一个人，而是一个组织。"

金凯德说："呵呵，两个人，至少。"

朱迪瞪着金凯德，但是他没有看她。

霍尼穆恩生气地说："你们到底谁对，是两个人还是一个组织？"

朱迪感到自己的脸涨红了："威胁信是由一个男人起草的，但是打字的是一个女人，所以至少有两个人。我们不知道是否还有更多的人。"

"好吧，但是请你表述精确一点。"

情况并不顺利。

朱迪接着说道："第二点：这些人不是疯子。"

金凯德说："呵呵，从医学上讲不是。但是他们肯定脑子不正常。"他大笑起来，仿佛他说了什么机智的妙语似的。

朱迪默默地咒骂他拆自己的台。"实施暴力犯罪的人分为两种，有组织的和没组织的。没组织的犯罪者会因为一时兴起而犯罪，手头边不管有什么武器，都可以拿来用，在选择受害者的问题上，也是随机的。他们属于真正的疯子。”

霍尼穆恩一副很感兴趣的样子：“那么另一种呢？”

“有组织的犯罪者会有计划地实施犯罪，带上自己的武器，受害者也是事先通过某种逻辑标准选好的。”

金凯德说：“他们也是疯子，只不过跟第一种人不是一个类型而已。”

朱迪尽量无视他：“这种人可能很恶心，但是他们并不是没有脑子。我们可以把他们视为理性的人，试着推测他们可能的行动。”

“好吧，也就是说‘伊甸之锤’的人是有组织的。”

“从他们的威胁信上看，是这样的。”

“你很依赖语言学分析嘛。”霍尼穆恩带着怀疑的口气说。

“这是一个非常有效的工具。”

金凯德插嘴了：“它不能代替认真仔细的调查工作。但是在这个案子上，我们的进展就只有这些了。”

言下之意似乎是，他们不得不依赖语言学分析，因为朱迪没能做好跑腿工作。朱迪感到绝望，但仍挣扎着继续说：“我们的敌人是认真的——这也就意味着，如果他们制造不出地震，就有可能采取其他的行动。”

“比如说？”

“就是那种比较常见的恐怖活动。比如引爆炸弹、绑架人质、谋杀一个有名的人。”

金凯德说：“那也得他们有本事才行。到目前为止，还没有任何迹象表明他们有那种本事。”

朱迪深吸了一口气。有件事情她必须说，而且她也无法逃避：“但是，我还没有准备好排除他们真的无法制造地震的可能性。”

霍尼穆恩说：“什么？”

金凯德嘲讽地大笑起来。

朱迪坚持说道：“虽然不太可能，但方法还是有的。加州的领军地震专家——奎尔克斯教授是这么告诉我的。如果我不向你汇报这个情况，就是我的失职了。”

金凯德靠在椅子靠背上，叉着腿。“朱迪给你讲的是教科书上的答案，阿尔。”他一副“我俩都是哥们儿”的口气，“我想就我这么多年的经验，跟你讲讲我这个老特工的看法。”

朱迪死死地盯着他。我只要有一口气在，就会找你算这个账的，金凯德。你这次开会自始至终都在拆我的台。但是万一真的发生地震了呢，你这个不要脸的，你怎么跟死者的亲属交代？

“请说下去。”霍尼穆恩对金凯德说。

“这些人制造不出地震来的，他们根本不在乎什么电厂。依我的直觉看，这只是一个臭小子在试图取悦他的女朋友。他把州长吓得屁滚尿流，把FBI忙得团团转，而这件事情每晚都在约翰·特鲁斯的电台节目上大肆宣传。他一下子就成了名人，而他的女朋友一下子觉得自己的脸上很有光。”

朱迪感到自己被彻底羞辱了。金凯德让她陈述自己的发现，然后一个一个地加以嘲讽。这一切他显然早就计划好了，她现在确信他当初故意告诉她错误的会议时间，好让她迟到。整件事情就是为了让她出洋相，同时给他自己脸上贴金。她感到恶心。

霍尼穆恩突然站了起来。“我会去建议州长不要对这起威胁案采取行动。”他轻蔑地补充道，“谢谢你们。”

朱迪意识到，现在要求他开启与恐怖分子的对话之门，已经太迟了。时机已经过去了。况且她无论提出什么建议，都会被金凯德一概否决。她感到绝望。万一犯人是玩真的怎么办？万一他们真的能制造地震呢？

金凯德说：“只要有帮得上忙的地方，随时跟我们说就可以了。”

霍尼穆恩的脸上流露出些许嘲弄。他要是想让FBI出力，根本不需要别人的邀请。但是他还是礼貌地跟他握了握手。

过了一会儿，朱迪和金凯德到了外面。

朱迪一路上都没有说话，他们绕过“马蹄铁”，穿过大厅，进入大理石厅。在那里，金凯德停下脚步说：“你刚才表现得不错，朱迪。你什么也不用担心。”他掩饰不住自己得意的笑。

朱迪决心不让他看出自己有多恼火。她恨不得朝他大吼大叫，但是她强迫自己带着冷静的口气说：“我觉得我们做了该做的事。”

“当然啦，你的车停在哪里？”

“街对面的车库。”她伸出大拇指，朝街对面的方向指了指。

“我停在另一边。待会儿见。”

“好啊。”

朱迪看着他离去，然后转身，走向了相反的方向。

过马路的时候，她看到街对面有一家时思糖果店。她走了进去，买了些巧克力。

在开车回旧金山的路上，她吃掉了一整盒巧克力。

第七章

神甫需要活动活动筋骨，以免自己紧张到失控。在神庙开完会以后，他去了葡萄园，开始除杂草。这天天气很热，他很快就忙得汗流浃背，脱掉了衬衫。

斯塔尔在他身边干活。过了一小时的样子，她看了看表。“该休息了。”她说，“我们去听新闻吧。”

他们坐在神甫的车里，打开收音机。此时播报的简讯跟他们先头听到的一模一样。神甫焦躁得咬牙切齿：“妈的，州长还不快点表个态！”

斯塔尔说：“我们也不能指望他马上就妥协吧，对不对？”

“话是这么说，但是我觉得州长会有回应的，说不定只是一次让步的暗示。操，停建新电厂又不是什么特别过分的要求。加州说不定会有几百万人举双手赞成。”

斯塔尔点了点头：“可不是吗，在洛杉矶，由于污染的缘故，呼吸已经是件危险的事情，真是操蛋！我真不敢相信那些人愿意那样子过日子。”

“但是什么也没发生。”

“好啊，我们一直觉得，他们非得等到我们游行示威了才肯就范。”

“是啊。”神甫犹豫了片刻，然后脱口而出，“我想我只是害怕它行不通吧。”

“你是说地震振动器？”

他又犹豫了。除了斯塔尔以外，他不会在别人面前这么坦诚，而且他已经有点后悔自己不该把心中的疑惑表露出来。但是既然已经开了口，那就还是把话说完吧。“整个计划。”他说，“我害怕不会有地震，然后我们就会失败。”

她有点吃惊，他看得出这一点。她习惯了神甫对任何事情都自信满满的样子。不过他以前也没有做过这种事情。

在回葡萄园的路上，她说：“今晚跟花儿一起做点事情吧。”

“什么意思？”

“陪陪她，跟她一起做点事情，你平常老是跟达斯蒂玩。”

达斯蒂才五岁，跟他一起玩，很容易就能找到乐趣，因为他对所有的事情都很感兴趣。而花儿十三岁了，在这个年纪的孩子眼里，大人做的所有事情都是愚蠢的。神甫正想开口说点什么，但是他意识到，斯塔尔提出这个要求还有别的原因。

她觉得我明天可能会死。

这个想法给了他当头一棒。他知道这次制造地震的计划很危险，这是当然的，但是他主要考虑的是自己在冒险，一旦他遇到不测，公社就会失去领导人。他还没有考虑过花儿可能会小小年纪就失去父亲。

“我能陪她做些什么呢？”他说。

“她想学吉他。”

这对于神甫来说，还是新鲜事。他自己不是什么吉他手，但是他能弹一些民俗音乐和简单的蓝调，反正教她入门是没有问题了。他耸了耸肩：“好吧，我今晚就开始教她。”

他们重新开始干活，但是过了几分钟，他们就被打断了。只见阿迟嘴巴都咧到耳朵边上去了，他大叫道：“嘿，看看谁来了！”

神甫遥望着葡萄园对面。他本来希望来的人是梅兰妮。她把达斯蒂送到旧金山去见他父亲了。只有她才能告诉神甫地震振动器到底该怎么用，在她回来之前，他是没法安下心来的。但是她现在回来还太早了，况且阿迟见到梅兰妮，是不可能这么兴奋的。

他看到有个男的走下山坡，后面跟着个抱小孩的女人。神甫皱了皱眉。一般这个山谷一年到头都不会有外人来，今天早上却来了个警察；现在又是这帮人。但是他们是陌生人吗？他眯起了眼睛。那个男的走路摇摇晃晃的，身影特别熟悉。等到他们走近了，神甫说：“我的天哪，那是阿骨吗？”

“是啊，真的是阿骨！”斯塔尔兴高采烈地说，“我的神啊！”她向来人奔去。灵灵也来劲了，跟着她一起跑，一路上吠叫着。

神甫跟在后面，走得比较慢一些。阿骨的真名叫作比利·欧文斯，是个食禾者。但是他喜欢神甫到来以前的生活方式。公社早期勉强糊口的生活让他乐在其中。他在此起彼伏的危机中寻欢作乐，在白天那几个小时的清醒时间里，他喜欢醉酒，或者嗑药，或者边醉酒边嗑药。他的蓝调口琴吹得绝佳，是公社有史以来最成功的街头乞丐。他加入公社并不是为了找活干，约束自己，或者每天祈祷。所以过了几年之后，当神甫–斯塔尔的统治永久确立下来之后，阿骨便离开了。从此以后就再也没有出现。现在，时隔二十多年，他又回来了。

斯塔尔搂着他，将他使劲抱住，亲了亲他的嘴。这两个人曾经有段时间认真交往过。那段时间，公社里所有男人都和斯塔尔上过床，但是她对阿骨有着特别的温情。神甫看着阿骨将斯塔尔抱在怀里，感到妒火中烧。

他们分开后，神甫发现阿骨的精神状态并不好。他一直是个瘦子，但是现在，他看起来就像一个快要饿死的人。他有着邋遢的头发和胡须，但是胡须缠结在一起，头发也似乎已经成片地脱落。牛仔裤和T恤都脏兮兮的，有一只牛仔靴的鞋跟已经脱落。

他来这里是因为碰到了麻烦。

阿骨介绍说，和他在一起的女人叫黛比。她比他年轻，不到二十五岁，虽然脸色憔悴，但是很美。她的孩子是个小男孩，十八个月大。她和孩子都跟阿骨一样又瘦又脏。

现在是公社成员吃午饭的时间。他们把阿骨带到伙房。午饭是砂锅粥，粥是由珍珠麦熬成的，里面放了园园种植的香草调味。黛比狼吞虎咽地饱餐了一顿，还喂了孩子。但是阿骨只吃了几口，就点燃了香烟。

他们谈了很多以前的事情。阿骨说："我跟你们说说我记忆最深的事情吧。有一天下午，就在那座山上，斯塔尔跟我解释了怎么舔阴。"一桌人笑声连连。但是笑声中流露出些许尴尬，阿骨没有注意到这一点，他继续说道："我那时候才二十岁，还不知道人们会做这种事情。我惊呆了！但是她让我来试一下。那种味道！噢！"

"你那时候还有很多事情不知道。"斯塔尔说，"我记得你有一次跟我说，你搞不懂自己为什么有时候早上会头疼，我不得不跟你解释说，只要你前一天晚上醉得太厉害，第二天早上就会头疼。你那时候还不知道‘宿醉’这个词的含义。”

这样一来，她巧妙地把话题转换了。以前，在饭桌上谈论舔阴这种事情是很正常的，但是自从阿骨走了以后，很多事情都发生了改变。没有人刻意净化他们的话题，但是随着孩子们慢慢懂事，他们说起话来自然而然会变得比以前注意一些。

阿骨很紧张，老是大笑，过于卖力地想表现出友好的姿态。他焦躁不安，抽起烟来一根接着一根。他究竟想要什么？不过他很快就会告诉我答案了。

他们清理桌子，刷洗碗筷的时候，阿骨把神甫拉到一边，说道：“我有样东西想给你看，跟我来。”

神甫耸了耸肩，跟他走了出去。

神甫一边走，一边掏出一小包大麻和一盒卷烟纸。公社成员白天一般不吸大麻，因为这会减缓他们在葡萄园里的干活进度，但是今天是个特殊的日子，神甫觉得他需要放松一下神经。当他们走上山坡，穿过树林时，他动作麻利地卷好了大麻烟。

阿骨舔了舔嘴唇：“你没有那种更刺激的玩意儿吗？”

“你这段时间用的是什么，阿骨？”

“一种小红糖，时不时就来一点，你懂的，我是想让头脑保持清醒。”

怪不得呢。原来阿骨成了瘾君子。

“我们这里没有，”神甫告诉他，“没有人用这种东西。”而且不管谁吸食，我都会马上把他赶走，连让他喘息的时间都不给。

神甫点燃了大麻烟。

他们走到停车的空地时，阿骨说：“就是它了。”

一开始，神甫看不出这是什么。看起来像是卡车，但它是什么车型呢？它的漆色很艳丽，呈亮红色和黄色，车身上有一幅画，上面画着一个喷火的怪物，旁边写着几个字，这些字的笔法也很艳俗。阿骨知道神甫不识字，他说："上面写着'龙之口'，这是一辆嘉年华卡车。"

神甫明白了。有很多小型嘉年华设备是安装在卡车上的。卡车发动机为正在使用的设备提供电力，用完之后，零件就会折叠起来，装在卡车里，运送到下一个地点。

神甫把大麻烟递给他，说道："这是你的吗？"

阿骨深吸了一口，将烟放下来，突出烟雾，然后说道："我靠这个讨生活已经有十年了，但是它需要修理一下了，我没钱修理，所以得把它卖了。"

神甫现在明白他想做什么了。

阿骨又吸了一口大麻烟，但是没有把烟递回去："它应该值一万五千美元，但是我就要一万好了。"

神甫点了点头："听起来还挺划算的呢……对有些人来说。"

"你们或许应该买下来呢。"阿骨说。

"我要这种玩意儿做什么，阿骨？"

"这是一笔不错的投资。要是你们哪年收成不好，你就可以开着这辆卡车出去赚点钱了。"

他们有收成不好的年份，这种情况时有发生。他们对天气一点办法也没有。但是保罗·比尔总是愿意让他们赊账。他相信公社的理想，即使自己没办法践行。而且他知道，来年总是会有好收成的。

神甫摇了摇头："没门。但是我祝你好运，老伙计。你接着找吧，会找到买家的。”

阿骨肯定知道事情不会这么顺利，但是他还是一副惊慌失措的样子：“嘿，神甫，老实跟你说吧……我现在情况不妙。你能借我一万刀吗？这样我就能缓过来了。”

你的意思是，这样你就能痛痛快快地过一把瘾了。然后，用不了几天，你就会完全回到原点。

“我们没钱。”神甫告诉他，“我们这儿不用钱的，你不记得了吗？”

阿骨面露狡猾的神情：“你肯定藏了私房钱的啦，别装了！”

你觉得我会告诉你吗？

“抱歉，兄弟，帮不上忙。”

阿骨说：“太打击我了，兄弟。我的意思是，我真的遇到麻烦了。”

神甫说：“还有，你不要背着我去问斯塔尔，因为你问她也没用。”他的话中透出一股狠劲，“你听到了吗？”

“听到了，听到了，”阿骨说着，脸上露出害怕的表情，“冷静，神甫，哥们儿，冷静。”

“我很冷静。”神甫说。

神甫整个下午都在担心梅兰妮，担心她改变主意，决定回到丈夫身边，或者纯粹出于恐惧而开车逃跑。如果是这样，他就完了。他跟公社里的任何人都没有办法解读迈克尔·奎尔克斯的光盘数据，找出明天该在哪里安放地震振动器。

不过，夜幕降临的时候，她出现了，这让他大大松了一口气。他把花儿被拘留的事情告诉了她，还提醒她，公社里有一两个人想把责任归咎于梅兰妮和她的漂亮衣服。她说，她会从免费商店里拿一些工作服。

晚饭过后，神甫去了颂的小屋，想拿她的吉他。“这个东西，你最近在用吗？”他礼貌地说。他从不会说：“我能不能借用你的吉他？”因为从理论上讲，所有的财产都是公社集体所有，所以吉他既是他的，也是她的，尽管这是她亲手做出来的。不过，在实际生活中，每个人都会事先征求同意。

他跟花儿坐在自己的小屋外，开始给吉他调音。灵灵在一旁充满警觉地看着，仿佛它也要学弹吉他。“大多数歌曲都有三个和弦。”神甫开始授课，“你只要知道三个和弦，那么十首歌曲当中，有九首你都会弹了。”

他给她演示了C和弦。她费劲地用柔软的指尖按弦，他在暮光中仔细看着她的脸：她有着完美的皮肤、深色的头发，一双绿色的眼睛跟斯塔尔很像，每当神情专注的时候，就会微微皱着眉头。我必须活着，为了照顾你。

他想起自己在这个年纪的时候，已经是个罪犯了，不仅经验丰富，而且技巧高超，内心因暴力而冷酷，对警察充满了憎恨，擅长选择好欺负的普通公民作为抢劫对象。十三岁的时候，我已经走上了邪路。他决心不让花儿跟他一样。她是在一个充满爱与和平的公社里长大的，没有被外界的尘世污染。当年，污浊的世界腐蚀了小里奇·格兰杰的心灵，在他开始长胡子之前，就把他变成了地痞流氓。你会平安无事的，我会守护你。

她弹奏了C和弦。神甫意识到，自从阿骨来了之后，有一首歌曲就一直回荡在他的脑海里。那是一首20世纪60年代早期的民歌，斯塔尔一直很喜欢这首歌。

带我去看监狱
带我去探监
带我去看囚犯
那个生活失去光彩的囚犯

“你小时候，你妈妈经常给你唱一首歌。我来教你弹这首歌。”他说着，从她手里拿过吉他，“你还记得吗？”他唱道：

我会带你见一个小伙子
原因有很多

他的脑海里清清楚楚地浮现出斯塔尔当年的歌声，那歌声和现在一样低沉而性感。

对于你我来说
去那里，唯独不是为了钱
对于你我来说

神甫跟阿骨差不多大。阿骨的死期就快到了，神甫对此确信不疑。很快，那个女人就会带着小孩离开他。他会不惜饿着肚子来满足自己的毒瘾。他可能会吸毒过量，或者用劣等毒品来毒害身体，说不定他会干脆滥用自己的身体系统，直到身体失常，患上肺炎。总有一天，他会死去。

如果我失去这个地方，我会落得跟阿骨一样的下场。

就在花儿费劲地弹奏着A小调和弦的时候，神甫带着好玩的心态想象着自己回归正常社会后的生活。他幻想着自己每天去上班，购买短袜和翼尖鞋，在家里添置一台电视和一台烤面包机。这样的想法让他作呕。他还从来没有体验过光明正大的生活，从小在妓院长大，在街头接受教育，曾经做过短暂的灰色生意，大半辈子都在领导一个与世隔绝的嬉皮公社。

他想起自己曾经有过一份正儿八经的工作。十八岁的时候，他曾经为詹金森夫妇工作，这对夫妇在街边开着一家酒水店。那时候，他觉得他们很老，不过现在回过头来想想，他们那时候也就五十来岁吧。他本来打算的是，只要知道了他们放钱的地方，他就不在那儿干了。到时候把他们的钱偷了就行。但是后来，他对自己有了新的认识。

他发现，他的计算能力强得吓人。每天早上，詹金森先生都会把总计单位是美元的零钱放进收银机里。顾客购买酒水，需要找零的时候，神甫要么自己给他们找零，要么就会听到店里的员工声音洪亮地报出价格："罗伯托太太，一共二十九美元。"或者"找您三美元，先生"。这些数字似乎会在他的大脑里自动相加。一天下来，神甫总是能精确地知道柜台到底有多少库存现金。在一天结束的时候，他不需要点钱，就能告诉詹金斯当天的营业总额。

当詹金斯在电话上与销售员交谈时，他会侧耳倾听。通过这种方法，他很快就知道了店里每一款酒水的批发和零售价。从那以后，他脑子里的"自动收音机"就会计算每笔交易的利润，他震惊地发现，詹金斯竟然可以赚这么多钱，而且不用偷别人的东西。

在他的指示下，詹金斯夫妇的酒水店一个月内遭到了四次抢劫。接着，他向他们提出，要把这家店盘下来。他们没有答应。于是，他安排了第五次抢劫，而且这一次还让詹金斯先生挨了拳头。这件事情之后，詹金斯先生接受了他的提议。

神甫从社区的高利贷者那里借了钱，用店里的营业收入给詹金森先生分期付款。虽然他不识字，也不会写字，但他总是对财务状况知根知底。没有人骗得了他。有一次，他雇用了一个看起来很体面的中年女子，这名女子每天都会从“收音机”里偷一美元。到了周末，他从她的工资里扣减了五美元，把她打了一顿，警告她不要再回来。

短短一年以内，他就开了四家分店；两年以后，他开了个酒水批发仓库；过了三年，他成了百万富豪；到了第四年末，他成了逃犯。

他有时候会想，假如当初他还清了高利贷，老老实实地让会计给国内税务局报账，就他所受的欺诈指控跟洛杉矶警察局（LAPD）达成认罪辩诉协议，说不定到了现在，他就能有一家像可口可乐那么大的公司，住在比弗利山庄[1]的一栋豪宅里，家里有一个园丁，一个泳池清洁工，还有一座能停五辆车的车库。

但是在兀自想象的过程中，他知道，这种情况永远不可能发生。这不是他。那个穿着白色浴袍，走下楼梯，气定神闲地命令女仆给他榨橙汁的人，长着别人的面孔。神甫永远无法生活在一个四平八稳的世界。他总是适应不了规则，他永远不会甘于屈居

① Beverly Hills，加州洛杉矶西边的一个城市，是电影圈名人聚居的高级住宅区。

人下。所以他必须生活在这里。

在银河谷，我制定规则、改变规则，我就是规则。

花儿告诉他，她的手指疼。

“那就该休息了。”神甫说，“你要是愿意的话，我明天再教你弹一首曲子。”如果我还活着的话。

“你弹吉他的时候，手指不疼吗？”

“不疼，不过这只是因为我习惯了。等你练习了一段时间以后，你指尖的皮肤就会变硬，就像你脚跟的皮肤一样。”

“诺埃尔·加拉格尔是不是也是这样？”

“如果诺埃尔·加拉格尔是个流行吉他手的话……”

“那当然！他是绿洲乐队的成员啊！”

“哦，那他指尖的皮肤就是硬的。你觉得你以后想当音乐家吗？”

“不想。”

“说得挺干脆的嘛，你有别的想法？”

她看起来一副心虚的样子，仿佛她知道他不会同意，但是她鼓起勇气说：“我想当作家。”

他也不知道该对此作何感想。你老爸永远也读不了你的作品。但是他还是装出一副很热忱的样子：“那太好了！什么样的作家？”

“给杂志写稿子。应该是像《少年》这类杂志吧。”

“为什么？”

“那样就可以见到明星，采访他们了，还可以写一些关于时尚和化妆的文章。”

神甫咬着牙齿，尽量不让自己的厌恶显露出来：“好吧，总之我还是挺支持你当作家的。如果你写诗和小说，而不是写杂志稿的话，你还是可以住在银河谷的。”

“是啊，可能吧。”她带着怀疑的口气说。

他看得出她不打算在这里生活。但是她现在还太小，不懂事。等到她长大了，可以自己做决定了，她或许就会有不同的看法。希望如此。

斯塔尔走了过来。“该去听特鲁斯的节目了。”她说。

神甫把吉他从花儿那里拿了过来。“快去睡觉吧。”他说。

他和斯塔尔向停车的圆形空地走去，半路上把吉他放到了颂的小屋。他们发现梅兰妮已经在那里了，坐在CUDA的后座上，听着收音机。她已经穿上了从免费商店那里拿来的亮黄色衬衫和蓝色牛仔裤。这身衣服对她来说太大了，她已经把T恤塞进了裤子里，用皮带把牛仔裤系得紧紧的，衬托出自己的小蛮腰。她还是性感得要命。

约翰·特鲁斯说话时有降调的鼻音，听众很容易被催眠。他的强项就是把听众真心相信，却又羞于承认的事情大声说出来。他所说的大多是些标准的法西斯主义问题，比如，艾滋病是对罪恶的惩罚；不同的人种拥有不同的智力水平；这个世界需要的是更严格的纪律；所有的政客都愚蠢而腐败。神甫猜想，他的观众应该是那种肥胖的白人，这些人所有的见识都是从酒吧里听来的。“这个人，”斯塔尔说，“他身上集中了我所讨厌的所有美国人的气质：心怀成见，假装高尚，虚伪做作，自以为是，而且真的很蠢。”

“这是事实。”神甫说，“准备听节目了。”

只听见特鲁斯正在说道：“下面我再读一遍州长的内阁秘书霍

尼穆恩先生发布的声明。”

神甫的汗毛倒竖起来，斯塔尔说：“那个狗娘养的！”正是霍尼穆恩在幕后策划了淹没银河谷的计划，他们对他恨之入骨。

约翰·特鲁斯接着说了下去，他的口气无比郑重，仿佛每一个音节都很重要：“大家听好了。‘FBI调查了五月一日出现在网络公告板上的威胁信。调查表明，这起威胁不足为惧。’”

神甫的心一沉。他料想会这样，但是还是很失望。他本来希望政府至少能表现出些许安抚的暗示，但是霍尼穆恩的声明听起来非常强硬。

特鲁斯接着宣读道：“‘州长麦克·罗宾逊采纳FBI的建议，决定不采取进一步行动。’朋友们，这就是声明的全文。”特鲁斯显然认为，这份声明短得令人发指，“你觉得满意吗？到了明天，恐怖分子所说的最后期限就过去了。你是否放下心来了呢？请拨打这个电话给约翰·特鲁斯，把你的想法告诉全世界。”

神甫说：“这就意味着我们必须行动。”

梅兰妮说：“嗯，我从来就不指望政府在没有人示威的情况下做出让步。”

“我想我也不指望。”他皱起了眉头，“这份声明有两次提到FBI，感觉要是出了问题，麦克·罗布森打算把责任推到联邦调查人员身上。这让我觉得，他是不是在内心里并不是那么确定。”

“也就是说，如果我们给他证据，证明我们真的能够制造地震……”

“那他可能就会再考虑考虑。”

斯塔尔看起来很气馁。“妈的，”她说，“我想，我本来还是希望我们不用走这一步的。”

神甫警觉起来，他不想让斯塔尔在这个紧要关头害怕。她的支持是很有必要的，因为这能鼓舞其他食禾者的士气。“我们不用害人就可以把这件事情做成功的，”他说，“梅兰妮已经选择了一个完美的地点。”他转过身去，面对着坐在后座上的梅兰妮，“你告诉斯塔尔我们是怎么说的。”

梅兰妮向前探了探身子，展开一幅地图，好让斯塔尔和神甫都能看见。她不知道神甫认不得地图。“这里是欧文斯山谷断层。”她说着，指了指一条红色的裂缝，“1790年和1872年分别发生了一起大地震，从那以后，到现在都还没有发生大地震，已经拖得太久了。”

斯塔尔说：“地震应该不是定期发生的吧？”

“不是。但是断层的历史表明，在一百年左右的时间里，那里已经积聚了足以爆发地震的压力。这就意味着，只要我们能在正确的地方施力，就能将它诱导出来。”

“这个地方在哪里？”斯塔尔说。

梅兰妮指了指地图上的一点：“差不多在这个位置。”

“你也说不出确切位置？”

“那得我到现场看了才知道。根据迈克尔的数据，我们可以将位置精确到一英里左右的范围内。等我看了现场环境之后，我应该就能把位置锁定得更精确一些。”

“怎么锁定呢？”

“要看以前发生过的地震的痕迹。”

“好吧。”

神甫补充道：“我们可以确定的是，地震的规模会很小。就算是在最近的城镇，也很难感觉到影响。”他知道这种事情是难以确定的，梅兰妮也是这么认为。但是他死死地盯着她看了一会儿，于是她没有提出异议。

斯塔尔说：“如果很难感觉到影响，那就没有人会关心它了，这样做不就失去意义了吗？”

她现在很矛盾，这个信号充分说明她很紧张。神甫说：“我们已经说过明天要制造一场地震。只要我们成功了，就可以用梅兰妮的手机给约翰·特鲁斯打电话，告诉他我们遵守了承诺。”那将是一个什么样的时刻？真是爽快！

“他会相信我们吗？”

梅兰妮说：“他想不相信也不行，只要他看了地震图。”

神甫说：“想象一下罗布森州长和加州的人民会作何感想吧。”他内心的兴奋之情溢于言表，连他自己都能听见，“尤其是那个混蛋霍尼穆恩，他们会想：‘妈蛋！这些人真的可以制造地震，我的天哪！我们他妈到底该做啥？’”

“然后呢？”斯塔尔说。

“然后我们就威胁再做一次。但是这一次，我们不给他们一个月的时间，而是给一周的时间。”

“我们怎样发出威胁呢？就跟上一次一样？”

梅兰妮回应道：“我觉得不行。他们肯定有方法能够追踪公告板和电话号码。要是我们换一个公告板，那么很可能不会有人注意到我们的信息。不要忘了，约翰·特鲁斯隔了三周的时间才注意到我们的上一封威胁信。”

“那我们就打电话，威胁再发起一次地震。”

神甫插嘴道：“但是下一次，我们就不能把地点选在偏僻的野外了——要选一个能切实造成杀伤力的地方。”他看到斯塔尔脸上浮现出惴惴不安的表情。“我们不一定真的要动手，”他补充道，“一旦让他们见识到了我们的厉害，那么只需要发出威胁，应该就够了。”

斯塔尔说：“印沙安拉。”这句话是从诗诗那里学来的，意思是“听天由命”。诗诗是阿尔及利亚人。

第二天清晨，他们离开时，外面还是一片漆黑。

在山谷周边方圆一百英里的范围内，地震振动器还没有在光天化日之下被人目击到过。神甫希望这个状态能够保持下去。他计划趁着天黑离开，再趁着天黑回来。来回行程大约五百英里，需要开十一个小时的卡车，而且时速要保持在四十五英里的最高水平。神甫决定，要把CUDA也开走，作为备用车。阿橡会跟他们一起行动，作为CUDA的司机。

在前往藏车地点的路上，神甫用电筒光照亮了林间小路。四个人沉默着，内心焦躁不安。他们花了半个小时的时间，才把这辆交通工具上的遮蔽物全部移走。

最终，坐到驾驶座上时，他的神经紧绷起来，他转动钥匙，点了火，然后开启发动机。车子一下子就发动起来，发出饱满的声音，他感到欢欣鼓舞。

公社的住房远在一英里以外的地方，他很确信不会有人能够在这么远的距离以外听到发动机的声音。浓密的树林能够吸收声音。当然，过几个小时，大家都会注意到，有四名公社成员不在了。到时候，莳萝会按照他们交代的那样，跟大家解释说，他们去了纳帕谷的一座葡萄园，那里在种一个新的杂交品种，保罗·比尔想让他们过去看看。

公社成员外出是一件很反常的事情，但是不会有人多问的，因为没有人愿意挑战神甫的权威。

他打开车前灯，梅兰妮爬进副驾驶座。他打开低挡，驾驶着这辆笨重的交通工具穿过树林，进入满是尘埃的土路，然后开上山坡，向公路进发。全地形轮胎在河床和泥地里穿行得轻松自如。

天哪，我也不知道这究竟能不能成功。

制造地震？开什么玩笑！

但是这必须成功。

他开上公路，往东方进发。过了二十分钟，他们离开了银河谷，开进了89号公路。神甫转弯，向南方开。他看了看后视镜，只见斯塔尔和阿橡乘坐的CUDA依然跟在后面。

梅兰妮非常冷静地坐在他旁边。他稍微试探性地问道："达斯蒂昨晚还好吗？"

"挺好的。他喜欢见爸爸。迈克尔总是能为他抽出时间，但是我就没有这个待遇。"

梅兰妮苦楚的样子神甫见多了。让神甫感到意外的是，她并不害怕。她并不像他那样担心自己万一今天遇到不测，孩子就没人管了。她好像很有把握，认为肯定不会出岔子，地震伤不到自己。这是因为她的学识比神甫更高吗？还是说，她只是一个神经大条的人？神甫也不确定答案是什么。

破晓时分，他们已经行驶到了塔霍湖的北部一带。纹丝不动的湖水就像陨落在山间的一块抛光的钢盘。在松树夹道、蜿蜒曲折的湖滨公路上，地震振动器是个显眼的交通工具；但是度假的人还在睡觉，能够目击到卡车的，只有几个准备去酒店和餐馆上班的、睡眼惺忪的工人。

拂晓时分，他们已经开上了395号州际公路，穿过加州边境，进入内华达州，快速而平稳地向南行驶，途经一片平坦的沙漠地带。他们在一个卡车停车场稍事休息，将地震振动器停在了公路那边看不见的地方，吃了早餐。早餐吃的是油腻的西部煎蛋卷和掺了很多水的咖啡。

公路延伸回加州境内后，进入了山间。有那么几个小时，路边的风景变得非常壮观，可以看到一座座绿树苍翠的山坡，这是放大版的银河谷。他们又沿着一片泛着银光的广阔湖水一路前行，梅兰妮说，这里是莫诺湖。

过了不久，他们就进入了一条双车道公路，它笔直地穿过了一座狭长的、灰尘弥漫的山谷。直到远处的青山消失成一片蓝色的氤氲时，山谷才开始变宽，而后又变得狭窄起来。

公路两旁的土地都是棕褐色的，上面布满了石头，同时星星点点地分布着一两丛低矮的灌木。这里没有河流，但是从一片片盐滩来看，似乎远处有溪流。梅兰妮说："这里是欧文斯山谷。"

这里满目疮痍的景象给神甫的感觉就像遭了灾一般。"这里发生了什么？"他问。

"河流干枯了，因为很多年前，河水已经改道，被引流到了洛杉矶。"

每隔二十英里左右的距离，他们就会经过一个沉睡中的小镇。到了现在，已经没有办法不引人注意了。路上车流很少，每次等待红绿灯的过程中，都会有行人对他们侧目。会被不少人记住的。是啊，我看到过那辆车。看起来像是铺沥青的车之类的。话说它到底是干什么用的？

梅兰妮打开她的笔记本，将地图铺开。她若有所思地说：“就在我们地下的某个地方，有两个巨大的地壳板块正挤压在一起，卡住了，等待释放能量。”

这样的想法让神甫感到心寒。他很难相信自己的目的就是要把那积聚起来的所有破坏性能量释放出来。我肯定是疯了。

“再开五到十英里的样子就差不多了。”她说。

“现在几点了？”

“刚过一点。”

他们时机掌握得刚好。地震窗将在半个小时内开启，在五十分钟后关闭。

有条小路穿过了平坦的谷底。梅兰妮引导神甫侧转向，开上小路。这不能算是严格意义上的路，只不过是乱石和灌木丛之间的一条小径而已。虽然地面看起来几乎是平坦的，但是主干道已经消失在他们身后的视野里，他们只能看到路过的大卡车车顶。

“在这里停车。”梅兰妮终于说。

神甫停下了卡车，两人都下去了。阳光从冷酷的天空中射下来，打在他们的身上。CUDA在他们身后停了下来，斯塔尔和阿橡下了车，伸展着胳膊和腿，以舒缓漫长驾驶的疲劳。

“看那儿。”梅兰妮说，“看到那条已经干掉的水沟了吗？”

神甫看出，有一条早已干枯的河流在布满乱石的地面上开出了一条水道，但是在梅兰妮所指的地方，水沟突然断掉了，仿佛被一堵墙隔断了一般。

“真奇怪。”神甫说。

“你再看看右边几码远的地方。”

神甫顺着她手指的方向看。断掉的河床又在某个地方突然冒了出来，继续向山谷的中心延伸。神甫意识到她所指的是什么了。“这就是断层线吧。”他说，“上一次地震的时候，这座山谷的一边整个抬了起来，移动了五码远，然后又回落了下去，是吗？”

“就是这样。”

阿橡说：“然后我们要让这个过程重演一遍，对吗？”他的声音里流露出一丝敬畏。

“我们要试试看。”神甫轻快地说，“时间已经不多了。”他转向梅兰妮，“现在卡车是不是刚好停在正确的位置？”

“我觉得是。”她说，“在这个表面偏离几码远，对五英里以外的地方来说没什么区别。”

“好啊。”神甫犹豫道。他几乎觉得自己应该做一番演讲。他说，“嗯，我要开始了。”

他钻进卡车的驾驶室，坐到驾驶座上，开启了发动机，运行地震振动器，然后打开开关，将钢板放到地面上。他将振动器的频率设置在一个适中的数值，然后将振动时间设为三十秒。他透过驾驶室的后视镜，检查了一下仪表盘。读数都是正常的。他拿起无线电遥控器，然后下了卡车。

“都准备好了。”他说。

四个人都上了CUDA。阿橡掌握着方向盘。他们把车开回了公路，开到对面，进入远端的灌木丛。他们开到半山腰上时，梅兰妮说：“开到这里就可以了。”

阿橡停下了车。

神甫希望他们不会引起路人太多的注意。只不过就算他们很招摇，他也毫无应对之策。但是CUDA上泥黄的漆色与周围的棕色环境融为了一体。

阿橡紧张地说："这里够远吗？"

"我觉得够了。"梅兰妮冷静地说。她一点也不害怕。神甫仔细观察她的脸，发现她的眼里蕴含着一丝疯狂的兴奋。这几乎可以用性感来形容。她是在向否定自己的那些地震学家报复吗？还是说，她在向那个让她失望的丈夫，乃至整个混账的世界报复？不管怎么说，这次行动让她热血沸腾。

他们下了车，开始遥望山谷对面。他们只能看到卡车的车顶。

斯塔尔对神甫说："我们两个不应该都来的。如果我们都死了，花儿就成孤儿了。"

"她有整个公社的人可以依靠呢。"神甫说，"她爱戴和信赖的成年人不是只有我们两个。我们不是一个核心家庭。而且这也是不组建核心家庭的一个重要原因。"

梅兰妮看起来有些生气。"假设断层是在沿着谷底延伸，我们现在距离断层有四分之一英里远，"她的口气很冷，言下之意是"你们别再说那些没用的了"，"我们在这里能够感觉到地壳振动，但是不会有任何危险。在地震中受伤的人，一般都是因为被建筑物的一部分砸中，比如被倒塌的天花板、垮塌的大桥、飞扬的玻璃碎片之类的东西砸中。我们在这里很安全。"

斯塔尔越过肩膀，看了看后面："这座山不会倒在我们身上吧？"

"可能会倒。我们也有可能会在开车回银河谷的路上都出车祸死去。但是我们不应该浪费时间来担心这种问题。”

“你说这话当然轻松——你家孩子的父亲远在三百英里以外的旧金山。”

神甫说：“我不在乎死在这里。我不能在美国郊区把孩子养大。”

阿橡喃喃地说道：“这次行动必须成功，不成功就完了。”

梅兰妮说：“看在上帝的分上，神甫，快点行动吧。我们没有一整天的时间可以浪费。你就按个按钮不就行了。”

神甫看了看路面上的情况，等待着一辆深绿色的吉普大切诺基限量版开过去。“好吧，”等到路上没有车以后，他说，“就是现在了。”

他一按下遥控器上的按钮，马上就听到了振动器的轰鸣，只不过因为距离比较远，所以声音没有那么大。他感觉到脚底的振动，虽然很微弱，但是震颤的感觉是切实存在的。

斯塔尔说：“噢，天哪。”

一片沙尘在卡车周围翻滚起来。

四个人都像吉他弦一样紧绷着，打从地表开始有动静的那一刻起，他们的身体就僵住了。

几秒钟过去了。

神甫的视线在地平线上扫射着，试图寻找震颤的迹象，只不过他觉得，在他看见地震的迹象之前，应该会先感觉到。

加油，快点！

地震勘探队的员工一般会把振动时间设置为七秒钟，神甫已经设置成了三十秒钟。感觉时间就像过了一个小时。

最终，噪声停了下来。

梅兰妮说："操他妈的。"

神甫的心沉了下去。没有地震。行动失败了。

或许这只是一个疯狂的、嬉皮式的主意，就好比要把五角大楼吹上天一样异想天开。

"再试一次。"梅兰妮说。

神甫看了看手里的遥控器。再试一次又何妨呢？

有一辆十六轮的大卡车正沿着395号州际公路朝这边开过来，但是这一次，神甫没有等待。如果梅兰妮没有说错，那么这辆卡车就不会受到地表震颤的影响；如果她说错了，那么他们全都会死。

他按下了按钮。

远处的轰鸣声开始响起，地表可以感觉到轻微的振动，一团沙尘吞噬了地震振动器。

神甫也不知道，那辆十六轮大卡车底下的路面会不会裂开。

可是什么也没发生。

这一次，三十秒钟过得比上次快了一些。

当噪声停下来之后，神甫感到惊讶。这就完事了吗？

绝望将他吞没了。或许银河谷公社就是一个已经破灭的梦想。我该怎么办？以后该去哪里生活？我怎样才能避免跟阿骨一个下场？

但是，梅兰妮还没有准备放弃："我们把卡车稍微开远一点，再试一试。"

"但是你先头还说不需要开到确切的位置，"阿橡指出，"'在这个表面偏离几码远，对五英里以外的地方来说没什么区别。'你是这样说的。"

“那我们就再开远一点，不要只偏离几码。”梅兰妮气愤地说，“我们没时间了，快走！”

神甫没有跟她争辩。她现在跟平常不一样了。平常，她一直处在神甫的掌控之下。她是一个深陷苦恼的小姑娘，是他拯救了她，她对此感激涕零，因而必须永远臣服于他的意志。但是现在，她坐到了掌控的位置上，对他人动不动就不耐烦，一副盛气凌人的样子。神甫对此可以容忍，只要她能够完成自己当初承诺的事情就好。他可以等完事以后再让她回到正轨。

他们钻进CUDA，迅速开过棕褐色的土地，来到地震振动器旁边。接着，神甫和梅兰妮进入卡车驾驶室，他开车，她引路，而阿橡和斯塔尔则坐着汽车跟在后面。他们已经不在小径上开车了，而是径直在灌木丛中穿行。卡车的大轮子碾压着低矮的灌木，轻而易举地轧过乱石，但是神甫也不知道车架较低的CUDA能否经受住路面的考验。他估计阿橡要是碰到了麻烦，就会按响车喇叭。

梅兰妮扫视着周边的景象，寻找断层线的迹象。神甫所看到的，只不过是一些移位的河床而已。但是，开了半英里之后，梅兰妮指了指一个看起来像迷你悬崖的地貌，它大概四英尺高。“那是断层崖[①]，”她说，“它大概有一百年的历史。”

“我看到了。”神甫说。地表有一块地方凹陷了下去，就像一只碗；碗的边缘有一个破口，表明地壳移到了旁边，这就好比有人摔破了碗，然后又笨手笨脚地把破碎的地方粘起来了一样。

梅兰妮说：“我们在这里试试。”

① 因断层而形成的峭壁。

神甫停下卡车，放下钢板。他很快重新查看了仪表盘，设置好了振动器。这一次，他把时间设置成了六十秒。等到一切准备就绪之后，他跳出了卡车。

他焦急地看了看表。现在时间是两点。他们只剩下二十分钟了。

他们再一次驾驶着CUDA车，穿过395号州际公路，上了远处的山坡。有些开车经过的司机依然对他们视而不见。但是神甫很紧张。迟早会有人上来问他们在做什么。他可不想对着一个好奇的警察或者啰唆的镇议员解释自己在做什么。他已经想好了一套借口，要是有人问起，就说自己在做一个大学的研究项目，研究对象是干涸河床的地震学。尽管如此，他不想让任何人记住自己的脸。

他们都下了车，隔着山谷，看着断层崖附近停放的地震振动器。神甫全心全意地希望，这一次，他能够看到地表移位、裂开。拜托了，上帝——给我来一次地震，好不好？

他按下了按钮。

卡车呼啸起来，地表开始微微震颤，扬起一阵沙尘。振动持续了整整一分钟，而不是半分钟。但是，地震没有发生。他们只是等待了更长的时间，最终的结果还是令人失望。

等到噪声消失后，斯塔尔说："这个方法行不通了，对不对？"

梅兰妮对她怒目而视。她转向神甫，说道："你可不可以改变振动器的频率？"

"可以。"神甫说，"现在是设在中间值，所以我可以把它调高或者调低一点，怎么了？"

“有理论认为，频率可能是一个重要的因素。我们都知道，地壳一直在轻微地振动。那为什么不会一直地震呢？这或许是因为振动必须达到合适的频率，才能造成断层的移位。你知道以特定的方式演奏音符，是可以震碎玻璃的吧？”

“我还没有亲眼见过，只在动画片里看到过，不过我明白你的意思。确实有这回事。我看他们用振动器进行地震勘探的时候，他们会在七秒钟的振动时间内调整振动频率。”

“真的吗？”梅兰妮表现出好奇，“为什么？”

“我也不知道，可能这样更方便他们在地震检波器上读数吧。总而言之，我觉得我们好像不需要这样，所以就没有选择那个模式。但是还是可以调整的。”

“那我们试试。”

“好吧——但是我们得抓紧了。现在已经两点过五分了。”

他们跳进汽车里。阿橡开得很快，飞也似的穿过了沙尘弥漫的沙漠。神甫重新调整了振动器的控制面板，将频率设置为逐渐增大，时间设定为六十秒。他们火速回到观察点的时候，他又看了看表。

“两点十五，”他说，“这是我们的最后一次机会了。”

“别担心，”梅兰妮说，“我已经没辙了。如果这还不行，我就放弃了。”

阿橡停下车。他们又下了车。

一想到他可能会两手空空地一路开车回到银河谷，神甫就感到无比郁闷，他觉得如果是这样，他还不如在高速公路上把卡车撞毁，把这一切都了结算了。他也不知道斯塔尔愿不愿意和他一起去死。我现在都能想象这种场景：我们两个人，服用过量的止痛药，用一瓶红酒送下去……

“你还在等什么？”梅兰妮说，“都已经两点二十了，快点按那该死的按钮啊！”

神甫按下了按钮。

和之前一样，卡车呼啸起来，地面开始震颤，振动器颤动的钢板周围扬起了一阵沙尘。这一次，轰鸣声并没有始终保持在同一个音调。它一开始是一阵深厚而低沉的隆隆声，然后音调慢慢升高。

接着，地震来了。

神甫脚下的土地开始像波涛汹涌的海面一样起伏。接着，他感觉重心不稳，仿佛有人抓住了他的腿，把他掀翻在地。他背部朝下，狠狠地砸在了地面上。他一时间透不过气来。

斯塔尔和梅兰妮同时尖叫起来。梅兰妮发出的是音调尖锐的惨叫，而斯塔尔发出的则是震撼和恐惧夹杂在一起的嘶吼。神甫看到她们两个都倒了下来，梅兰妮就倒在他身边，而斯塔尔则倒在了几步之遥的地方。阿橡踉跄了一下，站住了脚跟，但是最终还是倒了下来。

神甫默默地恐慌起来。*我成功了，地震来了，我要死了。*

一阵刺耳的噪声响起，仿佛有一列特快火车在附近呼啸而过。地面上扬起了沙尘，细小的石块在空中飞舞，大圆石以各种各样的方式翻滚着。

地表还在移动，就像有人拿住了毯子的一端，一个劲地抖着毯子一样。这种感觉令人迷失，而且是那种让人难以置信的迷失。整个世界突然变成了一个完全陌生的地方。太可怕了。

我还没有做好死亡的准备。

神甫喘了口气，挣扎着跪坐起来。接着，当他试图用一只脚支撑着站起来时，梅兰妮抓住他的胳膊，又把他拉了下去。他对她大叫道：“放开我，你这个笨蛋！”但是他听不见自己的声音。

地面开始上升，使得他朝山下滚去，离CUDA越来越远。梅兰妮摔到了他身上。他觉得汽车可能会翻过来，把他们两个人都压死。他试图从汽车移动的路径当中翻身出去。他看不见斯塔尔，也看不见阿橡。一片棘丛飞了过来，打到他的脸上，挠抓着他的皮肤。沙尘飘进了他的眼睛里，他一时间失明了，失去了所有的方向感。他蜷缩成一团，用胳膊护住脸，等待着死亡。

天哪，如果我这次要死，我想跟斯塔尔死在一起。

地震突然停止了，正如它来时那般突兀。他不知道地震持续了十秒钟还是十分钟。

过了片刻，噪声消失了。

神甫揉出眼里的沙尘，站了起来。他的视力慢慢恢复了。他看见梅兰妮倒在他的脚边，于是伸出手，把她拉了起来。“你还好吗？”他问。

“我觉得还好。”她声音颤抖地回答道。

空气中的沙尘没有那么厚了，他看见阿橡颤颤巍巍地站了起来。斯塔尔在哪儿？这时候，他在几步远的地方看到了她。她正仰躺在地上，眼睛闭着。他的心一紧。别死啊，老天爷，求你了，别让她死。他在她身边跪了下来。“斯塔尔！”他心急如焚地喊道，“你没事吧？”

她睁开了眼睛。“天哪，”她说，“真是太惊险了!”

神甫咧嘴笑了，他克制住宽慰的泪水，拉着斯塔尔站了起来。“我们都还活着。”他说。

沙尘很快就散去了。他看了看山谷对面，找到了卡车。卡车直立着，似乎没有受损。在离它几码远的地方，地上有一道很深的裂痕，在山谷中央沿着南北方向一直延伸到他看不见的尽头。

“真是不敢相信，”他平静地说道，“看看那儿。”

“这个方法成功了。”梅兰妮说。

“我们做到了，”阿橡说，“操他妈的，我们制造了一场地震！”

神甫对着大家咧嘴大笑。“真的地震了。”他说。

他吻了吻斯塔尔，又吻了吻梅兰妮；接着，阿橡先后吻了两个人；然后，斯塔尔亲了亲梅兰妮。他们都开怀笑着。这时候，神甫跳起舞来。他跳着印第安战舞，就在那座满目疮痍的山谷中央，靴子踢着新落定的尘埃。斯塔尔也加入进来，接着是梅兰妮和阿橡。四个人围成一圈，不停地打着转，他们大声呼喊，开怀大笑，直到眼里涌出了泪水。

Part 2
七　天

第八章

这个星期五是朱迪·马多克斯在FBI的职业生涯中最糟糕的一个周末，她正在开车回家的路上。

她想不明白自己到底做错了什么，落得如此下场。好吧，她的确是冲着自己的老板大吼大叫过，但是是他先给她穿小鞋的，所以肯定有其他原因。昨天，她在萨克拉门托想尽了一切办法维护调查局的形象，想给人留下干练的印象，结果不知怎的，她给对方留下了一个糊涂无能的印象。她感到又气恼，又沮丧。

自从和阿尔·霍尼穆恩开完会以后，就没有好事情发生。她一直在给地震学教授打电话，咨询问题。她会问对方，是否正在研究断层线上关键压力点的位置，如果是，那么谁能接触到他们的数据？在这些人当中，有没有人跟恐怖组织有联系？

地震学者们没给她带来什么帮助。如今大多数学术界人士在六七十年代都是学生，那时候FBI渗透到了校园的各个角落，就是为了监视抗议活动。那是很多年以前的事情了，但是当事人还没有忘记。对于他们来说，调查局就是敌人。朱迪理解他们的感受，但是她希望，当特工们为了公众的利益而奔忙时，他们不要那么不配合，不要那么有攻击性。

“伊甸之锤”下达的最后期限是在今天，目前还没有地震。

朱迪深感宽慰，即使这意味着她错把这次威胁当回事了。或许整件事情就这样了结了。她告诉自己，这个周末可以好好放松一下了。天气很好，出着太阳，又很暖和。今晚，她要炒鸡肉给老爹吃，再开一瓶红酒。明天，她得去一趟超市，不过到了星期天，她可以沿着海岸一路开车到博德加湾，到了那里，她就可以像普通人一样坐在海边看书。等到星期一，她可能会接到一个新的任务，说不定可以重新开始。

她也不知道该不该给闺蜜弗吉尼亚打电话，看看她想不想去海边。吉尼[1]是她相识最久的朋友，也是警察的女儿，年龄跟朱迪一样大，是一家安保公司的销售总监。但是，朱迪意识到，她需要的不是女性朋友的陪伴。要是能跟一个腿毛浓密、声音低沉的人一起躺在沙滩上就好了。她跟唐分手已经一年了：自少年时期以来，这还是她最长的一段空窗期。上大学的时候，她有点野，野到近乎滥交的地步；在互惠美国保险公司工作期间，她跟老板发生了关系；接着，她跟史蒂夫·多伦同居了七年，两个人都快结婚了。她经常想起史蒂夫。他很有魅力，很聪明，人很好——或许他人太好了，以至于到最后，她开始觉得他懦弱。或许她太苛求了。或许所有体贴的男人都是懦弱的，而所有强势的男人，比如唐·莱利，最终都会跟他们的秘书搞上。

她的车载电话响了。她不需要拿起听筒：铃声响两次之后，就会自动切换到无须手持的模式。“哈啰，”她说，“我是朱迪·马多克斯。”

“我是你爸。”

---

① Ginny，弗吉尼亚的昵称。

“嗨，老爹，你晚上回家吃饭吗？我们可以吃——”

他打断了她。“打开你的车载收音机，快点。”他说，“调到约翰·特鲁斯的频道。”

天哪，这又是什么情况？

她触摸了电源开关。收音机里传出一个摇滚电台的声音。她按下了预调按钮，切换到了旧金山电台，这个电台会播放《约翰·特鲁斯直播间》。一时间，约翰·特鲁斯的鼻音开始在车里回响。

他说话时，带着一贯的沉闷而装腔作势的口气，仿佛在暗示，他所说的话很重要，能够让世界为之震动。“州政府的地震学家已经确认，今天发生了一起地震——日期刚好符合‘伊甸之锤’预告的最后期限。地震发生在两点二十分，地点在欧文斯山谷，这和‘伊甸之锤’几分钟前拨打节目热线时所说的一样。”

我的天哪——他们做到了。

朱迪整个人被激发了起来，她忘记了自己的挫败感，内心的沮丧也消失了。她觉得自己又恢复了活力。

约翰·特鲁斯正在说：“但是这位州政府地震学家同时否认恐怖组织能够制造这起地震，他认为恐怖分子制造不出任何地震。”

真的是这样吗？朱迪必须调查清楚。其他地震学家又是怎么想的呢？她得打几个电话。这时候，她听到约翰·特鲁斯说：“待会儿，我们会给大家播放‘伊甸之锤’的一段留言录音。”

他们留下了磁带！

这可能会是恐怖分子犯下的一个重大错误。他们不会意识到这一点，但是西蒙·斯派洛能够从磁带里的声音当中，分析出大量的信息。

特鲁斯接着说道：“在这种情况下，各位观众朋友是怎么想的呢？你相信这位地震学家的话吗？你觉得他是在故作乐观吗？或许你是个地震学家，对其中的技术可能性持有自己的看法。或许你只是个关心时事的公民，你觉得当局应该像你一样对这件事情保持关切。你可以拨打这个电话，与《约翰·特鲁斯直播间》节目交流互动，向整个世界宣告你的想法。”

接着，节目当中插播了一段关于家具仓库的广告，朱迪调成了静音。“你还没挂吧，老爹？”

“当然没有。”

“是他们干的，对不对？”

“看起来当然是这样。”

她不知道他是真的不确定，还是说只是谨慎使然。“你的直觉是什么？”

他又给了她一个模棱两可的答案：“我的直觉是，这些人很危险。”

朱迪试图让急速跳动的心脏平静下来，转而思考接下来该干什么。“我最好给布莱恩·金凯德打个电话——”

“你要跟他说什么呢？”

“就告诉他这个新闻……等等，”老爹说得有道理，“你觉得我不应该给他打电话吧。”

“我觉得你要么就不要打电话，要打电话就要告诉他一些收音机上听不到的消息。”

“你说得对。”朱迪开始感到冷静了一些，她想象着各种可能性，“我觉得我得回去工作了。”她将方向盘往右转。

“好吧。我大概一个小时以后到家。你要是想要吃晚饭，就给我打电话。”

她突然对他涌上强烈的爱：“谢谢你，老爹，你是个好爸爸。”

他大笑道：“你也是个好孩子，待会儿见。”

“待会儿见。”

她按下按钮，切断了电话，然后调高了收音机的音量。

她听到一个低沉而性感的声音说：“这是‘伊甸之锤’给州长麦克·罗宾逊的留言。”

她脑海里浮现出的是一个熟女的形象，她胸很大，笑得很灿烂，人很可爱，但是有些桀骜不驯。

这就是我的敌人?

接着，女人的语气发生了改变，她嘟囔道：“靠，我还没有准备好对着磁带录音机说话。”

她不是幕后策划者。她太嫩了，看样子是受人指使的。

女人恢复了正式的口气，接着说道：“我们履行了承诺，今天制造了一场地震，日期距我们上次发布信息刚好过了四个星期。地点是在欧文斯山谷，时间是在两点多，你可以查证一下。”

背景里传来一阵微弱的杂音，她迟疑了起来。

这是什么声音?

西蒙会查出来的。

过了片刻，她继续说了下去：“我们不承认美国政府的管辖权。现在你已经知道我们能够说到做到，你最好是重新考虑一下我们的要求。叫停加州所有新电厂的施工。你还有七天的时间来做决定。”

七天！上一次，他们给了我们四个星期的时间。

“过了七天，我们会再制造一起地震。但是下一次地震就不会在荒郊野外了。你要是逼我们，我们就会造成切实的杀伤。”

这些人经过精心的算计，对威胁的等级进行了变本加厉。天哪，他们吓到我了。

“我们也不想这样，但是我们别无选择。请按照我们所说的话去做，这样一来，这个噩梦才会结束。”

约翰·特鲁斯接着说道：“这就是‘伊甸之锤’留下的声音。这个组织宣称他们今天在欧文斯山谷制造了一起地震。”

朱迪必须拿到那盘磁带。她再次将收音机的声音关小，然后拨打了拉杰的家庭电话。拉杰现在单身，他是可以放弃星期五晚的休息时间的。

他接起电话以后，她说：“嗨，我是朱迪。”

他马上就说：“我没空，我买了去看歌剧的票！”

她迟疑了片刻，然后决定奉陪到底：“什么歌剧？”

“呃……《麦克白的婚礼》。”

她抑制住了想笑的冲动：“作曲者是路德维哥·萨巴斯蒂安·瓦格纳吗？”

“是的。”

“没有这部歌剧，也没有叫这个名字的作曲者。你今晚必须来加班。”

“靠。”

“你干吗不瞎编一个摇滚乐队？这样我就不得不信了。”

“我老是忘了你有多老。”

她会心地笑了。拉杰才二十六岁，朱迪已经三十六岁了。

“我会把这当成是恭维的。”

“任务是什么？”他听起来并没有多么的不情愿。

朱迪又变得严肃起来：“好吧，是这样的。今天下午加州东部发生了一次地震，‘伊甸之锤’宣称是他们干的。”

“哇哦！或许这些人一开始就是玩真的！”他的语气里流露出来的是兴奋，而非恐惧。他还年轻，心思敏锐，但是还没有想过这背后意味着什么。

“约翰·特鲁斯刚刚播放了一段威胁者的录音留言。你现在就去电台，把那个磁带拿回来。”

“我准备出发了。”

“你要拿原件，而不是翻录的磁带。要是他们为难你，你就跟他们说，我们可以在一小时以内拿到法院指令。”

“没有人会为难我。不要忘了，我可是拉杰呀。”

这是事实，他有人格魅力。

“拿到磁带后，交给西蒙·斯派洛，告诉他我早上就要报告。”

“明白了。”

她挂掉了电话，又开大了收音机的音量。约翰·特鲁斯正在说：“……一场小地震，顺便说一下，震级是五到六级。”

他们到底怎么做到的？

“没有人员伤亡，也没有建筑物或其他房产损坏，但是当地居民确实感觉到了非常明显的震动。”

朱迪意识到，近几个小时里，肯定有当地居民看到嫌疑犯了。她必须赶过去，尽快开始询问他们。

地震的确切地点在哪里？她需要找专家谈谈。

州政府的地震学家是自然而然的人选。但是，他似乎已经有了先入之见。他已经排除了人为制造地震的可能性。这让朱迪感到困扰。她希望有人能够将所有的可能性考虑在内。她想到了迈克尔·奎尔克斯。他或许不好相处，但是他能够大胆地发散思维。再说，他就在海湾对面的伯克利，而州政府的地震学家远在萨克拉门托。

要是她没有预约就现身了，他是不会见她的。她叹了口气，拨打了他的号码。

有那么一会儿，没人接电话。她以为他肯定出去了。结果电话铃响了六声之后，他接起了电话。

“我是奎尔克斯。”他听起来很生气，似乎是因为自己做的事情被打断了。

“我是FBI的朱迪·马多克斯。我需要跟你谈谈。事出紧急，我希望能马上去你家。”

“这个没得商量。我家里有人。”

我早该知道你是个难缠的人。“那等你跟客人开完会之后呢？”

“这不是会议，星期天以后才会完事。”

好吧，是这样啊。

朱迪猜测，他家里有女人。但是他第一次见面的时候，就告诉过她，他没有约会对象。出于某种原因，她想起了他说过的确切的话：“我跟我老婆分居了。我没有女朋友。”或许他撒谎了，又或许这次的女人是新找的。这听起来不像是一段新的关系，毕竟他预计她整个周末都会待在他家。但是另一方面，他也够自负，有自信能够把第一次约会的姑娘带上床。而且他也够有魅力，说不定有很多姑娘真的会上钩。

我不知道自己为什么会对他的感情生活这么感兴趣。

“你有没有听收音机？”她问他，“今天发生了一起地震，我们谈到过的那个恐怖组织宣称是他们干的。”

“是这样吗？”听他的口气，他似乎情不自禁地产生了兴趣，“他们说的是实话吗？”

“我要跟你谈的就是这个问题。”

“我明白了。”

行行好吧，你这个冥顽不灵的家伙——你就退让一次吧，就这一次。

“这件事情真的很重要，教授。”

“我也很想帮你……但是今晚真的不可能……不对，你等一下啊。”他的声音变得模糊起来，因为他用手把话筒罩住了。不过她还是能够分辨出他的说话声，“嘿，你有没有见过真人版的FBI特工？”

她听不到对方的回答，但是过了一会儿，他对她说：“好了，我的客人想见你，过来吧。”

她并不想像马戏团的小丑一样任人参观，但是到了这个关头，她是不会这么说的。“谢谢你，我会二十分钟之内赶到。”她挂掉了电话。

开车过桥时，她想起拉杰和迈克尔似乎都没有表现出害怕。拉杰很兴奋，而迈克尔很感兴趣。而她自己也被案件的新动向给激发了起来。但是，她想起了1989年的那场地震，想起了自己曾经在电视上看到救援人员从尼米兹高速公路的残骸里抬出尸体的画面，而地点就在奥克兰，就在这里。一想到恐怖组织可能获得了这样的力量，她就感到心寒，内心因为不祥的预兆而沉重无比。

为了转移注意力，她试图想象迈克尔·奎尔克斯的女朋友长什么样。她已经看过他老婆的照片，他老婆有着醒目的红头发、超模的身材，照片上的她闷闷不乐地噘着嘴。他似乎喜欢异国长相的人。但是他们分居了，所以说不定她并不是他真正喜欢的类型。朱迪想象着跟他在一起的是个女教授，戴着时髦的细框眼镜，短发剪得很利落，但是没有化妆。不过话又说回来，那种类型的女人不会特意想见FBI特工。所以他看上的很可能是个性感无脑的女人，很容易被取悦。朱迪的脑海里浮现出一个穿着紧身衣的女孩，女孩一边抽着烟，一边嚼着口香糖，在他的公寓里四处转悠，她问他："这些书你都看过吗？"

眼下有这么多事情需要操心，我不知道自己为什么偏偏要纠结于他的女朋友。

她找到欧几里得大道，停在上次那棵木兰的旁边。

她按响了门铃，他给她开了楼门，赤脚走到公寓门口等她。他穿着蓝色牛仔裤和白色T恤，看起来清爽而休闲。周末跟他在一起厮混的女人会找到很多乐子的。她跟着他走进了办公室兼客厅。

在那里，让她吃惊的是，她见到的是一个小男孩，大约五岁的样子，脸上长着雀斑，头发是金色的，身上穿着睡衣，睡衣上到处都是恐龙图案。过了一会儿，她意识到他是照片里的那个小孩，迈克尔的儿子。这就是他周末的客人。一想到自己之前想象的是一个傻里傻气的金发女子，她就感到尴尬。*我有些错怪你了，教授。*

迈克尔说："达斯蒂，来认识一下，这是朱迪·马多克斯特工。"

小男孩礼貌地跟她握了握手，说道："你真的是FBI吗？"

"是的。"

"哇噻。"

"想看我的徽章吗？"她从手提包里拿出徽章，递给他。他满怀敬意地接了过去。

迈克尔说："达斯蒂喜欢看《X档案》。"

朱迪笑了："我并不是调查外星人的，我只抓捕地球上的普通罪犯。"

达斯蒂说："我能看看你的枪吗？"

朱迪迟疑了片刻。她知道小男孩都会被武器吸引，但是她不想助长这种兴趣。她看了看迈克尔，迈克尔耸了耸肩。她把外套的扣子解开，将武器从肩枪套里拔了出来。

在这个过程中，她发现迈克尔在看她的胸部，她突然有一种被唤起的感觉。他在不刁难人的时候，还是挺有吸引力的，他的脚露在外面，T恤最下面的扣子也没有扣上。

她说："枪很危险，达斯蒂，所以我拿着它，你看看就行了。"

达斯蒂直勾勾地盯着手枪看，脸上的表情跟迈克尔看见她解开外套时的表情一样。想到这里，她咧开嘴笑了。

过了一分钟，她把枪塞回了肩枪套。

达斯蒂非常有礼貌地说："我们正准备吃点'嘎吱船长'麦片，要不要一起来吃？"

朱迪等不及想要跟迈克尔谈正事，但是她感觉到，要是她耐心地陪陪孩子，他会更愿意配合她的调查。“你真贴心。”她说，“我确实很饿，我也想吃点‘嘎吱船长’。”

“来厨房吧。”

三个人来到小厨房里，围坐在一张顶上盖着塑料的桌边，端着浅蓝色的陶碗，就着牛奶吃早餐麦片。朱迪意识到她饿了，现在已经过了饭点。“我的天哪。”她说，“我都忘了‘嘎吱船长’有多好吃了。”

迈克尔笑了。朱迪很惊讶地发现他就像变了一个人似的。现在的他全身心都很放松，待人和蔼可亲，似乎跟那个当初逼着她开车回办公室打电话预约的人完全不同。她开始对他产生好感了。

吃完晚饭后，迈克尔安顿达斯蒂睡觉。达斯蒂对他的父亲说：“可不可以让朱迪特工给我讲个故事？”

朱迪压抑着内心的不耐烦。我还有七天的时间，再等五分钟也没有关系。她说：“我觉得你爸爸应该很想给你讲故事，因为他很少有这个机会。”

“没关系的。”迈克尔微笑着说，“我会在一边听着。”

他们进入了卧室。“我知道的故事不多，但是我记得我妈曾经给我讲过一个故事，”朱迪说，“它讲的是一条善良的龙。你想听吗？”

“想。”达斯蒂说。

“我也想。”迈克尔说。

“很久很久以前，一条善良的龙住在中国，所有的龙都来自那个国度。有一天，善良的龙在外面游荡，他走得太远了，以至于离开了中国，在野外迷路了。

“过了很多天以后，他来到了一片新的土地，就在遥远的南方。这是他见过的最美的国家，这里有森林，有青山，有土地肥沃的山谷，还有河流可以供他戏水。芭蕉树和桑树上结着成熟的果实。天气永远是暖和的，而且总是会有怡人的清风。

“但是美中不足的是，这里是一片空荡荡的土地。没有居民，既没有人，也没有龙。因此，虽然善良的龙很喜欢这片新的土地，但是他非常孤单。

“可是，他不知道回家的路，于是四处游荡，想给自己找个伴。终于，在一个幸运的日子里，他找到了一个住在这里的人——一位仙女。她太美貌了，他一下子就爱上了她。仙女也很孤单，虽然龙的长相很可怕，但是他有一颗善良的心，于是她嫁给了他。

“善良的龙和仙女彼此相爱，他们生了一百个孩子。所有孩子都像龙父亲一样勇敢善良，也像仙女母亲一样美貌。

“善良的龙和仙女照顾着孩子们长大。接着，突然有一天，龙和仙女都消失了。他们去了永生的极乐世界，生活在爱与和平当中。他们的孩子变成了勇敢、善良、美貌的越南人。我妈妈的老家就在越南。”

达斯蒂睁大了眼睛：“这个故事是真的吗？”

朱迪笑道：“我不知道，可能吧。”

“不管怎么说，这是个很美好的故事。”迈克尔说着，亲了亲达斯蒂，跟他道了晚安。

朱迪离开房间时，听到达斯蒂小声对迈克尔说：“她真好，你觉得不？”

“是啊。”迈克尔回应道。

回到客厅以后，迈克尔说："谢谢你陪达斯蒂。你跟他相处得太好了。"

"这不难，他很可爱。"

迈克尔点了点头："这一点像他妈。"

朱迪微微一笑。

迈克尔咧嘴笑道："我发现你没有反驳嘛。"

"我没有见过你老婆本人，看照片还挺漂亮的。"

"是啊，只是……不忠。"

他能透露这样的私事，让她意外，这很突兀，况且她一向觉得他自尊心很强。她对他感到同情，但是也不知道该说什么。

两个人都沉默了片刻。接着，迈克尔开口了："奎尔克斯一家人的事情，你已经听够了。跟我讲讲地震的事情吧。"

终于进入正题了。"地震的地点在欧文斯山谷，时间就在今天下午两点二十分。"

"我们来看看地震图。"迈克尔坐在书桌边，敲击了电脑键盘。她发现自己在看他的赤脚。有些男人的脚长得很难看，但是他的脚形状很美，而且看起来很健壮，指甲剪得很干净。皮肤很白，每个脚趾上都长着一小簇深色的毛。

他没有注意到她在看他的脚。"四个星期以前，那伙恐怖分子发出威胁的时候，有没有指明地点？"

"没有。"

"嗯。在科学界，我们一般认为，一个成功的地震预报需要指明日期、地点和震级。那伙恐怖分子只预报了日期，这并没有太大的说服力。每天加州都会有某个地方发生地震，只不过是级别的大小不同而已，或许他们只是把一个自然发生的地震说成是自己制造的罢了。”

“你可不可以告诉我，今天发生地震的确切位置？”

“可以，我能通过三角测量计算出震中的位置。其实，电脑可以自动计算，我只需要打印出坐标就可以了。”

过了一会儿，他的打印机响了。

朱迪说：“有没有什么办法可以知道地震是怎么发生的？”

“你的意思是，我能不能从地震图上分辨出地震是不是人为制造出来的，对吧？嗯，我应该可以。”

“怎么做？”

他点击鼠标，将屏幕转到面对她的方向。“正常的地震发生之前，会有前震，或者规模较小的地震慢慢升级，这一点我们从地震图上可以看出来。与此相对，如果地震是由爆炸触发的，那就没有升级的过程——地震图上一开始就会出现典型的尖峰。”他把电脑屏幕转了回去。

朱迪心想，他可能是个好老师，解释问题很有条理。但是他不会容忍学生犯下的错误。他会举行突击测验，不让迟到的学生听他的讲座。

“真奇怪。”他说。

朱迪越过他的肩膀，看着屏幕：“哪里奇怪了？”

“地震图。”

“我没有看到尖峰。”

“也就是说，现场没有发生爆炸。”

朱迪也不知道是该放下心来，还是该失望：“也就是说，这场地震是自然发生的？”

他摇了摇头。

“我也不确定。确实是有前震，没错，但是我还从来没有见过这样的前震。”

朱迪感到气恼。他承诺过要告诉她“伊甸之锤”的声明是否可信，但是现在，他又不确定了，真是让人焦急。

“这些前震哪里不对劲了？”她问。

“它们太规则了。看起来像是人为的。”

“人为的？”

他点了点头：“我不知道是什么导致了这些振动，但是它们看起来不是天然的。我相信那伙恐怖分子做了手脚，但是我就是不知道他们到底做了什么手脚。”

“你能查出来吗？”

“希望吧。我会打电话给一些人。肯定有很多地震学家已经开始研究这些读数了。我们交流一下，应该就能想出它们代表什么了。”

他的口气并不是太确定，但是朱迪猜测，她现在也暂且不得不满足于此了。今晚，她在迈克尔这里已经把该问的都问完了。现在，她得动身去犯罪现场。她拿起打印机里吐出的那张纸，上面画着一系列参考图。

“谢谢你今天抽时间见我。”她说，“我很感激。”

“我很喜欢跟你说话。”他对她笑了，露出两排白净的牙齿，灿烂的笑容当中仿佛释放着电流。

“祝你周末跟达斯蒂过得愉快。”

“谢谢。”

她上了车，往回城的方向开。她准备去办公室，在网上查找航班时刻表，看看有没有航班明天大清早可以飞到欧文斯山谷一带。

她还需要跟FBI分局确认一下，取得对欧文斯山谷的司法权，跟他们解释她在做什么。办完这些事情以后，她就会给当地的郡治安官打电话，让他站到自己这一边。

她来到金门大道450号，在地下停车场停了车，乘坐电梯上了楼。经过布莱恩·金凯德的办公室时，她听到了里面的说话声。他肯定在加夜班。

现在正是一个好时机，可以向他报告最新进展。她走进接待室，敲了敲内室敞开的门。

"进来。"他喊道。

她走了进去。当她看到金凯德和马文·海耶斯在一起的时候，她的心沉了下去。她和马文彼此都看对方很不顺眼。他正坐在桌前，穿着一件棕褐色的夏季套装和一件白色的纽扣领衬衫，打着一条黑色与金色相间的领带。他长得比较帅气，浓密的深色头发剪得很短，胡须也很干净，整个人显得很干练，但是实际上，他身上具备所有执法者所不该具备的缺点：懒惰，蛮横，草率，而且狂妄。他则觉得朱迪太谨小慎微，可惜布莱恩·金凯德喜欢他，而布莱恩现在又是老板。

朱迪走进去时，两个男人看起来都很惊讶，而且心虚。她意识到他们肯定在谈论她。为了让他们感觉更糟，她说道："我是不是打断了你们？"

"我们正在谈地震的问题。"布莱恩说，"你听新闻了吗？"

"当然听了，我一直在负责查案。我刚咨询了一个地震学家，他说那场地震的前震是他从来没有见过的类型，但是他很确信那是人为制造出来的。他给了我地图坐标，上面显示了地震的确切位置。我想明天早上就去欧文斯山谷，去找目击证人。”

两个男人别有用心地交换了一下眼神。布莱恩说：“朱迪，没有人能制造地震。”

“我们也不能肯定。”

马文说：“今晚，我自己找了两个地震学家谈过，他们都告诉我，这是不可能的。”

“科学家总是会有不同的意见——”

布莱恩说：“我们认为，那个组织从来没有去过欧文斯山谷。他们发现那里发生了地震，就宣称是自己干的。”

朱迪皱了皱眉。“这是我的案子。”她说，“为什么马文会去找地震学家？”

“这个案子的级别已经变得很高了。”布莱恩说。朱迪突然明白接下来要发生什么了，她的内心充满了无力的愤怒。“即使我们不相信‘伊甸之锤’能够做出他们宣称的事情，但是他们能得到很高的曝光度。我担心你处理不了它。”

朱迪努力克制着自己的怒火：“你不能无缘无故地把我从案件负责人的位置上撤掉。”

“噢，我是有理由的。”他说着，从办公桌上拿起一份传真，“昨天，你跟加州高速公路上的巡警发生了争执。因为你超速行驶，他把你拦了下来。这上面说，你很不配合，滥用职权，拒绝出示证件。”

“拜托，我给他看了徽章！”

布莱恩就像没听见似的。朱迪意识到，他对这些细节并不感兴趣，和巡警发生冲突只是他将她撤走的借口。“我设立了一个专案组来处理‘伊甸之锤’的问题。”他接着说道。他紧张地吞了一口唾沫，然后以充满攻击性的姿态扬起下巴，对她说，“我已经让马文来负责这个案子。他不需要你的帮助。你跟这个案子没有关系了。”

第九章

神甫难以相信自己得手了。

我制造了一场地震。我真的做到了。制造地震的人是我。

回程的路上，他开着卡车，沿着395号州际公路向北进发，梅兰妮就在旁边，斯塔尔和阿橡坐着CUDA跟在后面。他任凭自己的想象像脱缰的野马一样驰骋。他的脑海里浮现出一名记者脸色惨白地报道“伊甸之锤”履行了承诺的新闻；街上出现了暴乱，人们对新地震的威胁感到恐慌；心烦意乱的罗宾逊州长在议会大厦外面宣布，停止加州新电厂的建设。

或许这样想太过乐观了。人们可能还没有准备好恐慌。州长可能不会立刻妥协。但是他最终将不得不与神甫开启谈判的大门。警方会采取什么行动？民众会希望他们将嫌疑犯捉拿归案。州长已经联系了FBI。但是他们不知道“伊甸之锤”的成员是什么样的人，也没有线索，调查工作几乎不可能开展。

不过，今天还是出了个岔子，神甫总是忍不住为此操心。斯塔尔给约翰·特鲁斯打电话的时候，她没有接通到个人，而是在答录机上留下了留言。神甫应该制止她的。但是，等他意识到事情不对劲的时候，已经太迟了。

他觉得，磁带上的陌生留言对警方不会有多大的帮助。但是他还是希望不要出岔子，哪怕是很小的差错，也要尽量避免。

让他感到奇怪的是，整个世界就像什么也没发生过一样，依然故我。汽车和卡车在高速公路上穿行，人们在汉堡王前停车，高速公路巡警拦下了一个开着红色保时捷的小伙子，一名养护工作人员修剪着路边的灌木丛。按道理来说，他们应该都陷入了惊恐才对。

他开始怀疑，地震到底有没有发生。这一切是他磕了药以后的幻觉吗？他亲眼见到，欧文斯山谷的谷底撕裂了一道口子——但是这场地震似乎已经变得比它尚未发生时还要牵强。他强烈地渴望得到公众的确认，渴望这件事情能够上新闻、上杂志封面，渴望人们在酒吧里谈论它，去超市里哄抢货物。

傍晚时分，车子行驶在内华达州的边境时，神甫开着卡车驶进了一个加油站。CUDA跟了进去。神甫和阿橡给车加满了油，站在傍晚的斜阳中，而梅兰妮和斯塔尔则去了女厕所。

“我希望我们能上新闻。”阿橡紧张地说。

他的想法跟神甫一样。

“怎么可能上不了呢？”神甫回应道，“我们制造了一起地震！”

“当局可能会封锁消息。”

和很多老嬉皮士一样，阿橡相信，政府控制着新闻。神甫觉得，封锁消息可能比阿橡想象得要困难。神甫认为，公众有他们自己的消息渠道。一旦某份报纸或者某个电视节目挑战了他们的偏见，他们就会拒绝予以关注，因此他们都是用一些垃圾读物来填塞自己。

然而，阿橡的想法让他担忧。要想瞒住一个荒郊野地里发生的小地震，可能并不是太困难的事情。

他走进服务站里付账。室内的空调让他冷得发颤。收银员在柜台后面开了台收音机。神甫突然想到，他或许应该听听新闻。他询问了时间，收银员说现在是六点差五分。付完账之后，神甫在那里逗留着，一边假装在看一堆杂志，一边听着比利·乔·斯皮尔斯在唱《1957年产的雪佛兰》。梅兰妮和斯塔尔已经一起走出了厕所。

终于，新闻开播了。

为了给他们一个逗留的借口，神甫一边听着新闻，一边慢悠悠地挑选了一些糖果，把它们带到了柜台。

第一条消息是两个在电视剧中扮演邻居的演员结婚了。这种事情谁在乎啊？神甫不耐烦地听着，一边用脚打着拍子。接下来是总统访问印度的消息。神甫希望他能学一首梵语颂歌。收银员加上了糖果的钱，神甫付了账。下一条应该就是地震的消息了吧？但是第三条新闻讲的是芝加哥一所学校的枪击案。

神甫慢慢地向门口走去，后面跟着梅兰妮和斯塔尔。这时候，又有一名顾客给他的吉普·牧马人加满了油，走进来付账。

终于，男主播播报了他们想听的新闻："环保恐怖组织'伊甸之锤'宣布对今天发生的一起小规模地震负责。地震发生在加州东部的欧文斯山谷。"

神甫低声说道："太好了！"他右手握拳，打在左手手掌上，做了个胜利的姿势。

斯塔尔发出不满的嘘声："我们才不是恐怖分子！"

男主播继续说道："地震发生的时间刚好符合恐怖分子预告的最后期限，但是州政府地震学家马修·伯德认为，这起地震并非人为造成的，没有人能制造地震。”

“骗子！”梅兰妮轻声叫道。

“恐怖分子向本台王牌脱口秀节目《约翰·特鲁斯直播间》拨打了热线，发布了声明。”

正当神甫走到出口时，他震惊地听到了斯塔尔的声音。他一下子僵住了。他听到她正在说：“我们不承认美国政府的管辖权。现在你已经知道我们能够说到做到，你最好是重新考虑一下我们的要求。叫停加州所有新电厂的施工。你还有七天的时间来做决定。”

斯塔尔炸开了：“我的天哪——那是我啊！”

“嘘！”神甫说道。他越过肩膀看了看后面。那个开吉普牧马人的顾客正在说话，而收银员正在机器上刷他的信用卡。两个人似乎都没有注意到斯塔尔的失态。

“州长麦克·罗宾逊尚未对最新发布的威胁信做出回应。接下来进入今天的体育新闻……”

他们走了出去。

斯塔尔说：“我的天哪！他们广播了我的声音！我该怎么办？”

“冷静。”神甫告诉她。他自己并不冷静，但是他正在故作镇静。当他们穿过柏油路，走到车边时，他用低沉而又合理的口气说道，“在我们公社以外，没有人听得出你的声音。你这二十五年来都没有跟外人说过几句话。你住在海特-阿什伯里社区那段时间认识的人，现在都不知道你的去向了。”

“我估计你说得没错吧。”斯塔尔半信半疑地说。

“我能想到的唯一的变数就是阿骨。他可能会听到磁带，认出你的声音。”

“他绝对不会背叛我们的。阿骨是个食禾者。”

“我可说不准。吸毒的人什么事情都干得出来。”

“那其他人呢——比如说阿谷和诗诗？”

“是啊，我也放心不下他们。”神甫坦言道。公社的小屋里没有收音机，但是公用的皮卡车里有一台车载收音机，阿谷有时候会开这辆车。“要是他们知道了，我们就必须跟他们摊牌了。”实在不行，也可以像了结马里奥那样了结他们。

不，我下不了手——毕竟他们是阿谷和诗诗。

应该下不了手吧？

阿橡正坐在CUDA的驾驶座上等着他们。“你们怎么在里面耽搁了这么久？”他说。

斯塔尔简单地跟他解释了一下他们听到的新闻。“好在公社以外没有人能听出我的声音——噢，天哪，我突然想起来了！”她转向神甫，“治安官办公室的那个感化主任。”

神甫不由得咒骂起来。怎么把这个人给忘了？斯塔尔昨天才跟他说过话。恐惧攫住了他的内心。要是那家伙听了广播，想起了斯塔尔的声音，警长和一帮干警现在说不定已经在公社了，就等着斯塔尔回去。

但是说不定他没有听新闻。神甫必须查证此事，但是怎么做呢？“我要给治安官办公室打电话。”他告诉他们。

“但是你要说什么呢？”斯塔尔说。

“我也不知道，我会想办法的。在这里等着。”

他走进服务站，跟收银员换了零钱，然后走到投币电话前。他从加州信息服务平台那里查询到了银城治安官办公室的电话号码，然后拨打了电话。他想起了那个感化主任的名字。“我有事要找威克斯先生。”他说。

一个友好的声音说：“比利不在。”

“可是我昨天还看到他了。”

“他昨晚坐飞机去拿骚了。现在估计正躺在海滩上喝啤酒、看比基尼美女呢。真是有福气啊。他过两个星期才会回来。需要帮你找别人吗？”

神甫挂了电话。

天哪，这个假期来得真是时候。

他走了出去。“老天爷站在了我们这一边。”他对同伴们说。

“怎么了？”斯塔尔催促地说，“发生什么事情了？”

“那家伙昨晚去度假了。他要在拿骚待两个星期。我觉得外国电台不太可能会播放斯塔尔的声音。我们安全了。”

斯塔尔放心地瘫了下来：“真是谢天谢地。”

神甫打开卡车的车门。“我们回去吧。”他说。

时间已近午夜，神甫开着地震振动器，沿着蜿蜒曲折而又凹凸不平的小路穿过通往公社的树林。他把卡车开回了隐藏地点。虽然天已经很黑，他们都已累得精疲力尽，但是神甫还是督促他们把车辆表面的所有部位用植被覆盖好，以至于从各个角度乃至天上都看不出来。完事之后，他们都上了CUDA，开完最后一英里的路程。

神甫打开了车载收音机，收听夜间新闻。这一次，地震成了头条新闻。“‘伊甸之锤’风波今日有了续曲，我们的节目《约翰·特鲁斯直播间》在其中发挥了关键作用。恐怖组织‘伊甸之锤’宣称他们能够制造地震。”一个兴奋的声音说，“今天，加州东部的欧文斯山谷发生轻微地震后，一名女性自称为‘伊甸之锤’的代表，给约翰·特鲁斯打了电话，说他们的组织制造了这起地震。”

接着，电台播放了斯塔尔的完整版录音。

“操。”斯塔尔听着自己的声音，喃喃地说。

神甫情不自禁地感到沮丧。虽然他确信，这对警察不会有帮助，但是他还是不想让斯塔尔这么暴露。这会让她看起来很容易受伤害。而且他强烈地渴望摧毁她的敌人，保护她的安全。

播放完磁带以后，电台主持人说：“特工拉杰·汗取走了这份录音，以便FBI的专家进行心理语言学分析。”

这让神甫觉得自己仿佛被人在肚子上打了一拳。“心理语言学到底是什么玩意儿？”他问。

梅兰妮回答道：“我也没听说过这个词。不过我猜，他们研究的是你的用语，然后从中分析你的心理。”

“我没想到他们有那么聪明。”神甫担忧地说。

阿橡说：“别担心，伙计。他们要分析斯塔尔的心理，就让他们随便分析好了，反正这也不会暴露她的地址。”

“我想也不会。”

此时，电台主持人说道：“目前，州长麦克·罗宾逊尚未做出回应，但是FBI旧金山分局的领导人已承诺，将于明天早上召开新闻发布会。接下来给大家播报其他新闻——”

神甫关掉了收音机。

阿橡把CUDA停到了阿骨的嘉年华卡车旁。阿骨已经在卡车上盖上了一张巨大的防水布，以保护五彩斑斓的漆色。这表明，他打算在这里住一阵子。

他们走下山，穿过葡萄园，来到村庄。伙房和孩子们的棚屋里漆黑一片。苹果的窗前闪烁着烛光——苹果是个失眠症患者，喜欢挑灯读书到深更半夜。颂的小屋里传来轻柔的吉他声。但是其他的小屋都是黑灯瞎火的，一片寂静。只有神甫的狗灵灵前来迎接他们，它在月光下快活地摇着尾巴。他们轻声地说了晚安，各自拖着脚，走回自己的住处，他们太累了，根本没有心思庆祝这次胜利。

这是一个温暖的夜晚。神甫光着身子，躺在床上思考着。州长没有回应，但是FBI会在明天早上召开新闻发布会。这让他感到困扰。到了这个关头，州长应该慌了才对，他应该说："FBI失职了，我们不能再承受一次地震了，我必须跟这伙人谈谈。"神甫不能对敌人的想法视而不见。要是摸不透敌人的想法，他会如坐针毡。以往，他总是能够看穿别人，通过他们的面部表情、言谈举止、肢体语言来判断他们真正想要什么。他现在正试图操控罗宾逊州长，但是如果没有面对面的接触，这很难做到。况且，FBI想要干什么？心理语言学分析真的很重要吗？

他必须寻找更多的信息，不能干躺在这里，等着敌人展开行动。

神甫不知道该不该打电话到州长办公室，试图跟他对话。这样做可以联系到州长本人吗？如果可以，又能从中了解到什么呢？或许这种做法值得一试。但是，这样做就相当于把他人放到了高高在上的位置，而自己则卑躬屈膝地乞求对方能够与自己对话。他不喜欢把自己放在低人一等的位置上。他的策略是要把自己的意志强加到州长身上，而不是向州长乞求帮助。

接着，他突然想到，他可以去出席新闻发布会。

这样做很危险，万一被发现了，那么一切都完了。

但是这个主意对他来说，很有诱惑力。他以前经常假扮记者，也总是做一些大胆的尝试：将那辆白色的林肯车偷来，交给“猪脸”莱利；在蓝光酒吧的厕所里用刀刺死警察杰克·卡斯纳；向詹金斯夫妇提出收购第四大道的酒水店。他总是能够成功地完成这样的事情。

说不定他可以装作摄影师。他可以从保罗·比尔那里借一台花哨的摄影机。梅兰妮可以假扮记者。她长得太漂亮了，不管哪个FBI特工都没有办法把目光从她身上移开。

新闻发布会是在几点？

他从床上爬起来，穿上凉鞋，走了出去。借着月光，他走向梅兰妮的小屋。她正坐在床边，光着身子，梳着长长的红头发。他走进去时，她抬起头，笑了。烛光勾勒出她的曲线，在她全身上下笼上了一层光晕，衬托出她线条优美的双肩、乳头、髋骨，以及大腿之间的红色阴毛。他的呼吸都要被夺走了。

“哈啰。”她说。

他过了一会儿，才想起自己的来意。“我想借用一下你的手机。”他说。

她噘了噘嘴。这可不是她期待男人见到她裸体时的反应。

他给了她一个坏笑：“但是我可能得先把你按到地上，摧残一遍，然后再用你的手机。”

她微微一笑：“没关系的，你可以先用手机。”

他拿起手机，然后迟疑了。梅兰妮今天一整天都处于独断专行的状态，他之所以对此听之任之，是因为她是地震学家。但是现在，制造地震的事情已经暂且告一段落了。他想做什么事情，不喜欢征求她的许可。他们之间的关系不应该是这样。

他躺到床上，一手依然拿着手机，另一只手把梅兰妮的头往他的腹股沟上按。她犹豫了片刻，然后顺从了他的意愿。

有那么一分钟，他静静地躺在床上，享受着快感。

接着，他拨打了信息服务台的电话。

梅兰妮停了下来，但是他抓着她的一把头发，按着她的头不动。她犹豫了一会儿，仿佛是在琢磨该不该抗议。但是过了片刻，她又继续了下去。

这样才对。

神甫查询到了FBI旧金山分局的电话，然后打了过去。

接电话的是一名男子：“这里是FBI。”

神甫和往常一样，又有了灵感。“我是来自卡森城KCAR电台的戴夫·霍洛克。”他说，“我们想派一个记者参加你们明天召开的新闻发布会。你能给我地址和时间吗？”

“网上可以查到。”男子说。

懒猪。“我现在不在办公室，”神甫即兴瞎编道，“而且我们的记者明天可能需要很早就出发。”

“时间是在中午十二点，地点就在这里，金门大道450号的联邦大厦。”

“我们需要邀请函吗，还是说让记者直接来就可以了？”

“没有邀请函。他只需要把正规的记者证件带来就可以了。”

“谢谢你的帮助。”

“你刚才说你是来自哪个电台？”

神甫挂了电话。

记者证。我怎么才能弄到这个？

梅兰妮停止了口活，对他说：“我希望他们没有追踪电话。”

神甫吃了一惊：“干吗要追踪电话？”

“我不知道。可能FBI平常习惯于追踪所有打入的电话。”

他皱起了眉头：“这种事情能做到吗？”

“有电脑，当然能做到。”

“好吧，但是我的通话时间也不够长。”

“神甫，现在已经不是20世纪60年代了。不需要花时间的。电脑在几纳秒的时间里就能追踪电话。他们只需要查一查话费单，就可以找到凌晨一点差三分的时候打电话过来的机主。”

神甫以前从没听说过“纳秒”这个词，不过他也能猜到大概意思。这个时候，他开始担心起来。“操，”他说，“他们能查到你在哪儿吗？”

“只要手机开机就可以。”

神甫赶紧把手机关掉了。

他开始感觉到心力交瘁。今天他受到的冲击太多了：一开始是斯塔尔的留言录音，接着是心理语言学分析的概念，现在又是电脑追踪电话号码的技术。还有什么事情是他没有准备好的吗？

他摇了摇头，现在的想法太悲观了。一味地警觉和担忧，成不了任何事情。想象力和勇气是他的力量所在。他明天就会去参加新闻发布会，凭借一张巧舌如簧的嘴混进去，然后了解一下他的敌人想做什么。

梅兰妮躺回床上，闭上了眼睛，说道：“今天在车里坐了好久。”

神甫凝视着她的身体。他喜欢看她的胸部。他喜欢看她走动的时候，胸部抖动的样子。他喜欢看着她把毛衣从头上脱下来，这个动作会让她的乳头挺起来，就像对准目标的枪一样。他喜欢看着她穿上胸罩，在罩杯里将乳房拨到舒服的位置。现在，由于她仰躺着，乳房变得有点平，脂肪垂向两边，乳头也软软的，静止在那里。

他需要把内心的担忧忘却掉。比较好的方法是沉思，而最好的方法就摆在他面前。

他在她身上跪坐下来，亲吻着她的乳房。她满足地叹息着，抚摸着他的头发，但是没有睁开眼睛。

神甫透过眼角的余光，发现有动静。他看了看门口，发现斯塔尔站在那里，穿着一件紫色丝绸睡袍。他笑了。他知道她在想什么：她以前干过这种事情。她扬了扬眉毛，做出一副征求意见的样子。神甫点点头，表示同意。她走了进来，悄无声息地关上门。

神甫吸着梅兰妮粉色的乳头，用嘴唇慢慢地将它送进嘴里，然后一边用舌尖逗弄着它，一边任由它从嘴里滑出，就这样按照稳定的节奏做着活塞运动。她满足地呻吟着。

斯塔尔解开她的睡袍，任由它滑到地上，然后站在那里等待着，同时轻轻地摸着自己的胸部。她的身体跟梅兰妮的太不一样了，肤色为淡褐色，而梅兰妮则是白皮肤。她的屁股和肩膀更宽，阴毛浓密，且颜色较深，而梅兰妮的阴毛则呈现出红色与金色，既不浓密，也不稀疏。过了一会儿，她俯下身来，吻着神甫的耳朵，然后用手顺着他的背部摸了下去，滑到他的两股中间，开始一边抚摸，一边挤压。

他的呼吸开始加快了。

慢慢来，慢慢来，让享受的时刻久一点。

斯塔尔跪在床边，开始爱抚梅兰妮的胸部，神甫则继续吸着她的乳头。

梅兰妮感觉到异状，她停止了呻吟，身体僵硬起来，然后，她睁开了眼睛。当她看到斯塔尔的时候，她发出一声有所克制的尖叫。

斯塔尔笑了，接着抚摸她。“你的身体很美。”她声音低沉地说。神甫凝视着，陶醉着，而她则俯下身来，将梅兰妮的另一个乳头吸进了嘴里。

梅兰妮将他们两个人都一把推开，笔直地坐了起来。

“不！”她说。

“放松点。”神甫对她说，“没事的，真的。”他摩挲着她的头发。

斯塔尔抚摸着梅兰妮的大腿内侧。“你会喜欢的。”她说，“有些事情，女人做得比男人更好。你待会儿就知道了。”

“不。”梅兰妮说着，将双腿并拢，夹得紧紧的。

神甫看得出，梅兰妮是不会接受的。他感到失落。他喜欢看着斯塔尔对别的女人下手，给对方以肆意的快感，但是梅兰妮被吓到了。

斯塔尔没有罢休。她的手顺着梅兰妮的大腿往上滑，手指轻轻拨弄着那丛红色的阴毛。

“不！”梅兰妮将斯塔尔的手打开。她下手很重，斯塔尔说：“好痛！你怎么这样啊？”

梅兰妮把斯塔尔推到一边，然后跳下床："因为你是个肥胖的老女人，我不想和你做爱！"

斯塔尔倒吸一口凉气，神甫露出苦恼的表情。

梅兰妮跺着脚走到门口，打开了门。"请出去！"她说，"让我一个人静一静！"

让神甫惊讶的是，斯塔尔哭了起来。他感到怒火中烧，不由得吼道："梅兰妮！"

还没等梅兰妮回应，斯塔尔就走了出去。

梅兰妮摔上了门。

神甫对她说："哇哦，宝贝，你那样太绝情了。"

她又打开了门："如果你是这么想的，那你也可以出去了。让我一个人待着！"

神甫震惊了。

这二十五年来，公社里还没有人把他扫地出门过。现在，他正被一个美丽的裸体女子赶出门，而这个姑娘涨红着脸，可能是因为愤怒，也可能是因为兴奋，又或者两者都有。更让他蒙羞的是，他的阳具现在硬挺得就像旗杆一样。

我要失去对局势的控制了吗？

这个想法让他困扰。他总是能够设法支使别人为自己办事，尤其是在这个公社里。这次打击让他太过震惊，以至于差点听从了她的指示。他一言不发地向门口走去。

接着，他意识到自己不能妥协。一旦这一次对她让了步，下一次可能就再也没有办法夺回统治地位了。他必须把梅兰妮掌握在他的控制之下。她对这次计划非常重要。要是没有她的帮助，他触发不了下一场地震。他不能让她以这种方式确立她的独立地位。她太重要了。

他在门口转过身来，看着她。她正一丝不挂地站在那里，叉着腰。她到底想要什么？她今天在欧文斯山谷里一直掌控着全局，因为她有专长，而她仗着这一点，就肆无忌惮地发脾气。但是在她的内心深处，她是不想独立的——她要是真的想独立，就不会来到这里了。她需要一个有权威的人来指点她怎么做。正因为如此，她才会嫁给自己的教授。离开丈夫之后，她又找到了一个有权威的人，那就是一个公社的领导人。她今天之所以表现出反叛，是因为她不想跟另一个女人共享神甫。她可能害怕斯塔尔把他夺走。但是，她现在最不希望的，就是神甫离开。

他关上了门。

他三步走到小房间的对面，站到她面前。她依然气得满脸通红，喘着粗气。“躺下。”他命令道。

她看起来很烦恼，但是还是躺到了床上。

“张开腿。”他说。

片刻之后，她顺从了他。

他趴到了她身上。当他进入她的身体时，她突然伸出胳膊抱住他，紧紧地搂着。他在她的体内快速抽插着，故意把力道用得很猛。她抬起腿，勾住他的腰。他感觉到她咬住了自己的肩膀。很疼，但是他很喜欢。她张开嘴，使劲地呼吸。“啊，操。”她用低沉的喉音说道，“神甫，你这个混蛋，我爱死你了。”

神甫醒来后，去了斯塔尔的小屋。

她正侧着身子，躺在床上，眼睛睁开着，怔怔地盯着墙面。

当他坐到她的床边时，她哭了起来。

他亲吻着她的泪水，感到自己勃起了。“跟我谈谈吧。”他柔声说道。

“你知道花儿昨晚哄达斯蒂睡觉了吗？”

他没有想到她会蹦出这句话。这很重要吗？“不知道。”他说。

“我不喜欢她这样。”

“为什么？”他试图不让自己流露出生气的样子。昨天我们才制造了一起地震，今天你就要为孩子的事情哭哭啼啼吗？“这总比在银城偷电影海报要好多了吧。”

“但是你有一个新家庭了。”她脱口而出。

“这是什么意思？”

“你，还有梅兰妮、花儿、达斯蒂。你们就像一家人。你们当中没有我的位置了，我不配。”

“你当然配啊，”他说，“你生了我的孩子，是我心爱的女人。你怎么就不配了？”

“我觉得昨晚好丢脸。”

他透过她的棉质睡衣，抚摸着她的胸部。她把手盖在他的手上，将他的掌心使劲地按在她的身上。

“这个集体就是我们的家庭。”他告诉她，“一直都是这样。我们不会像一夫一妻带着两个小孩的家庭那么苦恼。”他正在重复她多年前对他的那番说教，“我们是一个大家庭。我们热爱整个集体，每个人都会互相照顾。这样一来，我们就不用在性爱的问题上彼此撒谎，也不用自我欺骗。你可以跟阿橡，或者颂上床，只要我知道你还在乎我，还在乎孩子就行了。”

“但是你也知道的，神甫——以前还从来没有人拒绝你和我。”

公社里没有规定谁必须和谁上床，当然，每个人都有权利拒绝别人，只要他不愿意。但是，现在回想起来，神甫确实想不起来自己有哪一次被公社的女人拒绝过。显然，斯塔尔也是一样——直到梅兰妮来到公社之后。

一阵恐慌爬上他的心头。这几个星期里，他一连有好几次体会过这种感觉。这是一种畏惧：他害怕公社土崩瓦解，害怕自己失去对局势的掌控，害怕他所心爱的一切遭到毁灭。这种感觉就像失去了平衡，仿佛原本坚实的土地突然开始变幻莫测地发生移动，变得不再牢靠了，这就和昨天欧文斯山谷里发生的情况一样。他竭力压制着内心的焦虑。他必须保持冷静。只有他，才能让所有人保持忠诚，才能将这个集体凝聚起来。他必须保持冷静。

他在她身边躺了下来，把玩着她的头发。“一切都会好起来的。”他们说，“我们昨天把罗宾逊州长吓尿了，他会按照我们的要求去做的。你等着看吧。”

“你确定吗？”

他双手握住她的乳房，感觉到自己被撩起了。“相信我。”他柔声说道，同时将身体紧贴着她，这样她就能感觉到他勃起了。

“跟我做爱吧，神甫。”她说。

他痞气地对她咧嘴笑了笑：“怎么做？”

她也对他报以一笑，眼里含着泪水：“你想怎么做都行。”

做完爱后，她睡着了。神甫躺在她身边，担心着记者证该怎么弄，直到想出一个主意。接着，他起了床。

他走到孩子们的棚屋，把花儿叫醒。“我想让你跟我去趟旧金山，”他说，“快穿好衣服。”

他在空无一人的伙房里给她准备了土司和橙汁。在她吃饭的时候，他说：“你还记得你跟我说过以后想当作家吗？你还跟我说你想给杂志社写稿子，对不对？”

“对啊，是《少年》杂志。”她说。

“好吧。”

“但是你想让我写诗，这样我就能在这里生活。”

“我还是想让你写诗，但是今天，你可以体验一下当记者的感觉。”

她看起来非常高兴。“太好了！”

“我要带你去参加一个FBI的新闻发布会。”

“FBI？”

“你要是想当记者，就必须经历这种事情。”

她皱了皱鼻子。花儿跟她妈妈一样讨厌执法人员。“我在《少年》上面从来没有读到过关于FBI的文章。”

“怎么说呢，但是今天没有莱昂纳多·迪卡普里奥的新闻发布会，我查过了。”

她局促不安地咧嘴笑了：“不是吧。”

“不过，你只要把自己想象成《少年》杂志的记者，想象一下他们可能会问到的问题，然后提问就可以了。”

她若有所思地点了点头：“这次新闻发布会是关于什么的？”

"有一伙人宣称他们能制造地震。好了，你现在先不要到处跟人说。先保守住这个秘密，好吧？"

"好啊。"

他决定，等回来之后再通知食禾者。"你可以跟妈妈和梅兰妮说，也可以跟阿橡、颂、莳萝和保罗·比尔说。但是其他人就不可以。这很重要。"

"明白了。"

他知道，他在冒一个巨大的风险。万一出了岔子，他就会失去一切。他甚至有可能在自己的女儿面前被捕。如果是这样，那么今天将会是她人生中最糟糕的一天。但是，冒着巨大的风险办事，是他一贯的作风。

当年，他提议栽种葡萄藤的时候，斯塔尔指出，他们只有一年的土地租约。他们可能累死累活地挖土、播种，到头来连劳动果实也看不到。她说，他们应该先谈下十年的租约，再开始干活。这听起来很合理，但是神甫知道，这样做是致命的。要是他们推迟了开工的时间，就永远也迈不出行动的一步了。他说服他们承担了风险。在那一年的年底，公社已经变成了一个社区。政府跟斯塔尔续了约——以后年年都是如此，直到现在。

他想过要穿上那件海军蓝色的西服。但是那件衣服款式太老了，穿到旧金山去，会显得太过醒目。因此，他穿上了平常穿的牛仔裤。虽然天气很暖和，但是他穿了一件T恤和一件法兰绒格子衬衫，衬衫的下摆很长，他没有系上最底下的扣子。他从工具房拿了一把很重的刀，它的刀锋长四英寸，手柄上套着干净的皮套。他把它卡在牛仔裤的腰带上，放到屁股后面，用衬衫的长下摆遮住。

在开车去旧金山的路上，整整四个小时，他体内的肾上腺素一直维持在很高的水平。他想象着噩梦般的场景：两个人都被逮捕了，他被铐上手铐，押进监狱里，而花儿则一个人坐在FBI总部的审讯室里，被人逼问她父母的情况。但是这种恐惧感让他觉得刺激。

他们上午十一点到达了旧金山，把车停在金门大道的一家停车场里。在杂货店，神甫给花儿买了一个螺旋装订本和两支铅笔。接着，他把她带到了一家咖啡馆。在她喝着苏打水的时候，他说："我一会儿就回来。"然后走了出去。

他向联合广场走去，扫视着路人的脸，想从中寻找一个长相跟他相仿的人。街上到处都是购物者，他有几百张脸可以挑选。他看到一名脸部瘦削、发色较深的男子站在一家餐馆外研究菜单，有那么一刻，他觉得自己找到了受害对象。他紧张得全身紧绷起来，在一边观望了好几秒钟；这时候，男子转过身来，他发现男子的右眼有伤，已经睁不开了。

神甫感到失望，他接着往前走。找人并不是件容易的事情。街上有不少四十几岁的黑皮肤男子，但是他们大多数都比神甫要重二三十磅。他又看到了一个候选目标，但是此人脖子上挂着相机。不能找游客：神甫需要的是一个有本地证件的人。这里是世界上最大的购物中心之一，而时间又是在星期天的上午：我肯定能找到一个长得像我的人。

最后，幸运之神终于眷顾了他：他看到一个脸部瘦削、看起来五十岁左右的男子，戴着大框眼镜，步伐非常矫健，身上穿着一条海军蓝色的宽松长裤和一件绿色马球衫，但是手里提着一个破旧的棕褐色公文包，看起来一副痛苦的表情。神甫猜测，他可能是要赶去公司加班。现在，我需要的是他的钱包。神甫尾随着他走过一个街角，一边把自己想象成精神病人，一边等待着时机。

我很愤怒，我很绝望，我是精神病院里逃出来的一个疯子，我需要抢二十美元去买毒品。我讨厌所有人，我想在街上看人，我是个疯子，疯子，疯子……

那名男子从CUDA所在的停车场前经过，然后转身走进一条街道，这条街道的两边都是些老旧的写字楼。有那么一刻，四下里除了他们，看不见别的行人。神甫抽出自己的刀，冲向他，说道："嘿！"

男子条件反射一般地停了下来，转过身。

神甫抓住男子的衬衫，把刀架在他的面前，大喊道："把钱包交出来！要不然我就割了你的喉咙！"

男子本来应被吓傻才对，但是他没有。天哪，这是个硬汉子。他的脸上浮现出的表情是愤怒，而不是恐惧。

神甫盯着他的眼睛，看出了他心里的想法：对方就一个人，而且还没有枪。

神甫犹豫了，他突然害怕起来。操，这件事情要是出了岔子，我可担当不起。双方僵持了片刻。一个穿着休闲的男子在星期六的早晨拿着公文包去上班……该不会是警察吧？

但是现在已经来不及细想了。神甫还没等那名男子做出反应，就朝他的脸上划了一刀，在他右边眼镜的下面划出了一道两英寸长的口子。

男子的勇气荡然无存，他放弃了所有的抵抗，恐惧地睁大了眼睛，身体似乎瘫软了下来。"好吧！好吧！"他颤抖着尖叫道。

至少不是个警察。

神甫大喊道："快！快！赶紧交出来！"

"在我的公文包里……"

神甫从男子手里一把夺过公文包。到了最后一刻，他决定把男子的眼镜也抢走。他从男子的脸上抓下眼镜，转身跑了。

跑到街角时，他回过头去看了看。只见那名男子正在人行道上呕吐。

神甫向右转，把刀子扔进一个垃圾箱里，接着往前走。过了下一个街角，他在一处工地前停了下来，打开公文箱。里面有一个文件夹、一个笔记本、几支笔、一个纸袋——里面似乎包着一份三明治，还有一只皮夹。神甫取出皮夹，将箱子甩上围栏，扔进了一个建筑废料桶里。

他回到咖啡馆，坐到花儿身边。他的咖啡还是温热的。看来身上的本事还没有退化。我已经三十年没干过这种事了，但是现在还是能把人吓得屁滚尿流。有两下子嘛，里奇。

他打开皮夹，里面装着现金、几张信用卡、几张名片，还有一张像身份证一样的卡片，上面有照片。神甫取出一张名片，递给花儿："这是我的名片，女士。"

她咯咯地笑了："你叫彼得·肖博里，是沃特金斯-科尔法克斯-布朗事务所的职员。"

"我是律师吗？"

"我猜是吧。"

他看了看身份证上的照片。这张证件照是在自助照相亭里拍摄的，他估计已经拍了十年了。看起来并不是太像神甫，但是也不怎么像彼得·肖博里本人。照片就是这样。

不过，神甫还是可以让自己跟照片上的人更像一点。肖博里有着深色的直发，但是很短。神甫说："能不能借一下你的发圈？"

"没问题。"花儿从头上取出一根橡皮筋，然后甩了甩头发，将它披散下来。神甫则相反，他把头发向后绑成了马尾，扎上了橡皮筋。接着，他戴上了眼镜。

他给花儿看了照片："你觉得我的秘密身份怎么样？"

"嗯。"她看着卡片背面，"你凭这张卡，可以进入市中心的办事处，但是进不了奥克兰分所。"

"我觉得这一点我可以接受。"

她咧开嘴笑了："老爸，这种东西你从哪儿弄来的？"

他对她扬起了一边眉毛，说道："借来的。"

"你是不是掏了别人的口袋？"

"算是吧。"神甫看得出，花儿并不觉得这样的行为很恶劣，只是觉得比较恶作剧罢了。他任凭她这么想。他看了看挂在墙上的时钟。现在是十一点四十五分。"准备走了不？"

"好啊。"

他们沿着街道往前走，进入了联邦大厦，这是一座冷冰冰的灰色花岗岩大楼，它占据了整个街区。在大厅里，他们穿过了金属探测器。神甫很庆幸，他有先见之明，把刀子给扔了。他向保安询问了FBI所在的楼层。

他们乘电梯上了楼。神甫感觉自己就像嗑了药一样嗨。危险让他变得超级警觉。就算这台电梯坏了，我也可以凭借自己的精神力量来运行它。他觉得，表现出自信满满的样子，是无伤大雅的，甚至自负一点也没有关系。毕竟他扮演的是律师的角色。

他带着花儿进入了FBI办公室，根据楼内的指引，来到了大厅旁边的一间会议室。房间的镜头有张桌子，上面配着话筒。房门附近站着四名男子，他们个个看起来高大威猛，穿着笔挺的西服和白衬衫，打着朴素的领带。他们肯定是特工。

要是他们知道我是谁，他们会毫不犹豫地对我开枪。

保持冷静，神甫——他们并不是会读心术的人，他们对你一点也不了解。

神甫身高六英尺，但是他们都比他更高。他很快就察觉到，领头的是那个年龄较大的男子，他浓密的白发分得特别仔细，梳得特别整齐。他正在跟一名长着黑胡子的男子交谈。两个年轻小伙子正听着他们说话，脸上一副毕恭毕敬的表情。一名年轻女子夹着写字板，走近神甫："嗨，有什么可以帮您的吗？"

"噢，我当然希望你能帮我。"神甫说。

他一开口，那几个特工就注意到了他。他们看他时，他观察着他们的反应。当他们看到他绑着马尾辫，穿着蓝色牛仔裤时，他们变得警惕起来；但是，当他们看到花儿的时候，眼神又变得柔和了。

其中一名小伙子问道："有什么事吗？"

神甫说："我叫彼得·肖博里，我是沃特金斯-科尔法克斯-布朗公司的律师。我女儿佛罗伦斯是校报的编辑。她从收音机上听说了你们的新闻发布会，她想代表校报来报道这件事情。所以我想，嘿，反正这是公开的嘛，所以就带她过来了。希望不会打扰到你们。"

众人一致看向那名白发男子，这说明神甫的直觉是对的，他就是老板。

在他犹豫的那一瞬间，现场陷入了可怕的沉默。

靠，伙计，你才不是什么律师呢！你是里奇·格兰杰，20世纪60年代曾经在洛杉矶打着酒水店的幌子批发安非他命——你是不是跟这次地震有关系？弟兄们，搜他的身，给他带来的小女孩也戴上手铐。我们把他们带进去，好好审问一下。

白发男子伸出手，对他说："我是助理特工主管布莱恩·金凯德，是FBI旧金山分局的领导人。"

神甫跟他握了握手："很高兴认识你，布莱恩。"

"你刚刚说你的那家事务所叫什么来着，先生？"

"沃特金斯–科尔法克斯–布朗。"

金凯德皱起了眉头："我以为那是家房地产中介事务所，不是律所。"

噢，糟了。

神甫点了点头，试图露出一副套近乎的笑容："是啊，我的职责就是帮助他们摆脱麻烦。"有一个专门的词语可以用来形容受雇于企业的律师。神甫回想着，终于想起了这个词，"我是他们的内部顾问。"

"你有没有带身份证件？"

"噢，当然有。"他打开偷来的钱包，将附有彼得·肖博里证件照的卡片递给了金凯德。他屏住了呼吸。

金凯德看了看证件，然后把照片上的人跟神甫比对了一下。神甫能够看出他的心理活动：这个人应该是他吧，我想。他将身份证还了回来。神甫恢复了呼吸。

金凯德转向花儿："你在哪所学校读书啊，佛罗伦斯？"神甫的心跳加快了。随口编一个就好了，孩子。

"呃……"花儿迟疑了。神甫正准备帮她回答，她开口了，"艾森豪威尔初中。"

神甫感到内心涌上一阵自豪。她继承了他的反应速度。考虑到金凯德可能刚好知道旧金山有哪些学校，他补充道："那所学校在奥克兰。"

金凯德似乎很满意。"这样啊，欢迎你来参加我们的发布会，佛罗伦斯。"他说。

我们成功了！

"谢谢您，先生。"她说。

"趁着发布会还没有开始，要是有问题我可以现在回答的话……"

神甫之前一直非常小心地不给花儿交代太多，以免让她准备过度。他认为，要是她看起来很害羞，或者问不好问题，那只会让人觉得正常；反之，如果她太镇定，看起来就像是排练过很多次的话，那就会引起怀疑。

但是现在，他很担心她，恨不得介入进去，告诉她该怎么做。但是他不得不压制住自己对孩子的保护欲。他咬着嘴唇。

她翻开了笔记本："您是这次调查的负责人吗？"

神甫稍微放心了些，她能处理好的。

"这只是我需要关注的许多案子中的一个，"金凯德回答道，他指了指那名长着黑胡子的男子，"特工马文·海耶斯是这项任务的负责人。"

花儿转向海耶斯："海耶斯先生，我想，学校里的人会很想知道您是什么样的人，我能问您一些个人问题吗？”

神甫震惊地发现，花儿在歪着头对海耶斯微笑的动作当中，有着一丝卖弄风情的意味。天哪，她太小了，还不适合跟成年男子调情！

但是海耶斯很买账，他看起来很高兴，说道：“当然可以，问吧。”

“您结婚了吗？”

“结婚了，我有两个孩子，儿子年纪跟你差不多大，女儿比儿子稍小一点。”

“您有什么爱好吗？”

“我喜欢收集拳击纪念品。”

“这真是与众不同。”

“我想是吧。”

神甫看到花儿假扮起记者来驾轻就熟，信手拈来，心里又开心，又失落。她很擅长做这种事情。*操，我可不希望这么多年把她拉扯大，就把她培养成了一个廉价杂志的记者。*

趁着海耶斯回答花儿天真无邪的问题时，他观察着这位特工。这就是他的对手。海耶斯的装束传统而讲究。他的棕褐色轻便西装、白衬衫和深色真丝领带可能是布克兄弟[①]的品牌货。他的黑色牛津鞋光洁锃亮，中规中矩。他的头发和胡子都修剪得很整齐。

但是神甫感觉到，这种极端保守的面貌是装出来的。他的领带太惹眼了，左手的小手指上还戴着一只超大的红宝石戒指，留

① Brooks Brothers，创立于1818年，是美国最老字号的服装品牌之一。

的胡子也让人感觉有失体面。况且，神甫认为，海耶斯试图模仿的那种高端人士不会在星期六的早晨穿得这么华丽，即使是为了出席新闻发布会。

“您最喜欢去哪家餐馆？”花儿问。

“我们很多同事都去埃弗顿酒吧，那里真的是个好地方。”

会议室里渐渐聚满了拿着笔记本和卡式录音机的男男女女、扛着摄影机和闪光枪的摄像师、拿着大话筒的电台记者，还有几个手持电视录像机的电视台工作人员。他们进门时，刚才那名夹着写字板的年轻女子要求大家一一签名。神甫和花儿似乎绕过了这个程序。他很庆幸。他不会写“彼得·肖博里”，要是被要求签名，他就救不了自己了。

老板金凯德碰了碰海耶斯的胳膊肘：“我们得准备召开新闻发布会了，佛罗伦斯。希望你能留下来，等着我们宣布重要的消息。”

“我会的，谢谢您。”她说。

神甫说：“海耶斯先生，你人太好了。佛罗伦斯的老师会很感谢你的。”

特工们走到了房间尽头的桌子边。我的天哪，我们骗过他们了。神甫和花儿坐在靠后的位置，等待着。神甫的紧张情绪缓解了。他真的已经过关了。

我就知道我能过关。

到目前为止，他还没有得到多少重要的信息，但是正规的新闻发布会就是这样。但是他对敌人已经有了印象。他对自己了解到的情况非常宽慰。金凯德和海耶斯似乎都不是聪明的人。他们像是那种埋头苦干的普通警察，平常工作勤勤恳恳，偶尔也会腐败一下。他对他们没什么好怕的。

金凯德站起来，做了自我介绍。他听起来很自信，但是有些过于自负了，或许他在老板的位置上还没坐多久。他说："我想先声明一个问题。FBI并不认为昨天的地震是由恐怖分子制造出来的。"

闪光枪噼里啪啦地闪成一片，卡式录音机嗡嗡作响，记者们快速地记着笔记。神甫试图不让自己的愤怒表现在脸上。这些混账东西不肯把他当回事——事到如今还是这样！

"这也是州政府地震学家的观点，我相信他今天早晨可以在萨克拉门托接受采访。"

我怎么做你们才会相信？我威胁要制造地震，然后我把地震制造出来了，但是你们还是不肯相信是我干的！你们非得让我杀人才肯就范吗？

金凯德接着说道："但是，恐怖分子向我们发出了威胁，调查局决定抓住这伙人。我们的侦查工作由特工马文·海耶斯负责。接下来交给你了，马文。"

海耶斯站了起来。他比金凯德更紧张，神甫一下子就看出来了。他机械地读着一份已经拟好的稿子。"FBI特工今天早上找到了绿色加州运动的全体带薪员工共五人，并在他们的家里对他们展开了侦讯。这些员工都表示愿意配合。"

神甫很高兴。他留下了一条假线索，而特工们上钩了。

海耶斯接着说道："特工们还走访了绿色和平运动在旧金山的总部，调查了他们的文件和电脑记录。"

神甫猜测，他们还会仔细梳理该组织的邮件联系人来查找线索。

他还说了更多的话，但是只是老调重弹而已。到场的记者问了很多问题，但只是给新闻增加了细节和色彩而已，并没有改变基调。神甫又开始紧张起来，他不耐烦地坐在那里，想找个时机，在不引人注意的情况下离开。他很高兴地发现，FBI的调查目前还没有走上正轨——他们还没有查到他留下的第二条假线索——但是他气愤的是，他们依然不肯相信他的威胁。

最后，金凯德宣布发布会结束，记者们纷纷站起来，开始收拾装备。

神甫和花儿走向门口，但是他们被那个夹着写字板的女子叫住了，女子灿烂地笑着，对他们说："我记得，你们俩应该还没有签字吧？"

她递给神甫一个本子和一支笔："就把姓名和你们代表的组织写上去就可以了。"

神甫一时间慌了神。我签不了，我签不了！

别慌，放轻松。

雷，陀，婆铎铦……

"先生？可以请您签个名吗？"

"当然可以。"神甫接过本子和笔。

接着，他把它们转交给了花儿："我想佛罗伦斯会帮我们俩签名的——她是小记者。"他说着，巧妙地提醒了她要写假名。他突然想到，她可能会忘了先头胡诌的学校校名，于是说，"写上你的名字，还有'艾森豪威尔初中'。"

花儿没有畏缩。她签了名，把本子和笔还给了那名女子。

看在老天爷的分上，现在可以放我们走了吧？

"您也签个名吧，先生。"女子说着，把本子递给神甫。

他不情愿地接下了本子。现在怎么办？要是他只是胡乱地画上一笔，她可能会要求他把名字写清楚一点，这种事情他以前碰到过。不过，说不定他可以干脆拒签，然后扬长而去。毕竟，她只不过是个秘书罢了。

正当他犹豫的时候，他听到了金凯德的声音："希望这次发布会能让你觉得有意思，佛罗伦斯。"

金凯德是个特工——他的本职工作就是怀疑别人。

"确实很有意思，先生。"花儿礼貌地说。

神甫感觉到身上开始出汗。

他在需要签名的地方潦草地画了一笔，然后合上本子，还给了那名女子。

金凯德对花儿说："等你的校报印刷出来以后，能不能寄给我一份？"

"好的，没问题。"

女子打开本子，说道："噢，先生，不好意思，您能不能把名字写在这里？您刚才的签名有点看不清楚。"

我该怎么办？

"到时候就寄到这上面的地址就可以了。"金凯德对花儿说，他从胸前的口袋里取出一张名片，"给。"

"谢谢您。"

神甫想起彼得·肖博里带着名片。这样就可以了——谢天谢地！他打开钱包，给了女子一张名片。"我写字很难看——用这个吧。"他说，"我们赶时间，得走了。"

他握了握金凯德的手："谢谢你的关照，我会让佛罗伦斯记得给你发剪报的。"

他们离开了房间。

他们穿过大厅，等着电梯。神甫想象着金凯德在后面追他，举着枪说：“有哪个律师连自己的名字都不会写啊，白痴？”不过电梯来了，他们顺利地下了楼，走出大厦，呼吸到了外面的新鲜空气。

花儿说：“我有一个世界上最疯狂的爸爸。”

神甫对她微笑着：“确实。”

“为什么我们要用假名？”

“怎么说呢，我从来不喜欢让那帮猪脑子知道我的真名。”他说。他觉得，这条理由她是可以接受的。她知道她父母对警察的看法。

不过她说：“好吧，我挺生气的。”

他皱起了眉头：“为什么？”

“你叫我佛罗伦斯，我永远不会原谅你的。”她说。

神甫盯着她看了好一会儿，接着，两人都笑了起来。

“别闹了，孩子。”神甫温情地说，“我们回家吧。”

第十章

朱迪梦见她跟迈克尔·奎尔克斯一起在海边漫步，他的光脚在潮湿的沙滩上留下了一排整齐而清晰的脚印。

星期六早晨，她去帮忙给少年犯开文化课。他们尊敬她，因为她带着枪。她坐在一间教堂大厅里，指导着旁边那个十七岁的小混混写日期，希望他会写字以后，就能更好地适应社会，这样她就不用在十年以内逮捕他。

下午，她从老爹的家里出发，开车来到了附近基尔大道上的盛大食品超市，准备采购。

星期六驾轻就熟的例行公事也没能让她平静下来，她依然对布莱恩·金凯德剥夺她的“伊甸之锤”案件负责人身份而耿耿于怀，但是她什么也做不了。于是，她只能徘徊于超市的货架边，试图将注意力集中于趣多多酥脆饼干、金麦罗尼大米[①]，以及印有黄色图案的Zee牌“装饰系列”厨房巾。在早餐麦片的货架边，她想起了迈克尔的儿子达斯蒂，于是买了一盒“嘎吱船长”麦片。

但是她的思绪总是会不自觉地回到案子上。真的有人可以制

① Rice-A-Roni，一种速食产品，里面有米饭、意大利面和调味品。

造地震吗？还是说我疯了？

回到家以后，老爹帮她把买回来的副食品从车上搬到家里，向她询问了案件的进展：“我听说马文·海耶斯突袭了绿色加州运动。”

“没什么用的。”她说，“他们都是清白的。拉杰星期二质询过他们。两个男的，三个女的，都超过五十岁了。没有犯罪记录——连超速罚单都没有——跟他们有关系的人当中，也没有什么可疑的。如果他们是恐怖分子，那我就是科杰克[1]。”

“电视新闻上说，他正在调查他们的通信记录。”

“好吧。很多人都写信向他们咨询过，包括演员简·方达。他们的通信讯录里有一万八千个姓名和地址。现在马文的团队必须一个一个地将这些姓名与FBI电脑里的记录进行比对，找出哪些人值得侦讯。他这样做要花上整整一个月。”

门铃响了。朱迪打开门，发现来客是西蒙·斯派洛。她很惊讶，但也很高兴：“嘿，西蒙，进来吧！

他穿着一条黑色的骑车短裤、一件印着肌肉图案的T恤和一双耐克运动鞋，戴着环绕式太阳镜。但是，他并没有骑自行车过来，他那台翡翠绿色的本田太阳正停在路边，车顶没有敞开。朱迪也不知道她妈妈会怎么评价西蒙。“不错的小伙子，”她妈妈可能会说，“只不过并不是很有男人味。”

老爹跟西蒙握了握手，然后给朱迪使了个眼色，仿佛在说：“这小子你从哪儿找来的？”让他意外的是，朱迪说：“西蒙是FBI最顶尖的语言学分析师之一。”

① Kojak，美国电影《侦探科杰克》主人公。

老爹有点困惑，他说："噢，西蒙，认识你真是很高兴。"

西蒙带来了一个盒式磁带和一个牛皮纸信封。他拿起手里的东西说："我这次来，是想给你送'伊甸之锤'录音带的报告。"

"我已经不负责这个案子了。"朱迪说。

"我知道，但是我觉得你还是会感兴趣的。很可惜，磁带里的那几个声音跟我们电脑里的所有声音记录都不相符。"

"也就是说，查不到名字了。"

"对，但是可以分析出许多其他有意思的东西。"

朱迪的好奇心被激发起来了："你刚才说'几个声音'，但是我只听出一个人的说话声。"

"不是，其实有两个人。"西蒙环视着屋内，看到了老爹放在厨房柜台上的盒式收音机。这台收音机一般是用来播放埃弗里兄弟[①]的金曲。西蒙将他带来的磁带放了进去。"我一边给你放磁带，一边跟你说。"

"我很愿意听，但是这个案子现在是马文·海耶斯负责了。"

"不管怎么说，我还是想听听你的意见。"

朱迪固执地摇了摇头："你应该先去跟马文谈。"

"我明白你的意思，但是马文是个白痴。你知道他已经多久没有把犯人抓捕入狱了吗？"

"西蒙，你要是想让我背着金凯德来调查这个案子，那就省省吧！"

"你就听我说说，好吗？反正也没有损失。"西蒙调高音

① Everly Brothers，美国摇滚组合，前披头士时代最成功的演唱组合之一，其风格深受乡村音乐的影响。

量，开始播放磁带。

朱迪叹了口气，她很想知道西蒙找到了“伊甸之锤”的哪些蛛丝马迹。但是如果金凯德知道西蒙在跟马文汇报之前，先找她商量了，那就有得苦吃了。

只听见磁带里那名女子的声音说：“这是‘伊甸之锤’给州长麦克·罗宾逊的留言。”

西蒙播放到这里停住了，他看着老爹：“你第一次听这段录音的时候，觉得这个女的长什么样？”

老爹咧开嘴笑了：“我想象的是一个丰满的女人，大概五十岁的样子，笑起来很灿烂，感觉很性感。我记得，当时听了这个磁带，心里就想——”他看了看朱迪，然后把话说完了——“见一见她。”

西蒙点了点头：“你的直觉是可靠的。没有受过训练的人都可以从别人的声音当中听出很多信息。当然，你基本上总是能听出说话的是个男人还是女人。但是你还可以听出他们的年龄有多大，还可以大略地估计一下他们的身高和体形，而且这种估计往往很准。有时候，你甚至可以听出他们的健康状况。”

“你说得没错。”朱迪说，她情不自禁地被吸引住了，“我每次跟陌生人打电话，都会不自觉地根据对方的声音，想象他长什么样子，即使我听的只是答录机的留言。”

“这是因为声音来源于身体。音调、响度、共振、沙哑度，所有的声音特征都可以在身体上找到原因。体形高大的人声道更长；老人的身体组织僵硬，软骨脆弱；病人的喉咙有炎症。”

“有道理。”朱迪说，“我以前怎么从来没有想过。”

“我的电脑会像人一样识别这些特征，而且更准确。”西蒙从带来的信封里抽出一份打印的报告，“这个女人在四十七岁到五十二岁之间。她很高大，身高在一米八五以内。她身体超重，但是不肥胖，可能只是比较丰满。她既抽烟，又喝酒，但是身体还挺健康的。”

朱迪感到焦虑，但同时又很兴奋。虽然她希望刚才能够阻止西蒙开口，但是能够掌握一些关于神秘录音女子的情报，也是一件令人激动的事情。

西蒙看着老爹：“你刚才说她笑起来很灿烂，确实是这样。她的口腔很大，说话的时候，双唇打得比较开。”

“我喜欢这个女人。”老爹说，“电脑有没有分析出，她的床上功夫好不好？”

西蒙微笑道：“你觉得她很性感，是因为她的声音表现出沙哑、低沉的特征，就像在用呼吸说话。但是这种特征是固定的，不一定说明她性感。”

“我觉得你说得不对。”老爹说，“性感的女人都有性感的声音。”

“重度烟民也是一样。”

“好吧，这也是事实。”

西蒙倒转磁带到最开始的部分：“现在，我们听听她的口音。”

朱迪抗议道：“西蒙，我觉得我们不应该——”

“你就听听吧，拜托了！”

“好吧，好吧。”

这一次，他播放了头两句：“这是‘伊甸之锤’给州长麦克·罗宾逊的留言。靠，我还没准备好对着磁带录音机说话。”

他暂停了播放："显然，这是加州北部口音，但是你有没有听出其他的东西？"

老爹说："她是中产阶层。"

朱迪皱起了眉头："我觉得她是上流阶层。"

"你们俩都对。"西蒙说，"她的口音在第一句和第二句之间发生了改变。"

"这很反常吗？"朱迪说。

"不反常。我们大多数人的基本口音都是在成长环境中自然形成的，等到长大以后，就会有意识地调整。一般来说，人们都会往上游走：蓝领会模仿富人的口气，暴发户会模仿富豪世家的口气。有时候也会出现相反的情况，贵族家庭出身的政治家可能会让自己的口音更平民化一点，以显示自己亲民。你们明白我的意思吧？"

朱迪微笑道："你这个鬼灵精。"

"学来的口音会用在正式场合。"西蒙一边说着，一边倒带，"当说话的人处于泰然自若的状态时，就会使用这种口音。但是当我们处在压力下的时候，我们就会回到儿时的说话模式。到目前为止，还能听懂吧？"

老爹说："当然。"

"这个女人将她的口音粗俗化了，她其实没有那么蓝领，但是却装得很蓝领。"

朱迪被吸引住了："你是说，她是帕蒂·赫斯特[1]那种类型？"

---

① Patty Hearst，美国报业大王威廉·赫斯特的孙女，曾被激进组织共生解放军绑架，后加入共生解放军，参与了该组织在旧金山的一起银行抢劫案。

“从那个方面来说，是的。她一开始说的话是准备好的正式声明，用的是平民的口气。现在，在美国口语当中，人的阶层越高，对‘r’这个字母的发音就越饱满。了解了这一点之后，你再听听她说‘州长’（governor）这个词的时候是怎么发音的。”

朱迪本来想制止他，但是她太感兴趣了。磁带里的女声说：“这是‘伊甸之锤’给州长麦克·罗宾逊的留言。”

“靠，我还没有准备好对着磁带录音机说话。”

“听到她说‘governor’这个词了吧？她的发音像是‘guvnuh’，里面那两个‘r’的发音都很弱。这是街头口音。但是你听下一句。她没有想到自己接通的是语音信箱，一下子变得措手不及，就恢复到了正常的口音。”

“虽然她说了‘靠’，但是她把‘录音机’（recorder）这个词里的‘r’音发得很饱满。蓝领阶层一般会说成‘recawduh’，只发第一个‘r’音。一般大学毕业生会发成‘recorduh’，把中间那个‘r’音发得很清楚。只有非常上流的阶层才会像她那样，把三个‘r’音都发得很饱满。”

老爹说：“谁能想到你从两句话当中，就能分析出这么多东西。”

西蒙笑了笑，看起来很高兴：“话说，你有没有注意到她的用词？”

老爹摇了摇头：“没什么特别的发现。”

“什么是磁带录音机？”

老爹笑了起来：“一种像小箱子那么大的机器，顶上有两个卷筒。我以前在越南有一个——还是根德的牌子货呢。”

朱迪明白西蒙的意思了。“磁带录音机”已经过时了。现在人们使用的都是卡式录音机。而语音邮件都是录在电脑硬盘上的。“她还生活在旧时代里。”朱迪说，“这又让我想到帕蒂·赫斯特了。她到底碰到什么事了啊？”

老爹说：“她坐了牢，出狱之后写了本书，还上了电视。”

朱迪站了起来：“西蒙，你的发现太精彩了，但是我还是觉得这样不好。你应该去向马文汇报了。”

“我还有一样东西想给你看。”他说着，按下了快进按钮。

“真的——”

“听听就好了。”

磁带里的女声说：“地点是在欧文斯山谷，时间是在两点多，你可以查证一下。”背景里传来一阵微弱的杂音，她迟疑了起来。

西蒙按下了暂停键：“我放大了那阵微弱的杂音，还原之后是这样的。”

他放开了暂停键。朱迪听到一名男子的声音，虽然被许多背景噪声扭曲了，但是还是能够听出来：“我们不承认美国政府的管辖权。”背景噪声降低到了正常水平。女子的声音复述道：“我们不承认美国政府的管辖权。”她接着说道，“现在你已经知道我们能够说到做到，你最好是重新考虑一下我们的要求。”

西蒙按下了停止键。

朱迪说：“她是按照男人教她的话说的。她在那个地方卡住了，所以男人提醒了她。”

老爹说：“你们一开始分析网上那封威胁信的时候，不是说信件是由一个蓝领男子口授，然后由一个受过教育的女子在电脑上打出来的吗？”

“对，”西蒙说，“但是这次的女人不一样——她年龄大一些。”

“也就是说，”老爹对朱迪说，“现在你要开始给三个未知对象建立档案了。”

“没有，”她说，“我已经不负责这个案子了。拜托，西蒙，你知道这样做会给我造成麻烦的。”

“好吧，”他从机器里取出磁带，站了起来，“反正我已经把所有重要的事情告诉你了。你要是有什么好主意可以告诉我，我转告给白痴马文。”

朱迪送他到门口。“我现在把报告送到局里去——马文说不定还在那儿，”他说，“然后我要睡一觉。昨天在这上面忙了一个晚上。”他钻进跑车，呼啸而去。

等她回来的时候，老爹在泡绿茶，一副若有所思的样子：“也就是说，这个在街头打滚摸爬过的男人很有贵妇缘，那些贵妇都愿意听他的。”

朱迪点了点头：“我应该知道你想说什么了。”

“这是个邪教组织。”

“是啊，我想到帕蒂·赫斯特，确实是想对了。”她颤抖了。这一切的幕后黑手是个有领导魅力的男人，他能迷住女人。他没有受过教育，但是这并没有对他构成阻碍，因为他能支使别人为他办事。“但是我总觉得有点不对劲。他们要求停建新电厂——这并不算太古怪的要求。”

“我同意，”老爹说，“这没有噱头，我觉得他们想停建新电厂，是有某种务实的理由，而且这种理由对他们有利。”

“我在想，”朱迪若有所思地说道，“或许他们只对某一个电厂感兴趣。”

老爹凝视着她：“朱迪，这个想法太妙了！可能电厂的建设会污染他们捕鱼的河流之类的。”

“差不多是这样。”她说，“总之电厂的建设，真的给他们带来了很大的冲击。”她感到兴奋，感觉快要抓住狐狸尾巴了。

“这样一来，停建所有电厂就只是个幌子。他们害怕指明是哪个电厂，因为这样会暴露身份。”

他们走进书房。朱迪的笔记本就放在一张靠墙小桌上。有时候，老爹看足球，她就在这里写报告。电视声吵不到她，她喜欢待在他身边。她打开笔记本，在等待启动的时间里，她说：“要是我们把即将建造电厂的地方列出来，用FBI的电脑查一下，就能查到那些地方附近有没有邪教组织。”

她调出了《旧金山纪事报》的文件，查找近三年来有关电厂的新闻。搜索结果有117篇文章。朱迪浏览了标题，筛除了关于匹兹堡和古巴的新闻。

“好了，这里有一项提议，要在莫哈韦沙漠建造一座核电厂……”她保存了这个页面，“谢拉县拟建一座水电站……俄勒冈州边界附近要建一座燃油发电厂……”

老爹说：“谢拉县？我好像有印象。具体地址是在哪里？”

朱迪从新闻标题中点了进去：“嗯……这项提议是要在银河上建大坝。”

他皱起了眉头：“银河谷……”

朱迪从电脑屏幕前转过头来：“等等，这地名听着耳熟……那里是不是有一个势力很大的自治团体？”

“对！”老爹说，“那个组织叫作洛斯阿拉莫斯。他们的领导者是个吸毒者，名字叫博科·拉泰拉，老家在达利城。我就是在那里听说他们的。”

“原来是这样。他们是武装组织，而且拒绝承认美国政府……天哪，他们甚至在磁带里用了那句话：‘我们不承认美国政府的管辖权。’老爹，我觉得就是他们。”

“你打算怎么做？”

朱迪想起自己已经不是这个案子的负责人了，她的心沉了下去：“要是金凯德发现我还在调查这个案子，他会气疯的。”

“洛斯阿拉莫斯这个组织必须得查一查。”

“我给西蒙打个电话。”她拿起电话，拨打了分局的号码。接线员是她的熟人，“嘿，查理，我是朱迪。西蒙·斯派洛现在在不在办公室？”

“他来过，又走了。”查理说，“要不要我打一下他车里的电话？”

“好啊，谢了。”

她等待着。查理回来了，他说：“他没接。我也打过他家里的电话了。要不，我帮你在他的寻呼机留个言？”

“好的，谢谢，”朱迪突然想起他说过，他要睡一觉，“不过我估计他肯定关机了。”

“那我给他发个信息，让他打电话给你。”

“谢谢。”她挂掉电话，对老爹说，“我觉得我必须去见金凯德。我想，要是我给了他一条有价值的线索，他也不好对我发太大的火。”

老爹只是耸了耸肩：“你也没有别的办法，对吧？”

朱迪不能因为害怕自己被上司训斥，就坐视无辜的人遇到生命危险。“是啊，我没有别的选择。”她说。

她现在身上穿着黑色的牛仔铅笔裤和草莓粉色的T恤。这身T恤太修身了，不适合穿到办公室去，即使今天是星期六。她上楼进入自己的房间，换上了宽松的白色马球衫。接着，她钻进蒙特卡洛，开车向市中心驶去。

马文必须组织一次对洛斯阿拉莫斯的突袭。这次行动可能会遇到麻烦：自治团体的人都很疯狂。这次突袭必须调派大量的人手，精心布置。调查局非常害怕韦科惨案[①]的历史重演。分局里的每一名特工都会被抽调过去，萨克拉门托分局也会参与进来。他们可能明天一大早就要发动突袭。

她径直来到金凯德的办公室。金凯德的秘书在外室用电脑。由于是星期六，她的穿着相对休闲——一条白色牛仔裤搭配着红色衬衫。见到朱迪，她拿起电话说：“朱迪·马多克斯求见。”

过了一会儿，她挂掉电话，对朱迪说：“直接进去吧。”

朱迪在内室的门口犹豫了片刻。之前那两次过来的时候，等待她的都是羞辱和失望。但是她也不是迷信的人。说不定这一次，金凯德就会变得亲切、体谅一些。

看到大块头的金凯德，她还是觉得不快。原本那张椅子上坐着的，是瘦小的米尔顿·莱斯特兰奇。这时候，她意识到，她还没有去医院看过米尔特，于是心里暗暗打算，今晚或者明天就去

① 1993年2月28日，美国烟酒枪炮及爆裂物管理局人员为调查非法军火，准备搜查韦科镇大卫教派的山庄，受到教派武装人员开火攻击，枪战造成4名执法人员及6名信众死亡。FBI接手包围山庄，双方对峙51日，期间考雷什禁止山庄内的人离开，政府和他展开多次谈判，考雷什先后释放了37人。4月19日联邦调查局发动进攻时，山庄突然起火，76名信众丧生，只有9人生还。该事件被称为“韦科惨案”。

看他。

布莱恩冷冷地打了招呼："什么事，朱迪？"

"我先头见了西蒙·斯派洛。"她开口道，"他把报告给我了，因为他还没有听说我已经不负责'伊甸之锤'的案子了。当然，我告诉他直接向马文报告。"

"那是当然。"

"但是他跟我说了一些他找到的线索，我据此推测，'伊甸之锤'是个邪教组织，出于某种原因，建电厂的计划让他们受到了冲击。"

布莱恩看起来很恼火："我会把这个情况转告给马文。"他不耐烦地说。

朱迪顶着压力接着说道："现在加州有好几个电厂项目，我查了。其中有一个在银河谷，那里有一个右翼自治团体，叫作洛斯阿拉莫斯。布莱恩，我觉得洛斯阿拉莫斯肯定就是'伊甸之锤'。我觉得我们应该对他们发动突袭。"

"你是这么想的吗？"

噢，糟糕。

"我这样想有什么错吗？"她冷冷地说。

"当然有。"他站了起来，"错就错在，你已经不是案件的负责人了。"

"我知道，"她说，"但是我觉得——"

金凯德打断了她。他伸出手来，隔着那张大桌子指着她的脸，指责道："你截下了心理语言学报告，你试图用不正当的手段让自己坐回案件负责人的位置上——我知道你这样做是为什么！你觉得这个案子现在级别高了，你想让自己引起注意。"

“引起谁的注意啊？”她气愤地说。

“FBI总部、媒体、罗宾逊州长。”

“我没有！”

“你给我好好听着。你已经不是这个案子的负责人了。听懂了吗？你跟它没有关系了。你不准跟你的朋友西蒙谈这个案子。你不准擅自去查电厂项目。你不准提议突袭自治团体的巢穴。”

“天哪！”

“我来告诉你你该做什么吧。你回家去，把案子交给马文和我。”

“布莱恩——”

“再见，朱迪，周末愉快。”

她狠狠地盯着他。他涨红着脸，喘着粗气。她感到怒不可遏，却又无可奈何。脏话已经到了嘴边，但是她忍住了。她已经因为跟他顶嘴而被迫道歉过一次了，那种耻辱她没必要再承受一次。她咬着嘴唇。她跟他对峙了良久，终于转过身，走出了房间。

第十一章

在熹微的晨光下，神甫把他那辆老旧的普利茅斯CUDA停在路边。他拉着梅兰妮的手，把她带进森林里。山里的空气很凉爽，他们穿着T恤，冻得瑟瑟发抖，直到走了一段路之后，身上才暖和起来。过了几分钟，他们来到一座悬崖上，这里可以俯瞰宽阔的银河谷。

“他们想在这个地方建大坝。”神甫说。

山谷在这里变窄了，形成了一个“瓶颈区”，这样一来，山谷的远端也不过是四五百码远。现在天色还太暗，看不清河流，但是清晨的静谧氛围中，他们能够听到河水在底下流淌的声音。随着天色渐亮，谷底一座座起重机和巨大的土方机械已经开始显现出轮廓。它们寂静无声，一动不动，就像沉睡的恐龙。

神甫几乎不指望上罗宾逊州长会跟他们谈判了。欧文斯山谷地震已经过了两天，政府还是没有做出任何回应。神甫也摸不清州长的策略，但这个策略肯定不是投降。

再发动一场地震是免不了的了。

但是他很焦虑。梅兰妮和斯塔尔可能会不情愿，况且第二次地震必须要比第一次地震造成更多的伤亡。他必须让她们坚定信念。他现在正开始从做梅兰妮的工作做起。

“这将造出一个十英里长的湖泊，一直延伸到山谷。”他告诉她。他看到，她那白皙的瓜子脸因为愤怒而涨红了，“从这里一直到上游，你现在看到的一切都会沉在水底。”

瓶颈区以外的地方是一片开阔的谷底。等到天色够亮，周围的景观变得清晰可见之后，他们看到一片稀稀落落的住房和几块整齐划一的耕地，它们都由土路连接着。梅兰妮说：“应该有人阻止过大坝的修建吧？”

神甫点了点头：“曾经有一场法律交锋。我们没有参与进去。我们不信任法庭和律师。而且我们不想让记者和电视台的工作人员都涌到这里——我们当中有太多人是隐姓埋名生活在这里的。正因为如此，我们甚至不告诉别人这里有个公社。大多数附近的人都不知道我们的存在，还有些人以为那个葡萄园是纳帕谷的酒庄经营的，里面都是些流动工人。所以我们没有参与抗议活动。但是有些富豪居民雇用了律师，环保组织也站在了当地人这一边。但是没有用。”

“为什么？”

“州长罗宾逊支持建设大坝，他让阿尔·霍尼穆恩来负责这个项目。”神甫讨厌霍尼穆恩。他厚颜无耻地欺骗并操控了媒体，“他颠倒了整个事情的是非，让媒体把当地人描绘成一小撮自私自利的人，说这些人阻碍了加州每一所医院和学校的供电。”

“这就好比洛杉矶人在泳池里装水底灯，用电动机来关窗帘，却把缺电的责任推到你头上一样。”

“是啊，于是，沿海电力公司获准修建大坝。”

“然后住在这里的人都会失去他们的家园。”

“还有一个骑小马旅行的休闲中心、一个野生动物保护站、好几座避暑小屋，以及一帮疯子组成的武装自治团体，称为洛斯阿拉莫斯。大家都会得到赔偿——除了我们，因为我们并不是土地所有者，我们只是以一年的租约租下了它。我们什么也得不到——即使我们的葡萄园在纳帕谷和波尔多之间是最好的。”

“这里也是唯一一个能让我找到安宁的地方。”

神甫发出同情的声音。这次谈话在朝着他所希望的方向发展：“达斯蒂一直有那些过敏症吗？”

“从他生下来就一直有。实际上，他不能喝乳制品——无论是牛奶、配方奶粉，甚至母乳都不能喝。他是喝羊奶活下来的。这个时候，我醒悟了。我们人类肯定是做错了什么，要不然这个世界不会有这么严重的污染，以至于连我自己的乳汁对于亲生儿子来说，都是有毒的。”

“但是你还是带他去看医生了。”

“迈克尔坚持要这样。我知道看医生也没用。医生只是给我们开了抑制免疫系统的药，抑制免疫系统对过敏原做出反应。这算什么事嘛。他需要的是纯净的水和干净的空气，还有一个健康的生活方式。我想，自从他出生以后，我一直在寻找这样一个地方。”

“难为你了。”

“你不知道，一个单身母亲带着生病的小孩子是多难保住工作，我们根本住不上条件好的公寓，连生活都是问题。你觉得美国是一个很大的地方，但其实哪里都一样。”

“我第一次见到你的时候，你的情况不太好。”

“我正准备自杀，把达斯蒂也一起带走。”她的眼里涌出了泪水。

“这时候，你找到了这个地方。”

她的脸上笼上了愤怒的阴云：“现在，他们想把它从我身边夺走。”

“FBI说，地震不是我们造成的，而州长也没有任何表态。”

“让他们去死。我们必须再做一次！这一次，我们要让他们没有办法忽视我们！”

他想要的就是这句话：“这一次必须造成切实的杀伤了，得震塌一些建筑物，可能会有人受伤。”

“但是我们别无选择！”

“我们也可以离开这座山谷，解散公社，回到原来的生活：找一份正常的工作，挣钱，呼吸着有毒的空气，生活在贪婪、嫉妒和仇恨中。”

他把她说怕了。“不！”她大叫道，“别这么说！”

“我想你是对的。我们不能回头了。”

“我肯定不能。”

他又环视了一下山谷：“上帝把它创造成了这个样子，我们要确保它维持原状。”

她安下心来，闭上眼睛说：“阿门。”

他拉着她的手，带着她穿过树林，回到了车里。

就在他们开车沿着狭窄的道路上山时，神甫说：“你今天要去旧金山接达斯蒂吗？”

“是啊，我吃完早饭就走。”

神甫听到一声怪响，这不是他的老式V8发动机发出的那种如哮喘一般的突突声。他透过侧窗，朝头顶上看了看，发现一架直升机。

“妈的。”他说着，踩下了刹车。

梅兰妮因为惯性而向前倾倒。“怎么了？”她的声音中流露出害怕。

神甫停下车，跳了下去。头顶上的直升机消失在北方。

梅兰妮也下了车：“出什么事了？”

“直升机在这里做什么？”

“噢，我的天哪。”她声音颤抖地说，“你觉得它是来抓我们的？”

噪声渐渐消失，然后又回来了。直升机突然在树林上空重新出现了，它飞得很低。

“我觉得是FBI的人，”神甫说，“妈的！”昨天参加了那场平淡无奇的发布会之后，他本来觉得可以暂时安心几天了。金凯德和海耶斯似乎还要走很长的路，才能追踪到他。现在他们来了，就在山谷里。

梅兰妮说：“我们怎么办？”

“保持冷静。他们不是来抓我们的。”

“你怎么知道？”

“我预先设计好了。”

她急得快要哭了：“神甫，你怎么说话总像是在打哑谜？”

“对不起。”他想起自己还有求于她。这就意味着，他必须把事情跟她解释清楚。他整理了一下思路，“他们肯定不是来抓我们的。因为他们不知道我们的存在。公社从来没有出现在任何的政府记录当中——我们的土地是斯塔尔租来的。我们没有在警察或者FBI那里备案，因为我们从来没有引起过他们的注意。报纸或电视上没有任何新闻提到过我们。我们没有在国内税务局注册。我们的葡萄园也没有标注在任何地图上。”

“那他们为什么会来这里？”

“我想，他们是来打击洛斯阿拉莫斯的。那帮疯子肯定在美国本土所有的执法机构那里都有记录。他们明目张胆地拿着高火力的步枪把守在门口，就是为了让全世界的人都知道，这里有一帮危险的疯子。”

“你怎么能确定FBI就是来抓他们的？”

“我预先设计好了。斯塔尔拨打约翰·特鲁斯的节目热线时，我让她说了洛斯阿拉莫斯的宣言：‘我们不承认美国政府的管辖权。’我放下了一条假线索。”

“那我们是不是安全了？”

“也不完全是。他们捣毁了洛斯阿拉莫斯之后，可能会巡视一下山谷里的其他人。他们会从直升机上看到葡萄园，然后去我们那里走一遭。所以我们最好回去通风报信。”

他跳进车里。梅兰妮一上车，他就踩下了油门。但是这辆车已经是二十五年的老车了，况且它一开始的设计就不是在山间快速越野的类型。他咒骂着它那“喘着粗气”的汽化器和摇摇欲坠的悬挂系统。

正当他在蜿蜒曲折的道路上极力维持车速时，他焦躁地思考着，在FBI当中，到底是什么人下达的这次突袭命令。他并不认为金凯德或者海耶斯会有这样的直觉采取行动。肯定是有其他人也在调查这个案子。他在想这个人是谁。

后面来了一辆黑色的车，它开得很快，车前灯闪烁着，虽然现在天已经亮了。他们就快到一条弯道上了。但是后面那辆车的司机按响了喇叭，准备加速超车。两辆车交错而过时，神甫看了看司机和副驾驶座上的人，是两个结实的小伙子，穿着便装，但是胡子刮得很干净，头发也很短。

紧接着，后面又来了一辆车，按着喇叭，闪着灯。

“操。”神甫说。当FBI特工赶时间的时候，你最好不要挡着他们的路。他踩了刹车，开到路边。CUDA靠近路边一侧的轮胎撞到了草地上。第二辆车呼啸而过，第三辆车又跟了上来。神甫停下了车。

他和梅兰妮坐在那里，看着车流疾驰而过。除了小汽车以外，还有两辆装甲卡车和三台小货车，小货车上满载着神情严肃的男人和几个女人。

“这是在搞突袭。”梅兰妮悲戚地说。

“这可不是开玩笑。”神甫说，由于紧张，他说话变得喜欢讽刺。

她似乎没有察觉到这一点。

这时候，有一辆小汽车从车队中脱离出来，径直停在了CUDA的后面。

神甫突然害怕起来。他透过后视镜，盯着那辆车。这是一辆深绿色的别克君威。司机正对着一部电话说话。副驾驶座上也有一名男子。神甫看不清他们的脸。

他真心希望，要是昨天没去参加新闻发布会就好了。别克车里的那两个人当中，说不定有一个人昨天也在场。如果是这样，他肯定会问，为什么奥克兰的律师会跑到银河谷来。这几乎不可能是巧合。稍微有点脑子的特工就会马上把神甫列为头号嫌疑人。

车队当中的最后一辆车也开走了。在后面那辆别克车里，司机放下了电话。那两个特工随时都会下车。神甫绝望地寻找着一套可信的说辞。我对这个案子太感兴趣了，我记得我在电视上看到过这个自治组织和他们的口号，说他们不承认政府，这跟那个女人在约翰·特鲁斯的答录机里留下的信息一样，所以我想，你懂的，玩侦探游戏，自己去调查一下……但是他们不会信的。不管这套说辞多么可信，他们都会把他彻底侦讯一番，直到他从实招来为止。

两名特工下了车。神甫透过后视镜凝视着他们。

这两个人他都没有见过。

他稍稍松了口气。脸上已经出了一层汗。他用手背擦了擦额头。

梅兰妮说："噢，天哪，他们想干什么？"

"别慌。"神甫说，"不要表现出你想快点走的样子。我打算假装我对他们非常非常地感兴趣。这样反而会让他们想要快点摆脱我们。这叫逆反心理。"

他跳出车外。"嘿，你们是警察吗？"他殷勤地说，"这里出什么事了吗？"

司机是一个瘦削的男子，戴着黑框眼镜，他说："我们是联邦特工。先生，我们查了你的车牌，车主的注册信息是纳帕装瓶公司。"

保罗·比尔负责给汽车上了保险、办理了注册等手续。"那是我的雇主。"

"我可不可以看一下你的驾照？"

"噢，当然可以。"神甫从屁股口袋里拿出驾照，"刚才看到的那架直升机是你们的吗？”

“是啊，先生，是我们的。”特工看了看他的驾照，然后还给了他，“你们这是要去哪儿？”

“进山，我们在山谷里的葡萄酒农庄工作。嘿，我希望你是来抓那些该死的民团的。他们把这里的人都吓尿了。他们——”

“你们今天早上去过哪里？”

“我们昨晚在银城参加一个派对，等到想回去的时候，已经太晚了。但是我现在是清醒的，没有酒驾，别担心！”

“没事。”

“听着，我有时候会给本地的报社《银城纪事报》写稿子。我能不能就这次突袭采访一下你？这将是谢拉县这么多年来最大的新闻！”话一说出口，他就意识到自己在冒很大的险，因为他不识字，也不会写字。他拍了拍自己的口袋，“糟糕，我连铅笔也没带。”

“我们什么也不能透露。”特工说，“你得跟萨克拉门托分局的新闻负责人联系。”

他装作很失望的样子：“噢，好吧，我明白。”

“你刚才说你们要回去。”

“是啊，好吧，我想我们应该上路了。祝你们突袭成功！”

“谢谢。”

特工们回到了车里。

他们没有记下我的名字。

神甫回到车里。他透过后视镜，看着那两个特工上了后面的车。两个人都没有写下任何东西。

“天哪，”他充满感激地松了口气，“他们信了我的话。”

他发动了车子，那辆别克跟在后面。

几分钟后，当他驶近洛斯阿拉莫斯的地盘门口时，神甫摇下了车窗，想听听交火声。他什么也没听到。FBI似乎趁着那伙人还在睡觉，就控制了现场。

他驶上一条弯道，看见两辆车停在门附近。这扇门是由五个横木条组成的栏杆，原本横在路上，现在已经被撞成了碎片。他猜测，FBI的特工驾驶着装甲卡车直接冲破了门。这里原本有人把守——站岗的人上哪儿去了？接着，他看到一个穿着迷彩短裤的男子，脸朝下倒在草丛里，双手被反铐着，由四个特工看着。FBI这次是要确保万无一失。

特工们抬起头，警惕地看着神甫的CUDA。当他们看到那辆绿色的别克跟在后面后，就放松了下来。

神甫把车速放得很慢，就像一个好奇的行人。

在他后面，别克开到路边，停在了被撞毁的大门旁。

等到车子开出了特工们的视线后，神甫马上猛踩油门。

等他回到公社后，他径直去了斯塔尔的小屋，要去给她通风报信。

他发现她跟阿骨躺在床上。

他推了推她的肩，把她唤醒了，然后说："我有事要谈，我在外面等着。"

她点了点头。阿骨没有被惊醒。

神甫走了出去，等着斯塔尔穿好衣服。当然，他不反对斯塔尔跟阿骨重修旧好。神甫现在经常跟梅兰妮上床，斯塔尔也有权跟阿骨旧情复燃，来给自己找点乐子。尽管如此，他还是感到一阵好奇和担忧。他们上床的时候，是很有激情，渴望着彼此——还是很放松，带着打趣的心态呢？斯塔尔在跟阿骨做爱的时候，有没有想到神甫，还是说，她会把自己的所有情人都忘掉，只是专心致志地想着和她上床的那个人？她有没有暗自把他们进行比较，看看谁更有激情，或者更温柔、更有技巧？他不是第一次想这些问题了。他记得每次斯塔尔跟情人上床的时候，他都会这么想。这跟早年没什么不同，只不过他们现在都老了很多。

他知道，他的公社和其他人的不一样。保罗·比尔见证过其他组织的历史。这些组织一开始都追逐着类似的理想，但是大多数人后来都妥协了。他们大体上依然一起祈祷，追随着一名精神导师，或者遵守着某个宗教戒律，但是，他们恢复了私有财产，恢复了对金钱的使用，不再实践完全的性爱自由了。神甫觉得，他们很懦弱。他们没有足够的意志力来坚持理想，实现理想。在扬扬自得的时刻里，他告诉自己，这是领导力的问题。

斯塔尔从屋子里走了出来，身上穿着牛仔裤和宽松的亮蓝色汗衫。

作为一个刚起床的人，她看起来精神很不错。神甫是这么告诉她的。

“对于我现在的状态来说，一次畅快的性体验能够创造奇迹。”她说。她的声音里带着刺，这让神甫觉得，她找阿骨上床，是对他跟梅兰妮在一起的报复。这会成为一个不稳定因素吗？他要操心的事情已经够多的了。

他暂且把这个想法放到了一边。在去伙房的路上，他告诉斯塔尔，FBI突袭了洛斯阿拉莫斯。

“他们可能会走访一下山谷里的其他居民。如果是这样，他们可能会找到这里来。只要我们不让他们知道这里是一个公社，他们就不会起疑。我们只要装作例行公事地干活就可以了。要是我们都是流动工人，对这个山谷没有长期的利益，那他们就会认为，我们不会关心大坝的建设。”

她点了点头：“你最好在吃早餐的时候提醒大家。食禾者会明白你的真实意图。其他人会觉得，这只是我们的惯常策略，不说任何可能会引人注意的话。孩子们怎么办？”

“他们不会讯问孩子的，他们是FBI，不是盖世太保。”

“好吧。”

他们走进伙房，开始煮咖啡。

早上十点左右，两名特工踉踉跄跄地走下山，他们的懒人鞋上沾满了泥泞，裤腿上黏附着杂草。神甫在仓库里观望着。要是他看到昨天见过的人，他打算穿过小屋，躲进树林里。但是他以前没见过这两个人。年轻的那位身材高大，骨架很宽，长得像北欧人，头发呈淡金色，皮肤很白。年龄较大的那位是个亚洲人，长着黑头发，有些谢顶。他们不是今天早上向他问话的那两个人。而且他很确定，这两个人都没有出席过昨天的新闻发布会。

公社里的大多数成年人都在葡萄园里，他们把稀释的辣酱洒在葡萄藤上，以免小鹿啃食新芽。孩子们都在神庙里，斯塔尔在给他们上主日课，她在讲摩西的故事。

尽管做好了充分的准备，但是当特工们走近时，神甫还是感到一阵恐惧。二十五年了，这个地方一直是一个秘密的避难所。直到上个星期四，一名警察来这里寻找花儿的父母之前，还从来没有政府工作人员踏上过这片土地：没有县政府测量员，没有邮差，甚至连收垃圾的人也没有。现在，FBI来了。要是他能召来一道闪电，将这些特工劈死，他会毫不犹豫地这么做。

他深吸了一口气，然后穿过山腰上的斜坡，来到葡萄园。阿谷跟两名特工打了招呼，这和事先安排好的一样。神甫在一个喷壶里灌入了辣椒混合物，开始向葡萄藤喷洒。他向阿谷的方向走去，这样就能听到他们在说什么。

亚洲人带着友好的口气说："我们是FBI特工。我们正在对这个地区做常规调查。我叫比尔·胡，这位是约翰·阿尔德里奇。"

这是个好兆头，神甫告诉自己。

从他们的语气看，他们似乎对这个葡萄园没有特别的兴趣：只是在附近走走，希望能够找到一点线索。这是在摸底。但是这样想并没有让他的心里轻松多少。

胡先生带着赞赏的目光看着周围："这地方真美。"

阿谷点了点头："我们对这里很依恋。"

注意点，阿谷——不要说话带刺。这可不是闹着玩的。

年轻的特工阿尔德里奇不耐烦地说："你是这里管事的吗？"他说话带有南方口音。

"我是领班，"阿谷说，"有什么事吗？"

胡先生说："你们住在这里吗？"

神甫装作继续干活的样子，但是他的心脏怦怦地跳，他紧张地仔细听着。

"我们大多数人都是季节工人，"阿谷照着跟神甫商量好的台词说，"公司提供住宿，因为这里太偏僻了，去哪里都不方便。"

阿尔德里奇说："在这里开果园，真是奇怪。"

"这里不是果园，是个酒庄。你想不想尝一尝我们去年酿的酒？真的是上品咧。"

"不了，谢谢，除非你们有不含酒精的产品。"

"没有，不好意思，只有酒。"

"这里的所有者是谁？"

"纳帕装瓶公司。"

阿尔德里奇做了个笔记。胡先生看着葡萄园对面的一片建筑群："介不介意我们到处转转。"

阿谷耸了耸肩："当然不介意，随便看吧。"他接着开始干活。

神甫焦虑不安地看着特工们渐渐走远。从表面上看，阿谷的话确实能自圆其说，这些人就是一群薪资待遇很低的工人，公司很小气，只给他们提供一些条件很差的地方住。但是这里还是有一些破绽，只要是聪明的特工，或许会提出疑问。神庙是最明显的破绽。斯塔尔已经把挂在那里的旧旗帜收了起来，那上面写着巴格拉姆的五大悖论。尽管如此，细心的人仍会问，为什么教室是一座圆形的建筑，没有窗户，也没有家具。

而且，附近的树林里还有大麻田。要是偶尔吸食大麻，FBI特工不会管。但是种植大麻跟流动工人的特征不符。免费商店跟其他商店没什么不同，但是你仔细看就会发现，这里所有的东西都没有标价，而且店里也没有收银台。

要是彻底调查，可能就会发现一大堆破绽。但是神甫希望，FBI关注的是洛斯阿拉莫斯，到附近走访只是例行公事。

他必须克制自己的冲动，不去跟着他们。当他看到他们在自己的住处边转悠时，他迫切地想要知道他们看了些什么，彼此说了些什么。但是他逼迫自己继续干活，只是每隔一两分钟就会抬起头来，从葡萄园这边远远地观望他们所在的地方，看看他们在干什么。

他们走进了伙房。园园和阿迟在里面做今天的午饭——意大利面。特工们对他们说了什么？园园有没有表现得很紧张，以至于露出破绽？阿迟有没有忘掉神甫给他的指示，开始兴致勃勃地谈论每天的沉思仪式？

特工们从伙房里出来了。神甫仔细盯着他们，试图解读他们的想法；但是他离得太远了，看不见他们的脸，而他们的肢体语言也没什么特别的。

他们开始在小屋周围转悠。时不时窥伺一下屋里的情况。神甫也不知道，会有什么东西让他们怀疑这里不仅仅是座酒庄。

他们查看了葡萄榨汁设备、发酵葡萄酒的仓库，以及去年等待装瓶的酒。他们有没有注意到这里没有电器？特工们打开了神庙的门。他们会出乎神甫的意料，跟孩子们说话吗？斯塔尔会不会一怒之下，骂他们是法西斯猪？神甫屏住了呼吸。特工们没有进去，就关上了门。

他们找上了阿橡，阿橡正在院子里劈柴。他抬起头来，看了看他们，然后简略地回答了问题，手里的活儿一直没停。或许他觉得，表现得友好反而会让人觉得可疑。

他们从莳萝身边经过。莳萝正在晾干尿布。她不肯用一次性尿布，说不定在跟特工解释这个问题，她会说“这个世界上没有足够的树木，来让每个孩子都用上一次性尿布”。

他们沿着小溪往下走，看着浅水中的石头，似乎是想踩在上面，走到对岸。但是特工们显然不想弄湿了鞋子，因为他们转身开始往回走。

最后，他们回到了葡萄园。神甫试图偷偷观察他们的脸。他们到底是确信没有疑点，还是找到了破绽呢？阿尔德里奇似乎满怀敌意，而胡先生很友好，但是他们或许也只是在唱黑脸白脸。

阿尔德里奇对阿谷说："你们都有自己的小屋住，这作为临时住所，是不是条件有点太好了？"

神甫心一凉。这个问题带着怀疑的口气，说明阿尔德里奇并不相信他们那套说辞。神甫开始琢磨，有没有什么办法可以把这两个特工杀了，然后全身而退。

"是啊。"阿谷说，"我们有些人每年都会回来。"他在即兴发挥，这不是事先商量好的台词，"有些人一年四季都住在这里。"阿谷并不擅长说谎。要是这样的状态持续太久，他就会穿帮的。

阿尔德里奇说："我想要这里所有人的名单。"

神甫的大脑开始高速运转。阿谷不能写大家在公社里使用的名字，那样会穿帮——况且特工们也会坚持要求他写下真名。但是有些公社成员在警方那里有记录，包括神甫本人也是。阿谷能否快速反应过来，想到给所有人都编一个名字？他有没有勇气这么做？

胡先生补充道："我们还需要年龄和永久住址。"他的声音里夹杂着歉疚。

靠！情势正在恶化。

阿谷说："你们可以找公司要。公司记录上都有。"

不行，他们不能找公司要。

胡先生说：“对不起，我们现在就要。”

阿谷显得不知所措：“天哪，我估计你得一个一个问他们了。我肯定不知道每个人的生日。我是他们的领班，不是爷爷。”

神甫的大脑高速运转着。现在情况很危险。他不能让特工们询问每个人。他们总会穿几次帮的。

他迅速做了个决定，然后走上前去。“阿诺德先生？”他说着，临时给阿谷编了个名字，“或许我可以帮上忙。”

神甫事先没有刻意计划过，他临时假装成一个热心的工人，这个工人很想帮忙，但又不是太聪明。他对特工们说：“我来这里已经几年了，我估计所有人我都认识，他们的年龄我也知道。”

能把担子重新交给神甫，阿谷似乎松了口气。“好吧，你来帮他们好了。”他说。

“我们去伙房谈怎么样？”神甫对特工们说，“你们要是不喝酒，我可以给你们泡咖啡。”

胡先生微笑着说：“那真是太好了。”

神甫带着他们穿过一排排葡萄藤，来到了伙房。

“我们有一些文书工作要做，”他对园园和阿迟解释道，“你们不用管我们，继续做香喷喷的意大利面就可以了。”

胡先生把他的笔记本递给了神甫：“你就在这里写上姓名、年龄和地址吧？”

神甫没有接下本子。“噢，我写字最难看的了。”他平淡地说，“你们先坐吧，我来说，你们写。我顺便给你们泡咖啡。”他在火上坐了一锅水。特工们坐到长长的松木桌边。

“领班是戴尔·阿诺德，他今年四十二岁。”

反正他们也查无对证。这里没有人在电话簿上有记录，他们也没有进行过任何形式的注册。

“永久住址是？”

“他住这儿。大家都住这儿。”

“我以为你们是季节工人。”

“是这样的。大多数人都会离开，等到十一月采收葡萄、榨汁的时候回来，但是他们不是那种能养两套房子的人。既然有公司的地方可以住，为什么还要在别的地方付房租呢？”

“也就是说，这里所有人的永久住址就是……？”

“加州银城银河谷酒庄，但是收信地址是在纳帕的公司，那里安全些。”

阿尔德里奇看起来颇为不快，而且有些困惑，这正中神甫的下怀。性子急的人都没有耐心来追究这种细节上的小矛盾。

他一边给他们倒咖啡，一边给公社成员编造名字。为了帮助自己分辨假名对应的人是谁，他在原名的基础上做了改动：戴尔·阿诺德、佩吉·斯塔尔、理查德·普利斯特利、霍利·戈德曼。他没有把梅兰妮和达斯蒂算进去，因为他们不在这里——达斯蒂在他父亲那里，而梅兰妮去接他了。

阿尔德里奇打断他：“据我所知，加州大多数从事农业的流动工人都是墨西哥人，或者至少是拉美裔人。”

“是啊，但是这里的人不一样。”神甫附和道，“公司有好几座葡萄园，我猜，老板是把所有的拉美裔人都集中到了一起，给他们安排了说西班牙语的领班，然后把其他人都分配到了我们的团队。这不是种族主义，你懂的，只是比较务实而已。”

他们似乎能够接受这套说辞。

神甫说得很慢，尽可能地拖长时间。特工们只要留在伙房里，就不会给他添什么乱子。要是他们待久了，觉得无聊，或者不耐烦了，想要离开这里，那就再好不过了。

在他跟特工们交谈的时候，园园和阿迟还在做饭。园园一句话也不说，毫无表情地搅着锅里的汤水，显得很冷淡。阿迟则惴惴不安，总是时不时带着恐惧的目光向特工们瞥一眼。但是特工们似乎并不在意。或许他们已经习惯于被人畏惧了。说不定他们喜欢这样。

神甫花了十五到二十分钟的时间，把公社二十六名成年人的姓名和年龄告诉了他们。看着胡先生合上了笔记本，神甫说："现在轮到孩子们了。让我想想。天哪，他们成长得太快了，对吧？"

阿尔德里奇恼怒地嘟囔了一声。"我觉得孩子的名字应该就不需要登记了。"他说。

"好吧。"神甫平静地说，"需要再加点咖啡吗？"

"不用了，谢谢。"阿尔德里奇对胡先生说，"我觉得差不多可以走了。"

胡先生说："也就是说，这片土地的所有者是纳帕装瓶公司咯？"

神甫觉得这是一个机会，可以弥补阿谷先头的过失。"也不完全是。"他说，"公司在这里运营酒庄，但是我估计土地是政府的。"

"也就是说，租约上写的承租方是纳帕装瓶公司吧？"

神甫迟疑了。这个面相和善的胡先生问到了一个非常危险的问题。但是该怎么回答呢？撒谎的风险太大了。这种事情他们随时都查得到。他不情愿地说："实际上，我估计租约上的承租人可能是斯特拉·希金斯。”他不想把斯塔尔的真名告诉FBI，“她是很多年前创立这个葡萄园的人。”他希望他们得到这个信息也没有用。他也不知道这会不会给他们提供线索。

胡先生记下了名字。“我觉得，我们该查的都已经查了。”他说。

神甫松了一口气，但是没有表现出来。“好吧，祝你们接下来的调查顺利。”他送他们出门时说。

他带着他们穿过了葡萄园。他们停下来，对阿谷的配合表达了谢意。

“话说你们是来抓谁的？”阿谷问。

“一个试图敲诈加州州长的恐怖组织。”胡先生告诉他。

“好吧，真心希望你们能抓住他们。”阿谷真诚地说。

你不会希望这样的。

最后，两名特工穿过田野，在凹凸不平的地面上蹒跚地走着，消失在了树林里。

“这次好像挺顺利的嘛。”阿谷对神甫说，他看起来对自己的表现很满意。

搞没搞错，你懂什么。

第十二章

星期天下午，朱迪带老爹去看了克林特·伊斯特伍德的新电影，地点就在基尔大道和第十八街街角的亚历山大影院。让她惊讶的是，在那几个小时里，她完全忘掉了地震的案子，心无旁骛地看了场电影。散场后，他们一起就着啤酒，吃了三明治，他们去的是老爹经常光顾的一家店。那是一家颇受警察欢迎的酒吧，吧台上面有一台电视，门口有个标牌，上面写着“我们会宰游客”。

老爹吃完了他那份起司汉堡，痛饮了一口健力士啤酒。

“要是我的生平被拍成电影，应该让克林特·伊斯特伍德来饰演我的角色。”他说。

“得了吧。”朱迪说，“这个世界上没有哪个警察不是这么想的。”

“是啊，但是我连长相都很像克林特。”

朱迪咧开嘴笑了。老爹长着一张圆脸和一个狮子鼻。她说：“我觉得让米基·鲁尼来演你倒是比较适合。”

“你是不是我亲生女儿啊。”老爹说，但他没有笑。

电视上开始播放新闻。

当朱迪看到FBI突袭洛斯阿拉莫斯的画面时，她苦笑了。布莱恩·金凯德因为她插手案子而对她大吼大叫——结果她前脚刚走，他就采纳了她的计划。

但是，画面中没有出现对布莱恩作战胜利的采访。画面显示，有个栅栏门被撞坏了，一块标牌上写着“我们不承认美国政府的管辖权”，穿着防弹衣的特警队正从现场撤回。老爹说：“感觉他们好像一无所获啊。”

这让朱迪感到困惑。“奇怪了。”她说，“感觉洛斯阿拉莫斯真的嫌疑很大啊。”她很失望，她的直觉似乎完全错了。

主播说，没有人在这次突袭中被逮捕。

“他们甚至都没有宣称他们找到了证据。”老爹说，“我在想到底怎么了。”

“你要是吃完饭了，我们可以去查查看。”朱迪说。

他们离开了酒吧，上了朱迪的车。她拿起车载电话，拨打了西蒙·斯派洛家里的电话号码。“关于这次突袭，你听说什么消息了吗？”她问道。

“我们吃瘪了。”

“我想也是这样。”

“他们的房里没有电脑，所以很难想象他们会在网上留言。他们当中甚至没有人读过大学。我都怀疑他们能不能拼写出“地震学家”（seismologist）这个单词。那伙人当中，有四个女人。但是她们都不符合我说的那两个女人的特征——她们的年龄都在二十岁左右。而且这个自治组织对修大坝没有意见。他们对沿海电力公司给的赔偿数额很满意，就等着搬到新的地方去了。噢——还有，在那个星期五的下午两点二十分，自治组织的七个男性成员当中，有六个人都在银城的弗兰克运动武器店里购买弹药。”

朱迪摇了摇头：“好吧，话说是谁出的馊主意，要发动突袭的？”

当然，一开始是她的主意。西蒙说：“今天早上，在指示会上，马文说是他的主意。”

“结果扑了个空，想必他也很难看吧。”朱迪皱了皱眉，“我就不懂了。这似乎是个很好的线索啊。”

“布莱恩明天下午要去跟霍尼穆恩先生开个会。估计他要空着手去了。”

“霍尼穆恩会不高兴的。”

“我听说这个人真的很不好惹。”朱迪冷冷地笑了。她对金凯德没有丝毫同情，但是突袭失败了，她也高兴不起来。这就意味着，“伊甸之锤”依然逍遥法外，策划着下一次地震。

“谢谢你，西蒙，明天见。”

她才挂掉电话，又有一通电话打了进来。来电的人是分局的接线员：“有个自称是奎尔克斯教授的人给你留言说，他有急事。他有重要的消息要告诉你。”

朱迪进行了一番思想斗争，不知道该不该打电话给马文，把这个消息告诉他。但是她太想知道迈克尔要说什么了。她拨打了他家里的电话。他接电话的时候，她听到了背景中传来动画片的声音。她猜测，达斯蒂还在那儿。“我是朱迪·马多克斯。”她说。

“嗨，你还好吧？”

她扬起了眉毛。他跟达斯蒂待了一个周末，整个人都变得温和了。“我很好，但是我已经不负责那个案子了。”她说。

“我知道。我也试着联系过负责人，那个人的名字像个灵魂歌手……”

“马文·海耶斯。”

“对，不管他是海耶斯还是海飞丝了，总之像个唱歌的。”

朱迪笑了。

迈克尔说：“他不肯回我电话，所以我只能找你了。”

这倒是更像迈克尔的作风。“好吧，你发现什么了？”

“你能来一趟吗？我真得给你展示一下。”

一想到可以再见到他了，她发现自己很欢喜，甚至有点兴奋：“你那里还有没有‘嘎吱船长’？”

“估计还有一点剩的。”

“好吧，我过个十五到二十分钟的样子就到了。”

她挂掉了电话。

“我得去见我的地震学家。”她对老爹说，“要不要我把你送到公交车站去？”

“我不能像吉姆·罗克福德[1]一样坐公交车。我可是旧金山警察！”

“那又怎么样？警察也是人啊。”

“是啊，但是街头小混混不知道。”

“他们不知道你是人？”

“对于他们来说，我可是个半人半神的存在。”他在开玩笑，但是这样说也有些道理，朱迪心里明白。他在这个城市里抓了三十年的坏人。凡是街角那些在飞行员夹克里揣着毒品的小孩

① Jim Rockford，一部侦探电视剧的主角。

儿，无不害怕马多克斯老爹。

“那你要跟我一起去伯克利吗？”

“当然，干吗不去呢？我很想知道你那个帅气的地震学家长什么样子。”

她掉了个头，向海湾大桥驶去。“你从哪里看出他很帅了？”

他咧开嘴笑了。“从你跟他说话的样子。”他得意扬扬地说。

“你不应该把警察心理学用到自己的家人身上。”

“管他呢。你是我女儿，你那点小心思，我还是看得出来的。”

“好吧，你猜对了，他是挺帅的。但是我不怎么喜欢他。”

“真的吗？”老爹一副怀疑的样子。

“他很自负，很难相处，有孩子在身边的时候，他倒是会温和一点。孩子能让他心软。”

“他结过婚了？”

“分居了。”

“分居也是结过婚。”

朱迪能够感觉到，老爹正在失去对迈克尔的兴趣。结婚的事情就像泼了一盆冷水。她对自己笑了笑。他还是急着把她嫁出去，但是他还是有传统父母的顾忌。

他们来到伯克利，沿着欧几里得大道往前开。有一辆橘黄色的斯巴鲁停在朱迪偏爱的停车位上，就在那棵木兰树下。于是她又找了个停车位。

迈克尔打开公寓的门时，朱迪感觉到他面部表情比较僵硬。“嗨，迈克尔。”她说，“这是我爸，马多克斯老爹。”

“进来吧。”迈克尔唐突地说。

在朱迪开车过来的这段短短的时间里，他的心情似乎发生了变化。当他们走进客厅时，朱迪明白其中的原因了。

达斯蒂躺在沙发上，看起来情况很糟糕。他的眼睛红肿着，流着眼泪。鼻子不停地流鼻涕。而且他呼吸的声音很重。电视上在放动画片，但是他根本看不进去。

朱迪在他身边跪下来，摸了摸他的头发。“可怜的达斯蒂！”她说，“出什么事了？”

“他过敏症发作了。”迈克尔解释道。

“你打电话叫医生了吗？”

“不需要，我给他吃了抑制过敏反应的药。”

“药效什么时候发挥？”

“已经起作用了。他已经过了最坏的阶段。但是他可能好几天都得受这个罪了。”

“真希望我能为你做点什么，小可怜。”朱迪对达斯蒂说。

一个女声说：“我会照顾他的，不劳你操心。”

朱迪站起来，转过身。一名女子走了进来，就像在时装秀上走猫步一样。她脸蛋白皙，红色的直发垂到肩上。虽然身材又高又瘦，但是她的胸部却很丰满，臀部的曲线也很圆润。她身上穿着棕褐色的铅笔牛仔裤和时髦的石灰绿色V领上衣。

直到这一刻之前，朱迪一直觉得自己的穿着很时髦。她穿着卡其色短裤、棕褐色懒人鞋，这双鞋能够衬托出她漂亮的脚踝，而上身那件白色马球衫能够与咖啡牛乳色的皮肤形成反差。现在，看到眼前这位街拍美女，她觉得自惭形秽，感觉自己就像个落后于时代的中年大妈。况且，迈克尔肯定会注意到朱迪虽然屁股大，但是胸小。

“这位是梅兰妮，达斯蒂的妈妈。”迈克尔说，“梅兰妮，这是我的朋友朱迪·马多克斯。”

梅兰妮微微点了点头。

原来这就是他老婆。

迈克尔没有提到FBI。他是想让梅兰妮觉得朱迪是他的女朋友吗?

“这是我爸，马多克斯老爹。”朱迪说。

梅兰妮没有闲心陪他们寒暄。“我正准备走了。”她说。她的背上背着一个杜菲尔呢[①]小书包，书包的侧面画着唐老鸭，显然这是达斯蒂的东西。

朱迪感觉自己被迈克尔那高大、有型的老婆比下去了。她对自己的反应颇为气恼。我干吗要在乎这种事情?

梅兰妮环视着房间，说道：“迈克尔，那只兔子放哪儿去了？”

“在这儿呢。”迈克尔从书桌上拿起一只脏兮兮的毛绒玩具，递给了她。

她看着沙发上的孩子。“他在山里就不会过敏。”她冷冰冰地说。

迈克尔看起来很痛苦：“那我怎么办，不看他吗？”

“我们以后得在城外找个地方见面了。”

“我想让他跟我待在一起。要是他不留在这里睡，就没有意义了。”

---

① duffel，一种粗呢。

“要是他不留在这里睡，就不会变成这副样子了。”

“我知道，我知道。”

朱迪打心底里同情迈克尔。他显然很苦恼，而他的老婆又这么冷淡。

梅兰妮把兔子塞进唐老鸭书包里，拉上了拉链：“我们得走了。”

“我把他送到你车里。”迈克尔从沙发上抱起达斯蒂，“起来吧，小老虎，我们得走了。”

他们出门后，老爹看着朱迪说：“哇哦，真是不幸的家庭。”

她点了点头，但是她对迈克尔的印象比以前更好了。她想用胳膊搂着他说，你已经尽力了，没有人能比你做得更好了。

“不过他是你喜欢的类型。”老爹说。

“我有固定的类型？”

“你喜欢挑战。”

“那是因为我从小就是在这种人身边长大的。”

“你是在说我吗？”他装出一副很生气的样子，“我可是把你宠坏了呀。”

她亲了亲他的脸颊：“是啊，这样说也没错。”

迈克尔回来的时候，脸色阴沉，心事重重。他没有给朱迪和老爹倒水或者泡咖啡，他完全忘了“嘎吱船长”这回事。他坐到电脑前。“看看这个。”他毫无预兆地说。

朱迪和老爹站在他身后，越过他的肩膀，看着电脑屏幕。

他调出了一张图表：“这是欧文斯山谷地震的图形，我跟你说过，前震的图形很诡异，我搞不明白——记得吧？”

“当然记得。”朱迪说。

“这张图表显示的是同级别地震的典型图形。这是正常的前震，看出两者的区别了吧？”

“对。”正常的前震图形不均匀，也不规则，而欧文斯山谷地震的前震图形有规则可循，而且它太规则了，不像是自然形成的。

“现在，你们来看看这个。”他调出了第三张图表。它显示的是一个规则整齐的振动图形，就跟欧文斯山谷地震的图表一样。

“这些振动是怎么造成的？”朱迪问。

“地震振动器。”迈克尔得意扬扬地宣布。

老爹说：“那究竟是什么玩意儿。”

朱迪差点就要说出，我不知道，但是我想要一个。她忍住了笑。

迈克尔说：“这是一台机器，在石油工业上用于地下勘探。大体上说，它就是安装在卡车上的一台巨型锤击式凿岩机。它能将振动传导到地壳内部。”

“然后这些振动就能引发地震？”

“我觉得这不可能是巧合。”

朱迪郑重地点了点头：“这么说，真相就是这样了。他们真的能制造地震。”得知这个消息以后，她感到一阵寒意。

老爹说：“天哪，我希望他们不要来旧金山。”

“也不要来伯克利。”迈克尔说，“其实，我虽然一直跟你说这是可能的，但是我心里其实也不太相信，直到现在。”

朱迪说：“欧文斯山谷地震的震级很小。”

迈克尔摇了摇头：“我们不能因此而放松警惕。地震的级别跟触发它的力量没有关系，而是取决于断层受到的压力。地震振动器能够引发各种级别的地震，不管是轻微的地面震颤，还是像洛马·普雷塔[①]这种级别的大地震。”

朱迪对1989年发生的洛马·普雷塔大地震记忆犹新，它就像昨夜的噩梦一样。“靠！”她说，“我们该怎么办？”

老爹说：“你已经不负责那个案子了。”

迈克尔皱起了眉头，露出困惑的表情。“你跟我说过这件事，”他对朱迪说，“但是你没有告诉我原因。”

“办公室政治。”朱迪说，“我有个新老板，他看我不顺眼，把这个案子重新分配给了一个他喜欢的人。”

“真不敢相信！”迈克尔说，“恐怖分子都在制造地震了，FBI却还在搞窝里斗！”

“我能说什么呢？科学家会不会让个人恩怨来阻碍他们寻找真理？”

迈克尔突然咧开嘴笑了：“他们还真会这样。但是，不管怎么说，你肯定会把这个线索转告给马文的吧？”

“我跟老板说洛斯阿拉莫斯很可疑的时候，他命令我不要再插手了。”

“怎么可以这样！”迈克尔说着，变得义愤填膺，“你不能对我给你的线索视而不见。”

“别担心，我不会这样的。”朱迪简略地说，“我们先冷静下来，好好想想。有了这条线索以后，我们接下来首先需要做什

---

① Loma Prieta，1989年美国洛马·普雷塔发生的7.1级大地震，造成62人死亡，超过3700人受伤，造成60亿美元的财产损失，中断高速公路、水电管线、瓦斯管线、通信及电力等。

么？如果我们能够查出他们手里的地震振动器是从哪儿来的，我们或许就能找到‘伊甸之锤’。”

“对。”老爹说，“他们要么是买来的，要么是偷来的。偷来的可能性比较大。”

朱迪问迈克尔：“美国本土有多少台这样的机器？一百台？还是一千台？”

“介于一百台和一千台之间吧。”他说。

“也就是说，不是很多。所以制造商说不定会对每一笔销售交易做记录。我可以今晚就去追踪销售记录，让他们列一张单子。如果恐怖分子手里的卡车是偷来的，那么失窃卡车可能会列在国家犯罪信息中心。”国家犯罪信息中心简称NCIC[①]，由FBI华盛顿总部掌管，任何执法部门都可以查询它的资料。

老爹说：“NCIC只能查找已输入的信息。我们不知道这辆卡车的牌照，而且你也不知道这种信息在电脑上是怎么分类的。我可以让旧金山警察局在CLETS[②]的电脑上发出跨州查询的申请。”CLETS是加州执法通信系统的简称。“而且我可以让报社刊印一张这种卡车的图片，让民众去寻找。”

“等等，”朱迪说，“你要是这么做的话，金凯德会知道是我在暗中调查的。”

迈克尔绝望地翻了个白眼。

老爹说：“不一定，我不会告诉报社这件事情跟‘伊甸之锤’有关。我只会说，我们在寻找一台失窃的地震振动器。这种盗车案比较罕见，他们会喜欢登这个新闻的。”

---

① National Crime Information Center.

② California Law Enforcement Telecommunications System.

“太好了。”朱迪说，“迈克尔，我可不可以把这三张图打印下来？”

“当然可以。”他按了一个键，打印机开始嗡嗡作响。

朱迪把一只手搭在他的肩膀上。虽然隔着棉西装，但是她依然能感觉到他皮肤的温度。“真心希望达斯蒂能好起来。”她说。

他把自己的手盖在她的手上。“谢谢你。”他的触碰很轻，手掌是干燥的。

她感到一丝窃喜。接着，他把手拿开了，对她说：“呃，你可以把寻呼机的号码给我，这样我有什么急事，就可以快一点找到你了。”

朱迪拿出了一张名片。她思考了片刻，在名片上写上了家里的电话号码，然后递给了他。

迈克尔说：“你们今天忙完之后……”他犹豫了片刻，“要不要一起来喝一杯，或者晚上吃顿饭？我真的很想知道案件的进展。”

“我来不了。”老爹说，“我要看保龄球比赛。”

“朱迪，那你呢？”

他在约我吗？

“我本来打算去医院探病。”她说。

迈克尔看起来一副垂头丧气的样子。

朱迪意识到，今天晚上她除了和迈克尔·奎尔克斯共进晚餐以外，什么都不想做。“但是我估计花不了一整晚，”她说，“我可以来。”

米尔顿·莱斯特兰奇被确诊为癌症之后，短短一个星期的时间里，他就已经瘦了许多，也苍老了许多。或许这跟医院的环境有关：到处都是治疗仪器、病床、白色的床单。又或许是那件淡蓝色的病号服里露出了脖子下面苍白的皮肤。他已经失去了所有权力的象征：他的大办公桌、万宝龙钢笔、条纹真丝领带。

朱迪看到他这副样子，震惊了。“天哪，米尔特，你这个样子有点吓人。”她情不自禁地脱口而出。

他笑了：“我就知道你不会骗我，朱迪。”

她感到尴尬：“对不起，我不小心就说出来了。”

“没事，你说得没错，我确实不行了。”

“他们打算采用什么样的医疗手段？”

“他们这个星期会做手术，具体日期还没定。不过这只是为了做胃旁路[①]而已。前景并不乐观。”

“你说的不乐观，是指什么？”

“致死率是百分之九十。”

朱迪吞了口唾沫：“天哪，米尔特。”

“我可能就剩下一年的时间了。”

“真不知道该说什么好。”

他没有沉浸在悲观的预后中：“我的第一任老婆桑迪昨天来看我了。她说你给她打了电话。”

“是啊，我也不知道她想不想见你，但是我觉得至少应该让她知道你住院了。”

① 一种改变肠道结构、关闭大部分胃功能的手术。

他拉着朱迪的手，使劲握了握："谢谢你，没有几个人能想得这么周到的。我不知道你怎么年纪轻轻，就这么聪明。"

"她来了，我真的很高兴。"

米尔特改变了话题："我想转移一下对病情的注意力，跟我讲讲局里的情况吧。"

"这种事情你不应该操心了——"

"噢，我不会操心的。都是快要进坟墓里的人了，工作的事情也不会太放在心上。我只是有些好奇罢了。"

"呃，我赢了我的案子。冯氏兄弟可能接下来十年都要在牢里度过了。"

"干得好！"

"你总是对我有信心。"

"我就知道你做得到的。"

"但是布莱恩·金凯德推荐马文·海耶斯做新主管。"

"马文？混账！布莱恩知道那个位置该你坐的。"

"跟我说说吧。"

"马文是条硬汉子，但是他做事毛躁，喜欢偷懒。"

"我想不明白。"朱迪说，"为什么布莱恩对他评价这么高？他们两个到底怎么回事——难道他们是情人吗？"

米尔特笑了起来："不，不是情人。但是有一次，马文救过布莱恩的命，那是很多年前的事了。"

"你不是在开玩笑吧？"

"那是一次枪战。我当时也在。我们埋伏了一艘船，这艘船上装着海洛因，在马林县的索诺玛海滩卸货。当时是在二月份的一个清晨，海水特别凉，冻得人身上疼。那里没有码头，所以犯人们把几公斤一堆的海洛因装进橡皮艇里，运到岸上。我们让他们把整船的货都送上了岸，然后开始了行动。”说到这里，米尔顿叹了口气，一双蓝眼睛里流露出渺远的神情。朱迪意识到，他可能再也看不到黎明伏击了。

过了一会儿，他继续说道：“布莱恩犯了个错误——他让其中一个犯人太靠近他了。这个意大利人抓住他，拿枪指着他的头。我们都掏出了枪，但是要是我们开枪杀死那个意大利人，他可能会在临死前扣动扳机。布莱恩真的吓到了，”米尔顿压低了声音，“他尿裤子了。我们可以看到他的西装裤尿湿了。但是马文像魔鬼一样冷静。他开始走向布莱恩和那个意大利人。‘你要杀就杀我好了，’他说，‘反正也没有区别。’我还从来没见过这种事情。意大利人上当了。他把枪指向马文。就在这时候，我们有五个人同时对那个意大利人开了枪。”

朱迪点了点头。一般特工们在埃弗顿酒吧里喝了几杯之后，就会说这种故事。但是她并不认为这只是大男子主义的虚张声势。FBI特工在职业生涯中很少参与枪战。他们不会忘记这样的经历。她能够想象自从那件事情发生以后，布莱恩就对马文·海耶斯特别亲近。“嗯，这也就能解释我为什么会遇到麻烦了。”她说，“布莱恩给了我个垃圾任务，后来，当这个任务变得很重要以后，他把我撤了，把任务交给了马文。”

米尔特叹了口气：“我想，这件事情我可以干预。严格地说，我还是特工主管。但是金凯德是个老练的办公室政治家，他知道我以后不会回去了。他会跟我对着干的。我也不确定我还有没有力气跟他耗下去。”

朱迪摇了摇头：“我不会让你操心的。我自己处理得了。”

“他给马文的是什么任务？”

“‘伊甸之锤’。那伙制造地震的人。”

“自称能够制造地震的人。”

“马文也是这么想的，但是他错了。”

米尔特皱起了眉头：“你没在开玩笑？”

“完全没有。”

“你打算怎么做？”

“背着布莱恩查案。”

米尔特看起来很困扰：“这样做很危险。”

“是啊。”朱迪说，“但是总没有该死的地震那么危险。”

迈克尔穿着海军蓝色的棉西装，里面搭着纯白色的衬衫，领口开着，没打领带。朱迪觉得纳闷儿，他是不假思索地就穿上了这身衣服，还是觉得这样比较方便就餐？她已经换上了白色真丝裙，裙子上饰有红色波尔卡圆点。在五月的一个傍晚，这身衣服差不多正好应季，况且以前每次穿它的时候，都能赢得很高的回头率。

迈克尔带她来到市中心的一家小餐馆，那里提供的是印度素食菜肴。她还没有吃过印度菜，因此让他来帮她点餐。她把手机放到了桌子上。“我知道这样做不礼貌，但是老爹跟我保证，他要是查到跟失窃地震振动器有关的信息，就会第一时间通知我。”

“我不介意的。”迈克尔说，“你有没有给制造商打过电话？”

“打过了。我联系上了一个销售总监，他当时正在家里看棒球。他向我保证说明天就会给我一张买家清单。我本来想让他今天晚上就给我，但是他说不可能。”她生气地皱起了眉头。我们没有多少时间了——现在还剩五天。“不过，他给我传真了一张照片。”她从钱包里拿出一张折过的纸，递给他看。

他耸了耸肩：“这只是一辆大卡车，后面装着一台机器。”

“但是老爹把这张照片放到CLETS上以后，加州的所有警察都会留意这样一辆车。等到报社和电视台明天发布了这张照片，全加州就会有一半的人会留意它。”

菜上好了。这里的饭菜比她平常的口味要辣，但是很好吃。朱迪吃得津津有味。过了几分钟，她发现迈克尔正看着她，脸上微微笑着。她扬起了一边眉毛：“我说了什么搞笑的话吗？”

“你这么爱吃这里的菜，我太开心了。”

她咧开嘴笑了：“看得出来吗？”

“看得出来。”

“那我会克制一点。”

“不用的。看你吃东西的样子还挺有意思的。再说……”

“什么？”

“我喜欢你大胆尝试的态度。这是你吸引我的地方之一。你似乎很热爱生活。你喜欢达斯蒂，你跟你老爸相处得很融洽，你对FBI引以为豪，而且你显然很喜欢漂亮衣服……你甚至连‘嘎吱船长’都很喜欢吃。”

朱迪感到自己脸红了，但是她很开心。她喜欢他对她的描述。她问自己，他身上的哪一点吸引到了她。得出的结论是他的刚强。他有时候可能顽固得让人生气，但是在危急关头，他刚强得就像石头一样。今天下午，他的老婆那么无情，大多数男人遇到这种情况，都会吵架，但是他只顾着关心达斯蒂的健康。

况且，我真的很想把手伸进他的拳击短裤里。

朱迪，注意形象。

她抿了一口红酒，改变了话题：“我们认为，‘伊甸之锤’可能掌握着跟你的数据差不多的资料，他们知道圣安德烈亚斯断层上有哪些受压点。”

“他们肯定有这种资料，要不然就没法挑选地点来放置地震振动器了。”

“你能不能试着做一下同样的事情，研究一下数据，看看哪里最合适？”

“应该可以。估计会有五六个最佳地点。”他明白她的意图了，“等我找好了以后，FBI会在这些地方守着，等待地震振动器出现吧？”

“对——如果我是负责人的话。”

“不管怎么说，我还是会把地点列出来的。可能我会把它传真给州长罗宾逊。”

“别让太多人看到它，要不然可能会引起恐慌。”

“但是如果我的预测是正确的，这会给我的事业带来很大的帮助。”

“你的事业需要帮助吗？”

“当然需要。我手里有一份大合同，但是收入只能勉强付租金，外加我前妻的手机话费。我是从父母那里借钱创业的，这笔创业资金还没有开始还呢。我现在正需要争取到另一个大客户——那家公司叫作互惠美国保险公司。”

“我很多年以前在那里工作过。不过你接着往下说吧。”

“我本来以为胜券在握了，但是他们拖着不签合同。我估计他们是有别的想法吧。要是他们退出，我就麻烦了。但是如果我预测了一起地震，而且预测对了，那我估计他们就会签合同了。他们要是签了合同，我的日子就好过了。”

他咧嘴一笑，仿佛在说“谁在乎呢”，那副样子真是又气人，又性感。“把你吓到了，对不对？”

她耸了耸肩：“我承认，确实是被吓到了。我现在在局里的位置不稳当。要是受到大规模暴乱的牵连，我肯定在那里待不住的。”

“留在那里对你来说很重要吗？”

“可以说重要，也可以说不重要。我迟早是要辞职生小孩的。但是我想按照自己的时间表来辞职，而不是让别人来逼我。”

“你有没有生小孩的人选？”

“没有。”她对他流露出坦诚的样子，“好男人很难找。”

“我估计肯定有候补名单。”

“你太抬举我了。”我在想你愿不愿意加入到名单里来。我也不知道我想不想让你加入。

他想给她再倒一点红酒。

“不了，谢谢，我想喝杯咖啡。”

他向服务员招手示意：“做父母可能会很痛苦，但是你从来不会后悔。”

“跟我讲讲达斯蒂吧。”

他叹了口气：“我在公寓里不养宠物，不养花。室内很少有沙尘，除了电脑的那点灰尘。所有窗户都关得死死的，平常在屋子里开空调。但是那天，我们去了书店。在回家的路上，他摸了一只猫。一小时以后，他就是你看到的那样了。”

“太糟糕了。这孩子真可怜。”

“他妈妈最近搬到了山里的一个地方，在俄勒冈州的边境一带。自从他们搬过去以后，他的过敏症一直没有发作——直到今天。要是他见我就一定会发病，那我也不知道该怎么办了。我不能搬到俄勒冈去，那里没有什么地震。”

他看起来极为苦恼。她忍不住把手伸过桌面，握住了他的手：“会有办法的。你爱他，这是很显然的。”

他对她报以微笑：“是啊，我很爱他。”

喝完咖啡后，他付了账，将她送回车里。“今晚的时间过得好快。”他说。

我觉得这个男人喜欢我。

很好。

“我可以跟你吻别吗？”

“可以。”她咧开嘴笑了，“请吧。”

他俯下身来，给了她一个柔软而试探性的吻。他的嘴唇轻柔地在她的唇上贴着，但是他没有张开嘴。她也用同样的方式亲了亲他。她的乳房有了感觉。她不假思索地抱住他，将他的身体往自己的怀里挤。他也将她搂入怀里，抱了一会儿。然后两人分开了。

“晚安。”他说。

他目送她走进车里，挥着手，看着她发动车子，从路边离开。她转过一个街角，在红灯前停住了。

“哇哦。”她说。

星期一早晨，朱迪被分配到一个团队，调查斯坦福大学的一个激进穆斯林团体。她需要做的第一项工作，就是梳理电脑上的枪支许可证记录，查找出阿拉伯人的名字，对这些阿拉伯人进行调查。她发现，她很难集中精力调查这些危害相对较小的宗教狂热分子，因为她知道，“伊甸之锤”正在策划下一场地震。

九点过五分的时候，迈克尔打来了电话。他说：“你还好吗，朱迪特工？”

听到他的声音，她很高兴：“我挺好的，真的很不错。”

“我很回味我们俩的约会。”

她想起了那个吻。嘴角开始向上扬，露出了一个不易察觉的微笑。我还会再夺走一个吻的，随时都可以。“我也是。”

“你明天晚上有空吗？”

“估计有吧，”这样听起来太冷淡了，“应该有——除非案子突然有了什么新情况。”

“你知道莫顿酒吧吗？”

“当然知道。”

“我们六点钟在酒吧见吧。然后我们可以一起去看个电影。”

“好的。不见不散。”

但是那是她整个早上唯一一件值得高兴的事情。到了午饭时间，她坐不住了，给老爹打了个电话，但是他还没有查出新线索。她给地震振动器的制造商打了电话，对方说，他们快要把清单做完了，在这个工作日结束之前，就可以把结果传真给她。这样一来，又要白白浪费一天的时间了！现在，我们只有四天的时间来抓捕这伙人了。

她焦虑得没有心思吃饭，于是去了西蒙·斯帕洛的办公室。他正穿着一件笔挺的英式衬衫，衬衫是蓝色的，上面有粉色条纹。他一向对FBI不成文的衣着规定置之不理，但是没有人说他，或许是因为他的业务能力太强了。

此时此刻，他正在讲电话，同时看着屏幕上的波形分析器。

“戈尔基太太，我问这个问题可能有点奇怪，你能不能告诉我，你从你们家的前窗可以看到什么？”他一边听着对方的回复，一边看着戈尔基太太的声音频谱，把它跟显示器边贴着的一个打印图谱相对照。过了一会儿，他在一张名单上划去了一个名字，“谢谢你的配合，戈尔基太太。我不会再打扰你了。再见。”

朱迪说：“斯帕洛先生，我问这个问题可能有点奇怪，你为什么想要知道戈尔基太太能从窗口看到什么？”

“我不想知道。”西蒙说，“我问那个问题，只是为了让她保持足够长时间的通话，这样我就可以分析她的声音了。等她说完以后，我就能判断出她是不是我要找的那个人。”

“你要找的那个人是谁？”

“当然是拨打约翰·特鲁斯节目热线的那个人啊。”他敲着桌上的文件夹，“到目前为止，调查局、警方还有播放那个节目的电台已经收到了1229通来电，向我们揭发她是谁。”

朱迪拿起文件夹，开始翻阅。这里面会有重要线索吗？西蒙已经动用自己的秘书来核实这些举报电话。大多数文件中记录着举报者和被举报者的姓名、地址、电话号码。有些文件里记录着举报者的原话：

> 我一直怀疑她跟黑帮有联系。
>
> 她属于那种危险分子的类型。要是她参与了这种事情，我是不会觉得意外的。
>
> 她看起来像是个正常人，但是其实声音里暗藏杀机——我对着《圣经》发誓。

有一通特别没有价值的举报线索并没有给出被举报者的名字，而是说：

> 我知道我在收音机之类的东西上面听到过她的声音。声音太性感了，我还记得。但是那已经是很久以前的事了。可能我当时听的是一个唱片专辑。

朱迪想起，那个声音很性感。她当时也注意到了。这个女人要是去做电话销售人员，肯定能赚一大笔钱，她可以迷惑男性高管去购买他们不需要的广告空间。

西蒙说："今天我已经排除了一百个被举报的人。我觉得我需要找几个助手。"

朱迪接着翻阅文件："我要是能帮你，我就帮了，但是我被警告过不能插手这个案子。"

"天哪，谢谢，你真会安慰人。"

"你有没有听说案子进展得怎么样了？"

“马文的团队正在一一调查绿色加州运动的联系人。他和布莱恩刚刚出发去萨克拉门托了，但是我实在想象不出他们怎么跟大名鼎鼎的霍尼穆恩先生交差。”

“嫌疑人肯定跟绿色加州运动没有关系，我们都知道的。”

“不过他也没有别的想法了。”

朱迪皱着眉，看着文件。她又看到一份举报材料提到了唱片。跟之前那份一样，这份材料也没有提到嫌疑人的姓名，但是来电者宣称：

> 我在一张唱片里听到过这个声音，我很确定。那张唱片的年代已经很老了，差不多是20世纪60年代的样子。

朱迪问西蒙：“你有没有注意到，有两份举报材料都提到了唱片？”

“有吗？我看漏了！”

“举报者认为，他们在一张老唱片上听到过她的声音。”

“真的吗？”西蒙一下子兴奋起来，“那肯定是有声读物的专辑——睡前故事、莎士比亚之类的。一个人的说话声和歌声很不一样。”

拉杰·汗从门口经过，看到了她：“噢，朱迪，你爸刚才来电话了，我还以为你在吃午饭。”

朱迪突然感到喘不过气来，她一言不发地丢下西蒙，冲到了自己的办公桌边。她还没有坐下，就拿起电话，拨打了老爹的号码。

老爹马上就接了：“我是马多克斯中尉。”

"你查到什么了？"

"一个嫌疑人。"

"天哪——太好了！"

"我得到了一条消息。两个星期前，有台地震振动器在得州夏罗和新墨西哥州克洛维斯之间丢失了。平常驾驶它的司机也同时失踪，警方在当地一个垃圾场找到了他的私家车，车子已经被烧毁，里面有他的尸体残骸。"

"就为了一台破卡车，就把人给杀了？这些人杀人不眨眼的，对吧？"

"头号嫌疑人是理查德·格兰杰，年龄四十八岁。他们叫他里奇，他们认为他是西班牙裔人。但是从他的名字看，可能是个皮肤黑的白人。而且——你猜怎么着——他有前科。"

"老爹，你真是天才！"

"现在应该有一份传真传到你那边去了。这个人在20世纪60年代末、70年代初是洛杉矶风云一时的犯罪分子，曾因故意伤害、入室行窃、偷车被定罪，因三起谋杀案被侦讯，还染指过毒品交易。但是他1972年失踪了。洛杉矶警察局认为，他已经被黑帮除掉了——他欠了钱——但是他们从来没有找到尸体，所以他们没有结案。"

"我明白了。里奇躲着黑帮，获得了宗教信仰，然后开始了邪教活动。"

"可惜我们不知道他在哪里。"

"反正不在银河谷。"

"洛杉矶警察局可以查到他失踪前的地址。这可能是浪费时间，但是我还是会让他们查的。那边有个凶杀科的警察欠我人情。”

“我们有里奇的照片吗？”

“文件里有一张，不过是十九岁时的照片。他现在已经快五十岁了，长相可能已经完全变了。好在夏罗警方准备了电子面相鉴别系统（E-fit）。”E-fit是一种电脑程序，它取代了传统的警方画师，“他说了会传真给我，但是还没有到。”

“等传真到了，就马上转给我一份，可以吗？”

“当然可以，你打算怎么做？”

“我要去萨克拉门托。”

下午四点五十分，朱迪走进那间挂着“州长”门牌的办公室。

上次见到的那位秘书坐在大办公桌后面。她认出了朱迪，脸上露出惊讶的表情：“你是FBI的人吧？霍尼穆恩先生跟FBI的会议十分钟前就开始了。”

“没关系。”朱迪说，“我带来了一些临时收到的重要消息。不过在进去之前，我想确认一下：刚才有没有人发传真过来给我？”

之前，她还没有等到里奇·格兰杰的E-fit合成人像，就离开了办公室。在车上，她给老爹打了个电话，让他把合成人像传真到州长办公室。

“我查一下。”她打了个电话，“有，你的传真到了。”过了一会儿，一名年轻女子拿着一张纸，从侧门走了进来。

朱迪凝视着传真上的那张脸。这就是可能会杀害成千上万无辜百姓的那个男人，她的敌人。

她看到的是一名英俊的男子，这个人下了功夫给自己易容，说不定他预料到了这一刻，所以留了一手。他头上戴着一顶牛仔帽。这说明帮助警方还原人像的目击者从来没有看过嫌疑人不戴帽子的样子。因此无法判断他的头发是什么样子。发型不同，人的样子也会不一样。他的下半张脸也用浓密的胡子巧妙地遮掩住了。因此无从判断他下巴的形状。她猜测，他现在肯定已经把胡子刮干净了。

这个男人眼睛深陷，带着慑人的眼神凝视着画像外的人。但是对于普通大众来说，所有犯罪分子都有着慑人的眼神。

尽管如此，这张人像还是给她透露了一些信息。里奇·格兰杰没有戴眼镜的习惯。他显然不是美国黑人或者亚洲人。此外，由于他的胡子又黑又浓密，说不定他的发色也比较深。从附加的描述中，她了解到，他大约身高六英尺，体形瘦削，看起来很健康，没有明显的口音。虽然线索不多，但是聊胜于无。

而布莱恩和马文什么也没查出来。

霍尼穆恩的助手出现了，他带领朱迪进入“马蹄铁”，那里是州长及其副手的办公室。

朱迪咬着嘴唇。她马上就要违反官场上的第一条规则，让她的老板看起来像个傻子。这样做可能意味着职业生涯的终结。

管他呢。

她现在只想让她的老板认真对待“伊甸之锤”，以免酿成杀人之祸。只要他肯这样，她被炒鱿鱼也是无所谓的。

他们穿过入口，走进了州长的私人套间。接着，助手打开了霍尼穆恩的办公室大门。

朱迪走了进去。

有那么一刻，她任凭自己得意扬扬地看着布莱恩·金凯德和马文·海耶斯那副震惊和沮丧的样子。

接着，她看着霍尼穆恩。

这位内阁秘书穿着浅灰色的衬衫，搭配着带图案的深灰色背带裤，打着柔顺的黑白圆点领带。他看到朱迪，扬起了眉毛说：“马多克斯特工！金凯德先生刚才告诉我，他把你从案件负责人的位置上撤了，因为你是个怪胎。”

朱迪被镇住了。她应该控制局面才对，她才是在现场造成惊愕的人。霍尼穆恩把她的风头压下去了。他不会允许别人在自己的办公室里占上风。

她很快就恢复了斗志。好啊，霍尼穆恩先生，要是你想玩硬的，我就跟你奉陪。

她对他说：“布莱恩满脑子都是屎。”

金凯德眉头倒竖，但是霍尼穆恩只是微微扬起了眉。

朱迪还说道：“我是他手下最好的特工，而且我刚才证明了这一点。”

“真的吗？”霍尼穆恩说。

“当马文无所事事地坐在那里假装没什么问题需要担忧的时候，我已经解决了这个案子。”

金凯德站了起来，他满脸通红，怒不可遏地说：“马多克斯，你他妈觉得自己到底在这儿做什么？”

她没有理他。“我知道是谁威胁州长罗宾逊了。”她对霍尼穆恩说，“马文和布莱恩不知道。你可以自己判断谁才是怪胎。”

海耶斯涨红了脸，脱口而出：“你说什么？”

霍尼穆恩说："都坐下来。既然马多克斯小姐已经打断我们了，那我们也不妨听她把话说完。"他对助手点了点头，"关上门，约翰。那么，马多克斯特工，你刚才说，你找到威胁州长的人是谁了？"

"对。"她把传真过来的人像放到了霍尼穆恩的书桌上，"这个人是理查德·格兰杰，来自洛杉矶的一个地痞流氓，警方曾经误以为他在1972年被黑帮干掉了。"

"你为什么觉得他是罪魁祸首。"

"看看这个。"她又把一张纸放到他面前，"这是典型地震的振动图。你看看它的前震，前震的图形很不规则，震级在不停地变化。这是一般情况。"她给他看了第二张图，"这张图显示的是欧文斯山谷的地震。上面一点不规则的地方也没有。它不像自然发生的地震那么混乱，而是由一系列整齐而规则的振动组成的。"

海耶斯打断了她："谁也不知道那些振动是什么。"

朱迪转向他："你不知道，但是我知道。"她把另一张纸放到霍尼穆恩的书桌上，"看看这张图。"

霍尼穆恩仔细看着第三张图，并将它与第二张图做对比。"很规则，就跟欧文斯山谷地震的图形一样。这些振动是怎么造成的？"

"一种机器，叫作地震振动器。"

海耶斯偷笑起来，但是霍尼穆恩没有笑："那是什么？"

"像这个样子。"她把制造商传给她的图片递给了他，"它是用于石油勘探的机器。"

霍尼穆恩看起来半信半疑："你是说这次地震是人为的？"

“我不是在讲理论，而是在给你摆事实。在那场地震发生之前的一瞬间，有人在那里使用了一台地震振动器。你可以自行判断其中的因果关系。”

他仔细地观察着她脸上的表情，掂量着她是不是在胡说八道。她也毫不退让地盯着他的眼睛。最后，他说：“好吧，那你是怎么发现这个大胡子男人有关联的？”

“一个星期之前，有台地震振动器在得州夏罗被偷了。”

她听到海耶斯说：“操。”

霍尼穆恩说：“也就是说，这张图像上的人……？”

“理查德·格兰杰是偷车的头号嫌疑犯——也是杀死原司机的头号嫌疑犯。这张E-fit人像是根据他同事的回忆合成出来的。”

霍尼穆恩点了点头：“就这些了？”

“这还不够吗？”她争辩道。

霍尼穆恩没有回答，他转向金凯德：“你们对此有什么要说的？”

金凯德给了他一副吃屎的笑容：“我觉得我们不应该让您操心FBI的内部纪律问题——”

“噢，我倒是想操一下心。”霍尼穆恩说。他的语气中带着一丝危险的意味，室内的气温似乎一下子降到了冰点，“从我的角度看，你们两个跑到这里来告诉我，这次地震绝对不是人为的。”他的声音一下子变大了，“现在，从这些证据看，它很可能就是人为的。也就是说，我们要面对的是一个可以制造大地震的组织。”朱迪感到了胜利的喜悦，因为霍尼穆恩显然相信了她的话。他对金凯德非常愤怒。他站了起来，用手指着布莱恩，

“你跟我说你们找不出罪魁祸首，接着马多克斯特工走了进来，给了我一个嫌疑犯的姓名和犯罪记录，连长相都给我看了。”

“我觉得我应该说——”

“我感觉你一直在耍我，金凯德特工。”霍尼穆恩居高临下地说，他的脸色因愤怒而变得阴沉起来，“当有人耍我的时候，我会变得有点急躁。”

朱迪一语不发地坐在那里，看着霍尼穆恩摧残金凯德。阿尔，如果这就是你急躁的样子，那我肯定不想见到你真正发火的样子。

金凯德又说道：“我很抱歉，如果——”

“而且我也很讨厌道歉的人——”霍尼穆恩说，“道歉就是为了让做错事的人感觉好一点，让他们觉得这种错误还可以再犯。所以不要道歉。”

金凯德试图挽回一点尊严：“那你想要我说什么呢？”

“我想要你任命马多克斯特工来负责这个案子。”

朱迪看着他。这比她希望的结果还要好。

金凯德一脸窘相，仿佛霍尼穆恩提出的要求是要他脱光衣服，站在联合广场上示众一样。他吞了一口唾沫。

霍尼穆恩说：“你要是有什么意见，就尽管直说。我会让州长罗宾逊给FBI的华盛顿老总打电话。州长会跟他解释我们提出这个要求的原因。”

“不需要那样。”金凯德说。

“那就把马多克斯任命为负责人。”

“好的。”

“不对，不要说‘好的’。我要你直接在这里跟她说。”

布莱恩不肯看朱迪，但是他说：“马多克斯特工，你现在开始负责‘伊甸之锤’一案的调查。”

“谢谢。”朱迪说。

得救了！

“你们可以走了。”霍尼穆恩说。

他们都站了起来。

霍尼穆恩说：“马多克斯。”

她在门口转过身：“有什么指示？”

“每天给我打电话汇报一次。”

这就意味着他会继续给她撑腰。她可以随时跟霍尼穆恩联系。而金凯德也知道这一点。

“明白了。”她说。

三个人走了出去。

他们离开“马蹄铁”时，朱迪给了金凯德一个甜甜的笑，用四天前他在这里对她说的话回敬了他：“你刚才表现得不错，布莱恩。你什么也不用担心。”

第十三章

达斯蒂星期一病了一整天。

梅兰妮开车到银城，给他拿了更多的过敏药。她留下达斯蒂给花儿照顾。花儿最近突然进入了母性大发的阶段。

梅兰妮回来的时候，神情非常慌张。

神甫和阿谷在仓库里。阿谷让他尝尝去年的酒调配好的成品。它将成为一款带果味的优良葡萄酒，适饮期到来得比较晚，但是会经久不衰。神甫建议对酒品的配比进行调整，使它的魅力能够更快地发挥出来；但是阿谷不同意。

“这款酒现在已经是鉴赏家级别的了，”他说，“我们不一定要迎合逛超市的消费者。我们的顾客喜欢在开瓶之前，先把它们放在酒窖里保存几年。”

神甫知道，这不是阿谷找他谈话的真正意图，不过他还是争辩了一番：“不要得罪逛超市的消费者。——在早些年里，他们救了我们的命。

“话是这么说，但是他们现在救不了我们的命了。”阿谷说，“神甫，我们现在到底为什么要做这种事情呢？反正我们下个星期天就要离开这里了。”

神甫抑制住失望的叹息。看在老天爷的分上，给我个机会吧！我都快得手了——州长肯定不能无限期地无视地震。我只需要再争取一点时间。你就不能有点信心吗？

他知道威胁、哄骗或者胡说八道对阿谷不起作用。只有运用逻辑才能把他说动。神甫逼迫自己冷静地说话，冷静是保持理智的前提。“你可能是对的。”他宽宏大量地说。接着，他忍不住要来一句讽刺，“悲观主义者往往是这样。”

“那又怎么样？”

“我只是想说，哪怕只有六天，我们也要好好地过。不要现在就放弃了。我们可能要走，也可能不用走。”

“我也不知道。”阿谷说。

这时候，梅兰妮冲了进来，手里拿着一张报纸。“我必须跟你谈一谈。”她气喘吁吁地说。

神甫的心跳慢了一拍。出什么事了？肯定是关于地震的——阿谷不知道这个秘密。神甫对他咧嘴一笑，仿佛在说，女人怎么都这么神经兮兮的？然后把梅兰妮带出了仓库。

“阿谷还不知情！”他们一走到周围没有人的地方，他就说，“到底搞什么——”

“看看这个！”她说着，将报纸在他眼前挥。

他看到地震振动器的照片时，震惊了。

他赶紧扫视了一下院子和附近的建筑，但是周围没有人。尽管如此，他还是不想跟梅兰妮在室外商量这件事情。

“这里不方便！”他严厉地说，“把那该死的报纸夹到你胳膊下面。我们现在去我的小屋。”

她稳住了自己的情绪。

两人穿过一座座小屋，来到他住的地方。一进门，他就从她那里拿过报纸，又看了一眼照片。没有错了。他当然不知道标题和底下的新闻在说什么，但是这张照片上的卡车跟他偷的那辆一模一样。

“妈蛋。”说着，他将报纸扔到桌上。

“你看看上面怎么写的！”梅兰妮说。

“这里太暗了，”他回应道，“你跟我讲讲它说了什么吧。”

“警方正在寻找一台失窃的地震振动器。”

“这帮混蛋。”

“上面完全没有提到地震，”梅兰妮说，“只是写成了一则趣闻——谁会偷那种怪东西呢？”

“我不信，”神甫说，“这肯定不是巧合。这则新闻是关于我们的，即使上面没有提到我们。他们知道我们怎么制造地震的了，但是他们还没有把这件事情透露给媒体，因为害怕引起恐慌。”

“那他们为什么要发布这张照片？”

“为了给我们添堵。这张照片公开以后，我们就不可能堂而皇之地把那辆卡车开到大路上了。加州每一位高速公路巡警都会留意这种车，”他气得一拳打在桌子上，“操他妈的，我不能让他们这么轻易地得逞！”

“我们晚上开车怎么样？”

他想过这个：“还是太冒险了。晚上也有警察在公路上值班。”

“我得去看看达斯蒂了。”梅兰妮说。她都快要哭了，“噢，神甫，他病得太重了——我们不一定要离开这座山谷的吧？我好害怕。我知道，我再也找不到这样的天堂了。”

神甫抱了抱她，以给她力量：“我还没有被打败，这种挑战难不倒我。报纸上还说了什么？”

她拿起报纸。“旧金山联邦大厦外有人游行示威。”她流着眼泪微笑道，“那群人说，‘伊甸之锤’做得对，FBI应该滚蛋，罗宾逊州长应该停止建设电厂。”

神甫对此感到高兴：“呵呵，真是意想不到啊，加州还是有些明事理的人呢！”

接着，他又变得严肃起来：“但是这也帮不了我，我还是不知道怎么才能在不被警察注意的情况下，把卡车开出去。”

“我去达斯蒂那儿看看。”她说。

神甫也跟着去了。在她的小屋里，达斯蒂躺在床上，他流泪不止，脸色发红，呼吸困难。花儿正坐在他旁边，给他读一本故事书，书的封面上画着一只巨大的桃子。神甫摸了摸女儿的头发。她抬起头来，看着她笑了笑，但是依然没有停下来。

梅兰妮倒了一杯水，给了达斯蒂一粒药。神甫为达斯蒂痛心，但是他也禁不住庆幸，对于公社来说，这个小男孩的病来得正是适合。梅兰妮已经陷进来了。她认为她必须生活在一个空气纯净的地方，但是她没有办法在城外找到工作。公社是她唯一能够找到幸福的地方。如果必须离开这里，她可能会再找一个类似的公社——但是她也可能不会，但总之，她已经没有力气，也没有勇气再度踏上寻找的旅程了。

他认为还有更深层次的原因。她的内心深处潜藏着可怕的愤怒。他也不知道它的来源是什么，但是正是这种可怕的愤怒，致使她渴望撼动地壳、烧毁城市，让民众流离失所、尖叫逃窜。大多数时候，它隐藏在她那副迷途羔羊般的表象之下。但是有时候，一旦她的意志受到阻挠，让她陷入了气恼、无助的境地，那么这种愤怒就会爆发出来。

他走出门外，向斯塔尔的小屋走去，心里担心着卡车的问题。斯塔尔说不定会有主意。或许他们可以找到某种方法来伪装地震振动器，这样一来，从表面上看，别人会以为它是其他的交通工具，比如一台拉煤车或者起重机之类的。

他走进小屋。斯塔尔正在往林戈的膝盖上贴邦迪创可贴，她几乎每天都得给林戈贴那么一两片。神甫对他十岁的儿子笑着说："你这次又做什么坏事啦，小冒失鬼？"接着，他注意到了阿骨。

阿骨正躺在床上，虽然没脱衣服，但是睡得很死——可能更确切地说，是昏睡过去了吧。粗糙的木桌上放着一瓶空空如也的银河谷雪当利葡萄酒。阿骨张着嘴，轻声打着鼾。

林戈开始长篇大论地解释起来，他说他想穿过一条小溪，就从一棵树上荡了过去，结果摔倒了，但是神甫几乎没有听。他看到阿骨，就来了灵感，他的大脑正高速运转着。

伤口处理好了之后，林戈就跑出去了。神甫跟斯塔尔说了地震振动器的问题，然后说明了解决办法。

神甫、斯塔尔和阿橡帮助阿骨把罩在嘉年华卡车上的巨大防水布掀开了。

这辆车露出了原本华丽而艳俗的颜色：车身上画着一只绿色的喷火龙，它对着旋转座椅上的三名尖叫的女孩子喷出红黄色相间的火焰，至于上面那几个风格艳俗的字，阿骨已经告诉他了，写的是“龙之口”。

神甫对阿橡说：“我们把这辆车开到小路上，停到地震振动器的旁边，然后把这些画着图案的车身板卸下来，装到我们的卡车上，挡住那台机器。反正警察要找的是地震振动器，而不是嘉年华卡车。”

阿橡把工具箱带来了，他仔细观察着车身板，琢磨着它们是怎么装上去的。“没问题，”过了一会儿，他说，“我一天之内就可以弄好，只要有一两个人搭把手就可以了。”

“完事之后，你能把这些车身板装回去，让阿骨的卡车恢复原样吗？”

“保证完好如初。”阿橡打着包票。

神甫看了看阿骨。这个计划的重大缺陷就在于，阿骨必须参与进来。要是在以前，神甫会全心全意地相信他，毕竟他是食禾者的一员。或许他不是那种可以托付终身的人，但是让他保守秘密还是没有问题的。然而，自从阿骨成了瘾君子之后，所有的事情都说不准了。海洛因能让人变成傻子。一个瘾君子连妈妈的戒指都敢偷。

但是神甫不得不冒这个险。他现在走投无路了。他已经放出话去，要在四天以后制造一次地震，他必须说到做到，要不然一切都完了。

阿骨很爽快地同意了这个计划。神甫本来还以为他多半会要求给钱。不过，他已经在公社里免费住宿四天了，所以现在跟神甫站在商业的立场上谈条件已经太迟了。更何况，阿骨曾经是公社成员，他知道在这里谈钱是最大的罪孽。

阿骨也可能会更狡猾一点。过了一两天，他就会找神甫要现金，好去吸毒。神甫打算到时候看着办。

“我们开工吧。”他说。

阿橡和斯塔尔跟阿骨一起坐进了嘉年华卡车里。梅兰妮和神甫坐着CUDA前往地震振动器的藏匿点。

神甫不知道FBI还掌握了什么其他线索。他们已经知道地震是由地震振动器造成的了。那他们有没有取得更大的进展？他打开车载收音机，想收听新闻。结果电台在播放康妮·弗朗西斯演唱的《伤透了心》。这首歌连他都觉得太老了。

CUDA在泥泞的林间小路上一路颠簸，跟在阿骨的卡车后面。据神甫观察，阿骨开着那辆大卡车还挺泰然自若的，虽然他才刚刚从喝醉酒的昏睡中被他们弄醒。

有那么一刻，神甫觉得那辆嘉年华卡车就要被卡在泥石流里了，但是它径直穿了过去。

正当他们快要开到地震振动器的藏匿点时，电台里播出了新闻。神甫调大了音量。

他听到新闻以后，霎时惊得脸色发白。

“调查‘伊甸之锤’的联邦特工发布了一张嫌犯的照片，”新闻主播说，“他的名字叫作理查德，或者里奇·格兰杰，年龄四十八岁，原本是洛杉矶人。”

神甫叫道：“天哪！”然后猛地踩上了刹车。

“此外，格兰杰正因九天前得州夏罗的一起谋杀案而遭到通缉。”

“什么？”谁也不知道他杀害了马里奥，连斯塔尔都不知道。

食禾者们已经绝望到想要发起一场殃及成百上千名无辜百姓的地震，但是即使是这样，他们要是听说他用一把扳手敲碎了一个人的脑袋，还是会陷入恐慌。人是矛盾的。

“不是这样的，”神甫对梅兰妮说，“我没有杀人。”

梅兰妮正直勾勾地盯着他。“那是你的真名吗？”她说，“里奇·格兰杰？”

他已经忘了她不知道这回事。“对。”他说。他绞尽脑汁地回想着谁知道他的真名。他已经二十五年没有用过这个名字了，除了在夏罗。突然，他想起那天接女儿的时候去过银城治安官办公室，有那么一会儿，他的心跳都停止了；紧接着，他想起当时那个警官误以为他的姓氏和斯塔尔一样，还叫他希金斯先生。谢天谢地。

梅兰妮说：“他们怎么会有你的照片？”

“不是照片。”他说，“是画像，他们肯定把我脸部的各个特征拼合在一起，制作了一张图片。”

“我明白你的意思，”她说，“只不过他们现在都用电脑程序来做了。”

“真是什么样的破事都有电脑程序可以完成啊。”神甫骂骂咧咧地说道。他现在很庆幸他在去夏罗打工之前改变了自己的容貌。虽然花了很长时间来蓄胡子，每天都得花心思把头发固定住，还得忍受成天戴帽子的麻烦，但是现在看来，这些都是值得的。要是运气好的话，那张合成照片会跟他现在的样子完全不同，但是他还是需要确认一下。

“我得去找台电视看看。”他说。

他跳出车外。嘉年华卡车已经停在了地震振动器的藏匿点附近，阿橡和斯塔尔正在下车。他简单地跟他们解释了一下情况。“你们先开工，我开车去一趟银城，”他说，“我会带上梅兰妮——我需要她的意见做个参考。”

他回到车里，开车穿过树林，向银城驶去。

他们在郊区路过一家电子商店。神甫停下车，两个人一起下去了。神甫紧张地看了看四周。现在天色还不太亮。万一路上碰到的某个人在电视上看过他的脸，那该怎么办？

一切都取决于那张照片像不像他。他必须确认这一点，必须碰碰运气。他走近商店。

橱窗里展示着好几台电视，它们都放映着同样的画面，似乎是一期游戏节目。一位身穿浅蓝色西装的银发主持人正在揶揄一个中年女子，说她涂的眼线膏太重了。

神甫在人行道上到处张望。没有人在附近。他看了看自己的表：快七点了，新闻马上就要开始了。

银发主持人拥抱了一下那名女子，然后对着镜头说了点什么。画面切换到观众使劲鼓掌的样子。接下来，新闻开播了。主播有两位，一男一女。他们说了几秒钟。

接着，几块电视屏幕同时显示了一张黑白照片，上面有个戴牛仔帽的大胡子男人。

神甫端详着他。

这张照片一点也不像他。“你觉得呢？”他说。

“连我都认不出来是你。”梅兰妮说。

一阵宽慰像潮水一般汹涌而来。他的伪装起到了效果。浓密的胡子改变了他的脸部形状，而帽子遮住了他最明显的特征——又长又厚的卷发。要不是事先知道这张照片上的人是他，他可能都认不出来。

他松了一口气。“感谢嬉皮士之神的保佑。”他说。

几个电视画面都闪烁起来，屏幕上又出现一张照片。神甫震惊地发现，这是他十九岁时的照片，是从警方的记录当中几经复制而来。那时候他特别瘦，脸部看起来就像骷髅一般。

他现在身体比较健康了，但是在那段时间，他嗑药，酗酒，从来不规律饮食，所以瘦得皮包骨。他的脸部扭曲着，表情闷闷不乐。头发细长柔软，没有光泽，他留的是披头士的发型，这个发型即使在当时肯定也已经过时了。

神甫说：“你认得出是我不？”

“能，”她说，“看鼻子就可以认出来。”

他又看了看。她说得没错：他的鼻子特征很明显，鼻形比较窄，就像一把弯刀。

梅兰妮补充道：“但是我不觉得其他人能认出来，陌生人肯定认不出来。”

“我也是这么想的。”

她伸出一只胳膊，搂着他的腰，亲昵地挤了挤：“你年轻的时候就长得这么坏呢。”

“我想是吧。”

“话又说回来，他们从哪儿弄到那张照片的？”

“我估计是从警方的记录里弄出来的吧。”

她抬起头，看着他：“我不知道你有前科。你做了什么？”

“你想要我列一张单子吗？”

她看起来很震惊，也很不满。

不要对我做道德评判，宝贝——不要忘了是谁告诉我们怎么制造地震的。

“我来到银河谷的时候，就金盆洗手了，”他说，“我二十五年没做过坏事了——直到遇见你。”

她的眉头微微一蹙。他意识到，她并没有把自己当成犯罪者。在她看来，她是一个体面的正常公民，只是因为被逼无奈，才走上了绝路。她依然认为，她跟打劫杀人的罪犯不一样。

宝贝，你随便怎么想都行——只要不坏了计划。

两名主播又出现了，接着，画面切换到一栋摩天大厦。屏幕下方显示了一行字。神甫不识字也知道上面写的是什么：他认得那个地方。那是联邦大厦，是FBI旧金山分局的所在地。一群人正在大楼外面游行示威。神甫想起梅兰妮在报纸上读到过这件事。她说，他们示威是为了声援“伊甸之锤”。示威者正举着牌子，拿着扩音器，对一群进入大楼的员工大声疾呼。

镜头特写了一名年轻女子，她的相貌明显有亚洲人的特征。她引起了神甫的注意，因为她长得有异国情调，这很吸引他。她身材苗条，穿着素雅的深色套装，但是她脸上一副强硬的表情，冷酷无情地用手肘推开两边的示威者，杀出一条路。

梅兰妮说：“噢，我的天哪，是她！”

神甫吃了一惊：“你认识那个女的？”

“我星期天见过她！”

“在哪里？”

“在迈克尔的公寓，我当时正要把达斯蒂接回来。”

“她是谁？”

“迈克尔只是介绍说，她叫朱迪·马多克斯，别的什么也没提。”

“她在联邦大厦做什么？”

“屏幕上写了：FBI特工朱迪·马多克斯，‘伊甸之锤’一案的负责人。她就是负责抓捕我们的探员！”

神甫被迷住了。这就是他的敌人？她很漂亮。单单是从电视上看到她，他就会忍不住想要触摸她金色的皮肤。

我应该害怕才对，而不是被迷住。她是个该死的警探。她发现了地震振动器的秘密，查出了它的来路，还查到了我的名字和照片。她很聪明，而且效率很高。

“你是在迈克尔那里见到她的？”

“对。”

神甫被吓到了。她离自己太近了。而且她见过梅兰妮！直觉告诉他，这名特工对他来说，是个巨大的威胁。更何况，他才在电视上看到她，就已经对她如此着迷。这仿佛说明，她身上具有某种能够凌驾于他之上的力量。

梅兰妮接着说道：“迈克尔没说她是FBI的特工。我以为她是他新找的女朋友，所以我有点排斥她。她还带了个老年人，说是她老爸，但是我觉得他长得不像亚洲人。”

“不管她是不是迈克尔的新女朋友，我都不想让她离我们这么近！”

他转身离开商店，慢慢地向车子走去。他的大脑正在高速运转。或许负责这个案子的特工会去找地震学界的领军人物，并不是一件特别奇怪的事情。马多克斯特工找上迈克尔的理由，跟神甫盯上他的理由一样：他有地震知识。神甫猜测，是迈克尔帮助她找到地震振动器这条线索的。

他还告诉她什么了吗？

他们坐在车里，但是神甫并没有发动车子。“情况对我们不妙。”他说，“非常不妙。”

“哪里不妙？”梅兰妮带着防备的语气说道，“迈克尔要是想跟FBI特工搞在一起，那也无所谓。说不定她会拿枪捅他的屁股呢。我不在乎。”

开黄腔并不是她的风格。看来她真的受挫了。

“不妙的地方在于，迈克尔可能会把给我们的信息给她。”

梅兰妮皱起了眉头：“我不懂你在说什么。”

“你想想看，现在马多克斯特工在想什么？她肯定会问：‘伊甸之锤’接下来要在哪里发起地震？迈克尔可以帮她解决这个问题。他可以查看自己的数据，就像你所做的一样，然后找出哪些地方最有可能发生地震。接着，FBI就会守着那些地方，等着地震振动器送上门来。”

“这一点我还从来没有想过。”梅兰妮盯着他，“你是不是想告诉我，我那该死的丈夫和他那该死的FBI婊子要坏我们的好事？”

神甫看着她的表情。她一副随时准备割破别人喉咙的架势。“冷静一点，好不好？”

“操他妈的。”

“等等。”神甫想到一个主意。梅兰妮是可以联系上他们的人。或许可以让梅兰妮去套话，看看迈克尔对那个漂亮的FBI特工说了什么。“要解决这个问题还是有方法的。你先跟我说说，你现在对迈克尔是什么感觉？”

“什么感觉也没有。我们俩没有情谊了。我很高兴。现在只希望把离婚手续办好，不要有太多的冲突。”

神甫观察着她的表情。他不相信她的话。她对迈克尔只是愤怒。“我们必须核实一下FBI有没有在可能发生地震的地方蹲点——如果有，那么那些地方在哪里？我觉得迈克尔可能会告诉你。”

“他为什么要告诉我？”

“我觉得他对你还有感情。”

她盯着他：“神甫，你到底想说什么？”

神甫做了个深呼吸：“你要是跟他上床的话，他什么都会跟你说的。”

“去你的，神甫，我才不干呢，去你的！”

“我也不想让你这样。”这是真心话。他不想让她跟迈克尔上床。他觉得，这种事情不应该强人所难。他已经从斯塔尔那里学到，婚姻最恶心的地方在于，它给了一个人和另一个人做爱的权利。因此，这整个计划是违背他信仰的。“但是我也没有办法。”

“想都别想。”梅兰妮说。

“好吧。”他说，“对不起，我不该提出来的。”他发动了车子，“真希望我能想出别的法子。”

他们沉默了半晌。车子在山间穿行着。

“对不起，神甫。”最终，她说，“我就是做不到。”

“我说了，别担心这件事了。”

他们离开公路，沿着漫长而又凹凸不平的小径开往公社。从小路上已经看不到嘉年华卡车了，神甫猜测阿橡和斯塔尔看到夜幕将近，所以把它藏起来了。

他把车停在了小径尽头的圆形空地上。在暮色下，他们穿过树林，走向村庄。他牵着梅兰妮的手。她犹豫了片刻，走得更近了一点，亲昵地握紧了他的手。

葡萄园里的活儿已经干完了。由于天气较暖，大桌子已经被人从伙房里拖出来，放到了院子里。有些孩子正在摆放盘子和餐具，斯塔尔正在切一长条家庭烘焙的面包。桌子上摆着几瓶公社自酿的葡萄酒，空气中弥漫着香辛料的味道。

神甫和梅兰妮去了梅兰妮住的小屋，想看看达斯蒂的情况。他们很快就发现，他好一些了，现在正恬静地睡着。他身上已经消肿，鼻涕也不流了，呼吸恢复了正常。花儿在他旁边的椅子上睡着了，故事书还在她的大腿上摊开着。

神甫看着梅兰妮给睡着的孩子裹好了被子，又亲了亲他的额头。她抬起头，对神甫小声说："只有在这里，他才能过得好。"

"只有在这里，我才能过得好。"神甫静静地说，"也只有在这里，整个世界才是安宁的。所以我们必须拯救它。"

"我知道，"她说，"我知道。"

第十四章

FBI洛杉矶分局国内恐怖主义专案组的办公地点位于一个狭长的房间，房间就在联邦大厦的一侧。这里的布置跟一般的办公室没什么区别，只不过在此工作的职员都带着枪。

星期二早晨七点，专案组的成员们或坐着，或站着，或靠着墙。有的人在喝塑料杯里的咖啡，有的人已经拿着笔和写字板准备记笔记。整个专案组，除了主管以外，都被划归到了朱迪的掌管之下。特工们正在小声地交头接耳。

朱迪知道他们在说什么。她跟代理特工主管大干了一场——还赢了。这种事情不常发生。在一个小时的时间里，消息在整个办公室里传得沸沸扬扬。就算今天下班的时候，办公室里盛传她跟阿尔·霍尼穆恩有一腿，她也不会感到奇怪的。

她站起来说话时，整间屋子安静了下来："大家都注意了。"

她环视了一下办公室里的人，体会到了一种熟悉的兴奋感。这些人各个精力充沛，工作勤奋，穿着得体，为人诚实，是美国年轻人中的精英，她为能跟他们共事而感到荣幸。

她开始布置工作了："我们要分成两组。彼得、杰克、萨利和李负责核实群众对里奇·格兰杰的举报线索。"她分发了连夜准备好的简报表。上面列了一些问题，能够帮助特工们筛除大部分举报线索，看看哪些线索值得特工或者社区警察亲临现场核实。很多被人举报为“里奇·格兰杰”的人可以很快排除，比如，美国黑人、说话带有外国口音的人、二十岁的小伙子、个子矮的人。另一方面，凡是符合长相特征，而且在格兰杰赴得州夏罗打工的那两个星期里不在家的人，都会有特工去造访。

“戴维、路易斯、史蒂夫、阿肖克组成第二组。你们协助西蒙·斯派洛核实群众对那个打电话女子的举报线索。顺便说一句，有些举报者提到，那名女子的声音在唱片里出现过。我们已经让约翰·特鲁斯昨晚在节目里把这个消息放出去了。”她没有亲自参与这件事，分局里的新闻发言人已经跟特鲁斯的制作人谈过了。“所以我们可能会接到跟这个信息相关的电话。”说着，她又分发了一份简报表，上面列着不同的问题。

“拉杰。”

最年轻的那个小伙子咧开嘴，潇洒地笑了：“我还怕你忘了我呢。”

“做梦吧你。”她说。大家都笑了。“拉杰，我想要你准备一份简报，到时候分发给所有警察局，尤其是加州高速公路巡警，告诉他们怎样辨认地震振动器。”她举起一只手，“请不要开振动器的玩笑。”大家又笑了。

“现在，我要去申请更多的人手和工作场地。同时，我知道你们会尽最大的努力。还有一件事情我要交代。”

她迟疑了片刻，斟酌着该怎么表达。她需要让他们对工作引起重视——但是她觉得不能一开口就说“伊甸之锤”可以制造地震。

“这些人正试图勒索加州州长。他们自称可以制造地震，”

她耸了耸肩，“我并不是要跟你们说他们做得到。但是并非完全不可能。所以我肯定也不是在跟你们说他们做不到。不管怎么样，你们都需要记住，这个任务非常、非常严肃。”她又停顿了片刻，接着收了个尾，“大家开始干活吧。”

他们都坐到了自己的座位上。

朱迪离开房间，迈着轻巧的步子穿过走廊，来到特工主管的办公室。上班时间八点十五分才正式开始，但是她认为布莱恩·金凯德肯定早到了。估计他已经听到她召集自己的团队在七点钟开任务布置会，这会儿肯定想要知道发生了什么情况。她准备跟他汇报。

他的秘书还没有坐到桌边。朱迪敲了敲内室的门，走了进去。

金凯德正坐在大椅子上，穿着西装外套，看起来一副无事可干的样子。他桌上只有一样东西，那就是一块咬了一口的全麦麦芬，外加它的包装纸袋。金凯德正在抽烟。吸烟在FBI的办公室是禁止的，但是金凯德是这里的老大，所以也没有人阻止他。他充满敌意地瞪了朱迪一眼，说道：“如果我让你给我冲杯咖啡，我估计你会骂我是性别歧视的猪。”

她肯定不会给他冲咖啡。要不然他会把这视为妥协的信号，进而继续把她踩在脚下。但是她想表现出和解的姿态。“我去叫人给你冲咖啡。”她说。她拿起他的电话，联系了国内恐怖主义专案组的秘书，“罗莎，你能不能来一趟特工主管的办公室，给金凯德先生送一壶咖啡？……谢谢。”

他看起来依然很生气。她的友好姿态对他来说一点用也没有。他可能觉得，她没有亲自给他冲咖啡，而是叫人代劳，是对他的一种愚弄。

他的底线就是不让我占上风呢。

她回归了正题："我有一千多条举报线索是关于留下录音带的那个女人的，我们需要一一核实。现在里奇·格兰杰的照片已经放出去了，估计还会有更多的举报电话。我现在手下只有九个人，就这么点人，肯定没有办法在星期五之前核实完所有线索。我需要再派二十个人手。"

他笑了起来："我不会派二十个人来做这种白痴任务的。"

她没有理他："我已经通知了SIOC①。"SIOC是一个信息中心，运营地点在华盛顿胡佛大厦的一间防弹办公室。"我估计消息在总部传开以后，他们会派点人手过来——不过目的只是为了跟我们抢功劳。"

"我没让你通知SIOC。"

"我想召集联合反恐工作小组，这样我们就会有来自警察局、海关、联邦保卫处的代表，他们都需要有个地方坐。从今天日落到星期四，我打算派人在最有可能发生下一场地震的地区盯梢。"

"根本不会有下一场地震！"

"我也需要盯梢的人手。"

"想都别想。"

"分局里的办公室不够大。我得另外找个地方建立应急行动中心。我昨晚去看了看要塞大楼。"要塞大楼位于金门大桥附近，是个废弃的军事基地。军官的俱乐部还可以住人，只不过里面有段时间住了只臭鼬，屋里充满了恶臭。"我打算使用军官俱

① SIOC，即Strategic Information Operations Center，战略信息运营中心。

乐部的舞厅。”

金凯德站了起来。“你这个该死的混蛋！”他吼道。

朱迪叹了口气。她要想办成这件事情，就必须跟布莱恩·金凯德结下终生的梁子。“我待会儿就得给霍尼穆恩先生打电话。”她说，“你想要我跟他说，你拒绝给我需要的人手吗？”

金凯德气得满脸通红。他盯着朱迪，眼里充满了杀气，仿佛恨不得拔枪出来，将她打死。最终，他说：“你以后别想在FBI混下去了，你知道吗？”

他或许是对的，但是听到他这么说，还是很伤人。“我从来没有想过要跟你作对，布莱恩。”她试图保持平稳而理智的口气说，“但是你把我耍了。我把冯氏兄弟抓进监狱之后，理应得到升职。但是你提拔了自己的小弟，给了我一个垃圾任务。你不应该这么做的，这不地道。”

“我不需要你告诉我——”

她打断了他：“当这个垃圾任务变成大案子的时候，你把它从我手里抢走，然后搞砸了。你碰到的所有坏事情都是你他妈自找的。现在你不高兴了。呵呵，我知道你的自尊心受打击了，我也知道你现在心情不好，但是我就想告诉你，我他妈才不关心你的感受呢。”

他目瞪口呆地盯着她。

她走到门口。“我九点半就跟霍尼穆恩商谈。”她说，“在此之前，我希望我的小组能分到一名高级后勤官员，而且这名官员有权调配我需要的人手，在军官俱乐部建立起指挥所。如果不行，我会让霍尼穆恩给华盛顿那边打电话。该你行动了。”

她摔门而去。

这种不顾一切的办事方式让她感到痛快。既然迈出每一步都需要斗争，那她还不如斗争得彻底点。她以后都不会再跟金凯德共事了。一般遇到这种情况，调查局的高层都会站在官大的一方那边。她几乎已经注定没法翻身了。但是这个案子比她的事业更重要。它关系到成百上千人的性命。要是她能阻止一场灾难，抓住恐怖分子，那么她就能光荣地退休，不管那些人是怎么想的。

国内恐怖主义专案组的秘书已经到了金凯德的外间办公室，正在装咖啡机。“谢谢你，罗莎。”朱迪路过时说。她回到了专案组的办公室。办公桌上的电话响了。她拿起了听筒：“朱迪·马多克斯。”

“我是约翰·特鲁斯。”

“哈啰！”听到电台主持人熟悉的声音就在电话的另一端，让人有种奇怪的感觉，“你上班真早！”

“我在家呢，但是我的制作人刚才打电话给我了。我的电台语音信箱里全都是观众昨晚的电话，都是举报那个‘伊甸之锤’的女人的。”

朱迪不应该亲自跟媒体接触。这种事情应该交给分局里的媒体专家马奇·凯利，他是个年轻的特工，有新闻学学位。但是特鲁斯并不是在采访她，而是在给她透露信息。况且她太心急了，等不及让特鲁斯给马奇打电话了。“有什么好线索吗？”她问。

“你猜怎么着，有两个人打电话留言说，他们记得那张唱片的名称。”

“不是吧！”朱迪一下子就激动起来。

“那个女人在唱片里朗诵诗歌，背景里播放着迷幻音乐。”

“真恶心。”

“是啊。”他笑了起来，“那张专辑叫作《鲜嫩欲滴的雏菊》，出专辑的乐队，或者说他们所说的‘组合’也叫这个名字。”

他的声音听起来亲切而和善，一点也不像他在节目里表现出来的那么刁钻恶毒。或许那只是装出来的，但是你永远也不能相信媒体人。朱迪说：“我从来没听过那张专辑。”

“我也没有。估计不是在我那个时代流行的吧。现在电台里也绝对没有那张光盘。”

“那两个打电话的人没有告诉你目录号，或者唱片公司的名称之类的？”

“没有。我的制作人给那两个人都打电话了，但是他们没有那张专辑，只是记得有这回事而已。”

“妈的。我估计我们只能给每家唱片公司打电话了。可是那张唱片都那么久了，也不知道他们有没有存档……”

“这张专辑可能只是小厂牌出的，那个厂牌现在说不定都不在了——听起来感觉是那种前卫的类型。你想知道我会怎么做吗？”

“当然想。”

“海特-阿什伯里到处都是二手唱片店，那里的员工经历过旧时代。是我的话，就会去看看。”

“好主意——谢谢。”

“不客气。话说，你们的调查进展得怎么样了？”

“我们取得了一些进展。详细情况，我待会儿让我们的新闻官打电话跟你说吧。”

她脑海里闪现出一个可怕的想法。

“你在录音吗？”

“你不介意的吧？”

她挂了电话。糟糕，她被录音了。在未经授权的情况下跟媒体联络，这在FBI被称为“踩线事件”，意思是，你说不定会因此被炒。要是约翰·特鲁斯在节目里播放了他们之间的对话，那么朱迪就麻烦了。她或许可以争辩说，自己太急于知道特鲁斯提供的线索了。要是遇上通情达理的老板，顶多训斥她一顿，就会让这件事情过去了。但是金凯德肯定会大做文章。

管他呢，朱迪，你的麻烦已经够大的了，出了这件事情，也不会给你造成多大的影响。

拉杰·汗走到她的桌边，手里拿着一张纸。“在它发出去之前，你要不要先看一下？上面给警察写了一些辨识地震振动器的小诀窍。”

他效率挺高的。

“你怎么花了这么久？”她开玩笑道。

“我不知道怎么拼写‘seismic’（地震）。”

她笑了笑，扫了一眼他写的内容。完成得挺漂亮的。“很好，发出去吧。”她又看了看那张表，“我现在还有一个任务给你。我们现在要去找一张专辑，叫作《鲜嫩欲滴的雏菊》，那是20世纪60年代的专辑。”

“不是吧。”

她咧开嘴笑了：“是啊，这名字确实有点嬉皮士的味道。那张专辑录下了‘伊甸之锤’那个女人的声音。我希望我们能通过这条线索，追查到她的名字。要是那个厂牌还在，我们说不定可以找到她最后登记的地址。我想要你联系所有主要的唱片公司，然后给发售罕见唱片的商店打电话。”

他看了看自己的手表：“现在还不到九点，不过我可以从东海岸开始。”

“那就开始行动吧。”

拉杰回到了自己的办公桌边。朱迪拿起电话，拨打了警察总局的电话号码：“请帮我找马多克斯中尉。”过了一会儿，他接起了电话。她说：“老爹，是我。”

“嗨，朱迪。”

“你帮我回想一下20世纪60年代末的时候，你知道有哪些嬉皮音乐吗？”

“我只想得起更久以前的。20世纪50年代末，那是我的时代。”

“好可惜。我查到‘伊甸之锤’的那个女人给一支乐队录过专辑，那个乐队叫作‘鲜嫩欲滴的雏菊’。”

“我比较喜欢的组合一般叫作‘弗兰基摇滚’‘山区乡村摇滚’之类的。我从来不喜欢名字当中带花儿的。抱歉，朱迪。我从来没听说过你刚才说的那个乐队。”

“好吧，至少值得一试。”

“听着，我很高兴你打电话过来了。我一直在想你要抓的那个人，里奇·格兰杰——他就是那个女人背后的男人，对吧？”

“我们是这么想的。”

“你懂的，他很小心，做事很周密，他肯定特别想知道你的调查进展。”

“有道理。”

“我觉得FBI说不定已经跟他接触过了。”

“你是这么想的？”如果老爹是对的，那么案件就有希望了。有一种类型的犯罪分子会潜入调查者当中，装作目击者，或者热心端茶倒水的邻居来接近警方，试图跟警官混熟，在聊天中套话，了解案情进展。“但是格兰杰似乎特别小心。”

“他内心可能有一场激烈的斗争，在谨慎和好奇心之间。但是你看看他的行动吧——他的胆子大得要命。我猜测，好奇心会胜出。”

朱迪点了点头。老爹的直觉是值得参考的，毕竟他是三十年的老警察了。“我会重新查看一下FBI在查案过程中接触过的所有人。”

“找一些不寻常的东西。这个人从来不按常规出牌。他就像一个巫师一样，会对神灵提出下一场地震将发生在哪里。他是个想象力很丰富的人。

“好吧。还有什么事吗？”

“你晚饭想吃什么？”

“我可能不会回家。”

“别把自己逼得太紧了。”

“老爹，我只有三天的时间来抓人了。要是我失败了，会有成百上千的人丢掉性命！我现在不会考虑晚餐的问题。”

“你要是把自己搞得太累了，就会错失关键的线索。适度休息一下，吃个午饭，补充一下你需要的睡眠。”

“这是你一贯的作风，对不对？”

他笑了：“祝你好运。”

“拜。”她挂了电话，皱起了眉头。接下来她必须查看马文的团队侦讯绿色加州组织的成员时记下的所有笔录，再加上突袭洛斯阿拉莫斯期间的所有笔记，乃至档案里的所有文件。这些东西在分局的电脑网络上应该都有。她碰了碰键盘，调出了导航目录。在她浏览材料的过程中，她意识到要查看的东西太多了，她一个人根本看不完。他们侦讯了银河谷的所有住户，有一百多个人。等她有了更多的人手，她会分配一个小组来完成这个任务。她在备忘录中记下了这个事项。

还有什么？她必须安排人手去可能发生地震的地方盯梢。迈克尔说过，他可以列一张清单。她很高兴自己现在有理由给他打电话了。她拨打了号码。

听到她的声音，他似乎很喜悦："我很期待今晚的约会。"

糟糕——我把这事给忘了。"我调回'伊甸之锤'的案件调查组了。"她告诉他。

"那你是不是今晚不能来了？"他听起来很沮丧。

对她来说，现在肯定不是想着吃饭看电影的时候。"我很想见你，但是我时间不多。我们可以出来喝一杯吧？"

"当然可以。"

"真的很抱歉，但是这个案子进展得很快。我这次给你打电话，是因为你之前说要列出可能发生地震的地方。你把单子列好了吗？"

"没有。你那个时候很担心信息泄露出去造成恐慌，所以我觉得这样做可能很危险。"

"我现在想要那张单子了。"

"好吧，我会查看数据。"

"你今晚能把单子也带来吗？"

“当然可以。我们六点钟在莫顿酒吧见？”

“好。”

“听着……”

“我还在呢。”

“你调回去了，我真的很高兴。虽然我们没法一起吃晚饭，是挺可惜的，但是知道你在抓捕那些坏人，我也安心一些了。我说真的。”

“谢谢。”她挂了电话，心里希望她能担待起他的这份信任。

只有三天了。

下午三时许，应急行动中心已经建立起来，开始运转。

军官俱乐部看起来像一座西班牙式的别墅，室内风格是对乡村俱乐部的拙劣模仿，里面装饰着廉价的壁板、破败的壁画和丑陋不堪的灯具。臭鼬的气味还没有散去。

空旷的舞厅已经入驻了指挥所。其中一个角落是会议区，届时将聚集参与危机管理的各个机构的重要代表，包括旧金山警方、消防员、媒体人士、市政府应季办公室的负责人，以及州长代表。总部派来的专家甚至还坐上了FBI专机，正从华盛顿赶来。他们也会坐在这里。

整间屋子里支起了一张又一张的办公桌。届时，职责不同的工作组将在各自的区域办公。这些工作组包括：情报和调查组，这是专案组的核心力量；如果有人质被劫持，谈判组和特警队将被召集到现场；一旦危机升级，那么行政和技术支持组将调派更多的人手；法务组负责加快申请搜查证、逮捕令或者窃听许可；

证据应急组将在行动结束后进入犯罪现场，搜集证据。

每张桌子上的笔记本都连上了当地的网络。FBI长久以来，一直在使用一套纸质的信息控制系统，称为“快速启动”。现在，它已经开发了电脑版本，使用了微软Access软件。但是纸质版还没有消失。

在屋子的两边，布告板占满了墙面，这些布告板分别记载着线索的状态、已发生的事件、相关的对象、恐怖分子的要求、人质的信息。关键的数据和线索都会写上去，这样一来，屋子里的每个人一抬头就能看见。目前，对象板上写着一个名字——理查德·格兰杰——还附着两张照片。线索状态板上贴着一张地震振动器的图片。

这间屋子足够大，可以容下几百个人。不过目前，屋子里只有四十个人。他们大多数聚集在情报和调查组的办公桌边，打着电话，敲着键盘，查阅着屏幕上的文件。朱迪把他们分成了几组，每组都有一个负责人来监管其他组员，这样一来，她只需要听三个人的汇报，就能了解调查的进展。

屋子里有一种压抑的紧张气氛。每个人都很冷静，但是他们全神贯注，忙得昏天黑地。没有人停下来喝咖啡，或者在影印机边聊天，也没有人出去吸烟。过了一段时间，如果情势演变成全面爆发的危机，屋子里的气氛就会发生改变。朱迪知道，到那时候，他们就会对着电话大喊大叫，脏话率会直线上升，脾气会变火暴，而她的职责将是给这锅沸腾的水盖上盖子。

她想起了老爹的诀窍，于是拉了张椅子，坐在卡尔·西奥巴尔德的旁边。西奥巴尔德是个年轻聪明的特工，穿着时髦的深蓝色西装。他的小组负责查看马文·海耶斯的文件夹里的材料，而他是组长。“有什么进展吗？”她说。

他摇了摇头：“我们对于要找什么，心里也没有底。但是不管它是什么，我们还没有找到有价值的线索。”

她点了点头。她给这个小组布置了一个模糊的任务，但是她也没有办法。他们必须从看似稀松平常的东西当中发现问题。这很大程度上取决于特工个人的直觉。有些人甚至对着电脑就能嗅到诈骗的痕迹。

“你确定所有的材料都在文件夹里了吗？”她问。

卡尔耸了耸肩：“应该吧。”

“你看看他们有没有保存纸质的记录。”

“他们不应该……”

“但是一般人有这个习惯。”

“好吧。”

罗莎把她叫回了会议区，有人打电话找她。是迈克尔。她微笑着接起了电话：“嗨。”

“嗨。我今晚遇到了点问题。来不了了。”

她被他的语气吓到了。他的语气生硬而不友好。这几天他一直充满了温情，对她很亲切。但是现在这副样子才是原本的迈克尔，也就是将她拒之门外、让她回去预约的人。

“怎么了？”她问。

“出了点事情。我很抱歉得取消跟你的约会。”

“迈克尔，到底出什么事了？”

“我现在有点赶时间，到时候给你打电话。”

“好吧。”她说。

他挂了电话。

她把听筒放到支架上，感觉有些受伤。“这到底是怎么回事？”她自言自语道。我才刚刚喜欢上这个男人，他是吃错什么药了？他就不能像星期天晚上那样对我吗？哪怕是在今天早上，他给我打电话的时候还好好的。

卡尔·西奥巴尔德打断了她的思绪。他看起来很困扰。“马文·海耶斯在给我穿小鞋。”他说，“他们确实有一些纸质记录，但是我说我得看看的时候，他让我滚开。”

“别担心，卡尔。”朱迪说，“这些事情都是老天爷在考验我们的耐心和忍让。看我待会儿不扯掉他的蛋。”

附近的特工听到她的话，笑了。

“这就是耐心和忍让的意义吗？”卡尔咧开嘴，笑着说，“我得好好记住。”

“跟我来，我演示给你看。”她说。

他们走了出去，坐进了她的车里。十五分钟后，他们来到了位于金门大道的联邦大厦。乘电梯上楼时，朱迪琢磨着怎么跟马文打交道。她应该把他的蛋扯掉，还是表现出安抚的姿态？要合作也得另一方有意愿才行。她跟马文可能已经永远错过了那个阶段。

她在团伙犯罪专案组的办公室门外犹豫了片刻。好吧，我就当一回女战神好了。

她走了进去，卡尔跟在后面。

马文正在讲电话，他在跟电话那边的人开玩笑，嘴巴都咧到耳朵边上了：“于是，酒保就跟那个人说，后屋里有个女人的口活是最好的——”

朱迪站到他的桌对面，向前探着身子，大声说：“你对卡尔是什么垃圾态度？”

“有人打断我，乔。”他说，“我待会儿再给你打电话。”他挂了电话，“有什么事吗，朱迪？”

她把身子探得更靠前了，径直挡在他的面前：“别耍花样了。”

“你这是怎么了？”他一副委屈的样子，“你想查我的记录是什么意思？搞得好像我犯了什么错误似的。”

他不一定犯下了错误。当犯罪者装作旁观者或者目击证人来接触侦查人员的时候，他肯定会想办法让自己不引起怀疑。这不是侦查人员的错，但是一旦出了这种事情，肯定会让他们觉得丢人。

“我觉得你们可能已经接触过嫌犯了。”她说，“纸质记录在哪里？”

他扯松了自己的黄色领带：“我们这里只有新闻发布会上记的一些笔记，没有录到电脑里。”

“给我看看。”

他指了指墙边一张小桌上的盒子：“你自己看吧。”

他或许没有说错，但是她还是得试一试，而且他给她设坎是不明智的。聪明人就会说：“嘿，我要是看漏了什么，真希望你能发现。”每个人都会犯错，但是马文现在防备心太重，不可能心平气和地说话。他就是要证明朱迪是错的。

要是她真的错了，那就难堪了。

她翻阅着文件。里面有一些报社发过来的传真，询问新闻发布会的细节；有一份备忘录，上面写着该准备多少椅子；还有一份来客清单，这张表格上写着哪些记者参加了新闻发布会，上面除了记者的姓名以外，还附上了他们代表的出版物或者广播公司。朱迪浏览着清单。

“这到底是什么东西？”她突然说，“佛罗伦斯·肖博里，艾森豪威尔初中？”

“她想给她的校报写新闻，报道这次发布会。”马文说，“你让我们怎么办，叫她滚蛋吗？”

“你查了她的身份吗？”

“她就是个小孩！”

“她一个人来的？”

“她爸带她来的。”

表格上贴着一张名片。“彼得·肖博里，来自沃特金斯-科尔法克斯-布朗事务所。你核实过他的身份吗？”

马文犹豫了好一段时间，意识到他犯错误了。“没有。”最终他说道，“布莱恩决定放他们进来参加新闻发布会，后来我就再也没有跟进了。”

朱迪把表格连同名片递给卡尔。“马上给这个人打电话。”她说。

卡尔坐到最近一张桌子边，拿起了电话。

马文说：“话说，你为什么这么确定我们已经跟抓捕对象接触过了？”

“我爸是这么想的。”话一说出口，她就意识到自己犯错误了。

马文嘲笑道：“噢，是你爸这么想的啊。我们已经堕落到这个地步了吗？你来查我的记录，就是因为你爸让你这样啊？”

“住口，马文。我爸抓坏人进监狱的时候，你还在床上尿裤子呢。”

“说到底，你图的是什么呢？是想把我激怒吗？还是说，你是因为案件没有进展，所以想找个替罪羊？”

“真是个好主意。”她说，“我怎么没有想到？”

卡尔挂掉电话，喊道：“朱迪。”

“怎么了？”

“彼得·肖博里从来没有进过这栋楼，他也没有女儿。但是星期六那天早上，他在离这栋楼两个街区的地方被抢劫了，钱包被抢走了，里面有他的名片。”

现场陷入了片刻的沉默，接着，马文说道：“妈的。”

朱迪没有理会他的尴尬。她听到这个消息太兴奋了。这将是一个全新的线索。“我估计他一点也不像我们从得州警方那里拿到的那张E-fit图片吧？”

“一点也不像。”马文说，“没有胡子，没戴帽子。他戴了副大眼睛，还扎着长长的马尾辫。”

“这很可能也是伪装。他的体形怎么样，跟E-fit图片像不像？”

“个子高，很瘦。”

“头发和眼睛是不是深色的，是不是五十来岁？”

“对，对，都对。”

朱迪几乎都要同情马文了：“他就是里奇·格兰杰，是不是？”

马文看着地板，仿佛恨不得找个地缝钻进去：“我估计你说得没错。”

“还请你帮忙制作一个新的E-fit图像吧。”

他点了点头，还是没有看她："当然。"

"那佛罗伦斯·肖博里呢？"

"怎么说呢，她让我们放松警惕了，我的意思是，有哪个恐怖分子会把小女孩带在身边呢？"

"没有人性的恐怖分子啊。那个小孩长什么样？"

"一个白人小女孩，十二三岁，深色头发，深色眼睛，身材很瘦，长得挺漂亮。"

"最好也给她制作一个E-fit图像。你觉得她真的是他女儿吗？"

"噢，当然，他们看起来就像父女。她没有任何被强迫的迹象，如果你担心的是这个的话。"

"是啊，好吧，姑且先假设他们是父女好了。"她转向卡尔，"我们走吧。"

他们走了出去。到了走廊里，卡尔说："哇哦，你真的把他的蛋扯掉了。"

朱迪沉浸在巨大的喜悦中："但是我们又多了个嫌疑人——那个小孩儿。"

"是啊。我只希望我犯了错误不被你逮到。"

她停下脚步，看着他："犯了错误不要紧，卡尔。每个人都有搞砸的时候。但是马文为了掩盖自己的错误，不惜阻挠调查。这才是他真正犯错误的地方，也是他现在可恶的地方。要是你犯了错误，勇于承认就行了。"

"好吧。"卡尔说，"但是我觉得我也应该小心把腿夹紧。"

夜幕降临后，朱迪拿到了《旧金山纪事报》当期的第一版，上面登了两张新的图片：佛罗伦斯·肖博里的E-fit人像和里奇·格兰杰伪装成彼得·肖博里的E-fit人像。她之前只扫了一眼图片，就让马奇·凯利把它们发布到报纸和电视台了。现在，在书桌的台灯下细细看来，她惊讶地发现，格兰杰和佛罗伦斯长得很像。他们就是父女，肯定是。我不知道，假如我把她的爸爸送进监狱，她的生活会发生什么变化?

她打了个哈欠，揉了揉眼睛，想起了老爹的建议。“适度休息一下，吃个午饭，补充一下你需要的睡眠。”是时候回家了。夜间换班的人已经来了。

在开车回家的路上，她回想了一下今天的进展。在红灯前，她停住了，看着盖尔大道上的街灯延伸到看不见的远方。这时候，她意识到迈克尔还没有把可能发生地震的地点列表传真给她。

她用车载电话拨打了他的号码，但是无人接听。不知怎的，她对此感到困扰。在等下一个红灯时，她又拨打了一次，结果线路忙。她联系了分局的总线，请他们帮忙跟太平洋贝尔电话公司确认一下迈克尔家的电话是否正在通话中。接线员回电说没有，迈克尔家的电话线处于断开的状态。

也就是说他在家，只是没有接电话。

他今天打电话跟她取消约会的时候，声音怪怪的。他就是这样的人：有时候魅力十足、和蔼亲切；但是不知什么时候，又会突然变成另外一个人，变得傲慢而难以相处。但是为什么他的电话线会断开呢？朱迪感到不安。

她看了看仪表板上的时钟。快十一点了。

只有两天了。

我没有时间可以浪费了。

她掉转车头，驶向伯克利。

十一点十五分，她来到了欧几里得大道。迈克尔的公寓里亮着灯。外面停着一辆老旧的橘黄色斯巴鲁。她见过这辆车，但是不知道是谁的。她把车停在斯巴鲁的后面，按响了迈克尔家的门铃。

没有回应。

朱迪感到不安。迈克尔掌握着关键的信息。今天，她问了他一个重要的问题，就在这个关键时刻，他突然取消了约会，然后又联系不上了。

情况很可疑。

她不知道该怎么做，或许她应该叫警方增援，然后冲进去。说不定他已经被绑起来，或者死在里面了。

她回到车里，拿起双向无线电，但是她犹豫了。当一个男人在晚上十一点把电话线拔掉的时候，这其中有很多可能性。他可能是想安安静静地睡一觉。他可能在跟人做爱，只不过迈克尔当前似乎痴迷于朱迪，不太像会拈花惹草的样子——她觉得，他不是那种每天会跟不同的女人睡觉的男人。

正当她犹豫的时候，一名手提公文箱的年轻女子向大楼走去。她看起来像个助理教授，刚从实验室加完班回来。她走到门边停住了，从公文箱里摸索着钥匙。

朱迪一时冲动，跳下了车，快步穿过草坪，走到门口。“晚上好，”她说着，展示了自己的徽章，“我是FBI特工朱迪·马多克斯。我需要进这栋楼。”

“出什么事了吗？”女子担心地问。

“希望没事。你只需要进屋，关好门就可以了。”

她们一起走了进去。女子进了一楼的公寓。朱迪上了楼。她用指节敲了敲迈克尔的门。

没有人应门。

怎么回事？他在里面。他肯定听到门铃声和敲门声了。他知道，大晚上的，还有人如此执着地来敲门，肯定不是一般的访客。她觉得里面肯定出事了。

她又敲了敲门，而且敲了三次，每次都很重。接着，她将耳朵贴着门，仔细听着里面的动静。

她听到一声尖叫。

这足以说明问题了。她退后一步，用尽全身的力气开始踢门。她穿的是懒人鞋，踢门的动作让她感觉右脚的脚底很疼，但是门锁周边的木头碎裂了：谢天谢地，还好他没有装钢门。她又踢了一脚。门锁似乎就要松开了。她开始用肩膀撞门，门开了。

她拔出枪。“FBI！”她喊道，“放下武器，举起手来！”

又一声尖叫传来，听起来像是女人的声音。她依稀意识到了这一点，但是没有时间多想了。她走进前厅。

迈克尔的卧室门开着。她单膝跪地，伸出手臂，将枪对准屋内。

她被眼前的景象惊呆了。

迈克尔正跪坐在床上，他一丝不挂，身上流着汗，身下压着一个瘦削的红头发女人，那个女人喘着粗气。朱迪意识到，那是他老婆。

他们正在做爱。

他们都盯着朱迪，眼里充满了恐惧和疑惑。

接着，迈克尔认出了她，说道：“朱迪？你这是……？”

朱迪闭上了眼睛。她还从来没有这么尴尬过。

“噢，糟了。”她说，“对不起。噢，糟了。”

第十五章

星期三一大早，神甫站在银河边，看着清晨的天空倒映在波光粼粼的河水表面，惊叹着黎明水天一色、蓝白辉映的美景。大家都还没醒。他的狗坐在他旁边，期待着什么事情发生。

这是一个静谧的时刻，但是神甫的内心并不安宁。

他定下的最后期限只有两天了，但是州长罗宾逊还是一点表示也没有。

这个事态令人疯狂。他不想再制造一起地震。因为下一场地震必须规模更大，届时将毁坏道路和桥梁，震塌摩天大厦，会有人丧生。

神甫跟梅兰妮不一样，他并不渴望报复社会，只是想在一个地方宁静地生活。他愿意不惜一切代价来拯救公社，但是他知道，如果可能的话，还是应该尽量避免人员伤亡。等到这一切都告一段落，在山谷里修筑大坝的项目取消以后，他和公社里的人想要回归平静的日子。这就是这个计划的目的所在。如果他们能够在不牺牲加州平民的情况下取得成功，那么他们远离尘嚣、继续过安稳日子的概率就会更大。目前为止发生的一切都能被人很快淡忘。它将渐渐成为旧闻，到那时候，人们就不会关心这帮声称可以制造地震的疯子后来怎么样了。

他站在那里沉思时，斯塔尔出现了。她脱下了紫色睡袍，走进冰冷的河水里洗澡。神甫如饥似渴地看着她丰满的肉体，虽然她的身体对他来说已经非常熟悉，但是他依然觉得它充满了诱惑力。他昨晚没有跟人上床。斯塔尔依然每晚和阿骨共度春宵。而梅兰妮现在正在伯克利陪她的老公。因此，这位七尺男儿暂且没有人陪了。

斯塔尔擦干身体时，神甫说："我们去搞一份报纸吧，我想知道罗宾逊州长昨天晚上有没有做什么表态。"

他们穿好衣服，开车去了加油站。神甫给他的CUDA加油，而斯塔尔则去买《旧金山纪事报》。

她脸色苍白地回来了。"你看。"她说着，给他看了头版新闻。

报纸上登着一个年轻女孩的图像，看上去很面熟。过了一会儿，他恐惧地意识到，那是花儿。

他惊呆了，赶紧拿起报纸。

花儿的肖像旁边有一张他自己的肖像。

这两张都是电脑合成的图像。神甫的那一张是根据他在FBI新闻发布会上的装束制作出来的，那时候他假扮成了彼得·肖博里，头发梳到了后面，还戴上了大眼镜。他觉得不会有人能通过那种装束认出他。

花儿没有易容。她的电脑合成图像就像一幅拙劣的肖像画——上面画的不是她，但是很像她。神甫感到心里一凉，他不习惯于恐惧。他一直是个在刀尖上舔血的人。但是现在，这已经不是他一个人的问题了，女儿已经被他卷进了危险当中。

斯塔尔生气地说："你干吗要去参加那个新闻发布会？"

“我必须了解他们在想什么。”

“太愚蠢了！”

“我一直都很鲁莽。”

“我知道。”她的声音柔和了下来，她摸了摸他的脸颊，“你要是胆小鬼的话，就不是我爱的人了。”

换作是在一个月以前，这种事情不会是问题：公社以外没有人认识花儿，而公社内部的人都不读报纸。但是花儿最近偷偷去银城跟男孩子约会，她从一家店里偷了海报，因此被逮捕了，还被拘留了一夜。见过她的人还记得她的长相吗？如果记得，他们能从图片上认出她吗？感化主任可能对她有印象，但是好在他依然在巴哈马度假，在那里，他不太可能看到《旧金山纪事报》。但是那个收留她过夜的女人呢？神甫记得，那个女人是郡治安官的妹妹，在学校教书。他想起了她的名字：沃特洛小姐。虽然说她应该见过几百个小女孩了，但是也不能断定她记不得她们的长相。说不定她记忆力很差，说不定她也去度假了，说不定她没有读今天的纪事报。

说不定神甫完了。

他什么也做不了。要是那个老师看到图片，认出了花儿，给FBI打了电话，那么就会有几百名特工来到公社，到那时候，一切都完了。

就在斯塔尔阅读文字部分时，神甫盯着报纸：“要是你不认识她，你能认出她吗？”

斯塔尔摇了摇头：“应该认不出。”

“我也认不出，但是我希望我能更有把握一点。”

“我不觉得那些特工会有这么聪明。”斯塔尔说。

“有些人傻，有些人不傻。我放不下心的是那个亚洲女人，朱迪·马多克斯。”神甫想起了他在电视上看到的那个女人，她是那么的苗条而优雅，虽然看上去是个弱女子，但是在面对那伙充满敌意的示威人群时，却表现出勇猛无比的坚毅。“这个人给我一种不祥的预感。”他说，“非常不祥的预感。她总是能找到线索——一开始发现了地震振动器的秘密，然后又弄到了我在夏罗期间的合成照片，现在又把花儿揪出来了。说不定州长罗宾逊迟迟不表态就是这个原因。她给了他希望，让他觉得我们会被抓住。报纸上有没有登州长发表的声明？”

“没有。报道上说，有很多人认为罗宾逊应该跟‘伊甸之锤’谈判，但是他拒绝评论。”

“这可不妙。”他说，“我必须找机会跟他谈谈。”

朱迪醒来的时候，已经想不起自己为什么情绪如此糟糕。紧接着，昨晚那副可怕的景象又突然浮现在脑海里。

昨晚，她因为尴尬而呆住了。她含糊不清地对迈克尔挤出了一句道歉的话，然后冲出了那栋楼，脸上火辣辣的。但是到了今天早上，她的尴尬已经被另一种情绪代替了。现在，她只觉得悲伤。她本来以为，迈克尔会成为她身后的一部分。她满心期待着能够更深入地了解他，一步一步地爱他更深。她以为他在乎她。但是这段感情很快就破碎了。

她从床上坐了起来，看着母亲留给她的那套水上木偶，这些木偶摆在五斗柜上方的书架上。她从来没有看过木偶秀，也从来没有去过越南。但母亲告诉她，操纵木偶的人会站在齐腰深的水里，隐藏在幕布后面，将水面作为戏台。几百年来，这些彩绘的木制玩具一直用来讲述有趣而充满内涵的故事。每次看到它们，朱迪总会想起母亲安详的模样。遇到现在这种情况，她会说什么？朱迪仿佛能够听到她的声音，低沉而平静："错误就是错误。再犯一次错误很正常。只有同样的错误出现两次，才是不明智的。"

昨晚只是一个错误。迈克尔是一个错误。她必须把这一切都抛到脑后。她有两天的时间来制止一场地震。这真的很重要。

在电视新闻上，人们正在争论"伊甸之锤"究竟有没有能力制造地震。相信他们的人已经组成了施压团体，敦促州长罗宾逊妥协。但是，在穿衣服的时候，朱迪忍不住就会想到迈克尔。她真希望可以和母亲商量一下。她可以听到老爹在翻身，但是这种事情跟老爹谈还是不方便。她没有做早餐，而是打电话给了闺蜜弗吉尼亚。"我需要找个人说说话。"她对弗吉尼亚说，"你吃过早饭了吗？"

她们在要塞大楼附近的一家咖啡馆见了面。吉尼是个身材娇小的金发姑娘，为人风趣，而且诚实。她总是能毫无保留地告诉朱迪她的想法。为了让自己心情好一点，朱迪点了两份巧克力牛角面包，然后她把昨晚发生的事情说了出来。

当她讲到她手里拿着枪冲了进去，发现他们在做爱时，吉尼笑得跌坐下去。"不好意思。"她说，喉咙里卡了片面包。

"我估计这是有点搞笑。"朱迪面带微笑地说道，"但是我可以告诉你，昨晚感觉不是那样的。"

吉尼呛得咳起嗽来，她吞了口唾沫。"我也不是故意要这么没心没肺的。"缓过来之后，她说，"我知道那个时候并不怎么好过。他做的事情真的很下贱，一边跟你约会，一边跟老婆睡觉。”

“对我来说，这说明他还没有忘掉她。”朱迪说，“也就是说，他还没有做好准备，来发展一段新的感情。”

吉尼面露怀疑的神色：“我觉得不一定是这样。”

“你觉得这就好比临别一炮，看在以往的情分上，最后缠绵一次？”

“或许更单纯一些。你懂的，对于送上门来的机会，男人几乎从来不会拒绝。从你描述的情况看，感觉自从他老婆离开他之后，他就过上了像和尚一样的生活。他可能已经备受荷尔蒙的煎熬。而且你说过，他老婆很性感，对不对？”

“非常，非常性感。”

“所以说，要是她穿着紧身衣，开始勾引他，他可能情不自禁地就会硬起来。一旦出现那种情况，男人的脑子都短路了，只有性器官里的自动驾驶装置在运作。”

“你是这么想的？”

“听着，我从来没有见过迈克尔，但是我好歹也认识几个男的，有好男人，也有坏男人。我对他的印象就是这样。”

“是你的话会怎么做？”

“我会跟他谈谈。问他为什么要这么做，看看他怎么说。然后看看我愿不愿意相信他。要是他跟我一通胡扯，我就会忘了他。要是他似乎说的是老实话，我就会试着理解这个状况。”

“不管怎么说，我都要给他打电话的。”朱迪说，“他还没给我发那张表。”

“那就打电话吧，找他要那张表，然后问他到底是怎么想的。你对昨天的事情觉得尴尬，但是他也有要道歉的地方。”

“估计是这样吧。”

现在还没有到八点，但是她们两个都急着去上班了。朱迪付了账，两个人一起走出去，准备开车。

“唉。”朱迪说，“我现在觉得好些了，谢谢。”

吉尼耸了耸肩：“要不然闺蜜是用来干吗的？到时候告诉我他是怎么说的。”

朱迪钻进车里，拨打了迈克尔的号码。她担心他可能在睡觉，她不想在他跟老婆躺在床上的时候跟他说话。但是，他的声音听起来很清醒，似乎已经起床一段时间了。

“对不起，把你的门踢坏了。”她说。

“你干吗要这样？”他的口气更多的是好奇，而不是生气。

“我不明白你为什么没有应门。然后我听到一声尖叫声。我以为你可能遇到麻烦了。”

“你怎么那么晚跑过来了？”

“你没有给我发送那个地震地点清单。”

“噢，对哦！我就放在书桌上，忘了发了。我现在就给你传真过去。”

“谢谢。”她把新建立的应急行动中心的传真号码给了他。“迈克尔，有一件事情我必须问你。”她做了个深呼吸。这个问题比她想象的更难问出口。她不是个畏首畏尾的人，但是她没有吉尼那么胆大。她吞了口唾沫，说道：“你让我以为你喜欢我，可是你为什么要跟你老婆睡觉呢？”终究还是说出口了。

电话那边沉默了好一段时间。接着，他说：“现在不是太方便。”

“好吧。”她试图不让自己的声音中流露出失望的口气。

“我马上就把传真发给你。”

“谢谢。”

她挂了电话，发动了车子。吉尼的主意并不是那么有效，要谈也得两个人才行，而迈克尔没有意愿。

等她到达军官俱乐部的时候，迈克尔的传真已经等着她了。她把传真给了卡尔·西奥巴尔德。“我们需要派小组到这上面的每一个地点去监视，等着地震振动器送上门来。”她说，“我是希望能动用警察的，但是估计不行。他们可能会走漏风声。要是当地人发现我们觉得他们是袭击目标，那就会引起恐慌。所以我们只能出动FBI的人手。”

“好吧。”卡尔对着清单皱起了眉头，“话说，这些地方的范围都太大了。一个小组没有办法完全覆盖一平方英里的范围。我们应该派出多个小组，还是让你的地震学家把范围缩小？”

“我问问他。”朱迪拿起电话，又拨打了迈克尔的号码。

“谢谢你把传真发过来了。”她说，然后解释了问题。

“我得亲自去一趟那些地方，”他说，“看看以前的地震活动留下的痕迹，比如干涸的河床或者断层崖之类的，那样就可以让地点的范围更精确一点了。”

“你今天可以去看吗？”她马上就说，“我可以派FBI直升机送你去那些地方。”

“呃……当然，我估计可以吧。”他说，“我的意思是，肯定可以。”

“你可以挽救很多人的生命。”

“是啊。”

“你能来一趟要塞大厦的军官俱乐部吗？”

“当然可以。”

“等你过来的时候，直升机就准备好了。”

“好的。”

“谢谢你，迈克尔。”

“不客气。”

但是我还是想知道，你为什么要跟你老婆上床。

她挂了电话。

这是一个漫长的日子。朱迪、迈克尔和卡尔·西奥巴尔德坐直升机走了一千英里的路程。等到夜幕降临的时候，他们已经在迈克尔清单上的五个地方建立了二十四小时的岗哨。

他们回到了要塞大楼。直升机降落到了废弃的阅兵场上。这座基地是个鬼城，办公楼摇摇欲坠，一排排住宅空无一人。

朱迪必须去应急行动中心，跟FBI华盛顿总部派来的一个大人物做报告，那位大人物早上九点钟就来了，一副趾高气扬的派头。但是她先送迈克尔去了停车场。他把车停在了那里，现在停车场已经暗下来了。“要是他们绕过了岗哨怎么办？”她说。

“你手下的人都很厉害的。”

“他们确实优秀。但是就怕万一呢？要是加州有什么地方发生了地震，我有没有什么方法可以马上得到消息？”

“当然有。”他说，“我可以在你的指挥所建立网上地震图。我只需要一台电脑和一根ISDN[1]电话线就可以了。”

“没问题，明天可以吗？”

“好的，这样一来，如果他们在清单以外的地方制造地震，你也能马上就知道了。”

“这种情况可能发生吗？”

“我不觉得。如果他们的地震学家够优秀的话，他就会挑我选择的那些地方。要是他不够优秀，他们可能根本就没办法制造地震。”

“那就好，”她说，“那就好。”她会记住这一点的。这样一来，她就可以告诉华盛顿来的那个大腕，说她已经把危机控制住了。

她抬起头，看着迈克尔被黑影遮住的脸：“你为什么要跟你老婆睡觉？”

“我一整天都在想这个问题。”

“我也是。”

“我估计我得给你解释一下。”

“是啊。”

“直到昨天，我都很确信我跟她之间已经结束了。后来，昨天晚上，她让我想起了我们婚姻当中一些美好的东西。她很漂亮、风趣、温柔，而且性感。更重要的是，她让我忘了所有不好的事情。”

“比如说？”

---

① Integrated Services Digital Network，综合业务数字网是一个数字电话网络国际标准，是一种典型的电路交换网络系统。它通过普通的铜缆以更高的速率和质量传输语音和数据。

他叹了口气："我觉得梅兰妮容易被有权威的人吸引。我是她教授。她想要的是一个安稳的保障，她需要别人告诉她该怎么做。而我需要的是一个平等的伴侣，一个能一起做决定、一起承担责任的人。她不喜欢这样。"

"我明白你的意思了。"

"还有，在她的内心深处，她对整个世界充满了仇恨。大多数时候，这种仇恨都是隐藏起来的。但是，当她发脾气的时候，她会变得很暴力。她会对我扔东西，非常重的东西，比如有一次她把一锅菜扔了过来。她从来都没有弄伤过我，那只是因为她不够强壮。可是，要是家里有枪，我就会害怕了。而她的敌意这么深，我们是很难一起过日子的。"

"那昨晚……？"

"我把这些都忘了。她似乎想再试一次。我觉得或许我们应该再试一次，看在达斯蒂的分上。况且……"

她希望自己可以看着他的表情，但是光线太暗了。"什么？"

"我想跟你说实话，朱迪，即使你可能会生气。我必须承认，我没有自己装出来的那么理性、那么正人君子。有部分原因是她很漂亮，我想跟她做爱。现在我说出来了。"

她在黑暗中微笑了。不管怎么说，吉尼有一半说对了。"我就知道，"她说，"但是我很高兴你跟我说了。晚安。"她走开了。

"晚安。"他说，一副茫然的口气。过了一会儿，他在背后叫住了她，"你生气吗？"

"不生气，"她回过头说，"已经没事了。"

神甫本来以为梅兰妮下午三点左右就能回到公社。到了晚饭时间，她还没有回来，他开始担心起来。

等到夜幕降临的时候，他抓狂了。她出什么事了？难道她决定回到老公身边了？难道她把一切都跟他坦白了？难道她现在已经在旧金山联邦大厦的审讯室里跟朱迪·马多克斯特工抹泪了？

他没有办法安安静静地坐在伙房里，或者躺在自己的床上。他拿起蜡烛灯，穿过葡萄园和树林，来到停车的圆形空地，在那里等待着，看看能不能听到她的斯巴鲁发动机声——或者如丧钟一般的FBI直升机的呼啸。

灵灵先听到了动静。它竖起了耳朵，紧张起来，然后跑到泥泞路上，狂吠着。神甫站起身来，凝神静听。是斯巴鲁的声音。一阵宽慰涌上心头。他看着车灯穿过树林，越来越近。他开始头痛起来。已经好多年没有这样了。

梅兰妮把车胡乱地停下来，下了车，摔上车门。

“我恨你，”她对神甫说，“我恨你让我做那种事情。”

“我猜对了吗？”他说，“迈克尔是不是在帮FBI列清单？”

“去你的！”

神甫意识到他做错了。他应该表现出理解和同情的态度。刚才，他任凭自己的焦虑蒙蔽了双眼。现在，他必须花时间来哄哄她。“我让你这么做，是因为我爱你，你不明白吗？”

“不，我不明白。我什么也不明白。”她把胳膊抱在胸前，转过身去背对着他，盯着黑漆漆的丛林里看，“我只知道，我感觉自己像个妓女。”

神甫迫不及待地想要知道她打探到了什么，但是他逼迫自己冷静了下来。

“你去哪里了？”他说。

“开车到处逛。我在路上停下来喝了点酒。”

他沉默了一会儿，然后说：“妓女是为了钱出卖身体的——她们拿到钱以后，就会把钱浪费在衣服和毒品上。你这么做是为了救你的孩子。我知道你心情很糟糕，但是你不糟糕。你是个好女人。”

最后，她朝他转过身来，眼里含着泪水。“我难过不仅仅是因为我跟他上了床，”她说，“现实比这还糟糕。我享受那种感觉，我觉得好羞耻。我高潮了，真的，我尖叫了。”

神甫感觉到一阵嫉妒的热浪，他努力克制着自己。总有一天，他会报复迈克尔·奎尔克斯的。但是现在还不是说这个的时候。他需要稳住她的情绪。“没关系的，”他喃喃地说道，“真的，没关系的，我理解你。总会有一些怪事情发生的。”他把她搂进怀里，抱住了她。

她慢慢地放松下来，他能够感觉到她的紧张情绪正一点一点地消失。

“你不介意吗？”她说，“你不生气？”

“一点也不。”他撒着谎，摩挲着她的头发。快点说正事，说正事！

“关于清单的问题，你猜对了。”她说。

终于进入正题了。

“那个FBI女特工已经要求迈克尔找出制造地震的最佳地点，就跟你猜测的一样。”

她当然会这么做了。我太他妈聪明了。

梅兰妮接着说道："我到那里的时候，他就坐在电脑前，快要完工了。"

"后来呢？"

"我给他做了晚餐，然后就像那样。"

神甫可以脑补当时的情形。梅兰妮一旦勾引起男人来，是谁也抵挡不了的。当她想要某样东西的时候，她是最性感的。她可能洗了个澡，穿上了睡袍，然后身上散发着肥皂味和花香，在公寓里走来走去，倒杯酒或者泡杯咖啡，时不时让睡袍滑下去一点，让他能够瞥一眼她的长腿和酥胸。她会问迈克尔一些问题，然后凝神静听他的回答，同时对他微笑着，脸上的表情仿佛在说，我好爱你，你想对我做什么都可以。

"电话铃响的时候，我跟他说不要接，然后我把电话线拔了。但是那个丑女人还是过来了。她看见迈克尔没有应门，就把门给撞开了。天哪，她当时真是吓到了，"神甫意识到她需要好好发泄一下，因此没有催她。"简直快要尴尬死了。"

"他给她清单了吗？"

"当时没有。估计她太困惑了吧，以至于都没有心思问他要。但是她今天早上打电话了，于是他把清单传真了过去。"

"你有没有拿到清单？"

"他洗澡的时候，我打开他的电脑，打印了一份副本。"

那它到底在哪里？

她把手伸进牛仔裤后面的口袋里，抽出一张折成四折的纸，把它递给了神甫。

谢天谢地。

他将折好的纸摊开，在灯光底下看着。纸上打印的那些字母和数字对他来说，一点意义也没有。“这些就是他让她监视的地方？”

“是的，他们会在其中的每一个地方设置岗哨，等着地震振动器出现，就跟你预测的一样。”

朱迪·马多克斯很聪明。FBI的监视会让他很难开着地震振动器行动，况且他可能还得在好几个地方试一试，就像当时在欧文斯山谷遇到的情况一样。但是他甚至比朱迪还要聪明。他已经预料到她会走这一步了。而且他也想到了对策。“你知道迈克尔是怎么选出这些地方来的吧？”他说。

“当然，这些地方都是断层受压最大的。”

“那你也可以选出来了。”

“我已经选了，而且选的地方跟他一样。”

他折起了纸，把它还给了她：“接下来，你仔细听我说，这很重要。你能不能再看一下那些数据，然后选出接下来第六到第十个最佳地点？”

“可以。”

“我们可以在这些地方制造地震吗？”

“很有可能吧。”她说，“虽然把握没那么大，但是概率也不小。”

“那我们就这么做。明天我们去看看那些新地方。等我跟霍尼穆恩先生谈完以后就动身。”

第十六章

凌晨五点，洛斯阿拉莫斯的守卫正打着哈欠。

当梅兰妮和神甫开着CUDA出现时，他变得警觉起来。神甫下了车。“你还好吗，伙计？”他说着，向门口走来。

守卫端起了来复枪，做出一副凶神恶煞的表情，说道：“你是谁？来做什么的？”

神甫照着他的脸狠狠打了一拳，打烂了他的鼻子。血飙了出来。守卫痛苦地大叫起来，赶紧用手捂着脸。神甫也说了句“噢”，他感觉到拳头很疼。他已经很久没有打过人了。

他开始凭借本能行事，从底下踹了守卫一脚。守卫倒在地上，手里的步枪飞了出去。神甫朝着他的肋骨踢了三四下，动作又快又狠，试图踢碎骨头。接着，他踢了守卫的脸和头。守卫蜷缩着身体，疼得直呜咽，样子惊恐而无助。

神甫停了下来，喘着粗气。由于暴力的刺激，往日的回忆一下子都涌上脑海。有段时间，他每天都会干这种事。要吓唬别人真是太容易了，只要你知道怎么做。他跪下来，从守卫的腰带上拿走了手枪。他就是为了这个而来的。

他满脸厌恶地看着这个武器。这是一把点44口径的长筒雷明顿左轮手枪复制品，最开始的生产年代是在西部拓荒之前。这是一把愚蠢而不实用的武器，是收藏者用来放在私室的陈列柜里向外人炫耀的玩物，而不是用来杀人的武器。

他检查了一下弹夹，里面装了子弹。

这是他唯一关心的事情。

他回到车里。梅兰妮正坐在驾驶座上，脸色苍白，两眼放光，呼吸急促，仿佛刚吸了可卡因。神甫猜测她从来没有见过血腥暴力的场面。

“他不会有事吧？”她带着兴奋的口气说。

神甫回头看了看守卫。他正躺在地上，双手捂着脸，微微颤抖着。“当然不会有事。”神甫说道。

“哇哦。”

“我们去萨克拉门托吧。”

梅兰妮发动了车子。

过了一会儿，她说：“你真的觉得你可以把那个霍尼穆恩说动吗？”

“他得识相，”神甫满怀信心地说，但他心里其实没有这么大的把握，“看看他面临的选择吧。要么坐视一场地震的发生，承担数百万美元的损失；要么接受一个合理的提议，来减少污染。再说，要是他选择第一条，等到两天以后，他还要面临同样的选择。他得选一条好走的路吧。”

“估计是吧。”梅兰妮说。

七点差几分的时候，他们到达了萨克拉门托。时间这么早，州议会大厦还很寂静。几辆小汽车和卡车不紧不慢地行驶在宽广而空旷的大道上。梅兰妮在议会大厦的附近停了车。神甫戴上一只棒球帽，将长头发拢起来，藏在了帽子里面。然后他戴上了墨镜。“就在这儿等我，”他说，“我可能要花好几个小时。”

神甫在议会大厦所在的街区转悠。他本来以为一楼会有个停车场，结果希望落空了。一楼都是花园，里面生长着参天大树。在大楼的两侧各有一道斜坡，通往地下车库。两道斜坡都有人在岗亭里把守。神甫走近一扇气派的大门。大楼是开放的，门口没有保安。他走进一座大厅，大厅里铺着马赛克面砖的地板。

他摘下墨镜，免得在室内太显眼。接着，他沿着楼梯，走进地下一层。地下一层有一间咖啡厅，几个早到的员工正在里面补充咖啡因。他装作自己人，若无其事地从他们身边经过，沿着走廊往前走。他觉得这条走廊一定通往停车场。走到尽头时，一扇门开了，一名身穿蓝色运动衣的胖小伙走了进来。神甫看到门后面有汽车。

走对了。

他溜进车库，向西周张望。车库几乎是空的，里面停着几辆车。一辆跑车和一辆警车分别停放在标注好的车位上。四下里空无一人。

他溜到跑车后面。这是一辆道奇杜兰戈。从这里，透过车窗，可以看到车库的入口和通往大楼的门。其他汽车都停放在这辆杜兰戈的另一侧，这样一来，就算有新车开进来，也不会有人看见他。

他开始守株待兔。这是他们最后的机会了。现在还有时间谈判，还有避免灾难发生的余地。但是如果这个办法行不通……那就只能引爆悲剧了。

神甫估计，霍尼穆恩是个工作狂。他会来得很早。但是出岔子的机会还是很多。说不定霍尼穆恩一整天都会待在州长的官邸；说不定他今天会请病假；说不定他得在华盛顿开会；说不定他去欧洲出差了；说不定他老婆要生孩子了。

神甫不认为他会有保镖。他不是选举出来的官员，只是个政府工作人员。他会不会有专属司机？神甫也不清楚。如果有，那就会让整个计划泡汤。

每隔几分钟，都会有一辆车开进来。神甫从藏身之处观察着司机的面孔。他不需要等很久。到了七点半，一辆气派的深蓝色林肯大陆开了进来。驾车的是一名黑人男子，穿着白衬衫，打着领带。他是霍尼穆恩：神甫看过报纸上登载的照片，认得他的长相。

这辆车开进杜兰戈附近的一个停车位，停了下来。神甫戴上墨镜，迅速穿过车库，打开了林肯大陆的近侧门，赶在霍尼穆恩解开安全带之前坐进了乘客座位。他亮出了自己的枪。“开到车库外面。”他说。

霍尼穆恩盯着他：“你他妈谁啊？”

衣冠楚楚的自大狂，问问题的人应该是我。

神甫扳开左轮手枪的击铁：“一个打算送你上黄泉的疯子。你要是不按照我说的去做，小心你的狗命。快开车。”

“操。”霍尼穆恩恨恨地说，“操。”接着，他发动车子，开出了车库。

“见到保安，亲切地笑一笑，慢慢开过去。”神甫说，“你要是敢对他说一句话，我就杀了他。”

霍尼穆恩没有回话。车子快到岗亭时，他放慢了车速。有那么一刻，神甫觉得他要奋起反抗。这时候，他们看到了保安，一个白头发的中年黑人男子。神甫说：“你要是想让这哥们儿送命，那就只管按照你心里想的去做吧。”

霍尼穆恩小声咒骂着，把车开了过去。

“沿着议会大道往城外开。”神甫指示道。

霍尼穆恩开车绕过议会大厦，在通往萨克拉门托河的宽敞大道上向西行驶。“你想干吗？”他说。他几乎没有显露出害怕——更多的是不耐烦。

神甫恨不得朝他开枪。这就是那个让大坝项目得以存续的人渣。他尽了最大的努力来毁掉神甫的生活。而他对此一点歉意也没有。他真的毫不在乎。就这么开枪杀了他，算是便宜他了。

神甫克制着自己的火气，说道：“我想拯救人们的生命。”

“你就是‘伊甸之锤’的人，对不对？”

神甫没有回话。霍尼穆恩正盯着他。神甫估计霍尼穆恩正试图记住他的面部特征。真狡猾。“你他妈小心看路。”

霍尼穆恩看着前方。

他们穿过了大桥。神甫说：“沿着80号州际公路往旧金山开。”

“这是要去哪儿？”

“哪儿也不去。”

霍尼穆恩开上了高速公路。

“在慢车道上以五十英里的时速开。你到底为什么不肯按照我的要求做？”神甫本来打算保持冷静，但是霍尼穆恩目空一切的冷静让他恼火：“你就想眼睁睁地看着地震发生吗？”

霍尼穆恩面无表情：“州长不能对敲诈勒索妥协，这一点你应该知道的吧。”

“你们可以绕过这个问题，”神甫争辩道，“就说你们本来就打算停建电厂就可以了。”

“没有人会信的，这对州长来说，就意味着亲手断送自己的政治前途。”

“你们可以愚弄大众。要不然政客是干什么吃的？”

“我是最优秀的政客，但是我没有三头六臂。这个案子太高调了。你不应该把约翰·特鲁斯扯进来的。”

神甫气愤地说：“没有人肯听我们的，直到约翰·特鲁斯开始报道这个案子！”

“怎么说呢，不管是什么原因，这已经成了一个公共事件，州长不能妥协。要是他妥协了，加州每天都会有精神不正常的人拿着枪，找借口来勒索政府。但是你们可以妥协。”

这个混蛋正在游说我！

神甫说：“从第一个出口下去，开回城里。”

霍尼穆恩开车右转，接着说道：“没有人知道你们是谁，也没有人知道你们藏身的地方。现在收手还有机会。反正也没有造成切实的伤害。但是你们要是再制造一起地震，那么美国所有执法机构都会开始追捕你们，不抓到你们，他们是不会罢休的。没有人能永远逍遥法外。”

神甫被激怒了。

“不许威胁我！”他吼道，“我才是拿枪的人！”

“我还没有忘记这一点。我只是想让我们两个人都安然脱身而已。”

从某种程度上讲，霍尼穆恩已经控制了局面，神甫感到怒不可遏。“你听我说，”他说，“要解决这个问题，只有一种方法。你们今天就发布声明。加利福尼亚不再建设新电厂。”

“我做不到。”

“停车。”

“我们现在在高速路上呢。”

“给我停车！”

霍尼穆恩放慢车速，停在了路边。

神甫开枪的欲望很强烈，但他压抑住了。“下车。”

霍尼穆恩挂了车挡，下了车。

神甫坐到驾驶座上。“你自己一个人好好想想吧。”他说着，开着车扬长而去。透过后视镜，他看到霍尼穆恩正挥着手，试图拦下一辆路过的车。司机没有搭理。他又试了一次。没有人会停车。

看着那个大块头西装革履地站在沙尘弥漫的路边试图搭顺风车，神甫感到些许的快意。刚才就算他拿着枪，霍尼穆恩似乎还是占据了优势，这让他气恼。现在这种心理劣势终于有所平衡。

霍尼穆恩放弃了挥手拦车，开始步行。

神甫微微一笑，接着开车进了城。

梅兰妮正在原地等着他。他停好林肯大陆，把钥匙留在了车里，然后钻进CUDA。

“发生什么事了？”梅兰妮说。

神甫充满厌恶地摇了摇头。“什么也没发生。”他愤怒地说，“简直是浪费时间。我们走吧。”

她发动车子，扬长而去。

神甫否决了梅兰妮带他去看的第一个地点。

这是一座海边小镇，位于旧金山以北五十英里。他们把车停在了崖顶。在那里，一阵烈风吹得老旧的CUDA车直晃悠。神甫摇下车窗，闻着海水味。他很愿意脱下靴子，光着脚在沙滩上走走，感受着趾间潮湿的沙子，但是他现在没有时间。

这里太暴露了。卡车开过来会太引人注目。而且这里离高速公路很远，无法迅速脱身。最重要的是，这个地方没有什么破坏价值——只有几座房子聚集在一个港口周围。

梅兰妮说："地震有时候会在离震中很远的地方造成最大的杀伤。"

"但是你对这种事情也说不准。"神甫说。

"对。可是你对什么事情能有百分之百的把握呢？"

"话是这么说，但是要想让一座摩天大楼倒塌，最好的方法就是在它底下制造一场地震，对不对？"

"在其他条件都相当的情况下，是这样的。"

他们向南行驶，穿过马林县的青山和金门大桥。梅兰妮选的第二个地点位于都市的中心地带。他们沿着1号公路穿过要塞大楼和金门公园，在离加州大学旧金山校区不远的地方停了下来。

"这个地方好一些。"神甫立刻说道。他周围都是住宅、写字楼、商铺和饭店。

"要是震中在这里，受灾最严重的地方就在码头。"梅兰妮说。

"怎么会这样？那里很远啊。"

"那边都是开垦地。底下的沉积物充满了水。这能让振动更强烈。但是这里的地面可能很坚固。而且这些建筑看起来很坚实。大多数建筑都能撑过地震。倒塌的楼房都是由未经加固的砖石结构建成的面向低收入家庭的楼房，要么就是没有支柱的混凝土排架建筑。”

神甫觉得，这些说法都是吹毛求疵。她只是太紧张罢了。毕竟地震就是地震，怎么可以小瞧。谁也不知道什么东西会塌下来。我不在乎，只要有东西塌下来就可以了。

“我们去看下一个地方吧。”他说。

梅兰妮引导他沿着280号州际公路向南开。

“就在圣安德烈亚斯断层和101号公路相交的地方，有一个小镇，叫作费利西塔斯。”她说。

他们开了二十来分钟的车，差点就要开过费利西塔斯的入口斜坡了。

“在这儿，在这儿！”梅兰妮叫道，“你没看到路标吗？”

神甫猛扭方向盘，将车子往右转，下了坡。“我没看呢。”他说道。

入口通往一个制高点，可以俯瞰整个小镇。神甫停下车，走了下来。费利西塔斯就像一幅画一样，在他面前展现出来。主大街横贯在他的视野中，街边排列着低矮的商铺和写字间，几辆车横七竖八地停在房子前。小镇里有一栋带钟楼的木屋，那是一座小教堂。主大街的北面和南面是一片干净的道路交通网，路边栽种着树木。所有的房子都是一层楼。小镇的两边各有一条泥巴路，它们消失在了田野中。小镇以北被蜿蜒曲折的河流一分为二，就像一扇窗玻璃上出现了锯齿状的裂痕。远处有一条铁道，就像用直尺画出来的一样，自东向西延伸。在神甫身后，高速公路架设在拱形的混凝土高架桥上。

六根巨大的浅蓝色管道排成一排，从山上铺设下来。它们埋到了高速公路底下，穿过小镇，一直排布到西面，消失在地平线上，看起来就像一架无边的木琴。“那是什么玩意儿？”神甫问。

梅兰妮想了一会儿：“我估计那是输气管道。”

神甫满意地长叹了一声。“这个地方太完美了。”他说。

那天，他们还去了一个地方。

地震过后，神甫需要一个能藏下地震振动器的地方。他唯一的武器就是威胁制造更多的地震。他必须让霍尼穆恩和罗宾逊州长相信他有能力一次又一次地故技重施，直到他们妥协。因此，把卡车藏起来就很关键。

以后要想在公路上驾驶它，势必会变得越来越困难，因此他需要找个地方把它藏起来，这样一来，如果有必要的话，他在制造第三场地震的时候，就可以不用把车开到太远的地方。

梅兰妮引导他穿过第三大道，这条道路和旧金山湾天然港的海岸平行。在第三大道和滨水地区之间，有一片荒凉的工业区。千疮百孔的街道边铺设着废弃的铁路。目之所及，到处都是风雨飘摇的废弃工厂、窗户碎裂的空置库房；满目疮痍的庭院里到处都是棘爪、轮胎和毁弃的车辆。

“这里不错，”神甫说，“离费利西塔斯只有半小时车程，没有人会对住在这种街区的人感兴趣。”

有些地产商还乐观地在某些建筑上挂了招租的牌子。梅兰妮假装神甫的秘书，拨打了其中一块牌子上的电话，问对方有没有仓库要租。仓库面积有一千五百平方英尺，租金也很便宜。

一小时后，一名殷勤的年轻销售员开车出来与他们会合。他带着他们看了一座屋顶有窟窿的空心砖破房。门上挂着一块破破烂烂的牌子，梅兰妮念了念上面的字："佩蓓日记。"这里有很宽敞的空间来停放地震振动器。这里还有一个尚可使用的浴室和一间小办公室，小办公室里有之前的房客留下来的加热板和一台老旧的真力时牌大电视。

神甫告诉销售员，他需要一个地方来存放酒桶，租期一个月左右。那名男子根本不在乎神甫要用这个地方做什么。他很高兴能把一套几乎毫无价值的房产租出去。他承诺第二天就给房子供水供电。神甫给他预付了四个星期的房租，用的是神甫在旧吉他里藏匿的现金。销售员就像捡了宝似的。他给了梅兰妮钥匙，跟他们握了握手，然后赶紧离开了，免得神甫临时改变主意。神甫和梅兰妮开车回到了银河谷。

星期四傍晚，朱迪·马多克斯洗了个澡。她躺在水里，想起了小学一年级时、那场把她吓得半死的圣罗莎地震。当时的恐怖景象就像昨天发生的一样记忆犹新。人生最可怕的境遇，莫过于发现自己脚下的土地并非坚实而稳固，而是脆弱且危险。有时候，在寂静无声的时刻里，她会看到噩梦般的幻象，比如毁坏的车辆、坍塌的桥梁、倒塌的楼房、熊熊的烈火和汹涌的洪水——但是这些都没有她六岁时的亲身经历那么可怖。

她洗了头，将恐怖的记忆抛到脑后。接着，她打包好过夜的行李，于晚上十点回到了军官俱乐部。

指挥所里鸦雀无声，但是气氛非常紧张。依然没有人能够确知"伊甸之锤"是否真的可以制造地震。但是自从里奇·格兰杰在议会大厦的车库里持枪劫持了阿尔·霍尼穆恩，把他一个人丢在80号州际公路后，每个人都已经确信这些恐怖分子是认真的。

现在，旧舞厅里已经有上百个人。现场指挥是斯图尔特·克里夫，也就是星期二晚上从华盛顿坐飞机过来的大腕。虽然霍尼穆恩有令在先，但是调查局不可能让一个地位低微的特工来指挥这么大的行动。朱迪不想全权负责，所以她没有争辩。但是她可以确保布莱恩·金凯德和马文·海耶斯都没有直接介入。

朱迪的职衔是调查行动协调员。这给了她需要的调度权。和她同级的是查理·马什，应急行动协调员，负责指挥在隔壁房间待命的特警队。查理四十五岁左右，留着平头，头发已经花白，曾经在军队服役，是个健身狂和枪支收藏者，不是朱迪一般会喜欢的类型，但是他性格直爽，非常可靠，她跟他合得来。

在会议区和调查组的桌位之间，迈克尔和他年轻的地震学家助手坐在屏幕前，监测着地震活动的迹象。迈克尔和朱迪一样，回家待了几个小时。他回来的时候，穿着干净的卡其色外套和黑色马球衫，带着露营用具，做好了打攻坚战的准备。

他们白天谈过一些公事，就在他布置好装备、给她介绍助手的时候。一开始，他们两个在一起还有些不自在，但是朱迪意识到，他很快就克服了内心对星期二那件事情的愤怒和愧疚。她觉得自己应该生一两天的气，但是她太忙了。因此整件事情被她抛在了脑后，她发现自己很喜欢迈克尔在身边的感觉。

她正想找个借口跟他说话，这时候，桌上的电话响了。

她拿起听筒："朱迪·马多克斯。"

接线员说："里奇·格兰杰打电话找你。"

"追踪它！"她立马说道。话务员只需要几秒钟的时间就可以跟太平洋贝尔电话公司的二十四小时安全中心联系上。她跟克里夫和马什挥了挥手，示意他们也来听电话。

“好的。”接线员说，“我应该把电话接进来还是让他等着？”

“接进来吧，把这次通话录音。”只听见咔嗒一声，“我是朱迪·马多克斯。”

一名男子的声音说道：“你很聪明，马多克斯特工。但是你能聪明到让州长识相吗？”

他的口气愤怒而气恼。朱迪的脑海里浮现出一名五十岁左右的男子，身材瘦削，衣着破烂，习惯于支使别人。她猜测，他正在失去对生活的掌控，因而气急败坏。

她说：“你是里奇·格兰杰吗？”

“你知道我是谁，为什么你要逼我再制造一起地震呢？”

“逼你？你在开玩笑吗？难道这种事情都是别人的错？”

这句话似乎让他更生气了。

“浪费电的人又不是我。”他说，“我不想要更多的电厂，我不用电。”

“你不用电？”真的吗？“那你的电话是怎么开机的——用蒸汽吗？”一个不用电的邪教。这是一条线索。她在嘲弄他的过程中，也暗自琢磨着这意味着什么。但是他们在哪里呢？

“别跟我耍花招，朱迪，你才是有麻烦的人。”

在她身边，查理的电话响了。他一把抓起听筒，在记事本上写下了几个大字：“收费公用电话——奥克兰——980号和580号州际公路——德士古。”

“我们都有麻烦，里奇。”她换成更理性的口气说道。查理走到墙边，看着墙上的地图。她听见他说“封路”。

“你的声音变了。”格兰杰起了疑心，“出什么事了？”

朱迪感到透不过气来。她没有专门训练过谈判技巧。她只知道自己必须让他一直讲电话。“我突然觉得，要是我们之间没办法达成协议，那会造成多大的灾难。”她说。

她可以听到查理在压低声音下紧急命令：“打电话给奥克兰警局、阿拉美达县治安官办公室，还有加州高速公路巡警。”

“你在跟我打马虎眼。”格兰杰说，“你是不是已经追踪了这个电话？天哪，动作真快。你是想让我一直跟你讲电话，好让你的特警队来抓我吗？别想了！我有一百多种方法可以逃走！”

“但是要想摆脱你造成的麻烦，只有一种方法。”

“现在已经过了午夜。”他说，“你没有时间了。我要再制造一起地震。你是阻止不了我的。”他挂了电话。

朱迪一把摔下听筒。“我们走，查理！”她把E-fit图像从公告板上扯下来，跑了出去。直升机在阅兵场上等着，旋转翼正在转动。她跳了上去，查理紧随其后。

出发时，他戴上了头戴式耳机，然后示意她也戴上。“我估计要二十分钟的时间才能把路封上，”他说，“假设他为了避免超速被拦下，以六十英里的时速开车，等我们布下天罗地网的时候，他应该已经开了二十英里。所以我已经下令封闭半径二十五英里范围内的所有主要高速公路。”

“那其他路呢？”

“我们只能寄希望于他开的是长途车。要是他下了高速公路，我们就追踪不到他了。这里是加州最繁忙的道路交通网之一。除非动用美国军队，否则你没有办法把路封得严严实实。”

转到80号州际公路后，神甫听到头顶上传来一架直升机的声音，他抬起头，看见它飞了过去。这台直升机是从旧金山方向飞来的，正穿过海湾，飞往奥克兰方向。

“妈的，”他说，“他们不会是来抓我们的吧？”

“我跟你说了，”梅兰妮说，“他们瞬间就可以追踪电话。”

“但是那又怎么样呢？他们甚至都不知道我们离开加油站以后，是在往哪个方向走！”

“他们可以封闭高速公路，我猜。”

“哪一条？98号、88号、58号还是80号？北向还是南向？”

“说不定都封。你知道警察的，他们总是随心所欲。”

“妈的。”神甫踩下油门。

“你可别因为超速被拦下来了。”

“好吧，好吧！”他又放慢了车速。

“我们不能下高速公路吗？”

他摇了摇头。“没有其他办法回去了。这里有小路，但是都不过河。我们只能在伯克利藏起来。找个地方停车，然后在车上睡觉。但是没时间了。我们必须回去拿地震振动器。”他又摇了摇头，“只能放手一搏了。”

车子驶出奥克兰和伯克利以后，车流变少了。神甫眯缝着眼睛，看着前方漆黑的夜色，留意着闪光灯。车子开到卡尔奎尼兹桥时，他放下心来。一旦过了河，他们就可以走乡村公路。他们或许要花半个晚上的时间才能到家，但是路上不会有危险。

他慢慢地开近收费站广场，留意着警察活动的迹象。只有一个岗亭是开着的，但是过了午夜，这也很正常。没有蓝色的灯光，没有巡逻车，没有警察。他停下车，摸索着牛仔衣的口袋，寻找零钱。

当他抬起头时，他看到了一名高速公路巡警。

神甫的心跳似乎停止了。

那个警察就在岗亭里，站在工作人员的后面，一脸惊讶地盯着神甫。

收费站的工作人员拿了神甫的钱，但是并没有开绿灯。

警官迅速走出了岗亭。

梅兰妮说："糟了！怎么办？"

神甫想过逃跑，但是很快打消了这个念头。这样一来警察就会来追他。他这台老车没有办法跑过警车。

"晚上好，先生。"警官说。他是一名胖男子，大概五十岁，制服外套着防弹背心，"请把车停在道路右边。"

神甫照着他说的去做了。一辆高速公路巡逻车正停在路边，从岗亭的广场的另一边看不见它。

梅兰妮小声说道："你打算怎么办？"

"尽量保持冷静。"神甫说。

还有一名警官在巡逻车里等着。他看到神甫停下车以后，便下了车。他也穿着防弹背心。一开始那个警官从岗亭处走了过来。

神甫打开仪表板上的小储物柜，取出了当天早上从洛斯阿拉莫斯那里偷来的左轮手枪。

接着，他下了车。

朱迪只花了几分钟，就到达了德士古加油站，也就是神甫打电话的地方。奥克兰警方行动很快。在停车场，有四辆巡逻车分别停在广场的四个角落里，车头朝向广场中心，蓝色的车灯闪烁着，头灯照亮了一片空荡荡的着陆地。直升机降落下来。

朱迪跳下直升机。迎接她的是一名警佐。

“带我去电话亭。”她说。他带她走了进去。

收费公用电话就在一个角落里，旁边是厕所。坐柜台的员工有两个，一个是中年黑人妇女，另一个是戴耳环的白人小伙子。他们看起来都很害怕。朱迪问警佐：“你问过他们了吗？”

“没有。”他说，“只跟他们说过，这是常规搜查。”

朱迪心想，傻子才会相信，毕竟外面停了四台警车，还有一架FBI直升机。她自我介绍了一番，然后说：“你们有没有注意到有人用过那台电话。”她看了看自己的手表“就在十五分钟以前？”

女人说：“有很多人用那台电话。”朱迪立刻感觉到她不喜欢警察。

朱迪看着那个小伙子：“我讲的是一个个子很高的白人，大概五十岁。”

“是有这么一个人。”他回应道，然后转向那个女人，“你没注意到吗？他看起来像个老嬉皮士。”

“我没看到过这种人。”她执意说道。

朱迪拿出了E-fit图片：“有没有可能是他？”

小伙子一副不确定的神色：“他没有戴墨镜，而且头发特别长，所以我觉得他肯定是个嬉皮士。”他又凑近了一点，“不过有可能是他。”

女人仔细看着照片。“我想起来了。”她说，“我觉得是他。一个瘦子，穿着蓝色牛仔衣。”

“你提供的信息真的很有帮助。”朱迪感激地说，“接下来这个问题很关键，他开的是什么样的车？”

“我没看。”小伙子说，“你知道每天有多少辆车经过这里吗？而且当时很暗。”

朱迪看着女人，女人遗憾地摇摇头：“亲爱的，你问错人了——我分不出福特和凯迪拉克的区别。”

朱迪掩饰不住自己的失望。“见鬼。”她说，接着，她振作起来，“不管怎么说，还是谢谢你们。”

她走了出去。“还有其他目击者吗？”她对警佐说。

“没有了。可能当时还有其他顾客，但是他们早就走了。只有两个人在这里工作。”

查理·马什急急忙忙地拿着手机，赶了过来。“有人看到格兰杰了，”他对朱迪说，“两个加州高速公路巡警在卡尔奎尼兹桥把他拦下来了。”

“太好了！”朱迪说。接着，查理脸上的表情让她意识到这应该不是好消息。

“人抓起来了吗？”

“没有，”查理说，“他朝他们开枪了。他们穿了防弹衣，但是他把他们爆了头，逃走了。”

“记下他的车了吗？”

“没有，收费站的工作人员没有注意。”

朱迪无法掩饰绝望的口气。

“也就是说被他跑了？”

“对。”

“那两个巡警呢？”

“都死了。”

警佐的脸白了。“上帝保佑，愿他们安息。”他小声说道。

朱迪不忍地转过脸去。“上帝保佑我们抓住里奇·格兰杰。”她说，“在他杀害更多人之前。”

第十七章

阿橡很好地把地震振动器伪装成了嘉年华卡车。龙之嘴漆色艳丽、红黄相间的车身壁板完全遮住了巨大的钢板、庞大的振动引擎和复杂的槽罐、管道。星期五下午，神甫开车跨越州境，从内华达山脉的丘陵地带出发，穿过萨克拉门托山谷，开往海岸的山间。一路上，其他司机友好地朝他微笑，按着喇叭。孩子们通过旅行车的后视镜朝他挥手。

高速公路巡警对他视而不见。

神甫开着卡车，梅兰妮坐在旁边。斯塔尔和阿橡坐在后面的旧CUDA里。薄暮时分，他们到达了费利西塔斯。地震窗将在晚上七点过后的几分钟之内打开。这是个好时机，神甫可以在夜色的掩护下逃走。况且，FBI和警方已经神经紧绷了十八个小时——他们应该已经累了，反应会变得迟钝。说不定他们已经开始相信今天不会有地震了。

他开下高速公路，停下了卡车。在出口斜坡下有一个加油站和一家大排骨餐厅，有好几户人家在餐厅里吃饭。孩子们透过窗户，盯着嘉年华卡车。餐厅隔壁是一片原野，那里有五六匹马在吃草；旁边是一座低矮的玻璃写字楼。从这里通往镇区的街道两边都有房子，神甫从他所在的地方还可以看到一所学校和一座木结构小楼，小楼看起来像是浸信会教堂。

梅兰妮说："断层线正好穿过了主大街。"

"你怎么知道的？"

"你看人行道上的那些树。"街对面有一排成熟的松树。

"西边的树木比东边的树木要远五英尺左右。"

的确如此，神甫可以看出沿街的线从中间断开了。在断口西面，树木生长在人行道中央，而不是路边。

神甫打开卡车的车载收音机。约翰·特鲁斯的节目才刚刚开始。"太好了。"他说。

新闻主播说："昨日发生了一件怪事，麦克·罗宾逊州长的一位副手在萨克拉门托遭到劫持。劫持者在议会大厦的车库里劫持了内阁秘书阿尔·霍尼穆恩，迫使其开车出城，然后在80号州际公路将其抛下。"

神甫说："你们注意到了吧？他们没有提'伊甸之锤'。他们知道萨克拉门托的那个人是我。但是他们试图假装这跟我们没有关系。他们觉得这是在防止恐慌。但其实是浪费时间。在二十分钟以内，加州就会爆发有史以来最大的恐慌。"

"是啊！"梅兰妮说。她很紧张，但是却兴奋不已，脸上涨得通红，眼睛里放射出希望和恐惧的光芒。

不过，神甫暗地里满怀疑虑。这一次会成功吗？

要想知道答案，只有一种办法。

他发动卡车，开车下了山。

从高速公路分出来的接驳道路绕了一个大圈，并入通往东面镇区的乡村老路中。神甫转到主大街。断层线上正好有家咖啡馆。神甫开进前面的停车处。CUDA在卡车旁边停了下来。"去买点甜甜圈。”他对梅兰妮说，“表现得自然点。”

她跳下车，闲庭信步地穿过停车区，走进咖啡馆。

神甫拉下手刹车，打开开关，将地震振动器的钢板放到地上。

一名穿制服的警察从咖啡馆里走了出来。

神甫骂道：“靠。”

警察正拿着一个纸袋，目的明确地向停车区尽头走去。神甫猜测他是中途停车，下来给自己和搭档买咖啡的。但是巡逻车在哪里？神甫四下张望，看到了蓝白相间的车顶灯，那辆车几乎完全被一台小火车挡住了。他开进来的时候，没有注意到它。

但是现在后悔，已经为时过晚。警察看到卡车，改变了方向，来到神甫的窗边。

“嗨，今天怎么样？”警察带着友好的语气说道。他是个高大瘦削的男子，二十来岁，头发很短。

“我挺好的。”神甫说。小镇的警察，就喜欢自来熟，搞得好像所有人都是他邻居似的。“你还好吗？”

“你知道吗，你不能在未经许可的情况下经营那种卡车。”

“到哪里都是一样。”神甫告诉他，“但是我们是打算去庇斯摩海滩。到这里只是路过，买杯咖啡而已，跟你一样。”

“好吧。祝你好运。”

“你也是。”

警察走了，神甫惊叹地摇了摇头。要是你知道我是谁，你说不定会被撒了巧克力糖霜的甜甜圈噎到呢。

他透过后视镜，检查了一下振动器的仪表盘。一切正常。

梅兰妮回来了。“你去坐他们的车，”神甫指示道，“我马上就好。”

他把机器设定为遥控模式，然后跳了出去，让发动机开着。

梅兰妮和斯塔尔坐在CUDA的后座上，彼此尽可能保持最远的距离，她们彼此依然很客套，但是掩饰不住自己对对方的敌意。阿橡坐在驾驶座上。神甫坐进了副驾驶座。“把车开回山上，在我们之前停过车的地方停下来。”他说。

阿橡把车开走了。

神甫打开收音机，调到了约翰·特鲁斯的频道。

“现在已经是星期五晚上七点二十五分，‘伊甸之锤’的地震威胁依然没有得逞，谢天谢地。你们遇到的最恐怖的事情是什么？拨打约翰·特鲁斯热线跟我们分享一下吧。就算是糗事也没有关系，比如看到冰箱里有老鼠，或者被人抢劫。与世界分享你的想法，相约今晚的《约翰·特鲁斯直播间》。”

神甫转向梅兰妮：“用你的手机给他打电话？”

“万一他们追踪呢？”

“他们是电台，又不是他娘的FBI，他们追踪不了电话的。你打就是了。”

“好吧。”梅兰妮输入了约翰·特鲁斯正在电台里复述的电话号码。

“现在占线呢。”

“接着打。”

“这部手机有自动重拨功能。”

阿橡在山顶停了车，他们俯瞰着小镇。神甫焦虑地扫视着咖啡馆前面的停车区。那几个警察还在那里。他不想在他们离得这么近的情况下启动振动器——说不定他们当中会有人冷静地跳进驾驶室里，关掉发动机。

“那些操蛋警察！”他喃喃地骂道，“他们干吗不去抓点犯罪分子？”

“别这么说——他们可能会来抓我们的。”阿橡开玩笑道。

“我们不是犯罪分子。”斯塔尔坚定地说，“我们是在努力拯救国家。”

“说得太对了。”神甫笑了笑说。他对着空气捶了一拳。

“我是认真的。”她说，“过了一百年，当人们回过头来看这件事时，他们就会说，我们是理性的一方，而政府是愚蠢的一方，他们放任美国被污染破坏。就和一战的逃兵一样——他们当时是被唾弃的，但是现在，人人都说他们才是唯一理智的群体。”

警察巡逻车从咖啡馆开走了。

“电话打通了！”梅兰妮说，“我接通了——哈啰？好，我会保持电话接通，等着约翰·特鲁斯……他说让你们把收音机关掉……”神甫关掉了收音机。“我想谈谈跟地震有关的问题。”梅兰妮接着跟对方讲话，回答他的问题，“我的名字叫……梅琳达。噢！他挂电话了。操，我差点把自己的名字说出来了！”

“没事。叫梅兰妮的人多了去了，”神甫说，“把电话给我。”她把电话递了过去。神甫把耳朵凑到听筒边。他听到一则圣何塞雷克萨斯经销店的广告。电台似乎会为等待线路接通的人播放广告。他看着警察巡逻车爬上山坡，向他的方向开来。它经过了卡车，开上高速公路，然后消失了。

突然，他听到：“梅琳达想跟我们谈谈有关地震威胁的问题。哈啰，梅琳达，你现在上《约翰·特鲁斯直播间》了！”

神甫说：“哈啰，约翰，我是梅琳达，我代表‘伊甸之锤’。”

对方沉默了片刻，等到特鲁斯再度开口时，他换成了平常宣布重大消息时的那种装腔作势的声音：“伙计，你最好不要开玩笑。因为你要是开这种玩笑，说不定会坐牢的啊。”

“我觉得这种时候没开玩笑才可能要坐牢吧。”神甫说。

特鲁斯没有笑：“你为什么要打电话给我？”

“我们只是想要确保，这一次，所有人都知道地震是我们造成的。”

“什么时候会地震？”

“几分钟之内。”

“在哪里？”

“这我可不能说，因为说不定就会让FBI逮到。但是我可以跟你透露一点信息，这种信息是谁也猜不出来的。地震会发生在101号公路上。”

拉杰·汗跳到了指挥所中央的一张桌子上。“大家都闭嘴，都听我说！”他吼道。他们都听出了他语调中的尖锐口气，整间屋子瞬间安静下来。“一个自称代表‘伊甸之锤’的男人给《约翰·特鲁斯直播间》打了电话。”

现场一下子炸开了锅，人人都在问问题。这时候，朱迪站了起来。“大家安静！”她喊道，“拉杰，他说了什么？”

卡尔·西奥巴尔德正坐在座位上，耳朵紧贴着一个便携式收音机。他回答了她的问题：“他刚才说，下一场地震几分钟之内就会发生在101号公路。”

“干得好，卡尔！把音量调大点。”朱迪转过身，“迈克尔——这跟我们事先监控的地点一样吗？”

“不一样。”他说，“靠，我猜错了！”

“那就接着猜！找找看这些人可能会在哪儿！”

“好吧。”他说，“别喊了。”他坐在电脑前，把手放到鼠标上。

卡尔·西奥巴尔德的收音机正播放着一名男子的声音：“现在好戏开始了。”

迈克尔的电脑上响起了警报声。

朱迪问：“怎么回事？是地震吗？”

迈克尔点击了鼠标：“等等，它才刚刚在屏幕上显示出来……不是，不是地震。是地震振动器。”

朱迪透过他的肩膀看着屏幕。眼前的图形模式跟他星期天给她看的那张一模一样。“这是在哪儿？”她说，“给我个地点！”

“我正在查呢，”他顶了回来，“你对我吼也不能让电脑的运算速度更快一点。”

到了这种紧要关头，他怎么会变得那么气人呢？

“为什么没有地震？说不定他们的方法错了！”

“在欧文斯山谷，他们第一次也没有成功？”

“我又不知道。”

“好吧。这是坐标。”

朱迪和查理·梅西走到了墙上的地图前。迈克尔报出了坐标。

“在这里！”朱迪带着胜利的口吻说，“就在101号公路上，加州以南，有一座小镇叫作费利西塔斯。卡尔，打电话联系当地警方。拉杰，通知高速公路巡警。查理，我跟你一起坐直升机走。”

“这个坐标不精确，”迈克尔提醒道，“实际上振动器可能在这个坐标周围一英里的范围内。”

“怎么才能把范围缩小？”

“我看看地貌，就能找到断层线。”

“你最好也上飞机来。快去拿个防弹背心，我们走！”

“没用啊！”神甫说着，试图克制自己的紧张。

梅兰妮说：“我们在欧文斯山谷的时候，第一次也没有成功啊，你不记得了吗？”她听起来有些恼火，“我们必须把车开到别的地方，再试一次。”

“靠，希望我们的时间够用，”神甫说，“快开车，阿橡！开回卡车旁边去！”

阿橡将老车开上车道，下了山。

神甫转过身来，在震耳欲聋的发动机声中冲着梅兰妮大喊：“你觉得我们应该把它开到哪儿？”

“有一条小路，几乎就在咖啡馆对面——沿着那条小路开四百码的样子。那就是断层线延伸的地方。”

“好吧。”

阿橡在咖啡馆门前停下了车。神甫跳了下去。

一个胖大妈站在他面前。“你听到刚才那阵噪声了吗？”她说，“好像是从你的卡车里传出来的。太刺耳了！”

“别挡着我的路，小心我割掉你的脑袋。”神甫说。他跳进卡车里，升起钢板，切换到驾驶模式，然后把车开走了。他冲到街上，后面来了一辆老旧的旅行车。司机赶紧猛踩刹车，气愤地按了按喇叭。神甫径直开到了小路上。

他往前开了四百码，停在一户人家前，这家人的房子只有一层，看上去很干净，外面围着一座花园。一只小白狗隔着围栏，直朝他狂吠。带着躁动不安的迫切心情，他再次放下了振动器的钢板，检查了仪表盘。他切换到了遥控模式，跳出车外，回到了CUDA车上。

CUDA发出刺耳的声音，来了个急转弯，然后绝尘而去。当他们全速行驶在主大街时，神甫观察到，他们的活动已经开始引起了注意。看着他们的人有一对提着购物袋的夫妇、两个骑山地车的小男孩、三个从酒吧里出来看情况的胖大叔。

他们驶到主大街的尽头，然后上了山。“已经够远了。”神甫说。阿橡停了车，神甫启动了遥控。

他听到了六个街区以外的卡车振动声。

斯塔尔声音颤抖地说：“我们在这里安全吗？”

大家都不作声，怀揣着焦虑的心情一动不动，等着地震。

卡车振动了三十秒钟，然后停了下来。

“安全过头了。”神甫对斯塔尔说。

阿橡说：“这没鸟用，神甫！”

“上一次也出现过这种情况，”神甫绝望地说，“肯定会成功的！”

梅兰妮说：“你知道我是怎么想的吗？这里的土地太软了。这座小镇离河很近。又软又湿的土地容易吸收地震。”

神甫带着责备的目光转向她：“你昨天不是说地震在潮湿的土

地上能造成更大的破坏力吗？”

“我说潮湿土地上的建筑物更容易被破坏，是因为它们底下的土地震动得更剧烈。但是要想把冲击波传递到断层，以岩石为介质更好。”

“别在那长篇大论了！”神甫说，“我们接下来在哪里试？”

她指了指山上：“在我们下高速公路的地方，它并不直接位于断层线上，但是那里的地表应该是岩石。”

阿橡对神甫扬起了一边眉毛。神甫说：“回到卡车那边去，快！”

他们在主大街上疾驰，这一次围观的路人更多了。阿橡开着车，一个急转弯，进了小路，在地震振动器边猛地停了下来。神甫跳进卡车，升起钢板，把车开走了。他猛踩着油门踏板。卡车以慢得令人煎熬的速度穿过小镇，爬上山坡。

开到半山腰时，他们先前见到的警车从高速公路的斜坡上开了下来，闪着头灯，鸣着警笛，迅速从他们身边经过，开向了镇里。

最终，卡车来到了神甫一开始俯瞰小镇、赞叹其壮丽景观的地方。他在大排骨餐厅的街对面停了下来，第三次放下了振动器的钢板。

透过后视镜，他看到了CUDA。先前那辆警车从镇里开了出来，正沿着山坡往回赶。他抬起头，看到远方的天空中出现了一架直升机。

他没有时间下车遥控了。他必须坐在驾驶室里启动振动器。

他把手放到控制杆上，犹豫了片刻，然后拉下了控制杆。

从直升机上看，费利西塔斯就像一座沉睡的小镇。

这是一个天气晴朗的傍晚。朱迪可以看到主大街及其周围的道路网、花园里的树木、人行道上的汽车，但是所有的一切似乎都静止了。一名浇花的男子一动不动，就像雕塑一般；一位头戴大草帽的女子呆立在人行道上；街角有三个小女孩定在那里；两个骑自行车的小男孩在路中间停了下来。

高速公路上有汽车在移动，它们很快从高架桥上开了过去。除了惯常的车流以外，她看到有几辆警车大约在一英里以外，正向小镇方向疾驰。她估计，这些车是响应她的应急行动号召而来的。

但是在小镇里，没有人移动。

过了一会儿，她明白怎么回事了。

他们在听声音。

直升机的声音太大，所以她听不清他们在听什么，但是她猜得到，肯定是地震振动器的声音。

但是它在哪儿？

直升机飞到了足够低的地方，这样她就可以看清主干道上的车辆。但是她找不到一辆车是像地震振动器那么大的。能够遮蔽部分人行道的树木似乎也不足以藏住全尺寸的卡车。

她通过头戴式耳机对迈克尔说：“你看得到断层线吗？”

“看得到。”他正在看一张地图，同时与下面的地貌做比对，“它穿过了铁路、河流、高速公路和输气管道。天哪，这下可能会造成损失了。”

“但是振动器在哪儿？”

“山坡上的那个是什么？”

朱迪顺着他指的方向看。在小镇上方，靠近高速公路的地方，她看见了一片低矮的建筑：一间速食餐馆、一座玻璃幕墙的写字楼、一座小木屋——说不定是小教堂。在餐厅附近的道路上，停着一辆泥色的双门汽车，看起来像是20世纪70年代初的老式高性能车。一辆警察巡逻车停在后面。一台大卡车周身都涂着彩漆，车身上画着大红色与酸黄色相间的龙。她读出了车身上的单词“龙之口”。“这是一台嘉年华卡车。”她说。

“也可能是伪装。”他提醒道，“它跟地震振动器差不多大。”

“天哪，你肯定是对的！”她说，“查理，你在听吗？”

查理·马西正坐在飞行员旁边。他的特警队有六名成员坐在朱迪和迈克尔后面，端着笨重的MP-5冲锋枪。特警队的其他成员正坐在装甲卡车上，在高速公路上飞驰，那是他们的移动战术行动中心。“我听着呢。”查理说，“飞行员，你能把我们放到山上那台嘉年华卡车附近吗？”

“很难。”飞行员说，“山坡很陡，山路形成了一个狭窄的岩石架。我倾向于降落在那个餐馆前的停车场上。”

“那就这么办吧。”查理说。

“不会有地震吧？”飞行员问。

没有人回答他。

直升机下降时，卡车里跳出了一个人。朱迪定睛一看，这是一名又高又瘦、头发很长的男子，她立马感觉到他肯定是她的敌人。他抬起头，直直地盯着直升机，仿佛目光就落在她的身上。她离得太远，看不清他的相貌，但是她很确定他就是格兰杰。

待在那儿别动，你这个婊子养的，我来抓你了。

直升机盘旋在停车场上，开始降落。

朱迪意识到她自己以及和她一起来的所有人，都有可能在接下来几秒钟的时间里送命。

当直升机接触到地面时，一阵噪声传来，声音如同末日审判的号角。

响声如雷鸣般震耳欲聋，盖过了地震振动器和直升机旋转翼的声音。

地面似乎隆了起来，就像拳头一样击中了神甫。他正看着直升机降落在大排骨餐厅的停车场上，心里想着振动器正在做无用功，他的计划失败了，他马上就要被逮捕，进而锒铛入狱。紧接着，他感觉自己就像被拳击手麦克·泰森打倒了一样，躺倒在了地上。

神甫翻过身来，大口喘着气，他看到周围的树木都开始弯折、扭曲，仿佛刮起了飓风。

过了片刻，他回过神来，意识到了情况——成功了！他制造出了地震。

太棒了！

而他就身处其中。

接着，他开始担心起自己的性命。

空气中充斥着可怕的隆隆声，仿佛所有的岩石都在一个巨桶里翻滚。他挣扎着用膝盖支撑地面，但是地面震荡不稳。他试图站起来，却又摔倒了。

噢，操蛋，我完了。

他翻过身来，试图坐直身子。

他听到一声响，就像有一百扇窗户在破碎。他转过头，向右看去，眼前的情形让他明白了声音的来源。写字楼的玻璃墙都同时震碎了。几百万个玻璃碎片像瀑布一般从楼上倾泻下来。

太棒了！

路边更远处的浸信会小教堂似乎倒向了人行道上。它是一个脆弱的木建筑，薄薄的墙在一片沙尘中倒了下去，落到地上，只留下一个巨大的雕花橡木诵经台矗立在断壁残垣中。

我做到了！我做到了！

大排骨餐厅的窗户碎了，受惊吓的孩子发出的尖叫声划破了长空。房顶的一角掉了下去，砸中了五六个少年，压碎了他们的身体、桌子，还有排骨晚餐。其他食客一波接一波站起来，向已经没有玻璃的窗口冲去，而屋顶的其余部分开始向他们身上倒下来。

空气中到处都是刺鼻的汽油味。神甫估计，加油站的油罐在地震中裂开了。他望着对面，看到一大滩油正在往前院里泄漏。一辆失控的摩托车冲出了道路，左摇右晃着，最终把车手摔了下去，而它滑过混凝土路面，擦着火花。泄漏的汽油很快被火花点着了，顷刻之间，整个广场陷入火海。

天哪！

起火的地方离CUDA特别近。他看到车子上下颠簸，手握方向盘的阿橡脸上浮现出惊恐的神情。

他还从来没有看到阿橡害怕过。

原本在餐厅旁边的草地上吃草的马儿从破掉的围栏里冲了出

来，拼了命地在路上狂奔，朝着神甫直冲过来，看起来受到了很大的惊吓。神甫没时间躲开了。他用手护着头。马儿们从他的两边冲过去了。

在镇中心，教堂的钟声不停地响着。

直升机刚碰到地面，又马上升了起来。朱迪看到底下的地面就像果冻一样震颤起来。接着，随着直升机越升越高，地面越来越远。她屏住呼吸，看着写字楼的玻璃墙像波涛般涌动起来，然后如大浪一般冲刷到地面上。一个摩托车手被摔进了加油站里，汽油开始着火。看到火舌吞没了摔在地上的车手，她悲痛地尖叫起来。

直升机左摇右摆地转了个方向，眼前的景象变了。现在，她看着辽阔的平原。在远处，一辆货运火车正在穿过原野。一开始，她以为它能幸免于难，接着，她意识到车子正在尖厉的轰鸣声中放慢速度。它脱离了铁轨，就在她恐惧地注视着它时，车头翻进了铁轨旁的野地里，满载着货物的车厢歪歪扭扭地挤在车头后面。直升机又转了个方向，依然在上升。

这时候，朱迪看到了小镇里的情况。眼前的景象惨不忍睹。绝望而恐慌的人们跑上街头，他们张大了嘴，惊恐地尖叫着四处逃窜——只不过她听不见他们的叫声。房子纷纷倒塌，墙面开裂，窗户破碎，屋顶令人恐惧地向人行道上倾斜，倒在修剪整齐的花园里，压塌了人行道上的汽车。主大街似乎着了火，同时又遭到水淹。街上的汽车撞到一起。朱迪看见一道火花闪过，就像闪电一般，紧接着又出现一道火花，她估计，那是因为电线在断裂。

随着直升机升上了高空，高速公路进入了视野。朱迪惊骇地用手捂着嘴，她看见支撑高架桥的一个巨型桥拱已经扭曲、折断。路基已经裂开，有一段路已经隆起到半空中。至少有十辆车已经堵在了断口两边，它们挤在一起，其中好几辆车着了火。伤亡还没有停止。就在她注视着小镇的时候，一辆带尾翼的雪佛兰大轿车左摇右晃地向悬崖冲去，司机徒劳地踩着刹车。当车子冲出悬崖时，朱迪听到自己尖叫了起来。她看得到司机惊恐的脸，那是一个小伙子，他已经意识到自己即将面临死亡。汽车在空中翻滚着，那个过程慢得令人煎熬，最终，它撞上底下一座房子的屋顶，着了火，使整座房子也陷入了火海。

朱迪用手捂着脸。眼前的景象让人不忍直视。但是紧接着，她意识到自己是FBI特工，于是逼着自己再度睁开了眼睛。高速公路上的汽车已经提早放慢了速度，不会撞上事发地点，她看出来了。但是高速公路上巡警车和特警队的卡车没有办法原路开进费利西塔斯。

一阵突如其来的风吹散了加油站上黑烟滚滚的云，朱迪看到了她认为是里奇·格兰杰的人。

这是你干的好事。你把这些人害死了。你这个畜生，我就算拼了老命也要把你抓进监狱里去。

格兰杰挣扎着站了起来，跑向棕色轿车，对着里面的人一边大喊大叫，一边比画着手势。

警车就在轿车后面，但是警察似乎行动迟缓。

朱迪意识到，恐怖分子准备逃跑了。

查理也得出了同样的结论。“快降落，飞行员！”他通过耳机喊道。

“你疯了吗？”飞行员也冲着他喊。

“就是那些人干的！”朱迪尖叫着，越过飞行员的肩膀指给他看，“他们造成了这场灾难，现在他们要跑了！”

“妈的。”飞行员骂道。直升机向地面俯冲下去。

神甫透过CUDA开着的车窗向阿橡大喊：“我们走！”

“好啊——走哪里？”

神甫指了指通往小镇的路：“走这条路，但是不要向左拐进主大街，要向右拐，走乡间小路——它可以绕回旧金山，我查过了。”

“好吧！”

神甫看到两名本地警察正从警车上下来。

他跳进卡车，升起钢板，绝尘而去，身体撑在方向盘上。阿橡驾着CUDA来了个急转弯，向山下开去。神甫的卡车转弯速度没有那么快。

其中一名警察挡到路中间，用枪指着卡车。他就是早上跟神甫打招呼的那位瘦小伙子。此时，他喊道：“警察！停车！”

神甫对着他开了过去。

警察大叫一声，躲开了。

前方的道路绕过了小镇，向东方延伸。走这条路可以避开受灾最严重的镇中心。在塌毁的玻璃办公楼外，神甫不得不绕开几辆撞在一起的汽车，不过过了这道关口，前面的路上就没什么车了。卡车开始加速。

我们会逃脱的！

这时候，FBI的直升机停在了前方四分之一英里的路中央。

靠。

神甫看到前面的CUDA急停了下来。

好吧，你们这帮白痴，这是你们自找的。

神甫踩下了油门。

身穿特警队制服、全副武装的特工们一个接一个跳下直升机，开始在路边寻找掩护。

神甫开着卡车猛冲下山坡，一路加速，呼啸着从CUDA旁边经过。

“现在跟我来。”神甫喃喃自语，希望阿橡能够猜出他的意图。

他看到朱迪·马多克斯跳下了飞机。娇美的身体隐藏在防弹背心里。她拿着一把散弹枪，跪在一根电线杆后面。一名男子跟在她后面，趺趺撞撞地下了飞机。神甫认出他是梅兰妮的丈夫迈克尔。

神甫瞥了一眼侧视镜。只见阿橡开着CUDA正好藏在卡车后面，这样就很难遭到射击。看来他还没有完全忘记自己从军队里学到的东西。

在CUDA后面一百码的地方，有一辆警车在飞驰，看起来就像快速移动的蓝色条纹。

神甫的卡车距离特工们有二十码远，他径直朝着直升机驶去。

一名FBI特工站在路边，将一杆笨重的机关枪对准卡车。

天哪，希望FBI没有准备枪榴弹发射器。

直升机从地面升起来了。

朱迪暗自咒骂着。直升机飞行员不懂得灵活地执行命令，他降落的地方离恐怖分子开的车太近了。特警队和其他特工还没来得及在地面上散开，占好位置，嘉年华卡车就开过来了。

迈克尔踉踉跄跄地走到路边。“趴下！”朱迪对他喊道。她看到卡车司机趴在仪表盘后面，躲避一名特警的冲锋枪射击。挡风玻璃上卡进一颗子弹，周围变模糊了，挡泥板和发动机盖上出现了枪眼，但是卡车并没有停下来。朱迪气得大喊大叫。

她赶紧将自己的M870散弹枪对准卡车轮胎，开了一枪。但是她失去了平衡，子弹打偏了。

这时候，卡车开到了她旁边。所有特工都停止了射击：他们害怕打到自己人。

直升机正从路面升起——但是紧接着，朱迪骇然看见，飞行员慢了几秒。卡车驾驶室的车顶刮到了直升机的起落架。直升机突然晃悠起来。

卡车不受影响地继续向前冲。棕色的CUDA也飞驰而过，紧跟在卡车后面。

朱迪疯狂地朝着逃跑的车辆开枪。

我们让他们跑了！

“噢，不！”朱迪喊道，“千万不要啊！”

直升机似乎在半空中摇摆不定，飞行员试图保持控制。这时候，一枚旋翼片碰了地面。

直升机尾翼开始向上旋转。朱迪可以看到飞行员疯狂地按着操作板，脸上浮现出惊恐的表情。接着，直升机突然俯冲到了路中央。变形的金属摔到地上，发出沉重的闷响，紧接着是玻璃碎裂发出的音乐般的脆响。有那么一会儿，直升机倒立在地上。接着，它慢慢地开始向一边倒。

追过来的警车可能时速已经达到了一百英里，它猛地急刹车，滑行了一段距离，撞上了已经坠毁的直升机。

只听见一声震耳欲聋的巨响，直升机和警车都陷入了火海。

神甫通过侧视镜，看见了警车和直升机相撞的一幕，不由得发出了一声胜利的欢呼。现在，FBI似乎陷入了困境，没有直升机，也没有车。接下来的几分钟里，他们会绝望地尝试从残骸当中营救警察和飞行员，要不然万一有人幸存，就会错过救援时机。等到他们当中有人想起从附近的居民那里征用一辆车时，神甫已经逃了几英里远了。

他把千疮百孔的挡风玻璃推了出去，同时并没有放慢车速。

我的天哪，我估计我们成功了!

在他身后，CUDA正以古怪的方式摇摇晃晃地前行着。过了一会儿，他估计那辆车爆胎了。可是它还在往前开，这就说明出问题的肯定是后胎。阿橡可以开着这种状态的车子再走一两英里。

他们到达了岔路口。有三辆车挤在这里：一辆后面带有婴儿座的丰田小货车，一辆被撞变形的道奇皮卡车，还有一辆老旧的白色凯迪拉克Coupe de Ville老爷车。

神甫端详着它们。这几辆车都没有遭到严重的损坏，其中那辆小货车的发动机还开着。他到处都看不到司机。他们肯定找电话去了。

他绕过这几辆车，向右转，朝着远离小镇的方向开，然后在第一个转弯处停了下来。

他们现在距离FBI的特工队已经超过一英里远，而且已经远离他们的视线。他估计暂且有一两分钟是安全的，于是跳下了卡车。

CUDA在后面停了下来。阿橡跳下卡车。他正咧开嘴，灿烂地笑着。“报告长官，任务已经顺利完成！”他说，“我在那该死的军队里还从来没有见识过这样的大场面！”

神甫跟他击了个掌。“但是我们还需要从战场上撤离，而且要尽快。”他说。

斯塔尔和梅兰妮下了车。

梅兰妮兴奋得面露红晕，仿佛被撩起了一样。“我的天哪，我们做到了！我们做到了！”她说。

斯塔尔弯下腰来，开始在路边呕吐。

查理·马什正在用手机通话。“飞行员和两名当地警察已经死亡。101号公路堵车追尾很严重，需要封路。现在费利西塔斯到处都是汽车残骸，有的地方着火，有的地方被水淹了，有一条输气管道破裂，有一辆火车脱轨。你们得向州长的应急管理办公室请求增援。”

朱迪示意他把电话给她。

他对她点了点头，然后对着话筒说：“找朱迪手下的人来接电话。”他把电话递给了她。

“我是朱迪，你是哪位？”她语速很快地说。

“我是卡尔。你怎么样了？”

“还好，但是让嫌犯跑了，好抓狂。你通知下去，让所有人留意两辆车。一辆是卡车，车身上画着红黄相间的龙，看起来像嘉年华卡车。另一辆是棕色的普利茅斯CUDA，车龄有二十五到三十年了。还有，再派一架直升机来，在远离费利西塔斯方向的公路上寻找那两辆车。”她抬起头，看了看天空，“现在已经太暗了，但是还是搜查一下吧。凡是符合描述的车辆都要拦下来，对车里的人展开讯问。”

“要是有人刚好符合格兰杰的长相特征呢……？”

“把他抓住，按倒在地。等着我过去。”

“你接下来打算怎么办？”

“估计我们会征用一些汽车，要不然就回不来了。我们必须想办法……”她停下来，压制住内心涌上的一阵疲惫和绝望，“想办法阻止这样的灾难再次发生。”

“还没完呢，”神甫说，“再过一个小时左右，加州每一个警察都会开始寻找一辆名叫‘龙之口’的嘉年华卡车。”他转向阿橡，“我们多久能把这些板子卸下来？”

“几分钟就可以了，只要有几把好锤子。”

“这辆卡车上配了一个工具箱。”

两个人手脚麻利地将卡车上的嘉年华壁板卸了下来，把它们抛过铁丝网，扔到了一片田野里。由于地震之后，人们会陷入混乱，幸运的话，过上一两天才会有人走近，仔细查看这些东西。

“你打算怎么跟阿骨交代？”阿橡一边干活，一边说。

“我会想办法的。”

梅兰妮走上前来帮忙，但是斯塔尔背对着他们，倚靠着CUDA的车身。她正在哭泣。她会制造麻烦的，神甫对此心知肚明，但是现在没有时间安抚她。

大功告成之后，他们退后了几步，累得直喘气。阿橡忧心忡忡地说：“现在这鬼东西看起来又像地震振动器了。”

“我知道，”神甫说，“我也没办法，现在天色暗了，我也不需要开车走太远。而五十英里范围内的所有警察都会投入救援工作。我只能祈祷运气好。我们走吧。上车。”

“不过我需要先换一个轮胎——我那辆车爆了一个胎。”

“不要紧，”神甫说，“反正我们也得扔了这辆CUDA。FBI看过它了，他们会找这辆车的。”他指了指身后的交叉路口，“我先头看到那儿有三辆车，你给自己找辆新的吧。”

阿橡赶紧走了过去。

斯塔尔满脸责备地看着神甫。“真不敢相信，我们竟然做出了这种事情，”她说，“我们杀了多少人？”

“我们别无选择，”他气愤地说，“你跟我说过，你会不惜一切代价守护公社——你不记得了吗？”

“但是你现在这么平静。死了那么多人，还有更多的人受了伤，无家可归——你就不心痛吗？”

“怎么会不心痛？”

“还有她，”她点头示意了一下梅兰妮的方向，“你看看她那张脸。她那么兴奋。我的天哪，我觉得她很享受这一切。”

“斯塔尔，我们晚些再谈，好不好？”

她摇了摇头，一副不可思议的样子。

"我跟你在一起二十五年了，但是从来没有真的看透你。"

阿橡开着那辆丰田车回来了。"除了车身有凹痕以外，其他都挺好的。"他说。

神甫对斯塔尔说："你去坐他的车。"

她沉吟良久，最终上了车。

阿橡开着车，很快消失在了他们的视野中。

"上卡车。"神甫对梅兰妮说。他坐进驾驶室，将地震振动器开回了交叉路口。他们都跳了下来，看着其余两辆车。神甫喜欢凯迪拉克的外观。它的车身遭到了撞击，但是车头完好无损，而且钥匙还插在里面。

"你开凯迪拉克，跟在我后面。"他对梅兰妮说。

她上了车，转动了车钥匙。车子马上就启动了。她说："我们去哪儿？"

"'佩蓓日记'。"

"好吧。"

"把你电话给我。"

"你要给谁打电话？别告诉我是FBI。"

"不是，就是电台而已。"

她把电话递了过去。他们正要离开，远处发生了一起大爆炸。神甫回过头，看着费利斯塔斯的方向。只见一阵火焰喷射到了高空中。

梅兰妮说："哇哦，那是什么？"

火舌退了下去，变成了夜空中的一抹红霞。

"我估计是输气管道刚才着火了，"神甫说，"好了，这就是我所说的焰火。"

迈克尔·奎尔克斯正坐在路边的一块草皮上，看起来既震惊，又无助。

朱迪走到了他身边。“起来，”她说，“你得振作，死人的事情每天都会发生。”

“我知道。”他说，“我不是因为死了人才这样——只不过这也够残酷的了。我是为了别的事情。”

“怎么了？”

“你看到谁在车里了吗？”

“你是说那辆CUDA？有个黑人在开车。”

“但是后座上呢？”

“我没注意到别人。”

“我注意到了。有个女人。”

“你认得她？”

“我当然认得，”他说，“她是我老婆。”

神甫用梅兰妮的电话自动重拨了二十分钟，才接通约翰·特鲁斯的节目。等到他听到节目热线的铃声时，他已经到达旧金山市郊了。

这期节目还在播。神甫自称是“伊甸之锤”的代表，很快就接通了录播室。

“你犯下了可怕的罪孽。”特鲁斯说。他用的是最矫揉造作的语气，但是神甫听得出，在特鲁斯严肃的口气背后，潜藏着欢呼雀跃的心情。这场地震相当于是他实时播出的。这会使他成为美国最有名气的电台人物，比霍华德·斯特恩[1]还要出名。

“你说得不对。”神甫告诉他，“那些肆意破坏加州环境的人，才是犯下了可怕的罪孽。我只是在试图阻止他们。”

“你就是通过杀害无辜的人来阻止他们吗？”

“污染能够杀害无辜的人。汽车能够杀害无辜的人。雷克萨斯的经销商不是在你们的节目上做广告吗？你去打电话，告诉他们，他们今天卖了五辆汽车，犯下了可怕的罪孽。”

电话那边一阵沉默。

神甫咧开嘴笑了。

特鲁斯不确定该怎么回答他。他不会开口谈论节目赞助商的伦理问题。他很快转移了话题：“我劝你自首，现在就去。”

“我有一件事情想告诉你，还有加州的人，”神甫说，“罗宾逊州长必须宣布停建全州的电厂项目——要不然，还会有一场地震。”

“这种事情你还要做一次？”特鲁斯听起来真心很惊讶。

“当然啦，而且——”

特鲁斯试图打断他：“你怎么能要求——”

神甫压过了他的话：“下一场地震还会比这一场更加严重。”

“地点在哪？”

“我可不能告诉你。”

“你能说时间吗？”

“噢，当然可以。除非州长改变主意，否则下一场地震将在

① Howard Stern，美国电台、电视节目主持人，作家，演员和摄影师。曾担任美国达人秀第七至第九季评委。

两天后发生。”他沉吟了片刻，以便营造喜剧效果。“刚好在两天以后。”他补充道。

他挂了电话。

“好了，州长先生，”他大声说，“告诉你的人民不要恐慌吧。”

Part 3
四十八小时

第十八章

快到午夜时，朱迪和迈克尔回到了应急行动中心。

朱迪已经四十个小时没有合眼，但是她并没有睡意。地震的恐惧依然伴随着她。每一分每一秒，她的脑海里都会浮现出那些噩梦般的画面：火车的残骸，尖叫的人群，被熊熊大火吞噬的直升机，还有那辆老旧的雪佛兰在空中不断地翻滚。当她走进军官俱乐部的旧址时，她看起来惊慌失措，惴惴不安。

但是迈克尔提供的信息给她带来了新的希望。虽然得知他的老婆是恐怖分子的一员，确实让人惊讶，但这也是目前为止最有可能致胜的线索了。要是朱迪能够找到梅兰妮，她就能够找到“伊甸之锤”。

而且，要是她能够在两天之内做到这一点，她就可以阻止另一场地震的发生。

她走进了已经变成指挥所的旧舞厅。斯图尔特·克里弗就是从华盛顿派来坐镇指挥所的大腕，他正站在会议区里。他是个衣着讲究、行事有条有理的人，身穿灰色套装，搭着白色衬衫和条纹领带。他旁边站着布莱恩·金凯德。

这个该死的家伙又混进来了。他想讨好华盛顿派来的人。

布莱恩已经做好了对付她的准备。“究竟出了什么问题？”

他一看见她，就劈头盖脸地说。

“我们迟了几秒钟。”她疲惫地说。

“你不是跟我们说，你把所有地点都监视好了吗？”他责问道。

“我们监视了可能性最大的地点。但是他们知道了这个消息。于是他们选择了退而求其次。这对他们来说有风险——失败的概率更大——但是他们赌赢了。”

金凯德转过身，对着克里弗耸了耸肩，仿佛在说：“相信她说的鬼话，还不如相信太阳会从西边出来。”

克里弗对朱迪说：“等你做好全面完整的报告之后，我想让你回家休息一下。布莱恩会负责领导你的团队。”

我就知道。金凯德已经诱使克里弗失去了对我的信任。

是时候破釜沉舟了。

朱迪说：“我也想休息。但是现在不行。我相信我可以在十二小时内将恐怖分子逮捕。”

布莱恩发出一阵惊呼。

克里弗说：“怎么做？”

“我刚发现了一条新线索。我知道他们的地震学家是谁了。”

“是谁？”

“她的名字叫梅兰妮·奎尔克斯。跟我们这边的迈克尔是夫妻，但是他们已经分居了。她从她丈夫的电脑里偷到了数据，知道了受压断层的地点。我怀疑她还偷了监控地点的清单。”

金凯德说：“奎尔克斯应该也是个嫌疑犯！他说不定跟她串通好了！”

朱迪已经料到他会这么说。“我可以肯定他不是。”她说，“但是他现在在做测谎仪测试，只是为了保险起见。”

“很不错，”克里弗说，“你能找到他妻子吗？”

“她跟迈克尔说过，她住在洪堡县的一个公社里。我的团队已经在从数据库中搜索那里的公社了。我们在那个社区——一个叫尤里卡的小镇——有一家分局，局里有两名常驻特工。我已经让他们联系了当地警方。”

克里弗点了点头，他给朱迪投来了赞许的目光：“你打算做什么？”

“我想马上开车过去。我会在路上睡觉。等我到那儿的时候，当地警察就会准备好一份包含所有公社的地址清单。我想明天一大早就对它们发动突袭。”

布莱恩说：“你没有足够的证据申请搜查令。”

他说得没错。光凭梅兰妮说她住在德尔诺特县的一个公社，还不足以构成合理的根据。但是朱迪比布莱恩更懂法律。

“已经发生了两次地震。我觉得我们现在已经进入了非常时期，你觉得呢？”也就是说，黎民百姓的性命正处于危急之中。

布莱恩看起来很不解，但是克里弗明白她的意思。“法务组可以解决这个问题，他们来就是为了这个。”他沉吟了片刻，“我喜欢这个计划。”他说，“我觉得我们应该这么做。布莱恩，你有没有其他要说的？”

布莱恩一副愠怒的样子：“她最好是对的。就这样。”

朱迪坐着一辆汽车往北驶去，开车的是一位她不认识的女特工。这位女特工是从萨克拉门托或者洛杉矶分局派来的，与她同来的还有几十个人。

迈克尔和朱迪并排坐在后座上。他太担心达斯蒂了，所以恳求带他同行。要是梅兰妮自己就是制造地震的恐怖分子之一，那么他们的儿子能有什么危险呢？朱迪取得了克里弗的同意，她给出的理由是，一旦梅兰妮被捕，总得有人照顾那个小男孩。

他们穿过金门大桥后不久，朱迪接到了卡尔·西奥巴尔德打来的电话。迈克尔已经告诉他们，在全美五百来家手机公司当中，梅兰妮的手机运营商是哪一家。而卡尔已经取得了梅兰妮的通话记录。由于漫游费的缘故，电话公司能够大体判断出每一通电话的拨出地点。

朱迪本来以为，大多数通话地点都在德尔诺特县，但是结果让她失望。

“通话地点真的是一点规律也没有。”卡尔疲惫地说，“她的通话地点有欧文斯山谷、旧金山、费利西塔斯，还有中间的好几个地方；但是这些都只是告诉我们，她在加州到处跑，而这一点我们已经知道了。你要去的地方不在通话地点当中。”

“这说明她在那里有固定电话。”

“或者也可能说明，她很小心。”

“谢谢你，卡尔。终归值得一试。你去睡会儿吧。”

“你的意思是我现在不是在做梦啊？靠。”

朱迪笑着，挂断了电话。

司机把车载收音机调到了播放轻松音乐的电台，只听见抒情歌王纳特·科尔在唱《让爱相随》，伴着他们在夜色中疾驰。朱迪和迈克尔可以敞开心扉交谈，不用担心被听见。

“这件事情的可怕之处在于，我并不惊讶。”迈克尔沉思良久，最终说道，“我估计我冥冥之中一直知道，梅兰妮是个疯狂的人。我当初不应该让她把孩子带走的——但是她毕竟是孩子的母亲，你知道吗？”

朱迪在黑暗中握住了他的手。“我想，你已经尽力了。”她说。他充满感激地握紧了她的手：“我只希望他一切都好。”

“是啊。”

朱迪慢慢地陷入了沉睡，她在睡梦中一直握着他的手。

所有人都已于早上五点在FBI尤里卡分局集合。除了当地的常驻特工以外，还包括镇警察局和县治安官办公室派来的代表。FBI总是喜欢在突袭中调用当地执法人员——这是一种联络感情的方式，毕竟FBI经常需要仰赖警方的支持。

《社区导航：互助生活指南》上显示，洪堡县有四个住宅公社。FBI数据库列出了第五个。而了解地方民情的人又爆出了两个。

其中一名常驻当地的FBI特工指出，一个叫作“凤凰村”的公社离一家核电厂的选址只有八英里之遥。朱迪一听到这个消息，心跳就加快了。她决定亲自领导突袭凤凰村的小分队。

她坐在洪堡县的一辆警察巡逻车里，背后跟着三辆警车。当她快要达到目的地时，身心的疲惫一扫而光。她感觉整个人又恢复了敏锐的洞察力和昂扬的斗志。她没能阻止费利西塔斯发生地震，但是她可以确保悲剧不会重演。

凤凰村的村口位于一条乡村小路边，村口有一个牌子，上面清楚地画着一只浴火重生的鸟。这里没有门，也没有守卫。汽车呼啸着开进一片路况完好的住宅区，在一个交叉路口周围停了下来。特工们从车里鱼贯而出，在星罗棋布的住宅间四散开来。每个人都有一份梅兰妮和达斯蒂的照片副本，那是从迈克尔桌上的照片复印而来。

她就在这里，就在某个地方，说不定正和里奇·格兰杰睡在一起。他们昨天折腾了那么久。我真希望他们正在做噩梦。

在熹微的晨光中，整个村子看起来很宁静。有好几栋建筑看起来像是谷仓，还有一个网格球顶建筑。特工们在敲每一扇门之前，都会将前后两个出口把守住。在交叉路口附近，朱迪找到了一张村子的地图，地图绘制在一块木板上，上面标出了住房和其他建筑。村子里有一家商店、一家按摩中心、一间邮政室和一家汽车修理店。除了十五套住房以外，地图上还展示了多个牧场、果园、游乐场和一个运动场。

在如此偏北的地区，早上天气很冷。朱迪冻得发抖，早知道当初穿厚一点就好了，现在身上这件亚麻布套装太薄。

她等着特工发出胜利的呼喊，告诉她梅兰妮已经找到了。迈克尔在交叉路口周围徘徊，整个人紧张得全身僵硬。真是太意外了，没想到你的老婆竟然是个恐怖分子，这种人就算被警察开枪射杀，老百姓也会拍手称快。怪不得他会紧张。他没有一头撞到墙上就已经是奇迹了。

地图旁边有个村庄公告板。朱迪从上面看到，村子里成立了一个民间舞蹈工作室，以为公益基金会募集资金。这些村民给人以人畜无害的感觉，而且这种感觉很像是真的。

特工们搜查了每一栋楼和每一个房间，他们快速地穿行于各个房子之间。几分钟后，一名男子从一套较大的房子中走了出来，穿过马路，向交叉路口走来。他大约五十岁，头发和胡子凌乱不整，脚上穿着自制的皮凉鞋，肩上搭着一张粗糙的毯子。他对迈克尔说："你是负责人吗？"

朱迪说："我是负责人。"

他转向了她："能不能麻烦你告诉我，你们究竟是在搞什么名堂？"

"好的，"她爽快地说，"我们正在找这个女人。"她拿出一张相片。

男子并没有接过相片。"我已经看过了，"他说，"她不是我们当中的一员。"

朱迪沮丧地感觉到，他说的可能是实话。

"这是一个宗教公社。"他越说越来气，"我们是遵纪守法的公民。我们不吸毒。我们按章纳税，遵守当地法律。你们凭什么把我们当犯罪分子一样对待？"

"我们只是必须确认一下这个女人没有藏在这里。"

"她是谁，为什么你们觉得她会躲在这儿？还是说你们觉得凡是过公社生活的人，都很可疑？"

"不是，我们没有这么认为。"朱迪说。她很想跟这名男子较劲，但是她提醒自己，毕竟是她带着一帮人在早晨六点钟把他吵醒的，"这个女人是一个恐怖组织的成员。她告诉已经分居的丈夫，说她住在洪堡县的一个公社里。我们不得不吵醒全县所有公社的人，但是事关重大，希望你能理解我们。如果事情不重要，我们是不会来叨扰的。而且，老实说，我们也不愿意这么折腾。”

他目光犀利地看着她的眼睛，然后点了点头，改变了态度。“好吧。”他说，“我相信你。有没有什么可以帮忙的？”

她想了一会儿：“你们公社的每一座建筑都标在这张地图上了吗？”

“没有。”他说，“西面有三个新房子，就在果园那边。但是麻烦你们声音轻一点——其中有户人家才生了孩子。”

“好的。”

一位名叫萨利·杜布罗的中年女特工走了上来。“我想我们已经搜查了这里的所有建筑，”她说，“没有嫌疑人的踪影。”

朱迪说：“果园西面有三座房子——你们找到了吗？”

“没有，”萨利说，“抱歉，我马上就去搜查。”

“动作轻一点，”朱迪说，“有户人家刚生了小孩。”

“明白了。”

萨利走了。披着毯子的男子点了点头，表示感谢。

朱迪的手机响了。她接了电话，电话那头传来特工弗雷德里克·谭的声音：“我们刚搜查了魔术山公社的所有建筑。没有搜到嫌疑人。”

“谢谢你，弗雷迪[①]。”

在接下来十分钟的时间里，其他突袭小分队的领导人相继给她打了电话。

他们都带来了同样的消息。

梅兰妮·奎尔克斯看样子是没法找到了。

---

① Freddie，弗雷德里克的昵称。

朱迪陷入了绝望的深渊。“妈的。”她说，“我搞砸了。”

迈克尔也很沮丧。他焦急地说：“会不会还有公社是我们漏掉了的？”

“要么是这样，要么就是她撒了谎。”

他看上去若有所思。“我刚回想了一下当时的情形，”他说，“我问她住在哪儿，但是回答问题的是那个男的。”

朱迪点了点头：“估计他撒谎了。他就是这么狡猾。”

“我想起他的名字了。”迈克尔说，“她叫他神甫。”

第十九章

星期六早晨，吃早餐的时候，阿谷和诗诗在伙房里当着全体社员的面，站了起来，要求大家安静。“我们有事情要宣布。”诗诗说。

神甫以为她肯定又怀孕了。他已经准备好欢呼鼓掌，按照惯例发表一个简短的祝贺演说了。他兴致高昂。尽管他还没有拯救公社，但是计划已经快要成功。他的对手可能还没有被打倒，但也只是在垂死挣扎。

诗诗犹豫起来，她看了看阿谷。阿谷的脸上很严肃。“我们今天就要离开公社了。”他说。

所有人因为惊讶而鸦雀无声。神甫目瞪口呆。以前从来没有人自行离开，只有他赶别人走的份。这些人都生活在他的咒语下。而阿谷又是酿酒的关键人物。他们离不开他。

而且怎么偏偏是在今天！神甫一个小时前还坐在车里收听了新闻。要是阿谷也收听了新闻，他就会知道，加州已经陷入了恐慌。机场被暴民包围，高速公路被堵得水泄不通，所有人都试图逃离圣安德烈亚斯断层附近的社区和城市。州长罗宾逊已经出动了国民警卫队。副总统正乘坐飞机前往费利西塔斯视察灾情。越来越多的人——包括州议会的两院议员、各个市长、社区领导人和记者——正在敦促州长向“伊甸之锤”妥协。但是阿谷对这些事情浑然不知。

神甫不是唯一一个对这个消息感到惊讶的人。苹果突然大哭起来，诗诗见此情景，也开始落泪。梅兰妮是第一个开口的。她问：“可是阿谷——为什么？”

“你知道为什么，”他说，“这个山谷就要被淹了。”

“可是你们要去哪里呢？”

“卢瑟福，就在纳帕谷。”

“你找到稳定的工作了？”

阿谷点了点头：“在一家葡萄酒厂。”

神甫觉得，阿谷能够找到工作，也在情理之中。他的专业技术是无价的。他说不定还能赚大钱。真正让人吃惊的是，他想要回到外面的世界。

好几个女人此时此刻也哭了起来。颂说：“你就不能像我们一样，抱着希望等一等吗？”

诗诗含着泪，回答道：“我们有三个孩子。我们没有权利把他们的生命置于危险之中。我们不能留在这里，寄希望于奇迹发生，直到洪水开始淹没我们的家园。”

神甫终于开口了。

“这个山谷不会被淹没。”

“你又说不准。”阿谷说。

屋子里一片寂静。几乎没有人敢这么直接地顶撞神甫。

“这个山谷不会被淹没。”神甫重申道。

阿谷说：“我们都知道有事情在发生，神甫。在这六个星期的时间里，你外出的时间比你待在公社里的时间要多。昨天，你们四个人都出去了，直到半夜才回来。而今天早上，停车的空地上又有一辆被撞过的凯迪拉克。但是且不论你在做什么，你就是不肯告诉我们。我不能拿孩子的未来做赌注，来相信你。雪莉也是这么想的。”

神甫记得，诗诗的真名叫雪莉。既然阿谷叫了她的真名，那就说明他已经从心理上跟这个公社划清了界限。

“我来告诉你什么能够拯救这个山谷。”神甫说。为什么不告诉他们地震的事呢——为什么不呢？他们会感到高兴和自豪的！“祈祷的力量。祈祷能够拯救我们。”

“我会为你祈祷。”阿谷说，“雪莉也会。我们会为你们大家祈祷。但是我们不会留下来。”

诗诗用袖子擦了擦眼泪：“我想就是这样了。我们很抱歉。昨晚我们已经打包了行李，并不是说行李很多。我希望阿迟能开车送我们去银城的公交车站。”

神甫站了起来，朝他们走去。他一手搂着阿谷的肩膀，一手搂着诗诗的肩膀，将他们拢了过来，然后用低沉而令人信服的口气说：“我明白你们的痛苦。我们大家一起去神庙沉思吧。沉思完之后，不管你们做出什么决定，都会是正确的。”

阿谷躲开了，他挣脱了神甫的拥抱。“不，”他说，“那样的日子已经过去了。”

神甫感到震惊，他已经使尽了浑身解数，但是没有用。怒火从他的心底升起，而且危险得难以控制。他恨不得冲着阿谷大喊，骂他不忠不信，忘恩负义。如果可能的话，他会把他们两个都杀了。但是他知道，将自己的怒气表现出来是不明智的。他必须戴上沉稳自持的面具。

然而，他实在没有办法打起精神跟他们好声好气地道别。虽然怒不可遏，但又不得不克制，在这种双重煎熬之下，他默默地走出了伙房，尽可能地给自己保留了最后的颜面。

他回到了自己的小屋。

再过两天就好了。一天就可以了！

他坐在床上，点了一支香烟。灵灵躺在地板上，悲哀地看着他。他们都沉默不语，一动不动，陷入了沉思。不到两分钟，梅兰妮就会跟过来。

但是进门的却是斯塔尔。

自从昨晚坐阿橡开的丰田小货车从费利西塔斯回来以后，她就一直没有跟他说话。他知道她生气了，因为地震的事情沮丧不已。他还没有找到机会安抚她的情绪。

她说："我要去警察局自首。"

神甫震惊了。斯塔尔极度憎恨警察。让她去警察局，就好比让比利·格雷厄姆[①]去同性恋俱乐部一样。

"你疯了。"他说。

"我们昨天杀人了，"她说，"我在坐车回来的路上听了收音机。至少有十二个人丧生，还有超过一百个人住院。婴儿和小孩受到了伤害。人们失去了家园，失去了一切——不仅仅是富人，穷人也一样。而这些都是我们造成的。"

所有的一切都在分崩离析——偏偏在我马上就要大功告成的时候！

他伸手去握她的手："你觉得我想杀人吗？"

---

① Billy Graham，美国当代著名的基督教福音布道家。

她把手缩了回去，不肯碰他的手："反正你看到地震发生的时候，一点也不悲伤。"

我只要再坚持一小会儿就可以了。我必须坚持下去。

他表现出一副悔恨的样子："我当时很高兴，因为振动器起作用了，这样一来，我们的话就有威慑力了。但是伤害别人并不是我的本意。我知道会有风险，我决定承担这个风险，因为公社的生死存亡太重要了。我以为你也做出了同样的决定。"

"我是做出了同样的决定，但是这个决定很糟糕，很邪恶。"她的眼里涌出了泪水，"拜托，你就看不到我们出什么问题了吗？我们是信奉爱与和平的人——但是现在我们却在杀害别人！你就跟林登·约翰逊[①]一样。他轰炸了越南人，还把自己的行为粉饰得很正当。我们都说他是一坨屎，他确实是这样。我一生都在努力让自己不变成他那样！"

"所以你觉得自己犯了错误，"神甫说，"这我可以理解。对我来说，难以接受的是，你为了救赎自己，就要惩罚我和整个公社。你想背叛我们，投靠警察。"

她怔住了。"我没有这么想过，"她说，"我不想惩罚任何人。"

她掉进他的圈套了。

"那你到底想要什么？"他没有给她回答的时间，"我觉得你应该是想确定这件事情结束了吧。"

"我想是吧。"

他向她伸出手去，这一次，她让他握住了自己的手。"结束

① Lyndon Johnson，美国第35任副总统和第36任总统。

了。”他轻柔地说。

“我不知道是不是真的。”她说。

“不会再有地震了。州长会妥协的。你会看到这一天的。”

在飞速赶回旧金山的路上，朱迪被叫到了萨克拉门托。州长办公室有一场会议需要参加。她在车上又睡了三四个小时，等她到达议会大厦时，她觉得自己已经恢复了体力，可以挑战千难万险了。

斯图尔特·克里弗和查理·马什已经从旧金山飞了过来。FBI萨克拉门托分局的局长也加入进来。他们中午聚集到了州长办公套间——“马蹄铁”的会议室。阿尔·霍尼穆恩已经入座。

“80号州际公路已经堵车十二英里，一路上都是想要逃离圣安德烈亚斯断层的人，”霍尼穆恩说，“其他高速公路也好不到哪儿去。”

克里弗说：“总统给FBI局长打了电话，询问了治安问题。”他看了看朱迪，仿佛这是她的错。

“他也给罗宾逊州长打了电话。”霍尼穆恩说。

“到目前为止，我们还没有面临严重的治安问题，”克里弗说，“有报道说，旧金山有三个社区发生了抢劫案，奥克兰发生了一起，但是这是个别现象。州长已经召集了国民警卫队，让他们驻扎在州部队总部，只不过我们暂且还不需要他们。但是，如果再发生一场地震的话……”

这个想法让朱迪感到不舒服。“不会再发生地震的。”她说。

所有人都看着她。霍尼穆恩面露嘲讽之色：“你有什么主意吗？”

她有主意，但是这个主意并不好，只不过他们现在已经陷入了绝望的境地。“我只能想到一个主意。”她说，“给他设个圈套。”

“怎么设？”

“跟他说罗宾逊州长想要跟他私下商谈。”

克里弗说：“我不觉得他会掉进圈套。”

“我也说不准。”朱迪皱起了眉头，“他很聪明，只要是聪明人就会怀疑有诈。但是他也是个心理变态，心理变态都喜欢控制别人，让别人注意他们、关注他们的行动，然后操纵别人和形势。跟州长私下谈判会让他觉得很有面子，这对他来说是个很大的诱惑。”

霍尼穆恩说：“估计我是唯一一个跟他打过照面的吧。”

“对。”朱迪说，“我见过他，也跟他讲过电话，但是你跟他在同一辆车里待了几分钟。你对他有什么印象？”

“你对他的总结大致是对的——一个聪明的心理变态。我觉得他当时很生气，因为我对他并不重视。他可能觉得我应该更恭敬一点。”

朱迪忍住了笑，能让霍尼穆恩毕恭毕敬的人不多。

霍尼穆恩接着说道：“他也明白自己提的要求会遇到很大的政治阻碍。我跟他说了，州长不会向敲诈勒索妥协。他已经想到这一点了，也准备好了说辞。”

“什么说辞？”

“他说我们可以否认内幕交易。宣布停建电厂，然后对公众说，这跟地震威胁没有关系。”

“这种事情可能做到吗？”朱迪问。

“有可能，我不会提出这个建议，但是如果州长把这个作为任务交给我，我得说，这是可以做到的。但是，这也只是从纯理论的角度而言。放到实际情况当中，麦克·罗宾逊是不会这么做的，我了解他这个人。”

“但是他可以做做样子。”朱迪说。

“此话怎讲？”

“我们可以告诉格兰杰，州长愿意宣布停建电厂，但是这是有条件的，因为他必须保护自己的政治前途。他想跟格兰杰私下商量这些条件。”

斯图尔特·克里弗插嘴道：“最高法院已经规定，执法人员在必要情况下可以使用欺骗、诡计和谎言。我们唯一不能做的是，以带走嫌疑人的孩子为把柄，来要挟嫌疑人。要是我们承诺免予起诉，那么这个承诺是具有法律效力的——我们将不能起诉嫌疑人。但是朱迪提的这些建议是肯定可以做的，不会犯法。”

“好吧。”霍尼穆恩说，“我也不知道这样做行不行得通，但是估计只能试一试了。就这么办吧。”

神甫和梅兰妮开着撞坏的凯迪拉克，来到了萨克拉门托。这是一个阳光明媚的星期六下午，城里人山人海。

正午过后不久，神甫在车载收音机上听到了约翰·特鲁斯的声音，但是现在并不是他的节目播出时间。

“现在播报一则特殊留言，收信人是艾森豪威尔初中的彼得·肖博里。”特鲁斯说。肖博里是神甫参加FBI新闻发布会时用的盗来的身份。而艾森豪威尔初中是假想出来的花儿上的学校。神甫意识到这则留言是给他的。“请彼得·肖博里拨打下面这个电话联系我。”特鲁斯说。

“他们想跟我做交易。”神甫对梅兰妮说，“这就对了——我们赢了！”

当梅兰妮开着车在市中心的人流和车流中穿行时，神甫用她的手机打了电话。他估计，就算FBI可以追踪这通电话，他们也没办法在车流当中锁定他这辆车。

听着电话铃声，他的心已经提到了嗓子眼。我中彩了，现在要兑彩券了。

接电话的是个女的。“哈啰？”她听上去有些戒备。或许在特鲁斯公布留言之后，她已经接了很多骚扰电话。

“我是艾森豪威尔初中的彼得·肖博里。”

对方马上就有了回应：“我马上给你接通州长的内阁秘书阿尔·霍尼穆恩的电话。”

太棒了！

“不过我需要先确认你的身份。”

这是个圈套。

“你怎么确认？”

“你能不能告诉我，一个星期前，你带的那个学生记者叫什么名字？”

神甫想起花儿曾经对他说：“你叫我佛罗伦斯，我永远不会原谅你的。”

他警惕地说道：“佛罗伦斯。”

“现在给你接通。”

看来不是圈套——只是为了保险起见。

神甫焦虑地扫视了一下街道，看看周围有没有警车或者FBI的人向他的汽车逼近。他只看到了购物者和游客。过了一会儿，霍尼穆恩低沉的声音在电话那头响起："格兰杰先生？"

神甫直接切入了正题："你们想好了吗？要不要走明路？"

"我们打算谈谈。"

"这是什么意思？"

"州长想在今天见你，商谈这场危机的解决办法。"

神甫说："州长愿不愿意按照我们要求的那样，宣布停建电厂？"

霍尼穆恩犹豫了片刻。"愿意，"他不情愿地说，"但是有条件。"

"什么样的条件？"

"我那次在车里跟你说过，州长不能向敲诈勒索妥协。而你提到了政治手段。"

"对。"

"你是个聪明人，你知道在这种情况下，州长的政治前途会有风险。宣布停建电厂的事情，必须非常小心地处理。"

神甫得意扬扬地想，霍尼穆恩已经改变了口气。往日的骄横不见了。他已经懂得尊重对手。这很令人满意。"也就是说，州长必须粉饰这件事情，他想确保我不把他捅出去。"

"你可以这么看。"

"见面的地点在哪里？"

"在这里的议会大厦州长办公室。"

你脑子进水了。

霍尼穆恩接着说道："到时候不会有警察和FBI。我们保证，不管商谈的结果怎样，你都可以不受阻碍地离开。"

是啊，你当然这么说。

神甫说："你相信世界上有精灵吗？"

"什么？"

"你懂的，就是有魔法的飞天小人。你相信他们存在吗？"

"不相信。"

"我也不相信，所以我不会掉进你们的圈套的。"

"我跟你保证——"

"你们就死了这条心吧，死了这条心，好吗？"

电话那头陷入了沉默。

梅兰妮转了个弯，他们从气派的议会大厦前方快速经过。霍尼穆恩就在里面的某个房间讲着电话，身边围着FBI的人。

神甫看着白色圆柱和穹顶，说道："我来跟你说我们的会面地点吧，你最好是写下来。你准备好了吗？"

"别担心，我会写下来的。"

"在议会大厦前的草坪正中央支一张小圆桌，摆两把花园椅。办得正式一点。让州长下午三点钟坐在那里。"

"就直接坐在外面？"

"嘿，要是我想射杀他，完全不用这么麻烦。"

"估计是吧……"

"州长必须在口袋里装一封签好字的信，保证我不受起诉。"

"我不能跟你担保这些——"

"跟你老板谈吧。他会同意的。"

“我会跟他谈的。”

“找个摄像师在那里，带上即时相机。我想让摄像师把州长向我递交免予起诉函的画面拍下来，作为证据。写下来了吗？”

“写下来了。”

“你们最好老老实实把这件事情办好，别耍花招。我的地震振动器已经到位了，随时准备再制造一起地震。这一次会打击一座大城市。我不会跟你说地点，但是我可以告诉你，会有几千个人丧命。”

“我明白了。”

“要是州长在今天下午三点没有出现，那就……嘣！”

他挂断了电话。

“哇哦，”梅兰妮说，“跟州长见面。你觉得是陷阱吗？”

神甫皱起了眉头。“可能是，”他说，“我也不知道。真的不知道。”

朱迪不能在布置上有半点闪失。查理·马什已经跟FBI萨克拉门托分局共同打理了此事。草坪上有一张白色的花园桌，上面支着一把伞，看上去甚是雅致。圆桌的视线范围内，至少有三十名特工，但是朱迪看不到他们。有些人站在周边政府办公室的窗子后面，有些人潜伏在大街和停车场上的汽车和货车里，更多的人埋伏在议会大厦的圆柱穹顶大厅里。所有人都全副武装。

朱迪自己扮演的是摄像师的角色，脖子上挂着相机和镜头。她的手枪放在肩膀上斜挎的背包里。当她等待州长出现时，她通过取景器观察着桌椅周围的情况，假装在拍照片。

为了不让格兰杰认出她来，她戴了一顶金色假发。她在车里常备这顶假发。平日监视蹲点时经常用它，尤其是在好几天都要跟踪同一个对象时，为了减少引人注意或者被人认出的风险，就很有必要戴假发。戴它的时候，她必须经受些许调侃。嘿，马多克斯，让那个金发妞到我车里来，你别动。

格兰杰正在暗处看着，她知道这一点。没有人看到他，但是他一个小时前打电话过来了，抗议街上设置了屏障。他希望公众能够照常通行，游客能够照常进入议会大厦。

周围没有其他围栏，所以游客们在草坪上信步游荡着，旅游团按照既定的路线环游着议会大厦、花园和临近街道上雅致的政府建筑。朱迪通过镜头暗暗观察着每一个人。她没有拘泥于表象，而是把注意力集中在难以伪装的形体特征上。她仔细观察了每一个又高又瘦的中年男子，不管他们的发型、面部特征和衣着如何。

三点差一分，她依然没有看到里奇·格兰杰。

与格兰杰打过照面的迈克尔·奎尔克斯也在监视。他坐在街角的一辆监控货车里，窗户是遮光的。他必须待在暗处，以免格兰杰认出他来，进而逃走。

朱迪胸前有一个微型麦克风夹在胸罩上，藏在衬衫里。她对着麦克风说："我估计州长要是不出现，格兰杰是不会现身的。"

耳朵后面别着的一个迷你耳机发出一阵杂音，然后她听到了查理·马什的回复："我们刚才也反映了同样的问题。我希望我们可以在不暴露州长的情况下完成任务。"

他们曾经商量过，要找个替身，但是罗宾逊州长本人否定了这个计划，他说他不会让别人替自己冒险。

朱迪说："但是如果我们不能……"

"那就这样吧。"查理说。

过了片刻，州长出现在了议会大厦气派的大门口。

朱迪意外地发现，他比一般人要矮。她在电视上看到他时，还以为他很高。他看起来稍显臃肿，因为西装外套里面穿了防弹背心。

他步履轻松、自信满满地穿过草坪，坐到了小遮阳伞下的桌边。朱迪给他拍了几张照片。她一直把相机包挎在肩上，以便随时拿出武器。

这时候，她通过眼角的余光看到了某些动静。

一辆老旧的雪佛兰羚羊正慢慢地开进第十街。

这辆车的车身上涂着天蓝色和奶白色相间的涂漆，漆色已经剥落，轮罩拱周围已经生锈。

司机的面孔隐藏在阴影之中。

她四下里看了看。目之所及处没有一个特工，但是所有人肯定都在注意那辆车。

车子在罗宾逊州长对面的路边停了下来。

朱迪的心跳加快了。

"估计那是他吧。"耳机里传来州长极为冷静的声音。

车门打开了。

从车里钻出来的人穿着蓝色牛仔裤和凉鞋，敞开的格子工作衫里露出白色T恤。等他站直后，朱迪发现他大约身高六英尺，说不定还不止，他很瘦，头发又黑又长。

他戴着大框太阳镜，围着彩色棉围巾作为头巾。

朱迪盯着他，希望能够看到他的眼睛。

她的耳机发出了杂音："朱迪？是他吗？"

"我看不出来！"她说。

"可能是他。"

男子环顾着四周。这是一座大草坪，小圆桌放在了离路边二三十码的地方。男子向州长走去。

朱迪感觉到所有人都在看她，等着她指示。

她走了几步，挡在他和州长之间。男子注意到了她的动作，迟疑了片刻，然后接着往前走。

查理又说话了。"现在呢？"

"我不知道！"她低声说道，试图不动嘴唇，"再给我几秒钟！"

"别等太久。"

"我不觉得是他。"朱迪说。所有的E-fit图像都显示格兰杰的鼻子尖如刀锋，这名男子的鼻型扁平。

"你确定？"

"不是他。"

男子已经离朱迪咫尺之遥。他绕过她，走向州长。在不停下脚步的情况下，他将手伸进了T恤里。

耳机里传来查理的声音："他在掏家伙！"

朱迪单膝跪地，从相机包里摸索着手枪。

男子开始将某样东西从衬衫里拿出来。

朱迪看到一个暗色的圆筒，看起来像是枪管。她吼道："不许动！FBI！"

特工们从汽车、货车和议会大厦里鱼贯而出。

男子愣住了。

朱迪拿枪指着他的头说："把它慢慢地拿出来，给我。动作要很慢。"

"好的，好的，别朝我开枪！"

男子把东西从衬衫里拿了出来，那是一本杂志，卷成了圆筒状，上面扎着橡皮筋。

朱迪从他手里夺了过来。她依然举着枪，同时检查着杂志。那是这一期的《时代周刊》。圆筒里没有藏东西。

男子带着惊惧的口气地说："有人给了我一百美元，让你把这个交给州长！"

特工们围着麦克·罗宾逊，把他护送回了议会大厦。

朱迪看了看四周，扫视着草坪和街道。格兰杰在看着这一幕，他肯定在看。他到底在哪儿？游人已经停下脚步，盯着跑动的特工。一个旅游团正在向导的带领下，走下大门口的台阶。就在朱迪看着他们的时候，一个穿着夏威夷衫的男子脱离了旅游团，走开了。他身上有某些东西引起了朱迪的注意。

朱迪皱起了眉头。这名男子很高。因为夏威夷衫松松垮垮地搭在男子腰间，她也不确定他是胖是瘦。他的头发被棒球帽遮着。

她跟了过去，脚步很快。

他似乎并不急着赶路。朱迪没有发出警报。要是她把所有特工叫来，结果追捕的是某个无辜的游客，这可能会让真正的格兰杰有机会逃跑。但是直觉让她加快了脚步。她必须看看这名男子的面孔。

他转过了楼角。

朱迪跑了起来。

她听到耳机里传来查理的声音："朱迪？怎么了？"

"就是在查某个人。"她说着，微微喘着粗气，"可能只是个游客，但是你派几个人跟在我后面，说不定我到时候需要后援。"

"好的。"

她来到楼角，看到夏威夷衫男子穿过了一对高木门，消失在议会大厦中。她感觉他的脚步似乎快了些。她回过头，越过肩膀看了看后面。查理正在和几个年轻人说话，同时指向她。

在花园对面的小路上，迈克尔从那里停着的一辆货车跳了下来，向她走来。她指向大楼。"你看到那个男的了吗？"她喊道。

"看到了，就是他！"他也喊道。

"你待在那儿。"她叫道。他是平民，她不想让他卷进来。"离这里远远的！"她跑进议会大厦。

她发现自己置身于一间恢宏的大厅，地面铺着精美繁复的马赛克地板砖。这里清冷安静。她面前有一个宽敞的、铺着地毯的楼梯，楼梯的栏杆雕琢华丽。他去了左边还是右边，楼上还是楼下？她选择了左边。走廊折向了右边。她冲过一个电梯组，发现自己置身于一间圆形大厅，大厅的中央放着一个像雕塑的摆设物。大厅的上方还有两个楼层，最上方则是装饰繁复的穹顶。在这里，她面临着两个选择：他究竟是直走，朝右拐，去了"马蹄铁"，还是从她左手边上了楼？她环顾着四周。一个旅游团的人正恐惧地盯着她的枪。她抬头看了看楼上的圆形走廊，瞥见一件亮色衬衫。

她从这对气派的楼梯当中选了就近的那一座，噔噔地走了上去。

在楼梯顶端，她看着走廊对面。远处有一扇敞开的门，通向另一番天地——那是一条装潢现代的走廊，布置着照明灯串，铺设着塑料地板砖。夏威夷衫男子就在走廊上。

他现在跑起来了。

朱迪跟在后面。她一边跑，一边喘着气，对着胸罩上的麦克风说："就是他，查理！我的后援究竟哪儿去了？"

"他们把你跟丢了，你在哪儿？"

"二楼的办公区。"

"好的。"

所有办公室的门都关着，走廊上也没有人：今天是星期六。

她跟着夏威夷衫男子连续跑过了三个角落。她一直能够看到他，就是没能缩短距离。

那个该死的东西体力很好。

他绕了一个圈，回到了二楼圆形走廊。有那么一刻，他离开了她的视线，她以为又让他跑了。

她喘着粗气，又上了一段楼梯，来到三楼。

这里有一些很有用的路标，根据上面的指示，右手边是参议员的办公区，左手边是众议员的办公区。她向左转，来到了走廊的门口，发现门是锁着的，右边的走廊无疑也是一样。她回到楼梯的顶端。他去哪儿了？

她注意到角落里有个路标上写着"北楼梯——不能上楼顶"。

她打开门，眼前出现了一座狭窄的楼梯间，它是以纯粹实用为目的建造的，地板砖很朴实，栏杆也是铁制的。下楼时，她能听到自己的鞋跟踩在地上的声音，但是她看不到他。

她飞奔了下去。

她来到了一楼的圆形大厅。到处都看不到格兰杰的影子，但是她看到了迈克尔，迈克尔正心烦意乱地四下张望。他看到了她。

“你看到他了吗？”她喊道。

“没有。”

“别跟过来！”

圆形大厅里有一条大理石走廊，通往州长的办公区。她的视线被一个旅游团挡住了，向导正带着游客前往“马蹄铁”的门。夏威夷衫男子是不是就在他们身后？她也不确定。她跑了过去，穿过大理石走廊，路上有一些装裱过的展品，主题是加州的每一个县。在她的左手边，另有一条走廊通往一个出口，出口处设有一扇玻璃自动门。她看到夏威夷衫男子出了门。

她跟了上去。格兰杰正冲过L街，动作敏捷地躲闪着飞驰的车流。司机们不得不转向来躲着他，他们生气地按着喇叭。他跳到了一辆黄色轿车的发动机盖上，在发动机盖上留下了一个凹痕。司机打开车门，怒不可遏地冲了出来，接着，他看到了拿着枪的朱迪，赶紧回到了车里。

她和格兰杰一样，不要命地向马路对面冲去。她直直地冲到了一辆公交车前，只听见公交车发出刺耳的刹车声。她从同一辆黄色轿车的发动机盖上跑了过去，逼得一辆加长豪华轿车变了三个车道。眼看着就要到人行道上了，这时有一辆摩托车从内侧车道向她直冲过来，她赶紧后退，车手跟她擦身而过。

格兰杰沿着第十一街狂奔，接着闪身进了一扇门。朱迪拼命在后面追着。他进了一间车库。她转身进入车库，使尽了全身的力气飞奔，这时候，她的脸上受到了狠狠的一击。

她感到鼻子和额头上一阵火辣辣地痛。眼睛暂时失去了知觉。她仰面倒了下去，身体重重地砸在混凝土地面上。她一动不动地躺着，因为意外和疼痛而动弹不得，甚至连思考的余地也没有。过了几秒钟，她感觉到一只强壮的手抱起了她的头，接着依稀地听到迈克尔的声音，仿佛声音是从很遥远的地方发出来的："朱迪，天哪，你还活着吗？"

她的脑子开始变清醒了，眼睛也恢复了视力。迈克尔的脸浮现在她的眼前。

"跟我说句话，说什么都好！"迈克尔说。

她张开嘴。"好疼。"她喃喃地说道。

"谢天谢地！"他从卡其色外套的口袋里取出一张手帕，擦了擦她嘴角的血迹，力道惊人地轻柔，"你的鼻子在流血。"

她坐直了身子："我这是怎么了？"

"我看到你拐进去了，速度就像闪电一样快，接着你就躺到地上了。估计他就在那里埋伏着，等你一拐进去，就给你来个突然袭击。要是他落到我的手上……"

朱迪意识到她的武器掉了："我的枪……"

他环顾四周，将它捡了起来，递给了她。

"扶我起来。"

他拉着她站了起来。

她的脸疼得要命，但是她现在视力很清晰，站起来感觉也很稳当。她试图集中精力思考。

说不定我还没有跟丢他。

车库里有台电梯，但是他应该没时间搭电梯，肯定上了坡。她认得这间车库——她来见霍尼穆恩的时候，在这里停过车——她记得它的宽度跨越了整个街区，而且在第十街和第十一街都有出入口。说不定格兰杰也知道这一点，他已经从第十街的出口走了。

现在别无办法，只有跟过去。“我去追他。”她跑上了斜坡。迈克尔在后面跟着。她没有阻拦他。她已经两次命令他不要跟过来了，现在已经没工夫再跟他说一次。

他们来到了地面的车库。朱迪的头一阵刺痛，腿上突然变得沉重起来。她知道自己走不了多远了。他们穿过车库。

突然，有一辆黑色的汽车从停车位里朝他们直冲过来。

朱迪纵身一跃，倒在地上，疯狂地向旁边滚去，直到躲进一台停着的车底部。

她看到黑色汽车的车轮在尖厉的轮胎声中急转弯，就像射出枪膛的子弹一样冲下坡去。

朱迪站了起来，疯狂地寻找着迈克尔。她之前听到他发出了惊惧的叫声。汽车撞到他了吗？

她看见他在几码以外的地方，两手和膝盖支撑在地上，吓得脸色惨白。

“你没事吧？”她说。

他站了起来：“我没事，就是吓到了。”

朱迪试图记下黑色汽车的特征，但是它已经消失了。

“靠，”她说，“我把他放跑了。”

第二十章

傍晚七点，朱迪走进军官俱乐部时，拉杰·汗正从里面跑出来。

他一看到她，就停了下来："你这是怎么了？"

我这是怎么了？我没能阻止一场地震，我猜错了梅兰妮·奎尔克斯的藏身处，我让里奇·格兰杰从我手里溜走了。我搞砸了，明天又会发生一次地震，会有更多的人丧生，这将是我的过错。

"鼻子上被里奇·格兰杰打了一拳。"她说。她的脸上缠着绷带。虽然在萨克拉门托的医院里拿到的药减缓了她的疼痛，但是她感到如丧家之犬，斗志尽失。"你这么急急忙忙的，是要去哪儿？"

"我们在找一张专辑，叫作《鲜嫩欲滴的雏菊》，还记得吧？"

"当然记得，我们本来希望可以它可以提供线索，帮我们找出那个给约翰·特鲁斯的节目打电话的女人。"

"我找到拷贝了——就在市里。有家唱片店叫作'维尼维克斯'。"

"我要给你记上一等功！"朱迪感到自己又充满了活力。说不定这就是她需要的线索。虽然并不是什么重大的线索，但是却让她再度燃起了希望。说不定她还有机会阻止下一场地震。

“我跟你一起去。”

他们钻进了拉杰那辆脏兮兮的道奇小马。地上丢了一些糖果包装纸。拉杰开出停车场，向海特–阿什伯里进发。“那家店的店主名叫维克·普拉姆斯特德，”他一边开车，一边说，“我几天前打电话过去的时候，他不在，接电话的是个打工仔，他说店里应该没有那种专辑，但是他会问问老板。我留了张名片，五分钟前，维克打电话给我了。”

“总算有了点好运气！”

“这张唱片是1969年发行的，厂牌是旧金山的，叫作‘先验主义金曲’。当时小有名气，还在湾区卖了一些专辑，但是这个厂牌从此之后就再也没有红过，过了几个月就不经营了。”

本来兴致高昂的朱迪心里一凉：“这就意味着，我们没有任何记录可以查到她现在的住址了。”

“说不定专辑本身可以给我们一些线索。”

维尼维克斯是一家小店，里面的老唱片已经满到塞不下。中间的几个普普通通的货架已经被堆到天花板的厚纸盒和水果箱淹没。这个地方闻起来像是落满灰尘的旧图书馆。店里有一名顾客——一位穿着皮短裤的纹身男，他正在仔细查看大卫·鲍伊[①]早期的一张专辑。小店深处有一名瘦小的男子，他穿着蓝色紧身牛仔裤和扎染T恤，站在收银台边，呷着一杯咖啡，杯子上写着：“让它合法化！”

拉杰做了自我介绍：“你应该就是维克吧。我几分钟前跟你打

① David Bowie，著名的英国摇滚乐创作型歌手。

过电话。”

维克盯着他们。他似乎很惊讶，说道：“FBI终于大驾光临我的小店了，可是怎么来的是两个亚洲人呢？真是稀奇。”

拉杰说：“我是装点门面的有色人种，她是装点门面的女人。每个FBI分局都必须有一两个这样的弱势群体装点门面。其他特工都是短头发的白人。”

“噢，好吧。”维克看起来很困惑。他不知道拉杰是在开玩笑还是认真的。

朱迪不耐烦地说：“唱片呢？”

“在这里。”维克转向一侧。朱迪看到他的收银台后面有个唱机转盘。他把唱片放到转盘上，然后放下了唱针。只听见一段热情十足的吉他旋律，紧随其后的爵士放克舞曲却惊人地舒缓，伴随它的是钢琴伴奏和复杂的鼓点。接着，女人的声音出现了：

> 我正在融化
> 感觉到自己融化
> 变成柔水
> 变得柔软

“其实我觉得她说的很有深意。”维克说。

朱迪觉得这就是垃圾，但是她不在乎。这就是约翰·特鲁斯的节目里录下的声音，毫无疑问。这段声音听起来更年轻、更清晰、更轻柔，但是有着同样低沉而性感的音色，这一点是不会错的。“你有这张唱片的封套吗？”她急切地问。

“当然有。”他把封套递给了她。

封套的边角已经卷起，透明的塑料涂层已经开始从光面纸上剥落。封套的正面采用了彩色旋涡状花纹的设计，让人感到视觉疲劳，“鲜嫩欲滴的雏菊”几个字依稀可辨。朱迪把它翻了过来。背面脏兮兮的，右上角沾上了一圈咖啡渍。

封套的内容说明上写着：“音乐能够开启通往平行宇宙之门……”

朱迪略过了后面的内容。底部有五张黑白照片排成一排，照片上的人只露出了头和肩膀，其中有四名男子，一名女子。她看了看图注：

戴夫·洛兰兹，键盘手

伊恩·佩里，吉他手

罗斯·穆勒，贝斯手

杰瑞·琼斯，鼓手

斯特拉·希金斯，朗诵

朱迪皱起了眉头。“斯特拉·希金斯。”她兴奋地说，“我记得我听过这个名字！”她很确定，但是想不起在哪里听过。或许这只是她痴心妄想。她盯着那张黑白大头照。照片上的女子大概二十岁，她微笑着，长着性感的面孔，深色的波浪形长发，以及又宽又丰润的嘴唇，正如西蒙·斯派洛所预测的那样。“她很漂亮。”朱迪喃喃地说，这几近于自言自语。她凝视着那张脸，试图找出一个威胁制造地震的恐怖分子所具有的疯狂劲头，但是她从这名女子的脸上看不到半点疯狂的迹象。她所看到的，只是一个天真烂漫、充满希望的少女。你的生活究竟出了什么问题？

“我们能把它借走吗？”朱迪说。

维克一副生气的样子。“我是来卖唱片的，不是借唱片的。”他说。

她不打算和他争论：“多少钱？”

“五十美元。”

“好吧。”

他停下了转盘，取出唱片，将它放进了封套里。朱迪付了钱：“谢谢你，维克，衷心感谢你的帮助。”

在回去的路上，她开着拉杰的车，说道：“斯特拉·希金斯。我在哪里见过这个名字？”

拉杰摇了摇头：“我倒是对这个名字一点也没有印象。”

他们下了车以后，她把专辑给了他。“把她的照片放大，分发给各级警察局。”她说，“把这张唱片交给西蒙·斯派洛，他总是能发现让人意想不到的线索。”

他们走进了指挥所。大舞厅里现在看起来很拥挤。会议区里又添了张桌子。朱迪估计，周围拥挤的人群当中，应该有FBI华盛顿总部新派来的好几个人，外加市级、州级和联邦应急管理机构派遣的代表。

她来到调查组所在的桌位。她手下大多数人都在打电话核实线索。朱迪对卡尔·西奥巴尔德说：“你在做什么？”

“寻找普利茅斯CUDA的目击者。”

“我有一个更好的任务交给你。我们有电子版的加州电话簿。你去查查斯特拉·希金斯这个名字。”

“要是查到了呢？”

“给她打电话，看看她的声音像不像给约翰·特鲁斯打电话的那个女人。”

她坐在一台电脑前，开始搜索犯罪记录。她找到了斯特拉·希金斯的两条记录。这名女子曾经因为窝藏大麻被罚款，还在一次游行示威中袭警，被判缓期行刑。她的出生日期大致与嫌疑人吻合，住址是在海特街。数据库里没有照片，但看起来应该就是这个人了。

两条判决结果的日期都在1968年，此后就再也没有记录。斯特拉的记录和里奇·格兰杰一样，两个人都是在20世纪70年代初脱离了警方视野。朱迪把文件打印了出来，钉在写有嫌疑人信息的公告板上。她派了一名特工走访海特街的住址，只不过她很确定，时隔三十年，希金斯应该早就不住在那里了。

这时候，她感觉到有人将手搭在了她的肩膀上。是老爹。他的眼里充满了关切：“孩子，你的脸怎么了？”他用指尖轻轻地碰了碰她鼻子上的绷带。

“我估计是我太不小心了。”她说。

他亲了亲她的额头：“我今晚值班，但是我必须过来看看你怎么样了。”

“是谁把我受伤的事情告诉你的？”

“那个结了婚的男人，迈克尔。”

那个结了婚的男人。她咧开嘴笑了。这是在提醒我，迈克尔属于别人。“没有伤到要害，但是估计我会生出两个漂亮的黑眼圈。”

“你得休息休息。什么时候回家？”

“我也不知道，我刚取得了一个突破。你先坐。”她跟他讲了唱片的事，“我是这么看的：20世纪60年代，她是个美丽的女子，住在旧金山，时不时参加示威游行，吸大麻，跟摇滚乐队的人混在一起。到了20世纪70年代，她的理想幻灭了，或者也可能只是她觉得腻了，她跟一个有领袖魅力的男人好上了，这个男人正在躲黑帮的债。两个人发起了一个邪教。邪教组织通过某种方式生存了下来，他们的谋生方式可能是制造珠宝，也可能是别的，反正他们就这样度过了三十年。这时候，出问题了。出于某种原因，一个修建电厂的计划使他们的生存受到了威胁。眼看着多年来苦心经营的一切就要毁于一旦，他们需要想方设法阻止这个计划，无论采用什么方法都行。这时候，一个地震学家加入了组织，想出了一个疯狂的主意。”

老爹点了点头：“挺有道理的，或者说，比较符合心理变态的思维方式。”

“格兰杰一方面有犯罪经验，盗窃地震振动器完全不是问题；另一方面，他也有个人魅力，可以说服其他邪教成员来配合这个计划。”

老爹一副若有所思的样子。“说不定他们的家园并非他们所有。”他说。

“为什么这么说？”

“你想想看，他们住在离核电站的选址那么近的地方，所以一旦修建核电站，他们必须搬走。他们要是土地所有者，就会得到赔偿，完全可以另外找一个地方东山再起。所以我猜测，他们只是有一个短期的租约，还有一种可能是，他们非法占住了某个的地方。”

“估计你说得没错吧，但是我们也没办法查呀。我们没有全州范围的土地租约数据库。”

卡尔·西奥巴尔德手里拿着笔记本，走了过来：“电话簿里有三个女子叫作斯特拉·希金斯。住在洛杉矶的那位七十来岁，声音颤得很。斯托克顿的希金斯太太口音很重，像是非洲国家的，可能是尼日利亚。S. J. Higgins in钻石高地有个叫S. J. 希金斯的，但是他是个男的，而且姓名中的S是‘西德尼’，而不是‘斯特拉’。”

“妈的。”朱迪咒骂道。她跟老爹解释道，“斯特拉·希金斯就是给约翰·特鲁斯留言的那个人——我敢肯定我见过这个名字。”

老爹说：“你可以在自己的卷宗里找找。”

“什么？”

“要是这个名字看起来很眼熟，那就有可能是在调查这起案子的过程中出现过。你搜索一下案卷试试。”

“好主意。”

“我得走了。”他说，“城里那么多人想逃出去，离开家，旧金山警方今天晚上有得忙了。祝你好运——注意休息。”

“谢谢你，老爹。”朱迪在电脑屏幕中点击了“查找”键，在“伊甸之锤”的文件目录中搜索包含“斯特拉·希金斯”的所有文件。

卡尔站在她身后看着。这是一个大目录，所以搜索花费了一点时间。

终于，屏幕闪了一下，显示了搜索结果：

找到一个文件

朱迪感到一阵欣喜。

卡尔失口叫道："天哪！这个名字已经在电脑里了！"

噢，我的上帝，我想我找到她了。

又有两名特工来到朱迪身后，看着她打开了文件。

这份文件很大，里面包含了特工在六天前突袭洛斯阿拉莫斯期间记下的所有笔录。他们在那次突袭中扑了个空。

"怎么回事？"朱迪很困惑。

"难道她是洛斯阿拉莫斯的一员，但是我们漏掉了？"

斯图尔特·克里弗来到了她身边："你们这里吵吵嚷嚷的，是在干什么呢？"

"我们找到了那个给约翰·特鲁斯打电话的女人！"朱迪说。

"她在哪儿？"

"在银河谷。"

"你是怎么把她放跑的？"

把她放跑的人是马文·海耶斯，不是我。那次突袭是他组织的。

"我不知道，我正在查，给我一点时间！"

她使用页面搜索功能，在笔录中查找到了那个名字出现的位置。

斯特拉·希金斯并不是洛斯阿拉莫斯的一员，所以他们没有抓到她。

当时有两名特工在山谷里走访了几英里外的一家酒庄。酒庄的地皮是从联邦政府那里租来的，承租者的名字叫作斯特拉·希金斯。

“靠，我们当时已经那么接近了！”朱迪恼怒地叫了起来，“我们一个星期前差点就可以抓住她了！”

“把这份文件打印出来，让大家都能看到。”克里弗说。

朱迪按下了打印键，然后接着往下看。

两位特工很负责任地记下了酒庄里每一位成年人的姓名和年龄。朱迪看到，有些是带小孩的夫妇，大多数人把地址写成了酒庄的地址。也就是说，他们住在那里。

说不定这就是个邪教组织，只不过两位特工当时没有注意到。

也有可能是住在那里的人很小心，不让他们社区的实质暴露出来。

“我们找到他们了！”朱迪说，“我们一直被嫌疑犯牵着鼻子走。一开始把焦点锁定在了洛斯阿拉莫斯，他们最像嫌疑犯。接着，事实证明了他们的清白以后，我们就以为调查走错了方向，于是对那座山谷里的其他公社并没有仔细调查。所以我们错过了真正的嫌疑犯。但是我们现在找到他们了。”

斯图尔特·克里弗说：“我觉得你是对的。”他转向特警队所在的桌位，“查理，给萨克拉门托分局打电话，组织一次联合突袭。朱迪已经找到了地点。我们明天一早就去捣毁他们。”

朱迪说：“我们应该现在就发起突袭。要是我们等到早上，他们可能就走了。”

“他们干吗要走？”克里弗直摇头，“晚上突袭太冒险了。嫌疑犯可能会借着夜色逃走，尤其是在乡下，掩藏行踪就更容易了。”

他说得有道理，但是直觉告诉朱迪，不能再等了。“我情愿冒这个险，”她说，“既然我们已经知道他们在哪儿了，那就去抓人吧。”

“不行。”他坚定地说，“这件事情没得商量，拜托了，朱迪。我们明天一早就突袭。”

她犹豫了。她很确定这是个错误的决定。但是她太累了，已经没力气继续争辩。“那好吧，”她说，“我们什么时候出发，查理?

马什看了看表：“凌晨两点从这里出发。”

“我或许还可以睡几个小时。”她似乎想起了自己的车还停在外面，就在废弃的阅兵场上。

感觉那都是几个月以前的事了，但是事实上，她星期四晚上才在那里停的车，到现在只过去了四十八个小时。

在出去的路上，她见到了迈克尔。“你看上去很累。”他说，“我开车送你回家吧。”

“那我怎么回来？”

“我会在你家沙发上打盹儿，然后开车送你回来。”

她停下脚步，看着他：“我得告诉你，我的脸疼得厉害，我觉得我没法接吻，更别提做其他的事情了。”

“我只要牵着你的手就好了。”他笑了笑，说道。

我开始觉得这个男人是关心我的。

他带着询问的口气扬了扬眉毛：“怎么样？”

“你能帮我盖好被子，给我送一杯热牛奶和几片阿司匹林吗？”

“可以，那我看着你入睡好不好？”

噢，这对我来说，比什么都好。

他读懂了她的表情。“我好像听到你在说‘好’。”他说。

她笑了："好。"

神甫从萨克拉门托回来后，肺都气炸了。他本来满怀信心地认为州长要跟他做交易了。他本来觉得自己马上就要得手了。他已经在为自己庆祝了。结果这一切都是骗局。罗宾逊州长根本没想跟他做交易。整件事情就是个圈套。FBI幻想着设一个蹩脚的陷阱就能抓住他，搞得他就像白痴似的。这种侮辱真的把他气到了。他们以为他脑子不正常。

他们会认清事实的。这个教训会很惨痛。

他们会为此而再遭受一场地震。

自从阿谷和诗诗离开后，公社里所有人依然没有从震惊中恢复过来。这让他们想起了他们一直假装忘却的事实：那就是，到了明天，所有人都得离开山谷。

神甫一直跟食禾者强调，他们给州长带来了多么大的压力。高速公路上依然水泄不通，到处都是小货车，人们拖家带口，载着满车的行李，试图逃离可能发生地震的地区。在他们抛下的半废弃的社区里，洗劫者满载着微波炉、CD机、电脑等赃物，大摇大摆地从郊区的民宅里走出。

但是他们也知道，州长并没有表现出任何妥协的迹象。

尽管现在是星期六晚上，但是没有人有心情开派对。吃过晚饭，做完祷告之后，大多数人都回到自己的小屋里去了。梅兰妮去了棚屋，给孩子们读故事书。神甫坐在自己的小屋外，看着月亮落下山谷，心情慢慢平静了下来。他打开了自己收藏的一瓶五年陈酿，这瓶葡萄酒带有他钟爱的烟熏味。

等他能够静下心来，好好思考时，他告诉自己，这是一场胆量的较量。谁能够坚持更长的时间？究竟是他，还是州长？谁能够掌控好手下的人？接连的地震，能否让神甫在FBI找到他的山间老巢之前，让加州政府跪地求饶？

斯塔尔走进了他的视线，她背对着月光，光着脚走在地上，嘴里吸着大麻烟。她深深地吸了一口气，俯下身来亲了亲神甫，张开了嘴。他吸了一口从她的肺里呼出来的醉人烟气。他将烟气呼出来，微笑着说："我想起了你第一次跟我做这种事情的时候。那是我遇到过的最性感的事情。"

"真的吗？"她说，"比吹箫还性感？"

"比吹箫性感多了。你知道吗，我七岁的时候看到老妈给客人吹箫。不过，她从来不亲他们。她只亲我。她是这么跟我说的。"

"神甫，你过的都是什么样的生活啊。"

他皱起了眉头："你说得好像已经完蛋了似的。"

"不过这一阶段的生活已经完蛋了，不是吗？"

"才不是呢！"

"已经快凌晨了，你的最后期限马上就要到了。州长不会妥协了。"

"他必须妥协，"神甫说，"这只是时间问题。"他站了起来，"我得去听电台新闻了。"

她跟着他在月光下穿过葡萄园，爬上小路，向停车的地方走去。"我们离开这里吧。"她突然说道，"就你、我，还有花儿，我们开一辆车，现在就走。我们不跟大家道别，也不打包行李，连衣服和行李都不带，就这么离开，就跟我1969年离开旧金山的时候一样。我们可以跟着心情走，想去哪儿就去哪儿——俄勒冈、拉斯维加斯，甚至纽约都行。要不我们去查尔斯敦怎么样？我一直想去南方见识一下。”

神甫什么也没有说，只是钻进凯迪拉克，打开了收音机。

斯塔尔在他旁边坐了下来。电台正在播放布兰达·李所唱的《让我们跳扫帚》。

“说句话嘛，神甫，你觉得怎么样？”

电台开始播报新闻了，他开大了音量。

“恐怖组织‘伊甸之锤’的头号嫌疑人理查德·格兰杰今日在萨克拉门托从FBI的眼皮底下溜走。与此同时，大批居民试图逃离圣安德烈亚斯断层附近的社区，旧金山湾区的许多高速公路拥堵。在280、580、680、880号州际公路，拥堵的车辆排成了长龙。另据可靠消息，海特–阿什伯里的一名稀有唱片经销商宣称，FBI特工从他那里拿走了一张专辑，专辑的封套上有另一位恐怖分子嫌疑人的照片。”

“专辑？”斯塔尔说，“怎么会……？”

“店主维克·普拉姆斯特德告诉记者，FBI曾经来电，要求他协助调查，寻找一张20世纪60年代的专辑，他们认为这张专辑录下的声音与‘伊甸之锤’的一名嫌疑人吻合。普拉姆斯特德表示，经过几天的努力，他终于找到了专辑。专辑的录制者是一支不起眼的摇滚乐队。这支乐队叫作‘鲜嫩欲滴的雏菊’。”

“天哪！我自己都快忘了这事！”

“FBI既不承认，也不否认他们正在寻找歌手斯特拉·希金斯。”

“靠！”斯塔尔不禁大叫，“他们知道我的名字了！”

神甫的大脑正在高速运转。这件事情有多危险？斯塔尔的真名对他们应该没多大用处。她已经将近三十年没有用过这个名字了。没有人知道斯特拉·希金斯住在哪里。

不对，他们知道。

他克制住一阵绝望的悲鸣。斯特拉·希金斯的名字曾被记录在这片土地的租约上。而且，FBI突袭洛斯阿拉莫斯的那一天，他跟两名特工交代了这一点。

这下子，一切都变了。FBI迟早会有人会把这两点联系起来。

就算FBI不走运，没有发现，那银城的治安官办公室还有人知道呢，虽然那个人现在在巴哈马度假，但是他在一份出庭保证书上写下了“斯特拉·希金斯”这个名字，而这份文件几个星期内就该递交法庭了。

银河谷已不再是个秘密。

一想到这一点，他就悲伤得难以忍受。

他还可以做什么？

或许他现在真的应该跟斯塔尔私奔。车钥匙就插在车里。现在走，他们几个小时以内就能逃到内华达州。等到明天中午，他们就能逃到五百英里以外的地方了。

妈的，不行。我还没有被打败呢。

他还有翻盘的希望。

按照他一开始的计划，当局永远不会知道“伊甸之锤”究竟是什么人，为什么会要求停建新电厂。现在，FBI就快查出真相了——但是他们或许可以被迫保密。神甫可以把隐瞒真相也作为一个要求提出来。要是他们能够妥协，宣布停建新电厂，那么他们也可以把这个秘密保守下去。

的确，这是一个匪夷所思的想法——但是，这整件事情不是从一开始就很不可思议吗？他可以做到。

但是他必须逃离FBI的魔爪。

他打开车门，走了出去。“我们走。”他对斯塔尔说，“我还有很多事情要做。”

她慢慢地下了车。“你不肯跟我私奔吗？”她伤心地说。

“说什么呢，才不私奔。”他摔门而去。

她跟着他穿过葡萄园，回到了住处。她没有说晚安，就走向了自己的小屋。

神甫去了梅兰妮的小屋。

梅兰妮已经睡着了。他粗鲁地将她摇醒。“起来，”他说，“我们得走了，快。”

朱迪静静地等待着，斯特拉·希金斯在她面前哭得撕心裂肺。

她是个骨架大的丰满女子。只不过，如若换一种环境，她或许会显得很动人。而现在，她看上去完全崩溃了，脸部因悲伤而扭曲得不成样子，过时的眼妆被泪水糊到了脸上，肩膀不停地抽动着。

她们坐在她的小屋里。周围都是药品：一盒又一盒的绷带，一箱又一箱的阿司匹林、柔莱兹[①]和泰诺，一瓶又一瓶的肠痛水、止咳糖浆和碘酒。墙上装饰着孩子们的涂鸦，上面画着斯塔尔照看患病小孩的画面。这是一座原始的建筑，没有通电，也没

① Rolaids，一种抗酸胃药。

有自来水，但是这里有种温馨幸福的感觉。

朱迪走到门口，看了看外面，以便给斯塔尔一点时间冷静一下。在熹微的晨光下，这个地方很美。在陡峭的山坡上，最后几片晨雾正一点一点地从树木间消失，山谷分叉处的河流闪着波光。在较低的山坡上，有一座打理齐整的葡萄园，一排排葡萄藤的新芽绑在木制的棚架上。有那么一刻，朱迪被一种精神上的宁静震撼了，她感觉这里才是正常的地方，而外面的世界才是古怪的。她摇了摇头，将这种匪夷所思的念头从脑海中驱散。

迈克尔出现了。这一次，他也是因为想照顾达斯蒂，就跟过来了。朱迪劝斯图尔特·克里弗由着他来，因为他的专业技术对于调查工作非常重要。现在，他正牵着达斯蒂的手。“他怎么样了？”朱迪说。

“他挺好的。”迈克尔说。

“你找到梅兰妮了吗？”

“她不在这儿。达斯蒂说，照顾他的一直是个叫‘花儿’的大姐姐。”

“知不知道梅兰妮去哪儿了？”

“不知道，”他对斯塔尔的方向点了点头，“她怎么说？”

“暂时还什么也没说，”朱迪回到屋里，在床边坐了下来。“跟我讲讲里奇·格兰杰这个人吧。”她说。

“他有好的一面，也有坏的一面。”情绪稍有缓和之后，斯塔尔说，“他以前当过混混，我知道，他还杀过人，但是我们在一起超过二十五年了，他在这段时间里，从来没有伤害过任何人，直到有人想出了那个建大坝的臭主意。”

“我只是想在他伤害更多人之前找到他。”朱迪柔声说道。

斯塔尔点了点头："我知道。"

朱迪让斯塔尔看着她："他去哪儿了？"

"我要是知道，就会告诉你了，"斯塔尔说，"但是我也不知道。"

第二十一章

神甫和梅兰妮开着公社的皮卡车去了旧金山。神甫认为，那辆被撞坏的凯迪拉克开出去太显眼，至于梅兰妮的橘黄色斯巴鲁，可能已经被警方盯上。

所有的车流都在向相反的方向行驶，所以他们没有在路上耽搁多少时间。他们星期天早上五点刚过，就到达了旧金山。街上有少量行人：一对少年情侣正在公交车站上拥抱，两名神经兮兮的瘾君子正在跟一位穿长衫的毒品贩子购买最后一点强效可卡因，一个无助的醉鬼正跌跌撞撞地穿过马路。不过，靠海的街区已经人去楼空。废弃的工业大楼在清晨的阳光中显得荒凉而怪诞。他们找到了之前租下的"佩蓓日记"仓库，神甫打开了门锁。房地产经纪人履行了他的承诺：屋里已经通电，厕所里有自来水。

梅兰妮把皮卡车开了进去，神甫检查了一下地震振动器。他启动了发动机，然后试着降下钢板、升起钢板。一切正常。

他们在小办公间的沙发上躺下来睡了，两人靠得很近。神甫一直醒着，不停地翻着身子。无论怎么分析，他都觉得州长罗宾逊唯一明智的选择就是妥协。神甫发现自己正幻想着在约翰·特鲁斯的节目上发表演说，指出州长有多傻，他完全可以一句话就阻止地震的发生！想了一个小时，他意识到这样做是没有意义的。他仰躺着，将沉思时采用的放松仪式做了一遍。躁动的肢体动作消停了下来，心跳恢复了平稳，脑海里没有了杂念，他睡着了。

等他醒来的时候，已是早上十点。

他在加热板上坐了一锅水。来之前，他从公社里拿了一罐有机研磨咖啡和几个杯子。

梅兰妮打开了电视。“住在公社的这段时间，好久没看新闻了。”她说，“我以前成天都看。”

“我平常很讨厌新闻。”神甫说，“它会让你担心很多你根本改变不了的烦心事。”但是他还是选择跟她一起看电视，想知道有没有关于他的新闻。

所有的新闻都是关于他的。

“随着恐怖分子宣称的最后期限日益临近，加利福尼亚州当局正严肃对待今日的地震威胁。”新闻主播播报道，同时电视上播放着市政府工作人员在金门公园支起帐篷医院的画面。

见此情形，神甫感到气愤。“为什么你们就不肯把我们想要的东西给我们？”他对着电视机说。

接下来，电视画面切换到FBI在一些山间小木屋里突袭搜捕的情形。过了一会儿，梅兰妮说：“天哪，那是我们的公社！”

他们看见了斯塔尔，她裹着那件旧的紫色丝绸睡袍，满脸悲伤地被两名穿着防弹背心的男子带出了自己的小屋。

神甫咒骂着。他并不感到意外——正是因为有可能遭到突袭，他昨晚才那么匆匆忙忙地离去——尽管这样，他发现自己见到此情此景，还是陷入了愤怒和绝望。他的家园被这些自以为正义的混蛋践踏了。

你们本不应该去打搅我们。现在太迟了。

他看到了朱迪·马多克斯，她神情严肃。你本来想让我落网的，对不对？她今天没有平日里那么美，黑眼圈很重，鼻子上还贴着一块很大的创可贴。你骗了我，想让我掉进陷阱，结果怎么样？你的鼻子挂彩了吧。

但是在内心里，他被震慑住了。他一直低估了FBI。他从一开始就没有想过，自己会亲眼看着特工入侵银河谷的那片避风港，而那里几十年来一直不为外界所知。朱迪·马多克斯比他想象的要聪明。

梅兰妮惊讶得屏住了呼吸。镜头拍到了她的丈夫迈克尔，他带着达斯蒂。“噢，不！”她说。

“他们不会抓达斯蒂。”神甫不耐烦地说。

“但是迈克尔会带他去哪儿？”

“这很要紧吗？”

“要紧啊，我怕儿子遇到地震！”

“迈克尔比谁都清楚断层线在哪儿！他不会到危险的地方去的。”

“噢，天哪，但愿如此，他要是带着达斯蒂，就更得小心了。”

神甫已经看够了电视。“我们出去吧，”他说，“把你的手机带上。”

梅兰妮把皮卡车开了出去，神甫锁上了仓库。

“去机场。”他钻进车里时，对她说。

他们小心地避开高速公路，在遇上堵车之前来到了机场附近。神甫估计，这时候附近应该有几千个人在打电话——订机票、联络家人、查询交通拥堵状况之类的。他拨打了约翰·特鲁斯的节目热线。

约翰·特鲁斯本人接了电话。神甫感觉到，特鲁斯已经料到他会打这个电话。

“我有新的要求，所以你听仔细了。”神甫说。

“别担心，我录着音呢。”特鲁斯说。

“约翰，估计我今晚会上你的节目吧？”神甫微笑着说道。

“我希望你会进监狱。”特鲁斯不怀好意地说道。

“呵呵，操你妈。”那个人也没那么容易被冒犯，“我的新要求是，总统要对‘伊甸之锤’的每一个人道歉。”

“我会让总统知道的。”

他现在似乎话里带刺，难道他不知道这很重要吗？

“之前停建新电厂的要求依然作数。”

“等等，”特鲁斯说，“既然现在大家都知道你的公社在哪里了，你也不需要停建全州的电厂吧。你只是想让自己的山谷免遭洪水，对不对？”

神甫想了想，他没有料到特鲁斯会这么说，但是特鲁斯说得没错。尽管如此，他还是决定反驳一下。“说什么呢，才不是，”他说，“我是有原则的人。加州需要节约用电，而不是增加用电，这样我们的子孙后代才能有一个好的生活环境。我们原来的要求也是作数的。州长要是不同意，就会再发生一次地震。”

“你怎么能这样？”

这个问题让神甫感到意外：“什么？”

“你怎么能这样？你怎么能让这么多无辜的人遭受不幸和痛苦，让他们失去生命、受到伤害、损失财产、在恐惧中逃离家园……你这么做，晚上睡得了安心觉吗？”

神甫被惹恼了。“不要说得好像你们才是有道德的一方，”他说，“我这是在拯救加州。”

“为了拯救加州，就要杀人吗？”

神甫失去了耐心。“闭上你的臭嘴，给我听着，”他说，“我要跟你讲讲下一场地震的情况。”据梅兰妮说，地震窗将在下午六点四十分打开。“七点钟，”神甫说，“下一场地震将发生在今晚七点。”

“你能不能告诉我——”

神甫挂断了电话。

他沉默了一阵。这次通话让他心生不安。特鲁斯应该吓傻了才对，但是他几乎是在拿神甫开涮。他把神甫当成了丧家之犬，事情就是这样。

车子开到了交叉路口。“我们可以在这里转弯，打道回府。”梅兰妮说，“反方向没有车流。”

“好吧。”

她开车转了弯，脸上一副心事重重的样子。“我们还能回到山谷去吗？”她说，“现在FBI和所有人都知道那里了。”

“能！”他说。

“你别喊！”

“能，我们会回去的。”他小声了一点，“我知道情况看起来很糟糕，而且我们可能得暂时远离那个山谷。今年的酒肯定是没法酿了。这几个星期，山谷里肯定到处都是媒体人。但是，他们最终会忘了我们。这个世界上总是会有新闻，比如战争、选战，或者性丑闻，我们的事情会慢慢变成旧闻。到那时候，我们就可以悄悄地回去，搬进原来的家里，重新打理以前的葡萄藤，或者再种一些新的。”

梅兰妮笑了。“是啊。”她说。

她相信了。我也不确定我相不相信。但是我不打算再多想了。瞻前顾后会摧垮我的意志。现在不能动摇，只要行动就好。

梅兰妮说：“你想回仓库吗？”

“不想。整天关在那个小洞窟里，我会被逼疯的。我们去市里看看有没有餐馆提供早午餐的。我饿死了。”

朱迪和迈克尔把达斯蒂带到了斯托克顿，也就是迈克尔父母的居住地。他们是坐直升机去的。达斯蒂兴奋坏了。直升机降落在了郊区一所高中的足球场上。

迈克尔的父亲是个退休的会计师，他和老伴在郊区有一套漂亮的房子，背对着一家高尔夫球场。朱迪在厨房里喝着咖啡，等着迈克尔将达斯蒂安顿好。奎尔克斯夫人担忧地说道：“这场灾难对任何人都没有好处。但是不管怎么说，说不定也会让人因祸得福。”朱迪想起他们夫妇给迈克尔的咨询公司投了钱，而迈克尔正担心还不还得了这笔债。但是奎尔克斯夫人说得没错——迈克尔这次担任FBI的地震专家，可能会给他的生意带来起色。

朱迪的心思都在地震振动器上。它不在银河谷。自从过了星期五晚上以后，就再也没有人目击到它，只不过，将其伪装成嘉年华卡车的车身壁板已经被找到，费利西塔斯的一位救援人员曾经发现它们被丢弃在路边。目前，费利西塔斯依然有数百名救援人员正在收拾残局。

她知道格兰杰开着车。她向公社成员调查过他们有哪些车，并且核实过哪辆车不在。格兰杰开的是一辆皮卡车，朱迪把这条信息放在了公告板上。从理论上讲，加州所有的警察应该都在寻找这辆车，只不过大多数警察可能都忙着投入眼下的应急工作。

让她抓狂的是，要是当初她能够再强硬一点，说服克里弗将突袭的时间定在昨天晚上，而不是今天早上，那么她或许已经在公社里抓住格兰杰了。但是她当时太累了，今天感觉好些了——突袭行动仿佛在她的体内注入了肾上腺素，给了她力量。但是她的身心都受到了挫伤，缺少干劲。

厨房的柜台上，有一台小电视机正开着，声音调成了静音。新闻时间到了，朱迪让奎尔克斯太太开大了音量。电视台正在播放约翰·特鲁斯的访谈，特鲁斯跟格兰杰通过电话。他播放了一段电话录音。“七点钟，”录音机里传出了格兰杰的声音，“下一场地震将发生在今晚七点。”

朱迪打了个寒战。他是认真的。他的声音当中没有表现出任何悔恨或者不安，没有任何迹象表明，他在将成千上万人的性命置于危险之中时，有过些许犹豫。他听起来很理智，但是他的人性有缺陷。他并不怎么在乎其他人的痛苦。这是心理变态的典型特征。

她不知道西蒙·斯派洛能从这段录音当中分析出什么。但是，现在要找语言心理学家求助，已经太迟了。她走到厨房门口，喊道：“迈克尔！我们得出发了！”

她很想将迈克尔留下来跟达斯蒂做伴，这样他们两个就都安全了。但是，她需要他留在指挥所里。他的专业知识可能会发挥关键作用。

他带着达斯蒂走进了厨房。“我差不多准备好了。”他说。这时候，电话响了，奎尔克斯夫人接了电话。过了一会儿，她把听筒给了达斯蒂。“有人找你。”她说。

达斯蒂接过听筒，试探性地说道：“哈啰？”紧接着，他变得快活起来，“嗨，妈咪！”

朱迪僵住了。

来电话的人是梅兰妮。

达斯蒂说：“我今天早上醒来，你就不见了！然后，爸爸来接我了！”

梅兰妮正跟神甫在一块儿，还有地震振动器，这一点几乎可以肯定。朱迪抓起手机，拨打了指挥所的电话。她联系上了拉杰，压低声音对他说：“追踪一个电话。梅兰妮·奎尔克斯正在拨打斯托克顿的一个号码。”她从达斯蒂使用的话机上读出了号码，“电话是一分钟前打的，目前依然在通话。”

“好的。马上就查。”拉杰说。

朱迪挂断了电话。

达斯蒂正在听他妈妈说话，有时点头，有时摇头，他忘了电话那头看不见他的动作。

接着，他突然把电话给了他父亲：“她想跟你讲话。”

朱迪对迈克尔小声说：“你务必打听一下她在哪儿！”

他从达斯蒂手里接过电话，将它抵在胸口，以免声音传过去：“去接卧室的分机。”

“在哪里？”

奎尔克斯说："穿过大厅就是了，亲爱的。"

朱迪冲进卧室，一头扎进绣着花卉图案的床单上，抓起了床头柜上的电话。她用手遮住了话筒。

她听到迈克尔说："梅兰妮——你到底在哪儿？"

"别管了，"梅兰妮回答道，"我看到你跟达斯蒂上电视了，他还好吗？"

也就是说，她在一个能看电视的地方。

"达斯蒂很好，"迈克尔说，"我们才刚到这里。"

"我就知道你会去那儿。"

她说话声音很小，迈克尔说："你能大点声吗？"

"不行，我不能大声说话，你就听仔细一点，好不好？"

她不想让格兰杰听见她讲电话。这是个好迹象——说明他们已经开始产生分歧了。

"好吧，好吧。"迈克尔说。

"你留在那儿陪着达斯蒂的吧，对不对？"

"不会，"迈克尔说，"我要进城。"

"什么？搞没搞错，迈克尔，城里很危险！"

"那里是地震将要发生的地方吗——就在旧金山？"

"我不能告诉你。"

"那会在半岛上吗？"

"对，在半岛上，所以别让达斯蒂去那儿！"

朱迪的手机响了。她把话筒遮得严严实实，同时将手机放到了另一只耳朵边，说道："请说。"

电话是拉杰打来的："她正在用手机打电话，位置在旧金山市中心。因为她用的是数字电话，我们已经没办法做更精细的定位了。”

“派一些人到街上去寻找那辆皮卡车！”

“明白了。”

朱迪挂断了电话。

只听见迈克尔正在对梅兰妮说：“你要是这么担心的话，干吗不直接告诉我地震振动器在哪里？”

“我不能这样！”梅兰妮压低声音，气愤地说道，“你疯了吗！”

“拜托，我疯了吗？你才是制造地震的人！”

“我不能再说了。”电话嘟的一声挂掉了。

朱迪把话筒放回了床头柜的电话上，翻过身仰躺在床上，大脑高速运转着。梅兰妮暴露了大量的线索。她在旧金山市中心的某个地方，虽然这样并不好找，但是好歹缩小了范围，不需要满加州地找她。她说过，地震会发生在旧金山半岛，也就是太平洋和旧金山湾之间的一大片区域。地震振动器肯定在那里的某个地方。但是对于朱迪来说，最让人欣喜的是，梅兰妮和格兰杰之间出现了分裂的迹象。她打这个电话显然没有告诉他，而且她似乎害怕被他听见。这让事情变得很有希望。说不定朱迪可以想办法利用他们之间的嫌隙。

她闭上了眼睛，集中精力思考着。梅兰妮很担心达斯蒂。这是她的弱点。怎样才能利用这个弱点对付她呢？

她听到了脚步声，于是睁开了眼睛。迈克尔走进了房间。他带着异样的眼神看着她。

“怎么了？”她说。

“我说这话可能不合适，不过你躺在床上的样子很不错。”

她想起这是在他父母家，于是赶紧站了起来。

他伸出胳膊，搂着她。这种感觉很不赖。“你脸上的伤怎么样了？”他说。

她抬起头来，看着他：“要是你的动作可以非常、非常地轻柔……”

他温柔地吻了吻她的嘴唇。我现在这么难看，他都想亲我，看来他真的很喜欢我。

“呃，”她说，“等到这一切都结束后……”

“好。”

她闭上眼睛，休息了一会儿。

接着，她又开始想到梅兰妮：“迈克尔……”

“还在呢。”

她从他的怀里挣脱出来：“梅兰妮担心达斯蒂可能会在地震区。”

“他会待在这儿。”

“但是你也没有给她明确的答复。她问了你，但是你说要是她那么担心的话，就应该告诉你地震振动器在哪儿，你没有直接回答她的问题。”

“虽然没有直接回答，但是意思也很清楚了吧……毕竟，我干吗要把他带到危险的地方去呢？”

“我只是想说，她可能会放不下心。而且，她在的地方肯定有电视机。”

“她有时候成天都放新闻——这样能让她放松下来。”

朱迪感到一阵醋意。他对她这么了解。“要是我们让一个记者来应急行动中心采访你，让你谈谈你在FBI的调查工作中发挥的作用……而这个时候，达斯蒂正好在背景中，那会怎么样？”

“那她就会知道他在旧金山。”

“于是她会怎么做？”

“估计她会给我打电话，冲我大吼大叫吧。”

“要是她联系不到你呢……”

“她会变得非常恐惧。”

“那她会阻止格兰杰启动地震振动器吗？”

“或许吧，要是她能做到的话。”

“这个方法是否值得一试？”

“我们还有别的选择吗？”

神甫有一种破釜沉舟的感觉。或许州长和总统不会向他妥协，即使有费利西塔斯的教训。但是今晚，第三起地震将会发生。完事之后，他会给约翰·特鲁斯打电话说：“我会再做一次！下一次可能会在洛杉矶、圣贝纳迪诺或者圣何塞。这种事情我可以想多久做一次，就多久做一次。我会一直做下去，直到你们妥协。你们看着办吧！”

旧金山市中心形同鬼城。极少有人想逛街或者观光，只不过不少人正前往教堂。餐厅里有一半是空的。神甫点了鸡蛋，喝了三杯血腥玛丽[1]。梅兰妮看起来无精打采，她放心不下达斯蒂。神甫认为这个孩子不会有事的，他跟他父亲在一块儿。

“我有没有告诉过你，为什么我叫格兰杰？”他对梅兰妮说。

① Bloody Mary，一种红色鸡尾酒。

“这不是你父母的姓氏吗？”

“我妈妈说，她的名字叫作维罗妮卡·南丁格尔。她说我爸的名字叫作斯图尔特·格兰杰。他去长途旅行了，但是有一天，他会回来，开着豪华大轿车，车上满载着礼物——他会给她带香水和巧克力，给我带一辆自行车。每到下雨天，我没有办法上街玩耍的时候，就会坐在窗口，成天成天地等着他回来。”

有那么一刻，梅兰妮似乎忘了自己的心事。“可怜的孩子。”她说。

“我差不多十二岁的时候，才开始意识到斯图尔特·格兰杰是个很红的电影明星。在我出生的那段时间，他刚好在《所罗门王的宝藏》中饰演艾伦·夸特梅因。我估计他只是我妈幻想出来的情人。我可以告诉你，我当时心都碎了。我在窗口日复一日的苦等都白费了。”神甫微笑着，但是这段记忆让他很受伤。

“谁知道呢？”梅兰妮说，“说不定他真是你父亲。电影明星会跟妓女上床。”

“我想我应该去问他。”

“他已经死了。”

“真的吗？我都不知道。”

“真的，我在《人物》杂志中读到过这条消息，那是几年前的事了。”

神甫感到一阵失落。他只知道这么一个最有可能是亲生父亲的人。“好吧，这下子我永远也找不到答案了。”他耸了耸肩，示意服务员买单。

当他们离开餐馆时，神甫并不想回仓库。换作是在公社里，他完全可以无所事事地坐着，但是要让他窝在废弃工业楼的一间又黑又脏的小屋子里，他会闷出病来。银河谷二十五年的生活已经让他不习惯都市环境。因此他和梅兰妮装作游客的样子，在渔人码头[①]附近散步，吹着清爽而夹杂着咸腥味的海风。

为了保险起见，他们已经易过容。她将自己独有的那一头红色长发扎了起来，用帽子盖住，还戴上了墨镜。神甫把深色的头发染成了浅色，并用发油将它抚平，他还留了三天的胡茬子，给人一种拉丁情人的感觉，跟他惯常所走的老嬉皮士路线有着很大的差异。路上没有人对他们侧目。

周围散步的人不多，神甫仔细听着他们的聊天内容。每个人都有不出城的理由。

“我不担心，我们家的房子是抗地震的……”

“我们家的也是，但是到了七点，我会去公园中心避一避……”

“我相信命运；是福不是祸，是祸躲不过……”

“就是，要是开车逃到拉斯维加斯，说不定会在路上出车祸死掉呢……”

“没有人能制造地震。这一切只不过是巧合……”

时间刚过四点，他们回到了停车的地方。

神甫并没有看到警察，等他注意到的时候，已经太迟了。

那几杯血腥玛丽已经让他异常冷静，他几乎觉得自己刀枪不入，所以没有特别留意警察。走到离皮卡车只有八到十英尺时，他才注意到一名穿制服的旧金山警察正盯着车牌，对着对

① Fisherman' s Wharf，旧金山渔人码头是美国旧金山的一个著名旅游景点，它大致包括从旧金山北部水域哥拉德利广场到35号码头一带，当中最为著名的则为39号码头。许多购物中心和饭店均坐落在渔人码头地区。

讲机说话。

神甫僵住了，赶紧抓着梅兰妮的胳膊。

过了一会儿，他意识到，最明智的做法是若无其事地走过去；但是这时候已经太迟了。

正在看车牌的警察抬起头，与神甫四目相对。

神甫看着梅兰妮。她还没有看见警察。他几乎就要对她说，不要看我们的车，但是在最后一刻，他意识到这样一来，她肯定会看那辆车。于是他说了脑海里蹿出来的下一句话：“看着我的手。”他把手掌心朝上。

她盯着它，然后又抬起头来看他。

“有什么不对吗？”

“你就一直看着我的手，我来跟你解释。”

她照做了。

“我们得直接从车边上走过去。有个警察在记车牌。他已经注意到我们了；我从眼角可以看到他。”

她抬起头，看着他的脸。接着，让他惊讶的是，她打了他一个耳光。

他疼得倒吸了一口气。

梅兰妮吼道：“你就回去找那个小贱人吧！”

“什么？”他气愤地说。

她扬长而去。

他震惊地看着她。她大踏步地从皮卡车旁边走过。

警察带着微微的笑意看着神甫。

神甫跟在梅兰妮后面，他喊道：“等等我！”

警察的注意力回到了车牌上。

神甫追上了梅兰妮，他们转过了一个街角。

“干得很漂亮嘛，”他说，“但是你不用下手那么重啊。”

一盏便携式射灯将强光打在迈克尔身上，一个微型麦克风夹在了他的深绿色马球衫前面。一台架在三脚架上的小型电视摄影机将镜头对准了他。在他的身后，年轻的地震学家助手们正在电脑前忙碌着。在他的对面坐着亚历克斯·戴，一名二十岁左右的电视台记者，他留着时髦的短发，穿着迷彩夹克。朱迪觉得这身打扮太高调了。

达斯蒂站在朱迪旁边，亲昵地牵着她的手，看着他爸爸接受采访。

迈克尔正在回答记者的问题：“对，我们能够检测出最容易触发地震的地点——但是可惜的是，我们没办法预知恐怖分子会选择哪一个地点，直到他们启动地震振动器。”

“你对群众有什么建议吗？”亚历克斯·戴问道，“要是发生了地震，人们该怎样保护自己呢？”

“记住一个口诀，‘躲避、遮掩、不动’。这是最好的方法，”他回答道，“躲在一张桌子底下；遮住脸，以免被飞扬的玻璃碎片划伤；冷静地待着别动，直到震动停止。”

朱迪小声对达斯蒂说：“好啦，去爸爸那儿。”

达斯蒂走到了镜头前。迈克尔把小男孩抱到自己的膝盖上。亚历克斯·戴见此提示，说道：“要想保护小朋友，有什么特别的事情需要做吗？”

“呃，你可以现在就跟他们练习‘躲避、遮掩、不动’，这样一来，要是感觉到地震，他们就知道该做什么了。你要确保他们穿着结实的鞋子，而不是拖鞋或者凉鞋，因为到时候周围会有很多玻璃碎片。把他们看紧了，免得到时候需要到处找。”

“有什么事情是应该尽量避免的？”

“不要跑出去。地震中的大部分伤亡都是由于建筑倒塌造成的。”

“奎尔克斯教授，谢谢你今天接受我们的采访。”

亚历克斯·戴一动不动地对着迈克尔和达斯蒂微笑了好一会儿，接着，摄像师说：“好了。”

所有人都放松下来。电视台的工作人员开始迅速收拾设备。

达斯蒂说：“我什么时候可以坐直升机去奶奶那儿？”

“现在就可以。”迈克尔告诉他。

朱迪说：“这段访谈什么时候可以放出来，亚历克斯？”

“片子几乎不需要剪辑，所以一送到电视台就能放。要我说的话，半小时以内吧。”

朱迪看了看时间，现在是五点十五分。

神甫和梅兰妮走了半个小时，都没有看到一辆出租车。接着，梅兰妮用自己的手机预约了出租车。他们等待着，但是没有一辆车过来。

神甫感觉自己快要被逼疯了。辛辛苦苦付出了那么多，到头来，就因为没有办法叫到一辆该死的出租车，他的宏图伟业就要毁于一旦！

不过最终，一辆脏兮兮的雪佛兰在39号码头[①]停了下来。司机有一个难读的中欧名字，而且他似乎嗑了药。他一句英文也听不懂，除了“左转”和“右转”。说不定他是旧金山唯一一个没有听说地震这回事的人。

他们六点二十分回到了仓库。

在应急行动中心，朱迪疲惫地窝在椅子里，盯着电话。

时间已是六点二十五分。再过三十五分钟，格兰杰就会启动地震振动器了。要是这一次也跟前两次一样顺利，就会发生地震。但是这一次会是最严重的。假如梅兰妮说的是实话，振动器就在旧金山半岛的某个地方，那么这场地震肯定会袭击这座城市。

自从星期五晚上，格兰杰在约翰·特鲁斯的节目上宣布，下一场地震会发生在旧金山以后，大约有两百万人逃离了大都会区。但是还有超过一百万男女老少不能，或者不愿意离开家园：他们是老弱病残，外加全体警察、消防员、护士、等待开展救援工作的政府人员。老爹也是其中的一员。

在电视画面中，亚历克斯·戴正在市长的应急指挥中心搭建的临时演播室里做报道，应急指挥中心在几个街区以外的特克街。市长正戴着安全帽，穿着紫色防弹背心，跟市民说要躲避、遮掩、不动。

迈克尔的访谈每隔几分钟就会在所有频道播放一遍：电视台

---

① Pier 39，39码头是一个位于美国旧金山渔人码头的旅游景点和购物中心。

的编辑已被告知这样做的真实目的。

但是梅兰妮似乎并不在看电视。

下午四点，神甫的皮卡车被发现停在渔人码头。这辆车已被监控，但是他没有回来取车。目前，警方正在社区里的所有车库和停车场里搜寻地震振动器。

军官俱乐部的舞厅里到处都是人。会议区周围至少有四十个穿西装的人。迈克尔和他的助手正围着电脑，等待着不合时宜的欢快的音乐警报声，这将是他们所有人都在担心的地震的第一个征兆。朱迪的团队依然在忙着打电话，跟进目击者提供的线索，寻找与格兰杰或梅兰妮长相特征吻合的人，但是他们的声音越来越绝望。让达斯蒂出现在迈克尔的电视访谈中，已经是最后的希望，而这个方法似乎失败了。

应急行动中心的大多数特工家住湾区。管理台已经组织撤离了他们的所有家人。至于他们工作时所在的大楼，则被认为是固若金汤的堡垒：它曾经被军方翻新过，可以抗震。但是他们不可以逃跑。和士兵、消防员、警察一样，他们必须固守在危险的第一线。这是他们的工作。在外面，也就是阅兵场上，一队直升机已经待命，旋转翼转动着，等待着将朱迪和同事送上地震区。

神甫去了厕所。他正洗手时，听见了梅兰妮的尖叫声。

他还没擦手，就跑进办公室，发现她正盯着电视。“怎么了？”他说。

她脸色惨白，一只手捂着嘴。“达斯蒂！”她说着，指着电视屏幕。

神甫看到，梅兰妮的丈夫正在接受采访，他把儿子抱在膝盖上。过了一会儿，画面切换了，一名新闻女主播说："刚才播放的是亚历克斯·戴对迈克尔·奎尔克斯教授的访谈，迈克尔·奎尔克斯是全球地震学界的领军人物之一，他正在要塞大厦的FBI应急行动中心协助调查。"

"达斯蒂在旧金山！"梅兰妮歇斯底里地说。

"他不在，"神甫说，"可能他录制访谈的时候在那里，但是现在已经离得很远了。"

"你又不知道！"

"我当然知道。你也知道。迈克尔会照顾好亲生儿子的。"

"我希望我可以确认。"梅兰妮声音发颤地说。

"去烧热水泡点咖啡。"神甫说，这只是为了给她找事情做。

"好吧。"她把锅从加热板上拿起来，去浴室里装水。

朱迪看了看时间。现在已是六点三十分。

她的电话响了。

整个房间安静了下来。

她抓起话筒，不小心又把话筒弄掉了。她咒骂了一句，又将它拿起，放到耳边："请讲。"

接线员说："梅兰妮·奎尔克斯想跟她的丈夫说话。"

谢天谢地！朱迪示意拉杰："追踪这通电话。"

他已经用电话跟通信公司联络上了。

朱迪对接线员说："把电话接进来吧。"

会议区的所有制服人员都聚集到了朱迪的椅子周围。他们静静地站着，聚精会神地听着。

这可能是我一生中最重要的一通电话。

只听线路嘟的一声。朱迪试图用平静的声音说："我是马多克斯特工。"

"迈克尔在哪儿？"

梅兰妮的声音又惊恐，又无助，连朱迪都对她感到同情。她似乎只不过是个担心孩子的愚蠢母亲。

别心软了，朱迪，这个女人是个杀人犯。

朱迪狠下心来："你在哪儿，梅兰妮？"

"求求你，"梅兰妮低声说，"你就告诉我他把达斯蒂带到哪儿去了。"

"我们做个交易吧，"朱迪说，"我会确保达斯蒂没事——前提是你告诉我地震振动器在哪儿。"

"我能跟我老公说话吗？"

"你是不是跟里奇·格兰杰在一起？我是说神甫？"

"对。"

"地震振动器就在你们身边，对吗？"

"对。"

那我们就快找到你们了。

"梅兰妮——你真的想杀那么多人吗？"

"不想，但是我们也是被逼的……"

"你要是坐牢的话，就不能照顾达斯蒂了。他的成长过程你会看不到的。"

朱迪听到电话线的另一端传来抽噎声。"你只能隔着玻璃窗看着他。等到他们放你出去的时候，他都已经长大成人了，而且不认识你。”

梅兰妮哭了起来。

“告诉我你在哪儿，梅兰妮。”

在大舞厅里，现场陷入了绝对的安静。所有人一动不动。

梅兰妮低声说了什么，但是朱迪听不见。

“说大声点！”

在电话线的另一端，只听见背景里传来一名男子的喊声：“你他妈到底在跟谁打电话？”

朱迪说：“快，快！告诉我你在哪儿！”

男子吼道：“把电话给我！”

梅兰妮说：“佩蓓——”接着，她尖叫起来。

过了片刻，线路切断了。

拉杰说：“她在湾岸的某个地方，在城南。”

“这还不够精确！”朱迪喊道。

“他们没办法更精确了！”

“靠！”

斯图尔特·克里弗说：“大家安静。我们待会儿就把录音带重放一遍。首先，朱迪，她有没有给你什么线索？”

“她最后说了些什么。听起来好像是‘佩琪’。卡尔，查一下有没有街道的名称是‘佩琪’的。”

拉杰说：“我们应该也查一查公司名。说不定他们在一栋写字楼的车库里。”

“就这么办。”

克里弗气急败坏地敲着桌子：“她怎么把电话挂了？”

“格兰杰可能发现她打电话了，于是把电话抢走了。”

“现在你打算怎么办？”

“我打算上直升机，”朱迪说，“我们可以沿着海岸线飞。迈克尔可以跟我一起去，看看断层线在哪儿。说不定我们能找到地震振动器。”

“就这么办。”克里弗说。

神甫怒不可遏地盯着梅兰妮，看着她畏缩在脏兮兮的洗脸池边。她已试图背叛他。要是手里有枪，他当场就会把她射死。但是他从洛斯阿拉莫斯的守卫那里抢来的左轮手枪还放在地震振动器的驾驶座下。

他关掉了梅兰妮的手机，将它放进自己的衬衫口袋，试图让自己冷静下来。这是斯塔尔教他的。年轻的时候，他总是任凭自己发火，因为知道这样做可以震慑别人，只要吓到了别人，交易就更好做。但是斯塔尔教会他调整呼吸，放松下来思考，这从长远的角度讲更好。

现在，他琢磨着梅兰妮造成的损失。FBI已经追踪了她的电话吗？他们能够找出电话拨出的地点吗？他必须做好最坏的打算。如果他们能做到这一点，那么他们很快就会搜寻这个社区，寻找地震振动器。

他已经没时间了。地震窗将在六点四十分开启。他看了看自己的手表：已经六点三十五分了。虽然预告了七点钟的时限，但是管他呢——他必须现在就制造地震。

他冲出了浴室。地震振动器停在空荡荡的仓库中央，面对着挑高的入口大门。他跳进驾驶室，启动了发动机。

过了一两分钟，振动机构才积聚了足够的压力。他心急如焚地看着读数。快点，快点！最终，所有读数都显示正常。

副驾驶室的门开了，梅兰妮爬了上来。“别这样！”她喊道，“我不知道达斯蒂在哪儿！”

神甫伸手去抓控制杆，将钢板降到地面上。

梅兰妮把他的手打开了：“求你了，别这样！”

神甫反手给了她一个耳光，她尖叫着，嘴角出了血。“给我滚开！”他一边吼，一边拉下了控制杆，钢板降了下去。

梅兰妮伸手过来，将控制杆拉回了起始位置。

神甫火了，又动手打了她。

她尖叫起来，用手捂着脸，但是没有逃跑。

神甫重新拉下了控制杆。

“求求你了，”她说，“不要这样。”

我该拿这个愚蠢的贱货怎么办？他想起了手枪。

它就放在座位下。他伸手下去，将它抽了出来。它太大了，在这么小的空间里，是个笨重的武器。他拿枪指着梅兰妮。“下车。”他说。

让他意外的是，她又靠了过来，将身体抵着枪管，拉动了控制杆。

他扣动了扳机。

枪声在这座小驾驶室里显得震耳欲聋。

有那么一会儿，他依稀感觉到一阵悲伤——可惜了这么个美人，但是他驱散了这种情绪。

她被子弹的力量甩到了副驾驶室，车门依然开着，她摔了出去，身体撞击到仓库的地面，发出一阵令人难受的闷响。

神甫没有停下来看她有没有死。他第三次放下了控制杆。

钢板缓缓地降到了地面。

钢板一接触地面，神甫就启动了机器。

直升机上可以坐四个人。朱迪坐在飞行员旁边，迈克尔坐在后面。当他们沿着旧金山湾的海岸向南飞时，朱迪从耳机里听到了迈克尔的一位学生助手从指挥所传来的呼叫："迈克尔！我是宝拉！有动静了——是一台地震振动器！"

朱迪的心凉了。我以为我还有更多的时间！她看了看自己的手表：现在是六点四十五分。格兰杰预告的时间还在十五分钟以后。一定是梅兰妮的电话让他提前行动了。只听见迈克尔说："地震图上检测到震动了吗？"

"没有——目前还只有地震振动器的活动迹象。"

还没有地震。谢天谢地。

朱迪对着麦克风喊道："给我具体位置，快！"

"稍等，坐标就要显示出来了。"

朱迪抓起一张地图。

快，快！

过了好一会儿，宝拉读出了屏幕上显示的数字。朱迪在地图上找到了位置。她对飞行员说："往正南方向飞两英里，然后往内陆方向飞五百码左右。"

随着直升机开始俯冲加速，她的胃里一阵翻腾。

他们正飞行在一片滨海的老社区上空，这个社区里到处都是废弃的工厂和车辆。要是在平日里的星期天，这里会很安静；而今天，这里空荡荡的。朱迪扫视着地平线，寻找看起来像地震振动器的卡车。

南面有两辆警察巡逻车正在往同样的地点开。西面有一辆满载着FBI特警的货车正在接近。在后方的要塞大厦，其余的直升机正在陆续升起，上面满载着全副武装的特工。很快，加州北部半数的执法车辆都会开往宝拉给出的坐标地点。

迈克尔对着麦克风说："宝拉！你那边的屏幕上有没有出现新情况？"

"没有——振动器在运转，但是没有造成地震。"

"谢天谢地！"朱迪说。

迈克尔说："要是他遵循前两次的行动规律，他会将卡车移动四分之一英里，然后再试一次。"

飞行员说："就是这里了。我们已经到了坐标地点。"直升机开始盘旋。

朱迪和迈克尔仔细看着外面，疯狂搜索着地震振动器。

地面上没有任何动向。

神甫暗自咒骂着。

振动器在运转，但是却并没有触发地震。

这种事情前两次都发生过。梅兰妮说过，她并不是太明白，为什么有些地方可以触发地震，但是有些地方却触发不了。这可能跟不同的下层土质有关。前两次，他都是试了三个地点才成功。但是今天，神甫真的需要一击成功。

但是他并不走运。

盛怒之下，他关掉了振动器，升起了钢板。

他必须把卡车开到别的地方。

他跳了出去，从梅兰妮的身上跨了过去，奔向出入口。梅兰妮正倒在墙边，混凝土地面上出现了一片血泊。出入口有一对老式的挑高门，它们可以向后折叠，以便大车通过。其中一块门板上装了扇小门，刚好可以过人。神甫打开了小门。

在一座小仓库的门口，朱迪看到门牌上写着“佩蓓日记”。她之前还以为梅兰妮说的是“佩琪”。

“就在那儿！”她喊道，“降落下去！”

直升机急速下降，小心避开了路边电线杆之间的电线，降落到了废弃的街道中央。朱迪一感觉到直升机接触到了地面，就打开了机门。

神甫看了看外面。

有架直升机已经降落到街上。他看见有个人从上面跳了下来。那是个女人，脸上有伤。他认出她是朱迪·马多克斯。

他大声咒骂了一句，声音淹没在了直升机的轰鸣中。

没有时间打开大门了。他冲进卡车，开始倒车。他退后到尽可能深的位置，直到后保险杠抵住墙面才停下车。接着，他挂上一挡，调高了发动机的转速，然后猛地松开离合器，卡车颠簸了一下，开始向前冲。

神甫踩下了油门，发动机轰鸣着，大卡车经过整个仓库距离的加速，撞向了老旧的木门。

朱迪·马多克斯就站在门口的正中央，手里拿着枪。看见卡车冲破了大门，她的脸上浮现出惊恐的表情。神甫邪恶地笑着，开车向她碾压过去。她扑到了一边，卡车与她擦肩而过。

直升机正停在路中央。一名男子跳了下来，神甫认出他是迈克尔·奎尔克斯。

他转而驶向直升机，调高了一挡，开始加速。

朱迪翻了个身，瞄准驾驶室的门，开了两枪。她觉得应该打中了什么，但是卡车没有停下来。

直升机迅速升起。

迈克尔跑到路边。

朱迪猜测，格兰杰想要刮擦直升机的起落架，就像他上次在费利西塔斯所做的那样。不过这一次，飞行员动作太快，等到卡车冲过来，直升机已经爬升到足够的高度。

但是，由于动作仓促，飞行员忘记了躲避路边的电线。

高高的电线杆之间，横着五六根电线。旋翼片卡到了电线里，切断了其中几根。发动机开始发出异响。一根电线杆经不住拉力，开始倒下。旋翼片又开始转动了，但是直升机已经失去了升力，在一声巨响中撞到了地面。

神甫还有一线希望。

要是他能开四分之一英里，然后降下钢板，启动振动器，那他说不定可以在FBI抓住他之前制造一起地震。接下来就可以像之前一样趁乱逃跑。

他猛地转动方向盘，沿着道路往前开。

当卡车从坠毁的直升机边驶离时，朱迪又开了枪。她本来希望打中格兰杰或者发动机的某个重要部位，结果不走运。卡车隆隆地驶过千疮百孔的道路。

她看了看坠毁的直升机。飞行员在残骸中一动不动。她回过头，看到地震振动器正在缓缓加速。

真希望我有一把步枪。

迈克尔跑到她身边："你没事吧？"

"没事。"她说。她做了个决定，"你看看飞行员还有没有救——我去追格兰杰。"

他犹豫了片刻，然后说："好吧。"

朱迪将手枪插回皮套，向卡车追去。

这辆车很笨重，加速很慢。一开始，她很快就缩短了距离。接着，格兰杰换了挡，卡车加快了速度。朱迪全速冲刺，心脏开始剧烈地跳动，胸口隐隐作痛。车尾挂着一个巨大的备胎。她依然在缩短和卡车之间的距离，只不过没有那么快。正当她以为再也追不上的时候，格兰杰又换了挡，趁着卡车瞬时减速，朱迪鼓足了力气，纵身跃向后挡板。

她一只脚踩在了保险杠上，双手抓住备胎。在某个令人恐惧的瞬间，她感觉自己就要滑倒。她低下头，看见脚底下的道路在飞速后退。但是她设法稳住了自己。她在机器的槽罐、管道之间攀爬，爬上了载货平台。她踉踉跄跄地保持着平衡，差点跌倒，但是稳住了自己。

她不知道格兰杰有没有看到她。

他没有办法在卡车行驶的过程中启动振动器，因此她待在原地，等着他停车，心脏怦怦直跳。

但是他看到她了。

她听见了玻璃碎裂的声音，只见一根枪管穿过了驾驶室的后窗。她本能地躲开了。紧接着，她听见子弹从她身边的槽罐上弹开了。她俯身倒向左侧，这样一来，她刚好就在神甫身后。她趴得很低，心脏跳到了嗓子眼。她又听见一声枪响，于是将身子蜷缩起来。子弹没有打中她。这时候，他似乎放弃了。

但是他其实没有放弃。

卡车猛地来了个急刹车。朱迪因惯性向前一倾，头部狠狠地撞上了一根管子。接着，格兰杰猛地向右转。朱迪被甩到一边，有那么一刻，她恐惧地认为，自己会被甩到坚硬的路面上撞死，但是她设法稳住了身体。她看见格兰杰正不要命地冲向一座废弃工厂的砖墙。她紧紧地抱住了一个槽罐。

在最后一刻，他来了个急刹车，并且猛地转弯，但是他慢了一步。虽然车头毫发无损，但是车尾的挡泥板撞进了砖墙里。顿时，金属的撞击声和玻璃的碎裂声响成一片。朱迪感到肋骨钻心地疼，她撞上了自己抱着的槽罐。接着，她被甩到了空中。

有那么一刻，她感到头晕目眩，完全迷失了方向。接着，她左胸着地，摔倒在了地面上。一时间，她肺部的所有气体都被撞了出去，连叫疼的声音都发不出来。她的头撞在路面上，左臂变得麻木，心里充满了恐惧。

过了一两秒，她的头脑清醒了过来。全身疼得厉害，但是她动不了。身上穿的防弹外套给了她一些缓冲的余地。腿上的黑色灯芯绒裤已被撕开，有一条腿的膝盖已经流血，但不严重。她的鼻子也在流血：脸上的旧伤又开裂了。

她落地的地方在卡车后方的一个角落，靠近两个巨大的后轮。要是格兰杰此时将车子往后倒一码，他就能把她轧死。她滚到了一边，依然躲在卡车后面，但是远离了巨大的车轮。由于滚动时用了力气，她感到肋骨钻心地疼，她暗自咒骂着。

卡车并没有向后倒。格兰杰并没有试图碾压她。或许他没有看到她甩出去的位置。

她在街道上四下张望，看见迈克尔正在四百码以外的地方，努力地将飞行员从坠毁的直升机里拉出来。在其他方向，之前她从直升机上看到的警察巡逻车和特警队的货车此时还不见踪影。他们可能过一会儿就到了，但是她没有时间等了。

她用膝盖支撑着地面，直起上身，拔出了武器。她以为格兰杰会从驾驶室上跳下来，朝她开枪，但是他没有出来。

她挣扎着站了起来。

要是她接近驾驶室一侧，他肯定会从侧视镜里看到她。于是她走到副驾驶室一侧，冒险从角落里探出身来，窥探了一眼。这一侧也有一面大镜子。

她跪下来，趴在地上，在卡车底下匍匐前进，马上就要到驾驶室下方了。

这时候，她听到头顶上传来一阵新的噪声，也不知道是什么声音。她看了看上方，只见一块巨大的钢板正在向她逼近。

它正直接朝她身上降落。

她疯狂地向一边打滚。一只脚卡进了后轮里，在那毛骨悚然的几秒钟里，眼看着巨大钢板无情地向下落，她拼了命地想要挣脱出去。它会把她的一条腿像塑料玩具一样压碎。在最后一刻，她将脚从鞋子里拔了出来，滚了出去。

她现在整个人暴露在街上，没有任何遮挡。格兰杰随时都有可能发现她。要是他现在就拿着枪，从副驾驶室的窗口探出身来，那就可以轻而易举地射杀她。

随着耳边的一声爆炸般的巨响，身下的土地开始剧烈摇晃。他已经启动了振动器。

她必须阻止他。她突然想到了老爹的房子，仿佛看见它摇摇欲坠，轰然倒塌，进而整条街都陷进了地里。

她用左手捂着胸口，以缓解疼痛，然后逼着自己站了起来。

她两步走到了最近的车门边。由于需要用右手开门，她把枪换到了左手——反正她用哪只手都可以开枪——并将枪口朝上。

就是现在了。

她跳到踏板上，抓住了门把手，猛地将门拉开。

她跟理查德·格兰杰一下子陷入了正面对决。

他看起来和她一样害怕。

她左手拿枪指着他。“把它关掉！”她尖叫道，“把它关掉！”

“好吧。”他说着，咧开嘴笑了笑，将手伸向座位下方。

他的笑容让她警觉起来。她知道他不打算关掉振动器。她已经准备好对他开枪。

她以前还从来没有开枪射杀过任何人。

他的手从座位下方拿出了一支左轮手枪，这把枪看起来像是西部拓荒时期的老古董。

眼看着他的长枪管就要对准她，她将手枪瞄准他的脑袋，扣动了扳机。

子弹打中了他的脸，从鼻子旁边穿了进去。

就在下一秒，他也朝她开了一枪。双枪齐放的火花和声响尤为壮观。她感到右侧太阳穴一阵火辣辣地痛。

长年累月的训练发挥了作用。她所受到的训练是，在射杀敌人时，永远要多补一枪。这个习惯已经铭刻在她的血液里。她条件反射地再次扣动了扳机。这一次，她打中了他的肩膀。鲜血立马喷射出来。他转向一边，倒在了门上，手里的枪从瘫软的指间掉了下来。

噢，上帝，这就是杀了人以后的感觉吗？

朱迪感觉到自己的血正顺着右脸直往下淌。她克制住一阵眩晕和恶心，将抢指着格兰杰。

机器依然在振动。

她盯着眼前一大堆开关和仪表盘。她刚刚射杀了能把这台机器关掉的人。一阵恐慌涌上心头。她努力克制住了情绪。车里肯定插着钥匙。

事实的确如此。

她越过里奇·格兰杰一动不动的身体，转动了钥匙。

所有声响戛然而止。

她沿着街道眺望着远处。在“佩蓓日记”仓库外，直升机着了火。

迈克尔！

她打开卡车门，努力保持清醒。她知道，在去救迈克尔之前，还有一件事情需要完成，这很重要，但是她想不起来要做什么。她没再多想，爬出了卡车。

远处的警笛声越来越近，她看见一辆警察巡逻车正在驶来。她挥了挥手，将它拦下。“FBI，”她虚弱地说，“带我去直升机那边。”她打开车门，倒进车里。

警察开车行驶四百码，来到了仓库边，在起火的直升机附近找了个安全的地方，停了下来。朱迪下了车。她看不出直升机里有任何人。“迈克尔！”她喊道，“你在哪儿？”

“在这儿呢！”声音是从仓库损毁的门后面传来的，他正弯腰看着飞行员。朱迪向他跑去。“这个人需要救治，”迈克尔说，他抬头看到了她的脸，“天哪，你也需要救治！”

“我没事，”她说，“救援人员就要来了。”她拿出手机，呼叫指挥所。她联系上了拉杰。他说：“朱迪，发生了什么事？”

“我正想问你呢！”

“振动器停下来了。”

“我知道，我把它关了。有没有地震？”

“没有，什么震动也没有。”

朱迪欣慰地瘫了下去。她及时关掉了机器。不会有地震了。

她靠着墙，感觉到头晕目眩。她努力让自己保持清醒。

她并没有打胜仗的感觉，没有大功告成的欣喜。或许只有等到她和拉杰、卡尔他们在埃弗顿酒吧庆功的时候，这种感觉才会出现。现在，她只觉得整个人像被抽空了一般。

另一辆警车停了下来。一名警官下了车。“我是福布斯中尉，”他说，“这里发生了什么？嫌疑犯呢？”

朱迪指了指远处的地震振动器。“就在那辆卡车的驾驶室里，”她说，“已经死了。”

“我们这就去看看。”中尉回到车里，向卡车方向飞驰。

迈克尔不见了。朱迪为了寻找他，走进了仓库。

她看见他坐在混凝土地板上的一片血泊里。但是他没有受伤。梅兰妮躺在他的臂弯里，脸色甚至比平常还要苍白，胸口上的伤口惨不忍睹，紧身而暴露的T恤被胸口流出的血浸透了。

迈克尔沉浸在悲痛中，整个脸都扭曲了。

朱迪走到他身边，蹲了下来。她摸了摸梅兰妮脖子上的脉搏。脉搏已经停止。

“对不起，迈克尔，”她说，“真的很抱歉。”

他吞了一口唾沫。“可怜的达斯蒂。”他说。

朱迪摸了摸他的脸。“会好起来的。”她说。

过了一会儿，福布斯中尉又出现了。“打扰一下，女士，”他礼貌地说，“你刚才说有个死人在那辆卡车上？”

“是的，”她说，“我亲自开的枪。”

“好吧，”警察说，“他现在不在那儿了。”

第二十二章

斯塔尔被判入狱十年。

一开始，牢狱生活是一种折磨。对于一生都在追逐自由的人来说，这种刻板的生活方式简直就是地狱。后来，一位名叫简的美女典狱官爱上了她，经常给她带化妆品、书和大麻，生活开始有了盼头。

花儿被人收养了，养父母是一名卫理公会牧师和他的妻子。他们是好心肠的人，但是理解不了花儿的出生环境。花儿思念亲生父母，在学校成绩很差，给警察惹了很多麻烦。后来，过了几年，她找到了奶奶。维罗妮卡·南丁格尔生下神甫的时候才十三岁，所以当花儿找到她时，她才六十五岁左右。她在洛杉矶开了一家店，售卖性玩具、女性内衣和色情影碟。她在比弗利山庄有一套公寓，还开着一辆红色跑车。她跟花儿讲了很多她父亲小时候的故事。花儿离开了牧师夫妇，搬进了奶奶的住处。

阿橡消失了。朱迪知道，那次在费利西塔斯乘坐CUDA逃亡的，还有第四人。她想办法拼凑出了他在整个事件中扮演的角色。她甚至还从他在公社的木工店里采集到了全套指纹。但是，没有人知道他去了哪儿。不过，过了几年，他的指纹又出现在了一辆失窃的汽车上，这辆汽车曾经在西雅图的一宗持枪抢劫案中被劫匪使用。警方并没有怀疑他，因为他有充分的不在场证据，但是朱迪一下子就得到了消息。她找到了联邦检察官——她的老朋友唐·莱利，如今已和一位保险销售员结婚。当他们审理案卷时，发现他们就“伊甸之锤”一案起诉阿橡的证据很薄弱，于是决定放他一马。

米尔顿·莱斯特兰奇因癌症去世。布莱恩·金凯德退休了。马文·海耶斯辞了职，成为一家连锁超市的安全主管。

迈克尔·奎尔克斯已变得小有名气。因为他人长得帅，又能把地震学解释得深入浅出，电视台每次需要采访地震学家时，都会先找他。他的生意风生水起。

朱迪已被提拔为主管。她跟迈克尔和达斯蒂搬到了一起。等到迈克尔的业务真正开始赚钱以后，他们一起买了套房子，决定要孩子。一个月后，她怀孕了，于是他们结了婚。老爹在婚礼上哭了。

朱迪查出了格兰杰是怎么逃跑的。

那时候，他脸上的伤虽然惨不忍睹，但是并不严重。打中他肩膀的那颗子弹打穿了一条静脉，由于突然失血，他失去了知觉。朱迪在去救迈克尔之前，本来应检查一下他的脉搏，但是她受了伤，身体太虚弱，而且因为失血而神志不清，所以忘了遵循惯例。

格兰杰倒在车门边的佝偻姿势，促使他的血压再度上升，朱迪一走，他很快恢复了意识。他爬过了第三街的街角，在那里幸运地发现了一辆等红灯的汽车。他闯了进去，拿枪指着司机，要求将他送进城内。在路上，他用梅兰妮的手机联系了保罗·比尔——一名葡萄酒装瓶商，他和格兰杰是旧识，曾是犯罪同伙。

比尔给了他一名地下医生的住址。

格兰杰让司机在一个脏乱差的社区里找了个角落停下来，把他放了下去。（心灵受到创伤的司机开车回到家里，拨打了当地警察局的电话，但是始终占线，直到第二天才得以报案。）那位医生是已经被吊销执照的外科医师，有毒瘾，喜欢吸食吗啡，他给格兰杰缝了针。格兰杰在医生的公寓里住了一晚，然后离开了。

朱迪再也没有查出他之后去了哪儿。

水位正在迅速上升。洪水已经吞噬了所有的小木屋。在关闭的房门后，自制的床和椅子正漂浮在水面上。伙房和神庙也被淹了。

他等了好几个星期，水位才漫上葡萄园。现在，葡萄园已是一片洪泽，珍贵的葡萄藤正在被淹死。

他本来以为在这里可以找到灵灵，结果他的狗早就不在了。

他已经喝下了一整瓶心爱的葡萄酒。他现在进食困难，因为脸上有伤，而给他缝针的医生因为嗑药了，伤口缝合得很差。但是他还是设法灌下了足够多的酒，能让自己感觉到醉意。

他将酒瓶扔到一边，从口袋里拿出了一大根大麻烟，里面掺杂的药物足以让他昏厥。他点燃了大麻烟，猛吸了一口，然后走下山坡。

当水位漫上他的大腿时，他坐了下来。

他最后看了一眼自己的山谷。它几乎已经面目全非。潺潺的溪流已经不再。一座座建筑物只能看到屋顶，它们就像已然侧翻的沉船残骸，漂浮在一片潟湖的表面。他二十五年前种下的葡萄藤已经被水淹没。

这里已不再是一座山谷，而是变成了一片湖泊，原本生活在这里的一切都被杀死了。

他深吸了一口指尖的大麻烟，将致命的毒气深深地吸入肺中。随着毒品渗透进流淌的血液，将化学物质扩散到整个大脑，他感到一阵快意。小里奇，最后终于幸福了，他心想。

他翻了个身，栽进水里，脸部朝下，茫然无助，毒品已经让他失去了心智。他的意识正在慢慢退去，就像远处有一盏灯正在慢慢变暗，最终，这盏灯熄灭了。

激发个人成长

多年以来，千千万万有经验的读者，都会定期查看熊猫君家的最新书目，挑选满足自己成长需求的新书。

读客图书以“激发个人成长”为使命，在以下三个方面为您精选优质图书：

1、精神成长

熊猫君家精彩绝伦的小说文库和人文类图书，帮助你成为永远充满梦想、勇气和爱的人！

每个人的生命中，
都有无比艰难的那一年，
将人生变得美好而辽阔。

《无声告白》

《恋情的终结》

《教父》

《沙丘》

2、知识结构成长

熊猫君家的历史社科类、知识小说类图书，帮助你了解从宇宙诞生、文明演变直至今日世界之形成的方方面面。

其实是一本严谨的极简中国史
看半小时漫画，通三千年历史，
脉络无比清晰，看完就能倒背。

《丝绸之路》

《藏地密码》

《清明上河图密码》

《巨人的陨落》

3、工作技能成长

熊猫君家的经管类、家教类图书，指引你更好地工作、更有效率地生活，减少人生中的烦恼。

提升领导力，你会拥有想拥有的工作，成为你想成为的人，做任何你想做的事。

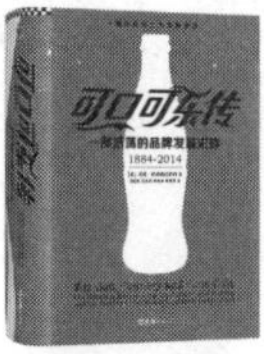

《可口可乐传》

《别独自用餐》

《压榨式提问》

《好妈妈胜过好老师2》

每一本读客图书都轻松好读，精彩绝伦，充满无穷阅读乐趣！

认准读客熊猫

读客所有图书，在书脊、腰封、封底和前后勒口都有“**读客熊猫**”标志。

两步帮你快速找到读客图书

1、找读客熊猫

2、找黑白格子

马上扫二维码，关注“**熊猫君**”

和千万读者一起成长吧！

肯·福莱特经典作品

世纪三部曲　　各国读者平均3个通宵读完

《巨人的陨落》2016年5月出版

在第一次世界大战的硝烟中，每一个迈向死亡的生命都在热烈地生长——威尔士的矿工少年、刚失恋的美国法律系大学生、穷困潦倒的俄国兄弟、富有英俊的英格兰伯爵，以及痴情的德国特工……从充满灰尘和危险的煤矿到闪闪发光的皇室宫殿，从代表着权力的走廊到爱恨纠缠的卧室，五个家族迥然不同又纠葛不断的命运逐渐揭晓，波澜壮阔地展现了一个我们自认为了解，但从未如此真切感受过的20世纪。

《世界的凛冬》2017年3月出版

一切都始于那个裂变中的大时代——希特勒上台，爱德华八世退位，原子弹在广岛和长崎爆炸……世界剧烈改变，我该怎么办?

这正是他们的困惑——一群处于人生黄金时代的少男少女，来自德国、美国、英国、苏俄和威尔士的五大家族，他们父辈的命运因一战而彻底改变。如今，世界再次破碎，甚至更加暴烈和残酷。然而，这就是他们的时代!

在时间的永恒流动中，每个人都在创造历史。所以，为什么不一起来，会一会命运?

《永恒的边缘》2017年5月出版

如果说《巨人的陨落》是祖辈的传奇，《世界的凛冬》是父辈的人生，那么，《永恒的边缘》就是新一代的奋斗。

真正残酷和激烈的世界大战，是思想的大战。来自美国、德国、苏联、英国和威尔士的五大家族，又一次迎来了新的考验。东西德分裂、柏林墙、苏联秘密警察、刺杀肯尼迪、民权运动、古巴导弹危机、入侵黎巴嫩、弹劾尼克松……此外，第三代生活中还有摇滚、嬉皮士、跨种族婚恋、性解放，以及对过去的误会与和解。

说到底，世上只有一种英雄主义，就是在认清生活真相之后，依然热爱生活。

悬疑经典　　各国读者平均1个通宵读完

《针眼》2017年11月出版

一上市即受到广泛关注，并于次年获得爱伦·坡优秀小说奖，至1999年各国累计销量逾1000万册，是美国《出版人周刊》《时代周刊》等杂志强烈推荐的畅销小说。

《危险的财富》2017年11月出版

一部维多利亚时代浮华糜烂的家族史诗，交织着贪婪和仇恨、自私与残忍、冷血的谋杀和虚幻的爱情。

《寒鸦行动》2017年11月出版

二战期间，有一个全部为女性的情报部门，代号“寒鸦”。这群勇敢的女性在整个欧洲展开了激烈的抗击纳粹行动。然而，她们被出卖了。一张天罗地网正等待着“寒鸦”们……

《大黄蜂奇航》2017年11月出版

一名少年无意间闯入了德军秘密基地，发现了纳粹所向披靡的秘密。翻开本书，直面第二次世界大战英德空战的现场与真相。

《鹰翼行动》2017年11月出版

奥斯卡获奖影片《逃离德黑兰》的前传！书中的每一个细节都曾真实发生在世界上那个极度混乱的角落。没有任何一个好莱坞编剧能够像肯·福莱特一样完美地讲述这场著名的冒险。

《突然亡命天涯》2017年11月出版

致命的浪漫三角关系、充满风险的秘密任务、有异国情调的场景、扣人心弦的巧妙情节……一直在加速，紧张感令人无法呼吸。在这条亡命之路上，幸福与和平能否最终来临?

《燃烧的密码》2017年12月出版

这个故事发生在尼罗河上的船屋，充满了阴谋与血腥、欲望与爱情。随着行动的进行，紧张的局势就像不停收紧的绳索，每一个意想不到的反转都让人想要尖叫……我们穷尽一生追求的，不是征服世界，而是征服自己。

图书在版编目（CIP）数据

边缘人的战争 / (英) 肯 · 福莱特 (Ken Follett) 著 ; 彭月明译. -- 南京 : 江苏凤凰文艺出版社, 2018.1

书名原文: THE HAMMER OF EDEN

ISBN 978-7-5594-1462-5

Ⅰ. ①边… Ⅱ. ①肯… ②彭… Ⅲ. ①长篇小说—英国—现代 Ⅳ. ①I561.45

中国版本图书馆CIP数据核字(2017)第297417号

THE HAMMER OF EDEN copyright © 1998 by Ken Follett
Simplified Chinese translation copyright © 2018 by Shanghai Dook Publishing Co.,Ltd

中文版权©2018上海读客图书有限公司
经授权，上海读客图书有限公司拥有本书的中文（简体）版权

图字：10-2012-580号

书　　名	**边缘人的战争**
著　　者	（英）肯 · 福莱特
译　　者	彭月明
责任编辑	丁小卉　姚　丽
特邀编辑	周　娇　黄迪音
责任监制	刘　巍　江伟明
策　　划	读客图书
版　　权	读客图书
封面设计	读客图书　021-33608311
出版发行	江苏凤凰文艺出版社
出版社地址	南京市中央路165号，邮编：210009
出版社网址	http://www.jswenyi.com
印　　刷	三河市吉祥印务有限公司
开　　本	890mm x 1270mm　1/32
印　　张	16.25
字　　数	355千
版　　次	2018年2月第1版　2018年4月第2次印刷
标准书号	ISBN 978-7-5594-1462-5
定　　价	69.90元

如有印刷、装订质量问题，请致电010-87681002（免费更换，邮寄到付）

版权所有，侵权必究